KB163179

이피게니에 · 스텔라

Iphigenie · Stella

세계문학전집 26

이피게니에 · 스텔라

Iphigenie · Stella

요한 볼프강 폰 괴테

박찬기 외 옮김

민음사

차례

연인의 변덕 최승수 옮김   7

피장파장 최민숙 옮김   41

스텔라 송윤엽 옮김   123

타우리스의 이피게니에 김주연 옮김   205

에피메니데스 박찬기 옮김   303

작품 해설   365

작가 연보   391

연인의 변덕

등장인물

에글레

아미네

에리돈

라몬

제1장

아미네와 에글레가 무대 한편에 앉아서 화환을 꾸미고 있다.
라몬이 꽃을 담은 작은 바구니를 들고 등장.

라몬　(바구니를 내려놓으면서.) 자아, 여기에도 꽃이 있어.

에글레　고마워요.

라몬　봐, 예쁘지. 이 패랭이꽃은 너를 위해 따온 거야.

에글레　어머 이 장미꽃은!

라몬　이건 안 돼. 오늘 내가 아미네를 위해 올해 최고의
　　　꽃을 바칠 생각이야. 장미는 검은 머리에 꽂아야 잘
　　　어울리거든.

에글레　당신의 처사는 제게 친절하고 정중하다고 할 수 없잖
　　　아요?

라몬　이렇게 오랫동안 서로 사랑하면서도 아직 나를 잘 모

르는 모양이지? 난 잘 알고 있어. 네가 나만을 사랑
한다는 걸. 그리고 쾌활한 내 마음 역시 영원히 네
것이라는 것도 말이야. 그걸 알고 있으면서도 나를
더욱 단단히 붙들어 매어두고 싶은 건가? 다른 여자
가 아름답다고 생각만 해도 안 된다는 건가? 나는 네
가 다른 남자를 미남이라고, 친절하다고, 또는 재미
있는 남자라고 칭찬을 해도 괜찮아. 나는 절대로 그
런 일로 화내지는 않을 거야.

에글레 됐어요. 나도 화내지 않을게요. 잘못이 있다면 피차
마찬가지예요. 저도 다른 남자들의 달콤한 말을 기꺼
이 들어주고, 당신도 내가 없을 땐, 다른 양치기 처
녀들에게 달콤한 말을 속삭여도 돼요. 진정한 마음을
강요할 수는 있어도 장난기까지야 지배할 수 없지요.
사랑을 지켜나가려면 하찮은 일들을 가볍게 넘겨버려
야 해요. 질투 같은 건 당신에게보다도 내게 더 어울
리지 않아요. (아미네에게.) 우리를 보고 웃고 있구나!
말해 봐, 무얼 생각하고 있니?

아미네 별로 대수로운 것도 아니야.

에글레 됐어. 난 행복한데, 넌 괴로워하는 거지.

아미네 왜 또!

에글레 왜 또라니. (다 함께 즐겁게 놀면서.) 사랑의 여신의 졸음
을 웃음으로 쫓아버리는 대신에, 네 애인이 오면 네
고통이 시작되니까 말이야. 그런 제멋대로인 사람은
처음 봤어. 그 사람이 너를 사랑한다고 생각하겠지
만, 아니야. 내가 그를 더 잘 알지. 네가 무엇이든
다 들어주니까 그 폭군이 널 좋아하는 거야. 자기 명

령에 순종하는 사람을 원하기 때문이야.

아미네   하지만 에글레, 그이도 내 말을 잘 들어줘.

에글레   다시 명령하기 위해서야. 넌 항상 그 사람의 부드러
운 눈길을 얻으려고만 하지. 남자의 마음을 홀리고, 남
자의 마음을 때려눕히도록, 자연이 우리들 눈에 준
힘을, 넌 그에게 주어버렸어. 그러니까 이젠 조금만
정답게 보아주기만 해도 그것으로 행복해지지. 주름
잡힌 이마, 잔뜩 찌푸린 미간, 음산하고 사나운 눈
매, 입술은 꽉 다물고 그 사람 참 보기 좋은 얼굴이
지. 매일매일 이런 모습으로 그 사람이 나타나면 애
원하고 키스하고 탄원해서 겨우 그 사람 이마에서 험
한 그림자를 쫓아냈지.

아미네   넌 그이를 몰라. 그이를 사랑하지 않으니까. 그이의
이마에 그림자가 드리우는 것은 완고해서가 아니야.
변덕스런 우울증이 그이 마음을 괴롭혀서, 빛나는 사
랑의 여름 햇빛에 음산한 그림자를 지게 하는 거야.
하지만 그래도 난 만족해. 내 모습이 보이기만 하
면, 내가 상냥하게 말을 걸기만 하면, 그이는 곧 기
분이 좋아지니까.

에글레   참으로 대단한 행복이군. 하지만 난 그런 행복은 싫
어. 도대체 그 사람이 너에게 어떤 즐거움을 주었는
지 말해 봐. 춤 얘기만 들어도 가슴이 뛰는 넌데, 그
사람은 춤이라곤 도무지 싫어하고, 너도 못 추게 하
지. 네가 어떤 축제에 가도 그 사람은 용서하지 않
지. 네가 목장을 거닐면 너에게 밟힌 풀에 질투하
고, 네가 좋아하는 새가 있으면 그 새까지 연적(戀

敵)처럼 미워하지. 만일 딴 남자가 네 손을 잡고 너
와 함께 춤추면서, 가슴에 다정하게 끌어안든지, 사
랑을 속삭였다면 그 사람 가만 있지 못할 거야.

아미네 그건 좀 너무 심해. 이번엔 내 소원을 듣고 너희들과
함께 축제에 가는 것을 허락해 줬어.

에글레 이제 알게 되겠지.

아미네 그게 무슨 소리야?

에글레 왜 그 사람은 함께 안 오지?

아미네 그인 춤추는 걸 그다지 좋아하지 않으니까.

에글레 아냐, 그건 핑계야. 춤이 끝나고 돌아오면 그 사람
빈정대면서 이렇게 말하기 시작할 거야. 「매우 재미
있었지?」——「예, 매우」——「그거 잘됐군. 놀이도
했나?」——「벌금 놀이요」——「그래! 다메트도 있었
나? 그래 함께 추었나?」——「나무 주위에서요」——
「당신들 춤추는 걸 보고 싶었는데. 녀석 춤을 잘 추
지? 보답으로 무얼 주었지?」

아미네 (미소를 지으면서.) 그대로야.

에글레 웃고 있는 거야?

아미네 그래, 그이와 꼭같아. 꽃 더 있어?

라몬 여기 있어! 제일 예쁜 꽃이야.

아미네 하지만 말이야. 난 그이가 내가 본 것이면 무엇이든
지 질투하는 데 기쁨을 느껴. 그이의 질투하는 모습
을 보고 있으면 그이가 나를 얼마나 사랑하는지 알
수 있으니까. 그러면 내 작은 가슴에는 모든 괴로움
대신 조그만 자부심이 자리잡게 되지.

에글레 불쌍하게도 넌 구제할 길이 없구나. 괴로움을 사랑하

고, 몸을 묶는 사슬을 흔들면서 그게 음악이라고 우
기다니.

아미네 화환을 묶을 리본이 모자라는데.

에글레 (라몬에게.) 봄 축제 때 내가 받아온 5월의 화환에 달
렸던 리본을 당신이 가져갔지요.

라몬 그걸 갖고 오지.

에글레 하지만 곧바로 돌아와야 해요.

제2장

에글레, 아미네.

아미네 저 사람은 네가 선물한 물건을 그다지 소중하게 여기
지 않은가봐.

에글레 저이 사고방식은 내 마음에 안 들어. 사랑 장난에는
감동받지 않아. 설사 그 장난이 하찮더라도 다정한
마음씨를 갖고 있다면 기뻐해 줄 텐데. 하지만 말이
야, 내 말을 믿어줘. 지나친 사랑을 받는 것보다 너
무 지나치게 사랑받지 않는 편이 괴로움은 덜하다는
것. 성실함을 칭찬하지. 그러나 그 성실함이란 것이
보장될 때 우리에게 충분한 안식을 가져다주는 거야.

아미네 아아, 하지만 다정한 마음씨는 역시 소중해. 그이는
나를 자주 슬프게도 만들지만 내 괴로움에 감동하기
도 하지. 그이가 날 비난하고 괴롭히기 시작하면 단
한마디 다정한 말만 해주면 돼. 그이는 곧 기분이 나

아지고 싸움 같은 건 잊어버리지. 내가 울고 있는 걸 보면 함께 울어주기도 하고, 내 앞에 엎드려서 용서를 빌기도 해.

에글레 그러면 넌 용서해 주니?

아미네 응, 언제든지.

에글레 비참하다고 생각지 않니? 사랑하는 연인으로부터 항상 모욕을 받으면서도 늘 용서해 주고, 사랑을 위해 애를 써도 하나도 되돌려받지 못하다니.

아미네 하지만 난 어쩔 도리가 없는걸—.

에글레 도리가 없다고? 그의 마음을 바꾸게 하자면, 못할 것도 없어.

아미네 하지만 어떻게?

에글레 내가 가르쳐줄게. 네 괴로움과 에리돈의 불만의 원인은—.

아미네 그 원인은?

에글레 네가 너무 다정하기 때문이야.

아미네 하지만 내가 다정하게 하면 그이도 다정하게 해줄 거라 생각했지.

에글레 그건 틀렸어. 냉정하게 굴어봐. 틀림없이 상대는 다정해질 테니까. 한번 시험삼아 해봐. 조금만 괴롭혀봐. 사랑을 얻으려고는 하지만, 지켜나가려고는 하지 않지. 에리돈이 너와 시간을 보내려 오면, 그는 언제든지 자기 뜻대로 된다는 걸 알지. 경쟁자가 몇이 있든, 그 사람은 상관하지 않아. 그에 대한 네 사랑이, 너에 대한 그의 사랑보다 훨씬 크다는 것을 알고 있거든. 그 사람은 너무나 행복해서 비웃음을 살 만하지. 아무것도 괴로운 것이 없으니까 스스로 괴로움을 만들려는 거야. 네가 이 세상에서 그 사람 이상으로 사랑하는 것이 없다는 걸 잘 알고 의심할 이유가 없으니까 제멋대로 의심하는 것뿐이야. 네가 그가 없이도 지낼 수 있는 것처럼 대해 봐. 처음엔 미치광이처럼 굴겠지만 그것도 오래가진 않을 거야. 끝내는 네 눈초리 하나가 지금의 키스보다도 더 효과를 가질 테니까. 그가 불안해하도록 하면 그 사람은 행복해질 거야.

아미네   다 맞는 말이긴 하지만, 그렇게 할 수가 없어.

에글레   이제 와서 용기를 잃어서는 안 돼. 넌 마음이 너무 약해. 저것 봐!

아미네   아아, 에리돈!

에글레   생각했던 대로군. 불쌍한 것! 그 사람만 오면 넌 기뻐서 어쩔 줄을 모르지. 이래선 안 돼. 그 사람을 변하게 하려면 그가 다가오더라도 냉정하게 보고 냉정하게 그의 말을 들어야지. 가슴이 파도치고, 볼이 이렇게 붉어져서는! 그럼 —.

아미네   아아, 그냥 둬! 그렇게는 못하겠어.

제3장

에리돈, 천천히 팔짱을 끼고 온다. 아미네, 일어서서 달려간다. 에글레, 앉은 채로 화환을 계속 꾸미고 있다.

아미네   (에리돈의 손을 잡고.) 에리돈!

에리돈   (그녀의 손에 키스하고.) 아미네!

에글레   (독백.) 귀엽기도 하지!

아미네   예쁜 꽃이야! 누구한테서 받았어요?

에리돈   누구한테서? 사랑하는 그대한테서.

아미네   그건 내가 드린 꽃인가요? 어제 것인데 아직도 그렇게 싱싱하네요.

에리돈   그대에게서 받은 것이면 무엇이든지 나에겐 소중하지. 내가 준 꽃은 어쨌지?

아미네   축제를 위한 화환을 꾸미는 데 썼어요.

에리돈   화환에 썼다고! 당신 모습이 얼마나 빛날지―. 젊은 이들 가슴에는 연정을, 그리고 처녀들 가슴에는 질투를 불러일으킬 거야!

에글레   고마운 일이라고 생각하세요. 그렇게 많은 젊은이들이 다투어 원하는 처녀의 사랑을 독차지하고 있잖아요.

에리돈   모든 사람들이 나를 그렇게 부러워한다면 나는 행복해질 수가 없어요.

에글레   물론 행복해질 수 있어요. 당신보다 더 확실한 사랑을 받는 이가 어디 있겠어요?

에리돈   (아미네에게.) 축제 얘기를 해줘. 다메트도 오겠지?

에글레   (생각이 떠오른 듯.) 오늘 꼭 오겠다고 나한테 말하던데요.

에리돈   (아미네에게.) 춤 상대로 누굴 고를 작정이야? (아미네 침묵. 에리돈, 에글레를 향해서.) 에글레, 제일 마음에 들 만한 상대를 이 사람에게 골라줘요.

아미네   안 돼요. 당신이 오지 않는데.

에글레   자, 에리돈, 들어봐요. 난 더 이상 못 참겠어. 도대체 무엇이 재미나서 그렇게 이 애를 괴롭히는 거죠? 이 애가 바람둥이라고 생각한다면 망설일 것 없이 이 애를 버려요. 이 애의 사랑을 믿고 있다면 그만 괴롭혀요.

에리돈 난 괴롭히고 있지 않아요.

에글레 괴롭히고 있지 않다고요? 그럼 기쁘게 해주고 있다는 건가요? 질투 때문에 이 애 즐거움일랑 다 망쳐놓고서. 의심할 이유란 하나도 없는데도 내내 의심만 하고, 그러고도—.

에리돈 아미네의 사랑이 진실하다고 당신이 보증해 줄 수 있어요?

아미네 내가 당신을 사랑하고 있지 않다고? 이 아미네가!

에리돈 언제 믿도록 해줄 거지? 저 건방진 다몬에게 꽃다발을 준 건 누구야? 저 젊은 튜르시스한테서 리본을 받은 건 누구야?

아미네 에리돈!

에리돈 내 말이 맞지? 받았지? 그래, 그 녀석들에게 보답을 해줬나? 그래, 키스라면 잘하니까.

아미네 아아 에리돈, 당신은 잘 알고 있으면서?

에글레 그만 해. 이 사람은 들을 마음이 없으니까! 말로 할 수 있는 건 벌써 모조리 했잖아. 다 듣고 있으면서 또 트집을 잡으려는 거야. 아무 소용도 없어. 같은 말을 또 해봤자. 오늘은 그걸로 끝난다 해도 내일이 되면 또 시작할 테니까.

에리돈 그래, 그럴 만한 이유가 내일 또 있다면.

아미네 그럴 만한 이유요? 내가 바람둥이라고 말할 셈이에요? 내가 당신에게 불성실하다고 정말 믿어요?

에리돈 아냐, 믿지도 않고 믿고 싶지도 않아.

아미네 지금까지 단 한번이라도 의심할 만한 일이 있었나요?

에리돈 그야 있었지. 종종 있었지.

아미네 도대체 언제 당신을 속였나요?

에리돈 그야 속인 적은 한번도 없지. 나를 괴롭히고 있는 것은 당신이 계획적으로는 아니더라도 경솔함으로 항상 잘못을 저지르고 있다는 사실이야. 당신은 나한테는 중요한 것도 하찮은 일이라고 생각하고, 나에게는 참을 수 없는 일이 당신에게는 아무것도 아니니까.

에글레 좋아요. 아미네가 경솔하다 해도, 당신의 마음을 상하게 한 게 뭐죠?

에리돈 아미네도 같은 말을 잘 묻죠. 하지만 말할 것도 없어요. 그런 점이 내 마음을 상하게 하거든요.

에글레 도대체 무엇이 잘못됐다는 거지요? 아미네는 어느 누구에게도 많은 것을 허락하지 않아요.

에리돈 의심할 정도로 많지는 않지만, 그녀의 성실함을 믿게할 정도로 적지도 않죠.

에글레 이 애는 어떤 여자보다도 당신을 더 많이 사랑하고 있어요.

에리돈 그렇지만 춤과 놀이와 장난도 나만큼 사랑하죠.

에글레 그게 참을 수 없는 남자는 어머니들이나 사랑해야지.

아미네 그만, 에글레! 에리돈! 나를 슬프게 하지 말아요! 내가 당신 없는 곳에서 웃고 장난치고 있더라도 당신을 얼마나 생각하고 있었는지 다른 친구들에게도 물어봐요. 당신이 옆에 있지 않은 것만으로, 즐거움이 사라

지고 마음이 무거워지며, 당신이 무엇을 하고 싶어할
까를 물었지요. 그걸 믿어주지 못하겠다면 오늘 축
제에 와서 봐줘요. 그리고 제가 당신에게 성실하지
않다고 말해 보세요. 당신 외에는 누구와도 춤추지
않고 한순간도 당신 곁을 떠나지 않고, 이 팔과 이
손으로 내가 껴안을 사람은 당신밖에 아무도 없어
요. 이런 내 모습이 당신에게 조그마한 의심이라도
불러일으킨다면.

에리돈 스스로 억제할 수 있다는 것이 사랑한다는 것을 증명
해 주진 못해.

에글레 봐요. 이 애의 눈물을 봐요. 사랑하지 않는다면 울지
도 않아요. 당신이 이렇게 잔혹한 사람이라고는 꿈에
도 생각하지 못했어요. 당신의 불만은 끝이 없군요.
많은 것을 당신에게 바쳐도 당신은 그럴수록 더 많은
것을 요구해요. 그리고 당신의 거만은 이 애의 순수
한 마음속에 당신 외에는 아무리 작은 즐거움조차도
발붙이지 못하게 해요. 이런 불만과 거만이 당신의
증오스런 마음을 번갈아서 다스리고 있어요. 이 애의
사랑도 괴로움도 당신을 움직일 수가 없어요. 이 애
는 나의 소중한 친구, 이렇게 이 애를 괴롭히는 것을
더 이상 용서할 수 없어요. 당신 곁을 떠나는 일은
어렵겠지만, 당신을 계속 사랑하는 일은 더욱 어렵겠
어요.

아미네 (독백.) 아아 왜 이 가슴은 이렇게 사랑으로 가득할까!

에리돈 (한순간 아무 말 없이 서 있다가 머뭇머뭇 아미네에게 다가와서
그녀의 손을 잡는다.) 아아, 아미네! 사랑스런 아미네!

당신은 그래도 나를 용서해 주겠지?

아미네 지금껏 몇 번이고 그랬잖아요?

에리돈 고마워! 아아 관대하고 상냥한 아미네! 당신 발밑에
무릎 꿇게 해줘!

아미네 일어나세요. 에리돈!

에글레 지금 그렇게 고마워하지 않아도 돼요. 지나치게 격렬
한 감정은 그리 오래가지 않는 법이지요.

에리돈 내가 이 애를 사모하는 이 감정의 격렬함은—.

에글레 만약 그렇게 격렬하지 않았더라면 더욱더 좋았을 텐
데. 당신은 훨씬 더 조용히 지낼 수 있을 테고, 두
사람의 이런 쓸데없는 괴로움은—.

에리돈 제발 이번만은 용서해요. 이제부터 좀더 현명해질 테
니까.

아미네 자, 에리돈, 꽃다발을 만들어주세요! 당신이 주시는
꽃다발이라면 나에게 얼마나 어울릴까요!

에리돈 그 장미꽃이 있지 않아!

아미네 이건 라몬이 준 거예요. 나한테 잘 어울리지요.

에리돈 (마음이 상해서.) 그렇고 말고—.

아미네 하지만 에리돈, 이건 당신에게 드릴게요. 그러니까
제발 화내지 말아요.

에리돈 (장미를 받아들고, 그녀 손에 키스한다.) 그럼 곧 꽃을 따
올게. (퇴장.)

제 4 장

아미네, 에글레, 뒤에 라몬 등장.

에글레 불쌍한 것, 사람이 좋기만 하고, 이래선 잘될 수가 없지! 네가 잘해 주면 줄수록 저 사람의 방자함도 심해질 뿐. 여간 조심하지 않으면 네가 좋아하는 건 다 빼앗기고 말 거야.

아미네 그이를 잃을까봐. 그것만이 걱정이야.

에글레 훌륭하군, 네 사랑이 오래되지 않았다는 걸 잘 알겠어. 처음엔 다 그런 거야. 사랑에 빠지게 되면, 머릿속엔 아무것도 없어지지. 있는 건 오직 사랑하는 이뿐이지. 그런 때 소설을 읽지. 한숨 섞인 연애 소설을. 그이가 얼마나 사랑하고, 상대가 얼마나 성실하고, 그이의 정이 얼마나 깊고, 사랑을 위해 자신의 위험을 무릅쓰고, 용감히 싸움터로 나간다는 이야기에 빠져서, 자기가 이야기 속의 주인공이라도 된 듯, 스스로 비참하게 되기를 원하고, 그 역경을 극복하려 들지. 젊었을 땐 소설의 영향을 받기 쉽지. 특히 사랑하고 있는 사람들은 가장 감동받기 쉽지. 하지만 그렇게 하면서 사랑을 계속하고 있다가 겨우 종국에 가서 알아차리지. 변치 않는 사랑이라고 생각했던 것이 실은 바보스럽기 짝이 없는 일이었다는 것을.

아미네 하지만 내 경우는 달라.

에글레 그래, 열이 난 환자는 의사에게 이렇게 말하지. 「나는 열이 조금도 없어요」라고. 그러나 그런 걸 누가 믿어? 아무도 안 믿지. 그런 환자한테는 억지로라도 약을 먹여야 해. 너도 마찬가지야. 약을 먹어야 해.

아미네   어린애들 얘기라면 그렇겠지. 하지만 내겐 우습게 들려. 내가 어린앤가?

에글레   넌 지금 사랑에 빠져 있어!

아미네   그건 너도 마찬가지야.

에글레   그건 그렇지. 하지만 내 식으로 해봐. 널 몰아댔던 그 폭풍을 가라앉혀 봐. 그렇게 빠지지 않고서도 사랑할 수는 있는 거야.

라몬   자, 리본을 가져왔어.

아미네   아름다워라!

에글레   당신 꽤 늦었군요!

라몬   언덕 아래서 크로리스가 불러놓고 모자에다 꽃을 장식해 달라고 해서.

에글레   그래서 보답으로 무얼 받았어요?

라몬   무얼 받았냐고? 아무것도 없어. 키스했을 뿐이지. 뭘 해주든 간에 여자애들한테서 받을 수 있는 것은 키스밖에는 아무것도 없어.

아미네   (에글레에게 리본을 단 화환을 보이면서.) 잘됐어?

에글레   그래, 줘봐. (아미네에게 화환을 걸어준다. 리본의 매듭이 오른쪽 어께 위에 오도록, 그러면서 라몬과 얘기하고 있다.) 오늘은 신나게 놀아요.

라몬   오늘은 한번 신나게 놀아보자. 점잖 빼거나 하면 연인이 화내지 않을까, 그런 것 마음 쓰다가는 모처럼의 축제를 망쳐버리지.

에글레 당신 말이 맞아요.

라몬 그럼 그럼.

에글레 잠깐 아미네, 앉아봐! (아미네 앉는다. 에글레, 그녀의 머
리에다 꽃을 꽂아주면서, 라몬에게.) 자 당신 크로리스에게
해준 키스 나에게 돌려줘요.

라몬 (그녀에게 키스한다.) 물론 해줘야지.

아미네 우스운 짓들 그만해요.

에글레 에리돈도 이렇다면 너도 괜찮을 텐데.

아미네 물론 그이는 딴 여자한테 키스 같은 것을 해서는 안
되지!

라몬 장미꽃은 어쨌지?

에글레 이 애가 에리돈에게 줬어요. 그 사람 마음을 달래기
위해서.

아미네 그이 마음에 들도록 해야 해요.

라몬 좋아! 당신이 그를 용서해 주면 그도 당신을 용서해
주겠지. 당신네 둘은 경쟁하며 서로를 괴롭히고 있는
거야.

에글레 (머리 장식이 다 끝났다는 신호를 한다.) 다 됐어.

라몬 훌륭한데.

아미네 그인 아직도 안 오네. 꽃다발을 빨리 가져와야 하는데.

에글레 넌 여기서 기다려. 난 저쪽에서 화장을 할 테니까.
자, 라몬, 같이 와주세요. 잠시 여기 혼자 있어. 우
리들 곧 돌아올게.

제5장

아미네, 뒤에 에리돈 등장.

아미네   얼마나 다정한 모습인가! 남들이 부러워할 행복이지! 만약 그런 힘이 나에게 있다면, 에리돈을 만족시키고, 나도 행복할 수 있기를 얼마나 바라고 있는가? 그이가 시키는 대로만 하지 않았더라면, 그이는 보다 행복하게, 나는 보다 만족스럽게 지낼 수 있었을 텐데. 그래, 냉담하게 굴어서 그에게 주었던 내 힘을 되찾아오자. 하지만 내가 냉담하게 굴면 그이는 얼마나 화를 낼까? 그의 화난 모습을 생각하기만 해도 몸이 떨릴 지경이야. 냉담하게 하려고 생각해도 난 그런 연극을 도저히 해낼 수가 없어. 하지만 에글레처럼 처신하려면, 에리돈이 시키는 대로 해왔지만, 앞으로 그이를 지배하려면——오늘이야말로 좋은 기회야. 이 기회를 놓쳐서는 안 돼. 당장 서둘러야지——아, 그이가 오네! 자, 정신 차려야지.

에리돈   (그녀에게 꽃을 준다.) 그다지 좋은 게 아니라 미안해, 급하게 꺾어와서.

아미네   괜찮아요. 당신이 주시는 꽃인데요, 뭐.

에리돈   당신이 다몬에게 주어버린 그 장미에 비하면 그렇게 곱지는 않지만.

아미네   (꽃을 가슴에 꽂고.) 됐어요. 소중하게 간직할게요. 당신이 계신 이 가슴에, 이 꽃을 잘 간직해 둘게요.

에리돈   거기면 절대 안전할까——.

아미네 설마 당신은—.

에리돈 의심을 하고 안 하고가 아니야. 난 단지 아무래도 좀 불안한 거지. 시끌벅적한 축제의 소동 속에서 춤에 몰두해 있을 때에는 아무리 단단한 마음도 풀어지게 마련이지. 이성의 충고, 의무의 명령을 잊어버리지. 즐거운 놀이 때도 나를 생각하겠지. 하지만, 당신은 마음이 풀어져 젊은이들의 방자한 행동을 제한하는 걸 잊어버릴 거야. 젊은 총각들은 젊은 처녀가 단지 장난으로 무얼 허락하면 금세 그럴 권리가 있다고 생각하게 되지. 젊은이들의 자만은 사랑놀음의 장난기를, 곧장 애정이라고 생각하는 거야.

아미네 그런 제멋대로의 착각은 그들 일이지요. 내 주위에 젊은 남자들이 아무리 많이 모여들더라도, 내 마음을 차지하고 있는 것은 당신밖에는 아무도 없어요. 그런데 무엇을 더 원하죠? 다른 남자가 나를 보는 것은 허락할 수 있잖아요. 다른 남자들이 제멋대로 생각하는……

에리돈 그들이 제멋대로 생각하는 것, 그걸 참을 수 없단 말야. 당신 마음은 내 것이라고, 그야 잘 알지. 하지만 누군가가 어떤 기회에, 제멋대로 자만해서 당신 눈과 마주쳤다는 것만으로 키스라도 한 것처럼 생각하고, 나한테서 당신을 빼앗았다고 믿고서 승리감에 빠진다면.

아미네 그럼 제발 같이 가서, 그런 착각을 깨줘요. 당신이 갖고 있는 특권을 모두들에게—.

에리돈 고맙지만 그만두지. 서툰 춤을 추는 일은 끔찍하거든. 서투른 상대와 춤추면, 당신은 창피할 거야. 나는 잘 알지. 처녀의 자부심은 춤출 때엔, 사랑하는 상대가 아니라 우아하게 춤출 수 있는 상대에게 특권을 주게 된다는 걸.

아미네　당신 말이 맞아요.

에리돈　(빈정대는 투를 억제하면서.) 그렇겠지, 아아, 내가 남들이 칭찬하는 저 경쾌한 다마렌의 춤 솜씨만 가지고 있다면! 정말 얼마나 매력적으로 추는지!

아미네　멋있어요. 그 사람과 맞설 사람은 아무도 없어요.

에리돈　그래서 처녀들은 모조리 ―.

아미네　감탄하고.

에리돈　좋아하지!

아미네　그럴지도 모르지요.

에리돈　그럴지도 모른다고? 빌어먹을! 틀림없어!

아미네　왜 그래요. 그 모습은?

에리돈　왜 그러느냐고, 날 괴롭혀놓고! 금방이라도 미칠 것 같군.

아미네　괴롭혔다고? 제가요? 당신 때문에 저와 당신이 괴로운 것 아닌가요? 냉혹하군요! 왜 당신은 이렇지요?

에리돈　그럴 수밖에 없어. 사랑하기에 한탄하게 되는 거지. 이렇게 당신을 사랑하지 않는다면 당신을 괴롭히지도 않아! 당신 눈이 밝게 웃고, 당신 손이 나에게 닿으면, 기쁨에 마음이 떨리고 가슴은 울렁이고, 주체할 수 없는 이 행복을 나는 하느님께 감사하지. 그러나 어느 누구도 이런 행복을 갖게 할 수는 없어.

아미네　좋아요. 그래서 무엇이 불만이세요? 그 행복은 당신 혼자만의 것이에요.

에리돈 하지만 당신도 그들을 싫어하지는 않지? 당신은 그들
을 미워해야 해.

아미네 미워하라고요? 왜 그런?

에리돈 그건 그들이, 당신을 사랑하고 있으니까!

아미네 대단한 이유군요!

에리돈 알았어, 당신은 그들을 슬프게 만들고 싶지 않을 테
지! 그들을 소중히 해두지 않으면, 즐거움이 줄어들
테니. 만약, 당신이 —.

아미네 에리돈, 당신은 정말 부당해요. 사랑하게 되면 인간
적인 따뜻함도 떨쳐버려야 한다는 건가요? 한 사람을
사랑하고 있는 마음이 다른 누군가를 미워할 수 있을
까요. 사랑의 다정한 감정은 증오심을 용납하지 않아
요. 적어도 내 경우는 그래요.

에리돈 바보 같은 남자가 스무 사람 꿇어앉으면, 스무 사람
다 속여 먹으려는 게 상냥한 여성의 오만한 즐거움인
데, 그걸 잘도 변호하는군. 오늘이야말로 당신의 자
만심을 만족시켜 줄 좋은 기회야. 당신을 숭배하는
남자들의 무리가 당신 주위에 모여들겠지. 처음으로
속을 태우는 총각들도 많겠지. 이런 사랑이 노예들
모두에게 시선을 주지는 못하겠지. 바보 녀석들에게
둘러싸여서 충분히 만족하더라도, 나도 좀 생각해
줘. 난 바보 중의 바보야! 자 빨리 갔다와!

아미네 (독백.) 아아, 안 돼, 정신 차려야지. 또 그이에게 지
겠어. 아아 하느님, 저이는 저를 괴롭히기 위해서 사
는 걸까요. 이처럼 비참한 삶은 언제까지 계속되는
것일까요. (에리돈에게.) 사랑의 가벼운 끈을 당신은

무거운 멍에로 바꾸어버렸어요. 폭군처럼 괴롭히는 당신을, 그래도 나는 사랑하고 있어요! 당신이 미친 듯이 화내도, 나는 사랑의 부드러움으로 대하고, 언제든지 당신에게 복종하는데도, 당신은 만족하지 않지요. 제가 희생하지 않는 것이 있나요? 그래도 당신은 항상 불만이지요. 오늘 축제의 즐거움도 빼앗고 싶은 거지요. 좋아요, 갖고 싶으면 자, 가져요! (머리와 어깨로부터 화환을 떼어내 던져버린다. 그리고 일부러 냉정한 투로 말한다.) 그렇지 않아요, 에리돈? 축제의 성장을 한 나보다 이 모습이 당신은 더 좋다는 거지요. 이래도 기분이 풀리지 않아요? 꼼짝도 안하는군요! 내 얼굴도 보지 않는군요! 나에게 화났어요?

에리돈　(그녀 앞에 무릎 꿇는다.) 아아 부끄러워. 아미네, 내가 나빴어! 용서해 줘! 난 당신을 사랑해! 자, 축제에 다녀와요!

아미네　아니오, 에리돈, 이제 됐어요. 난 당신과 여기 있겠어요. 정다운 노래를 부르면서, 함께 시간을 보내도록 해요.

에리돈　괜찮으니까 당신은 가봐요.

아미네　자아, 어서, 당신의 피리를 가지고 와요!

에리돈　당신이 원한다면!

제 6 장

아미네　슬픈 듯 보이지만, 가슴속에서는 기뻐하고 있어. 아무리 다정하게 해주어도 소용이 없어. 아무리 희생을 치러도, 그이는 아무렇지도 않은 모양이야. 내가 잘 못을 저질러 희생하는 걸로 생각하나 봐. 어떻게 하지, 불평을 하면서 가슴을 조이네. 이렇게 괴로움을 받아야 하나? 그래, 역시 내 탓이야! 저이가 나를 괴롭히는 일을, 멈추지 않을 것이라고 알고 있으면서도, 그에 대한 사랑은 멈출 수가 없으니. 하지만 이젠 더 참을 수가 없을 것 같아. 가만! 들어봐! 음악이 시작됐어. 가슴이 뛰고 발이 그쪽으로 향하네. 아아, 가고 싶어라! 그런데 왠지 가슴이 불안하고 죄어오는 것 같아. 어쩌면 좋지. 뜨거운 불길이 내 가슴을 태우는 것 같아. 축제에 가야지! 아아, 못 가겠어. 그이가 나를 끌어당겨! 불쌍한 것! 이게 네 사랑의 기쁨인 것을! (잔디 위에 몸을 던지고 운다. 에글레와 라몬의 모습을 보고 눈물을 닦고서 일어난다.) 어쩌지 모두들 오네. 나를 얼마나 비웃을까!

제7장

아미네, 에글레, 라몬.

에글레 빨리 빨리! 행렬이 가버려! 아미네! 울고 있는 거야?
라몬 (던져진 화환을 주우면서.) 어떻게 된 거지, 이 화환은?
에글레 어떻게 됐어? 누구 짓이야?
아미네 내가 한 짓이야!

에글레 너 함께 안 갈거야?

아미네 가고 싶어. 하지만 허락이 나질 않아.

에글레 누구 허락이 필요하다는 거야? 그만 해둬, 그런 알 수
없는 말일랑은. 바보 같은 소리는 그만 해. 설마 에리
돈이 또—?

아미네 그래, 그이가.

에글레 그런 줄 알았어. 바보같이, 그렇게 구박받아도 마찬
가지니! 설마 너 약속한 거 아니야? 함께 여기 있자
고? 즐거운 오늘 하루를, 한숨만 쉬면서 보낼 작정이
니? 물론 그 사람을 그렇게 좋아하는 줄은 알지만.
(잠깐 말을 끊었다가, 라몬에게 눈짓하고.) 화환을 쓰는 것
이 더 좋아 보일 텐데, 와서 써봐! 이쪽으로 써봐.
이제 훌륭해. (아미네가 눈을 아래로 깔고 일어난다. 에글레
가 시키는 대로 한다. 에글레가 라몬에게 신호를 보낸다.) 시간
이 늦겠어. 나도 가야겠어!

라몬 그래 좋아, 당신 뜻대로!

아미네 (맥없이.) 안녕!

에글레 (가려다 말고.) 아미네, 함께 가자! 빨리!

아미네 (슬픈 표정으로 그녀를 보며, 아무 말이 없다.)

라몬 (에글레의 손을 잡고, 데려가려고 한다.) 내버려둬요! 난 화
가 나서 죽을 지경이야. 모처럼 기대했던 근사한 춤
을 다 망쳐버릴 거야! 오른쪽 왼쪽으로 발맞춰서 쾌
활하게 추는 그 춤은 아미네만 할 수 있다던데. 큰
기대를 걸고 있었는데, 갑자기 안 오겠다고 하니!
자, 가자, 빨리 가자. 더 이상 이야기하고 싶지 않아.

에글레 그 춤을 함께 추지 않겠다고? 참 딱하군! 라몬이 잘

추는데! 그럼 갔다올게. (에글레, 아미네에게 키스하려 한
다. 아미네, 그녀의 목을 끌어안고 울기 시작한다.)

아미네 아아, 도저히 견딜 수가 없어!

에글레 아미네 너 울고 있니?

아미네 내 마음이 울고 있어. 난 괴로워. 가고 싶어. 에리
돈, 당신이 미워.

에글레 미움을 받아도 싸지. 하지만 그래선 안 돼! 사랑하는
이를 미워하는 사람이 어디 있어? 그이를 사랑해 줘
야 하지만 그의 노예가 돼서는 안 돼. 전에도 몇 번
이고 말했지. 자, 함께 가.

라몬 춤추러, 축제에!

아미네 하지만 에리돈은 어떻게 하지?

에글레 내버려두고 가! 내가 대신 남을게. 내가 그 사람 붙
잡아서 같이 갈게. 그러면 기쁘지 않겠니?

아미네 그렇게만 된다면 얼마나 기쁘겠어!

라몬 그럼 가요. 들리지, 저 피리 소리가? 아름다운 피리
소리가. (아미네의 손을 잡고, 노래하며 춤을 춘다.)

에글레 (노래한다.) 사랑하는 이가 시샘하고 괴롭히려 들면, 딴
남자에게 아는 척했다, 웃음을 던졌다고 시비를 걸면
은, 배반이다, 마음 변했다고 질책하려 들면 노래부
르며 춤추는 게 좋아. 잔소리도 들리지 않지. (라몬, 춤
추면서 아미네를 이끌고 간다.)

아미네 (퇴장하면서.) 제발, 그이를 데려다줘!

제8장

에글레, 뒤에 에리돈, 피리와 악보를 가지고 등장.

에글레 잘 봐둬요, 난 벌써부터 기다리고 있었어. 저 양치기의 마음을 바꿔놓을 기회가 오기를. 오늘에야 내 소망이 이루어지겠지. 기다려봐, 가르쳐줄게, 당신이 어떤 남자인지를. 그래도 또 저 애를 괴롭힌다면! ─ 저기 오네! 에리돈, 잠깐.

에리돈 아미네는 어디 있어요?

에글레 아미네가 어디 있느냐고요? 라몬과 같이 있어요. 피리 소리 들리는 쪽으로 갔어요.

에리돈 (피리를 땅바닥에 던지고, 악보를 찢는다.) 날 배신했어!

에글레 미쳤어요?

에리돈 미치지 않을 수 있어요? 여우 같은 년, 얼굴엔 웃음을 띠고, 화환을 벗으면서 말했지. 춤추러 안 가겠다고. 자기 스스로 그렇게 말해 놓고선 ─ 아아! (발을 구르면서 찢겨진 악보를 내던진다.)

에글레 (침착한 어조로.) 당신한테 좀 물어보고 싶은데요. 도대체 무슨 권리가 있어서 그 애한테 춤을 못 추게 하지요? 당신의 사랑만 있으면, 그것만으로 만족하고 그밖에는 아무것도 요구해서는 안 된다고 말하고 싶나요? 당신에 대한 사랑이, 그 애의 가슴을 가득 채우면, 다른 일을 하고 싶은 생각은 없어지는 거라고 말할 작정인가요? 최상의 시간을 당신에게 바치고, 당신과 함께 있는 것을 제일 좋아하고, 당신과 떨어져

있을 때도 당신만을 생각해 준다면, 그걸로 충분한가
요? 그러니까 에리돈, 그 애를 이렇게 괴롭히는 것은
바보짓이에요. 그 애가 춤을 사랑하든, 놀기를 좋아
하든, 그 애의 사랑엔 변함이 없어요.

에리돈　(팔짱을 끼고 허공을 본다.) 아아!

에글레　나한테 말해 봐요. 그 애를 이렇게 잡아매 두면, 그
게 사랑이라고 생각하나요? 그런 건 노예나 다름이
없어요. 축제에 당신이 오면, 그 애는 당신만 보고
있어야 하고, 당신이 떠나면 아미네는 당장 그 자리
를 뜨지 않으면 안 돼요. 거기서 그 애가 주저하면, 금
방 당신은 언짢은 눈초리가 되지요. 그래서 그 애는
단념하고 당신을 따라 돌아가지만, 마음은 남겨놓고
갈 때도 많아요.

에리돈　늘 그렇죠!

에글레　불쾌한 이야기도 들어봐요. 자유를 빼앗기면 모든 즐
거움이 사라지게 돼요. 사람은 누구라도 그렇지요.
노래를 좋아하는 아이가 있다고 쳐요. 그 아이에게
〈노래 불러라〉라고 강요한다면, 그 애는 놀라서 침묵
해 버릴 거예요. 그 애를 자유롭게 내버려두면, 그
애가 당신을 버리는 일은 없을 거예요. 하지만 그 애를
너무 괴롭히면, 조심해요. 그 애는 당신을 증오할 거
예요.

에리돈　증오한다고요? 나를!

에글레　당신의 태도에 대한 보답이죠. 이번 기회에 거짓 없
는 애정의 행운을 차지하세요. 변함없는 사랑을 품을
수 있는 것은, 속으로부터 타오르는 심정뿐. 그것만

이 변함없이 참사랑을 할 수 있어요. 어떻게 생각해요, 당신이 상자 속에 키우고 있는 새가 당신에게 성실하다고 생각해요?

에리돈 아니오!

에글레 그럼 그 새가 자유로이 들과 정원을 날아다니다가 그래도 돌아온다면?

에리돈 그럼 알 수 있겠죠!

에글레 당신을 사랑하는 그 새가 자유의 맛을 알고서도 당신 곁에 돌아오는 것을 바라보게 된다면, 당신의 기쁨은 더하지 않을까요? 그리고 당신의 사랑하는 연인이 축제가 끝난 뒤에 춤의 흥분이 가시지도 않은 채, 당신을 찾고 있는데, 단 한 사람뿐인 사랑하는 사람, 당신이 곁에 없었기에 즐거움도 충분하지 못했다는 것을 그녀의 눈이 말하고 있는 것을 당신이 확인한다면, 그리고 그녀가 맹세한다면, 당신과의 단 한번의 키스는, 천번의 축제보다 더 큰 기쁨이라고—, 그렇다면 당신은 부러울 것 없지 않아요?

에리돈 (감동해서.) 오오, 에글레!

에글레 조심해요. 더없는 행운을 가진 자가 자신의 행운을 모른다면, 하느님의 노여움이 타오르게 되죠. 자, 에리돈! 만족할 줄 아세요! 그렇지 않으면 당신이 울린 그녀의 눈물이 하느님의 복수를 불러와요.

에리돈 춤출 때 모두들 그녀의 손을 잡고, 그녀 쪽을 누군가가 바라보고, 그녀도 그쪽을 바라보는, 이런 일을 참을 수 있다면. 난 그걸 상상하기만 해도 화가 나서 가슴이 찢어지는 듯해요.

에글레 내버려둬요! 그 정도는 아무것도 아니에요. 게다가
키스한다 해도 아무것도 아니지요.

에리돈 뭐라고? 아무것도 아니라고요? 키스가?

에글레 키스에 무슨 뜻이 있을 때는, 마음속의 감정이 많이
담겨져 있어야 해요. 난 그렇게 생각해요—. 에리
돈, 그녀를 용서해 주세요. 당신이 화난 얼굴을 하고
있으면, 그녀는 어떤 일에도 즐거워할 수 없어요.

에리돈 아아, 에글레!

에글레 (비위를 맞추면서.) 에리돈, 이제 화내지 말아요! 당신은
좋은 분이에요. 그럼 난, 가보겠어요. (에리돈의 손을 잡
고.) 아아, 손이 뜨겁네요!

에리돈 혈관 속의 피가 끓어올라요—.

에글레 아직도 화가 풀리지 않았어요? 이제 그만하세요! 그
녀를 용서했지요? 빨리 가서 알려줘야지. 부들부들
떨면서 기다리고 있을 거예요. 말해 줘야지. 에리돈
은 화나 있지 않다고. 그럼 안심하겠지. 심장은 애정
으로 파도 치고, 지금껏보다도 더 열렬히 당신을 사
랑할 거예요. (정겨운 눈으로 에리돈을 본다.) 기다려봐요.
축제가 끝나자마자 그녀는 당신을 찾아올 거예요. 찾
고 있는 동안에는 더욱더 그리워지지요. (에글레, 더욱
더 정겹게 에리돈의 어깨에 몸을 기댄다. 에리돈, 그녀의 손을
잡고 그 손에다 키스한다.) 그리고 마침내 당신을 찾아내
지요! 상상해 봐요, 그 순간을! 힘차게 당신 가슴에
그녀를 안고서, 행복에 젖어보세요! 춤추는 처녀는
아름다워라, 볼은 달아서 장미와 같고, 미소 띤 입의
숨결, 파도 치는 가슴에는, 내려뜨린 머리카락을 드

리우고, 처녀는 마치 춤출 때처럼 요염한 매력을 몸에 감싸고 달려가네. 피는 끓고 달아오르고, 몸이 흔들릴 때면, 온갖 신경들까지 생명으로 충만해져요. (그녀는 황홀경에 빠진 체하고 에리돈의 가슴에 기댄다. 에리돈, 한 팔로 그녀를 안는다.) 이런 처녀를 보는 기쁨보다 더한 기쁨을 아세요? 당신은 축제에 가지 않으니 이런 감동도 모르겠지요.

에리돈 알아요, 에글레! 당신의 가슴에서 그걸 느껴요. (그는 에글레의 목을 껴안고 키스한다. 에글레, 하는 대로 내버려둔다. 그러고 나서 몇 발자국 물러선 다음 야유하듯이.)

에글레 당신 그녀를 사랑해요?

에리돈 그야 물론! 나 자신처럼!

에글레 그런데도 나에게 키스할 수 있어요? 기다려요. 이 거짓에 대한 보상을 해야 해요. 당신은 불성실한 사람이야!

에리돈 뭐라고요? 당신은 도대체 ―.

에글레 난 사실대로 말하고 있을 뿐. 당신은 나에게 다정하게 키스했어요. 이건 진실이에요. 난 대만족이었어요. 내 키스는 어떠했어요? 당신의 뜨거운 입술은 더 하고 싶다고 타오르던데. 불쌍한 아미네, 그녀가 이 자리에 있었다면!

에리돈 있었다면 그게 어쨌다는 거야?

에글레 큰소리쳐도 소용없어요. 큰 봉변을 당했을 거예요!

에리돈 그래, 물론 크게 화를 냈겠지요. 제발 비밀을 지켜줘요. 당신과의 키스는 그녀에게 해를 끼치지는 않겠지. 그리고 그녀하고의 키스가 설령 아무리 달콤하다

하더라도 당신과의 키스 또한 달콤하다고 생각해서
안 될 이유는 없잖아요?

에글레 그건 그녀에게 물어볼 일이지요.

마지막 장.

아미네, 에글레, 에리돈.

에리돈 아아, 난 어떻게 하지!

아미네 그이한테로 가야지! 사랑하는 에리돈! 에글레가 가
라고 했어요. 약속을 깨서 죄송해요. 에리돈, 난 축
제에 안 가겠어요!

에리돈 (독백.) 배반자는 바로 나야!

아미네 당신 아직도 화나 있어요? 얼굴을 돌리는 건가요?

에리돈 (독백.) 뭐라고 해야 되지?

아미네 아아! 작은 과실로 이런 보복을 받아야 하나? 당신이
화내는 건 당연하지만, 하지만 그렇게 —.

에글레 내버려둬! 이 사람 방금 나한테 키스했단다. 그 맛이
아직도 사라지지 않았어.

아미네 키스했다고!

에글레 그것도 아주 정답게!

아미네 아아! 그건, 그건 너무해, 너무했어! 당신 내가 그렇
게 금세 미워졌어요? 어떻게 하지! 날 버린 거야! 다
른 여자에게 키스하는 건 변심의 시작이지. 난 당신을
알고 나서부터, 그런 일 단 한번도 한 적이 없어요.

어느 누구도 내 입술을 건드리지 못했어요. 벌금 놀이 때에도 키스 같은 거 해본 적이 없어요. 질투로 마음이 괴로워지는 것은 나나 당신이나 마찬가지, 그러나 나는 당신을 용서할게요. 그러니 제발 이쪽으로 돌아서 줘요! 아아, 불쌍한 내 마음, 이렇게 변호해도 소용없군요. 그이는 아주 화가 났나봐. 그이는 이제 애정을 느끼지 않나봐. 아무리 이야기해도 아무 소용이 없나봐.

에리돈   아아, 얼마나 사랑스러운 마음인가! 난 정말 부끄러워!

아미네   에글레, 아아 에글레, 네가 내 애인을 유혹했다고!

에글레   걱정하지 마, 바보 같으니라고! 에리돈은 네 것이야. 난 그를 잘 알고 있어. 그가 얼마나 너를 사랑하고 있는지.

아미네   그러면서도ㅡ.

에글레   그래, 그런데도 그는 나에게 키스했어. 하지만 말이야, 왜 그게 그렇게 됐는지 네가 알기만 한다면, 넌 그를 용서할 거야. 봐, 저렇게 후회하고 있지 않니!

에리돈   (아미네 앞에 무릎 꿇는다.) 아미네! 사랑하는 아미네! 저 애한테 화내 줘! 저 애가 너무도 다정한 몸짓으로, 저 애의 입술이 너무도 가까워서, 난 거역할 수가 없었어. 하지만 당신은 내 마음을 아니까 내 행실을 용서해 주겠지. 이런 작은 즐거움 하나로 내 마음이 당신을 떠나지는 않지.

에글레   아미네, 키스해 드려라! 이제 좀 알게 된 모양이야. (에리돈에게.) 즐거움 따위로 당신의 사랑과 이 애의 사랑이 떠나지는 않을 거예요. 바로 그것이에요. 당

신 스스로 자신을 판단할 수 있게 됐지요. 알겠지
요, 이 애가 춤을 좋아한다 해도, 그건 죄가 아니에
요. (그의 말투를 흉내내서.) 춤출 때, 모두들 그녀의 손
을 잡고, 그녀 쪽을 누군가가 바라보고, 그녀도 그쪽
을 바라보더라도, 그건 당신도 알다시피 대수로운 일
이 아니에요. 이제 당신도 아미네를 두 번 다시 괴롭
히지 않겠지요? 그리고 꼭 함께 오겠지요?

아미네 함께 가요, 축제에!

에리돈 가지 않을 수 없지! 키스가 날 깨우쳐주었어.

에글레 (아미네에게.) 키스한 것 용서해 줘. 그리고 질투가 두
번 다시 그의 마음에 찾아오거든, 오늘 이 날의 키스
를 회상하게 해줘. 그러면 할말이 없어질 거야. 여러
분, 여자를 질투심에서 괴롭히는 여러분들, 여러분은
자신의 어리석음을 잘 돌이켜본 뒤에, 그래도 투정부
릴 수 있다면, 단단히 결심하고 투정을 부리세요.

피장파장

3막의 희극

등장인물

여관주인

소피 그의 딸

쵤러 그녀의 남편

알체스트

급사

무대 여관집 내부

제1막

제1장

여관의 식당

칠러가 가장 무도회용 옷을 입고 작은 식탁에 앉아 있다. 식탁 위에는 등잔불과 포도주 병, 그리고 술잔이 하나 놓여 있다. 소피가 맞은편에 앉아서 모자에 깃털과 리본을 달고 있다. 여관주인이 들어온다. 무대 안쪽에는 등잔불과 책들, 그리고 잉크병이 놓인 책상이 있고, 그 옆에 안락의자가 놓여 있다.

여관주인 (칠러에게.)

어느새 또 무도횐가! 이봐 사위, 내 정말 자네의 방탕한 생활에
이젠 진절머리가 나네. 이제 좀 그만 할 때도 되잖았나.
그렇게 내 돈으로 빈둥빈둥 먹고 살려고
내 딸자식을 자네에게 준 건 절대로 아냐.

　　　　나도 늙었어, 좀 쉬고 싶었다구,
　　　　도움이 필요해서 자넬 불러들인 게 아닌가?
　　　　이게 도와주는 건가! 그래, 내 알량한 재산마저 다
　　　　탕진하다니!

쵤러　　　（혼자서 노래를 홍얼거린다.）

여관주인　홍, 노랠 불러, 그래 실컷 불러봐, 나도 한 곡조 들
　　　　려줌세!
　　　　자넨 아무짝에도 쓸모 없는 멍청한 녀석,
　　　　술이나 처먹고 담배나 피워대지.
　　　　밤새도록 싸다니다, 대낮까지 퍼질러 자고!
　　　　자네보다 더 좋은 상팔자가 이 나라 어디 또 있겠나.
　　　　그런데 그 괴물 옷소맨 또 뭘 삼키려고 그리 큰 거야
　　　　천하에 둘째가라면 서러울 바보 같은 놈!

쵤러　　　（술을 마신다.） 장인어른의 만수무강을 위하여!

여관주인　오래 살아 뭣하게! 열병이나 걸려 죽었으면 좋겠다.

소피　　　진정하세요, 아버지.

쵤러　　　（술을 마신다.） 귀여운 소피, 당신의 행복을 위하여!

소피　　　두 분이 다투는 것만 안 볼 수 있다면 전 정말 행복
　　　　할 거예요.

여관주인　저놈이 달라진다면 또 모를까, 그건 불가능해.
　　　　나도 이젠 정말 지쳤다,
　　　　하지만 저놈 허구한날 하는 꼴 좀 봐라. 죽어서나 잠
　　　　잠해지겠지!
　　　　못된 놈, 인정머리라고는 손톱만큼도 없는 배은망덕
　　　　한 놈!
　　　　지금 제 놈이 어떤 놈인지도 모르고, 예전에 어땠는

지도 생각지 않아.

가난에서 허덕이는 놈 데려다가, 빚까지 갚아줬는데,

언제 그랬느냐는 듯이 이럴 수 있어?

그렇게 고생하고, 후회도 하더니만, 아직도 정신을

못 차려?

역시 망나니 건달 근성은 어쩔 수가 없어!

소피　　　저이는 분명 달라질 거예요.

여관주인　지금 당장 달라지면 어디가 덧나냐?

소피　　　아직 젊은 탓이지요 뭐.

죌러　　　맞아, 소피, 우리들 청춘이 사랑하는 것들을 위하여!

　　　　　(술을 마신다.)

여관주인　(격분하여.)

한 귀로 듣고, 한 귀로 흘려보내!

내 말을 귓등으로도 안 듣는 거냐? 내가 이 집에서

도대체 뭐냐?

난 이십 년 동안이나 이 집을 명예롭게 지켜왔어.

그런데 자네는 내가 갈고 닦은 것을 이제 제멋대로

야금야금 다 갉아먹겠다 이거야? 그렇게는 안 돼, 이

인간아,

남의 돈에 손을 대선 안 돼! 설마 그럴 작정은 아니

겠지?

난 이미 명성을 누릴 만큼 누렸지만, 여기서 만족할

순 없어.

〈검은 곰 여관주인〉 하면 온 세상이 다 안다 이 말

이야!

내가 그렇게 미련한 곰인 줄 아나, 내 가죽은 내가

챙겨.

이제 이 집을 새로 칠하고, 호텔로 바꿀 거야.

그러면 점잖은 손님들이 몰려오고, 돈도 산더미같이
쌓일 테지.

허나 부지런해야 한단 말야, 그렇게 어리석게 술이나
퍼먹어선 안 돼!

〈늦게 자고, 일찍 일어나라〉는 말도 있지 않은가!

죌러   그렇게 되려면 아직도 꽤 멀었잖아요.

지금이야 그저 현상유지나 하면 되는 거 아니에요?
더 악화되지만 않으면.

도대체 우리 집엘 누가 그렇게 많이 와서 잔다는 거
죠? 저 위층 방들도 모두 텅텅 비어 있는데.

여관주인   아, 요즘 누가 여행을 한다든? 그거야 할 수 없지,
그리고 알체스트 씨가 홀 옆의 방들을 쓰고 있잖아?

죌러   참 그렇지, 그 사람도 손님은 손님이네, 그분은 아주
훌륭한 고객이죠.

그렇지만, 일 분이 육십 개 모여야 비로소 한 시간이
되는 거잖아요.

그리고 알체스트 씨가 여기 있는 이유는 따로 있을
거라고요.

여관주인   (기분이 상해서.) 뭐가 어째?

죌러   (술잔을 잡으며.) 아, 그런데 말이 나온 김에 말입니
다, 장인어른. 파올리[1] 장군 만세!

---

1) Pasquale Paoli는 코르시카의 투사로 프랑스인들에 대항해 섬을 지켰다.
  그러나 1769년 프랑스인들로부터 도망을 해야 했으며, 런던에서 죽었다.
  웨스트민스터 사원에 그의 흉상이 있다.

여관주인 (다정하게.)

그래 축배를 들게, 사위! 그 용감한 분을 위해.

그렇게 용기 있는 분이 또 어디 있겠나.

절망적인 상황에서도 결코 용기를 잃지 않았지.

그래, 나는 내 집 이름을 호텔 드 파올리라고 할 거야.

췔러 아 네, 그 간판은 요즘 유행을 따라 잘 지었어요.

일이 성사되지 않으면, 저는 속이 상해 죽을 겁니다. ―

어쩌다 오늘 신문을 보지 않으셨나요.

여관주인 신문이 오지를 않았어. 급사 애를 보내야겠군.

파올리가 왕이 되면, 자네들도 모두 좋아할걸.

내 심장이 기뻐서 마구 뛰는군, 진짜 전장의 총소리라도 들은 듯 말야.[2] (퇴장.)

제2장

췔러. 소피.

췔러 체, 장인어른 기분이 그렇게 나쁜 건 아냐, 신문 보면 다시 나아질 거야.

소피 네, 당신이 그저 매번 져드리세요!

췔러 내 성질이 이만한 게 장인어른께는 다행인 줄 알라

---

2) 전쟁이 나면 장사가 잘되리라고 믿고 있는 여관주인은 또한 전쟁을 통해 파올리가 왕이 되기를 기다린다.

고. 그렇지 않았으면 언제나 그렇게 나를 야단치실 순 없어, 마치 뭐 꾸짖듯 하시잖아——

소피 여보!

죌러 제기랄! 빌어먹을! 나도 다 알아. 내가 일 년 전에 어땠는지.

방종한 건달로 빚더미에 앉아 있었지.

소피 여보, 화내지 말아요!

죌러 그리고 내가 다른 덴 쓸모가 없을지 몰라도, 당신한텐 필요한 남편이었잖아.

소피 당신이 날 항상 구박하니, 난 마음 편할 날이 없어요.

죌러 당신을 구박하는 건 아냐. 그냥 말이 그렇다는 거지.

왜냐하면 미인은 우리를 한없이 즐겁게 해주거든,

우리가 사랑하지 않더라도, 그것엔 감사하지.

소피, 당신이 얼마나 예쁜지 알아, 그리고 나는 목석이 아니야.

(그녀에게 키스한다.)

당신 남편이라는 게 얼마나 큰 복인지 내 너무나 잘 알지.

사랑해——

소피 그러면서 날 이렇게 괴롭힐 수 있어요?

죌러 시끄러워, 그래서 뭐가 어쨌다는 거야? 난 할 말이 없는 줄 알아?

알체스트는 당신을 사랑했고, 당신은 그놈 때문에 몸 달았잖아,

그리고 또 그놈하고 뭘 했는지 알게 뭐야—— 둘이 안

지 오래됐잖아.

소피 뭐라고요?

죌러 아니 내가 뭐 틀린 말 했어?
어린 묘목은 심으면 쑥쑥 자라는 법.
그리고 열매를 맺으면, 주위에 있던 사람이
따먹게 마련이지. 일년 후에는 또다시 열매를 맺게
마련. 그래, 소피,
그런 뻔한 일로 왈가왈부하고 싶진 않아.
단지 우스울 뿐이야.

소피 뭐가 우습죠?
알체스트는 날 사랑했고, 나 때문에 몸달았었죠.
나도 그 사람을 사랑했고, 둘이 안 지 오래됐어요,
그래서 어쨌다는 거죠?

죌러 아무것도 아냐! 그래서 그 다음에 또 그렇고 그런 일
이 있었다고 말하려는 건 아니라고.
처녀가 때가 되면, 처음엔 그저 장난 삼아 사랑하는
법이니까,
왠지 모르게 가슴이 야릇하게 울렁이지.
사기꾼인 사랑의 신은 아주 은근하고 다정하게 기어
들거든.
하룻강아지 범 무서운 줄 모른다고, 호랑이를 모르는
사람은
호랑이를 보고도 도망치지 않게 되지.
처녀가 어머니가 꾸짖는 까닭을 알 수가 있나.
사랑을 하는 건 정숙한 탓이고, 실수를 하는 건 순진
하기 때문인걸.

그리고 다른 재주에다 경험까지 갖고 오면,
그녀의 남편은 영리한 아내를 맞은 것에 만족할 수밖에!

소피 당신은 날 몰라도 너무 몰라.

죌러 아 그만두지 못해!
처녀들에게 키스란 우리 남자들에게 찰랑대는 술잔과 같은 거야,
한 잔, 또 한 잔, 그리고 또 한 잔, 마침내 쓰러질 때까지.
비틀대지 않으려면, 아예 마시질 말아야 해!
그거야 어떻든, 이제 당신은 내 거야! — 그게 한달 반 정도였나?
알체스트가 당신 애인으로 여기 있었던 게?
떠난 지가 얼마나 됐지? 한 이 년 됐나?

소피 더 오래됐어요.

죌러 이제 그놈이 다시 여길 오다니, 벌써 이 주일이야—

소피 여보, 대체 무슨 뜻이에요?

죌러 뭐, 그냥 그렇단 거야.
부부지간에 무슨 할 말이 많은 것도 아니고.
근데 왜 왔대?

소피 뭐, 놀러 왔겠죠.

죌러 내 생각엔 아직도 그놈이 당신을 못 잊은 것 같아.
만약 그놈이 아직도 당신을 사랑한다면, 이것 봐, 당신은 그놈 말을 들을 건가?

소피 사랑은 큰 일을 할 수 있겠죠, 하지만 의무는 더 큰 일을 할 수 있어요.

안 그래요?

쾰러 내가 알게 뭐야, 한 가지만 분명히 말해 두지.

남편이란 휘파람이나 불어대는 한량보다는 훨씬 낫다는 걸.

연인의 속삭임이 아무리 달콤해도,

그건 속삭임일 뿐이야, 세월이 지나면 맛이 가게 마련이라고.

소피 (초조해하며.)

그래요, 그건 나도 잘 알아요. 하지만 당신의 소리가 좀더 나은가요?

당신 불만은 점점 늘기만 해요.

잠시도 날 괴롭히지 않고는 못 견디잖아요.

사랑받고 싶으면 먼저 사랑받게 구세요.

당신이란 사람이 한 여자를 행복하게 해주는 남편이었다고 생각해요?

결국 아무것도 아닌 걸 가지고 언제까지나 날 구박할 권리라도 있어요? 온 집안이 뿌리째 흔들리고 있어요.

그런데도 당신은 벌기는커녕 혼자 다 써버리잖아요.

될 대로 되라는 식으로 살다가, 궁하면 빚내고.

막상 당신 아내가 필요한 게 있을 땐, 땡전 한푼 없어요,

내가 어디서 돈을 구해야 할지 관심이나 있어요?

당신이 정숙한 아낼 원하면, 남편 노릇부터 제대로 하라고요.

가난한데 유혹에 빠지지 않을 여자가 어디 있는 줄 알아요?

아무리 영리한 물고기라도 배고파봐요, 미끼라도 물지.
아버지도 나한테 한푼도 안 주세요. 아버지라고 별
수 있나요?
필요한 건 많은데 장사는 안 되니.
그래도 오늘 아버지께 아쉬운 소릴 하지 않을 수 없
었어요.
아버지가 뭐라는 줄 아세요? 허, 너는 돈이 없어 쩔
쩔매는데,
네 남편은 펑펑 돈이나 써 젖힌다는 게 말이 되느냐
면서,
한푼도 안 주시고 잔소리만 퍼부어대셨다고요. 아직
도 귀가 멍해요.
당신 한번 말해 봐요, 내가 대체 돈을 어디서 구해야
하는 거예요?
당신이란 사람은 아내 하나 책임지지 못하는 그런 남
편이라고요.

쾰러   기다려봐, 여보, 어쩌면 내가 내일 좋은 친구한테
돈을 좀 받을 수—

소피   그 사람이 바보예요? 내 참 기가 막혀!
그 좋다는 당신 친구들, 얻으러 오는 건 자주 봤지만,
갖다 주러 오는 친구는 아직 구경도 못해 봤어요!
앞으로 이런 식으로 계속 살 순 없어요.

쾰러   필요한 만큼은 당신이 가지고 있잖아.

소피   좋아요, 그렇다고 쳐요, 아주 없는 건 아니니까.
그렇지만 가난을 모르던 사람은 그 이상을 바라게 돼
있어요.

어려서부터 운이 좋고 복이 많은 사람은
필요한 만큼 갖고 있어도, 아무것도 없는 것처럼 느
끼게 된다고요.
결혼한 여자들이나 처녀들이 누리는 즐거움을
내가 탐하는 건 아니지만, 그렇다고 배부른 것도 아
니에요.
나도 좋은 옷도 입고 싶고 무도회에도 가보고 싶어
요— 난 뭐 여자가 아닌 줄 알아요?

죌러 그래 좋아, 그럼 같이 가면 될 게 아냐. 내가 언제나
그랬잖아.

소피 우리 집안 꼴도 꼭 카니발처럼 되라고요?
잠시 떠들썩하다간, 갑자기 다 끝나버리겠죠!
차라리 난 여기 혼자 내내 있는 편이 나아요.
당신이 아껴 쓰지 않는데, 마누라라도 절약해야죠.
아버진 내게 벌써 화가 날 만큼 나 있다고요.
나라도 화를 풀어드려야 해요. 위로할 사람도 나밖엔
없는걸요.
안 가요! 내 돈을 맘대로 써 젖히는 걸 내가 왜 거들
어요?
저를 위해 쓰시려거든 우선 당신 씀씀이부터 줄이
세요!

죌러 여보, 이번 딱 한번만 내가 즐겁게 놀 수 있도록 해
달라니까,
그리고 대목 때 손님이 몰려오면, 그때 가서 우리 살
림을 차립시다.

제3장

앞의 두 사람. 급사.

급사　쵤러 씨.

쵤러　그래, 무슨 일이야?

급사　폰 리티네테 씨가 오셨는데요!

소피　그 노름꾼이!

쵤러　가라고 해! 빌어먹을 놈!

급사　꼭 뵈어야만 하겠다는데요.

소피　당신한테 무슨 볼일이 있나보죠?

쵤러　(당황해하며 소피에게.)

　　　아, 여행을 간다고 했지 —

　　　(급사에게.) 좋아, 만나지!

　　　(소피에게.) 작별인사를 하려는 모양이야. (퇴장.)

제4장

소피　돈 받으러 온 게 틀림없어! 노름빚이겠지.

　　　집안을 다 들어먹고 있는데, 난 보고만 있어야 하다니.

　　　이게 내가 바라고 꿈꾸던 행복인가!

　　　저런 인간의 아내라는 게 기가 막혀! 도대체 내가 왜

　　　이렇게 된 거지!

　　　그렇게 괜찮은 남자들이 줄줄이

　　　죽자사자 쫓아다니던 그 시절이 그리워.

그 사람들 내가 눈 하나만 깜빡해도 쩔쩔맸었지. .
마치 여왕이라도 된 기분이었어,
모두들 내 비위를 맞추려고 눈치를 살피며 굽신거
렸지.
그땐 정말 내가 최고였어.
그런데 아! 처녀란 정말 딱한 존재구나!
조금만 예쁘면 누구나 맘에 두거든.
우리 머리는 하루 종일 칭찬소리로 윙윙거리지.
그런데 어떤 처녀가 이런 혹독한 시험을 견뎌낼 수
있을까?
여기 계신 남자분들 들으세요, 당신들이 조금만 믿음
직스럽게 굴면,
아가씨들은 그 말을 곧이곧대로 듣지요!
그러다 당신들은 어느 날 종적 없이 사라져버리죠.
먹음직스런 게 있으면, 모두 다 같이 먹어대지만,
아가씨가 진지하게 결혼 이야기를 꺼내면, 모두 다
사라지고 없게 마련이죠.
이 힘든 시대에 우리 남정네들이 바로 이렇단 말이
에요.
스무 명을 거쳐도 간신히 한 명이 구혼할까 말까.
난 속은 적도 많고 버림받은 적도 많았어.
스물네 살이 되고 보니 더 이상 딱지 놀 사람도 없
더군.
그때 쵤러가 나타났고, 난, 난 그를 남편으로 맞았지.
질이 나쁜 사람이지만, 남자는 남자니까.
나는 이제 요 모양 요 꼴이니, 죽지 못해 사는 거야.

아직도 날 좋아하는 남자들이 많기는 하겠지만,
결혼한 여자가 좀 정숙하면,
젊은 양반들은 금방 싫증을 낸단 말이야.
처녀들하고는 시시덕거리며 희롱하는 것에 감지덕지,
달콤한 말을 늘어놓으며 지칠 줄 모르지만,
결혼한 여자가 조금만 새침을 떨면,
이상하게 생각하며 가려고 모자를 집어들지.
알체스트가 다시 여기 와 있어. 정말 괴로워.
아, 전에 그 사람이 여기 있을 땐 지금하고 달랐었
는데.
내 얼마나 그 사람을 사랑했던가! ― 그런데 아직도
난 그를 사랑해! ―
내가 뭘 원하는지 나도 모르겠어!
될 수 있는 한 난 그이를 피하고 있지만. 그이는 생
각에 잠겨 있고 말이 없어,
난 그 사람이 두려워. 그럴 만도 하지.
내가 아직도 미련을 갖고 있다는 걸 그이가 알면 어
떻게 해!
알체스트가 오네! 벌써부터 떨리고 가슴이 벅차와.
내가 진정 원하는 게 뭘까, 그보다 난 어떡해야 하지.

제5장

소피. 알체스트.

알체스트   어쩌다 혼자 계시는군요, 친구로서 감히 말을 걸어도
될까요?

소피   손님.

알체스트   손님이라니! 전엔 그렇게 부르지 않았잖소.

소피   네, 그렇죠, 시간이 흐르면 모든 게 달라지죠.

알체스트   시간의 위력이 당신에게까지 그 손을 뻗쳤단 말이오?
오 내 사랑! 이렇게 당신과 마주하고 있는 게 꿈은
아니겠죠?
당신 소피 맞소?

소피   (애원하듯.) 알체스트!

알체스트   당신이오?

소피   당신의 질책은
제 가련한 심장을 찌르고 있어요. 알체스트! 내 친
구, 이건 곤란해요!
저는 가야 해요! 가야 해!

알체스트   무정한 소피!
나를 혼자 두고 간단 말이오! ― 난 당신이 이 순간
혼자 있다는 걸 알고 내 행운을 축복했소.
드디어 나와 다정한 말을 나누게 되겠구나, 이렇게
말이오.
오 가시구려! 가! ― 바로 이 방에서
당신이 나한테 처음으로 그 아름다운 사랑의 불꽃을

열어 보여주었었소.

여기서 우리들의 마음은 처음으로 하나가 됐었소.

바로 이 자리에서 ─ 당신 아직도 기억하오? ─

당신 내게 영원한 사랑을 맹세했었지!

소피   오 제발 절 그냥 내버려두세요!

알체스트   어느 아름다운 '밤이었소 ─ 나는 그 밤을 결코 잊지
못할 거야!

그대의 눈동자가 말하고 있었고, 그래서 나, 나는 용
기를 낼 수 있었어.

당신은 떨면서 내게 뜨거운 입술을 주었었지.

내 심장은 아직도 내가 얼마나 행복했었는지 느끼고
있단 말이오.

그때 당신은 한시도 내 생각을 하지 않은 적이 없었소.

그런데 지금 당신은 내게 한 시간도 내줄 수 없단 말
이오?

당신도 보다시피, 난 당신을 원하고 있소, 당신도 보
다시피, 난 슬픔에 차 있단 말이오 ─

가시구려, 거짓말쟁이 같으니, 당신은 한번도 날 사
랑한 적이 없어!

소피   저도 정말 괴로워요, 당신까지 날 괴롭힐 작정인가요?

내가 당신을 사랑하지 않았다니요! 알체스트, 어떻게
그런 말을 할 수 있죠?

당신이 내 희망의 전부였고, 당신이 내 가장 귀한 재
산이었어요.

당신을 위해 내 심장은 뛰었고, 당신을 향해 이 피는
끓었어요.

그리고 당신이 한때 다 가졌던 내 마음은, 친구여,
당신에게 무심할 수도, 당신을 잊을 수도 없어요.
사랑은 시간이 아무리 흘러도 변하지 않는 것.
시간이 지나면 사랑도 식는다고 믿는 사람은, 결코 진실로 사랑해 본 적이 없는 거예요.
그런데— 누가 와요.

알체스트 아니야!

소피 여긴 위험해요.

알체스트 단 한마디도 못하다니. 오 정말 힘들고 괴로워.
하루 종일 이런 식이니 어찌 괴롭지 않겠소!
여기서 벌써 이 주일째 있었지만, 당신한텐 한마디도 하지 못하다니!
당신이 아직도 날 여전히 사랑한다는 건 알지만, 난 정말 죽을 지경이란 말이오.
한번도 단둘이 있지 못하고, 말도 나눌 수가 없으니.
여기 이 방은 조용할 짬이 없구려,
아버지가 계시지 않으면 남편이 들어오고.
내 여기 오래 당신 곁에 있진 않을 거요, 더 이상 견딜 수가 없단 말이오.
그러나, 소피, 맘만 먹는다면 뭐든 할 수 있지 않겠소?
전에 당신한텐 힘든 일이라곤 없었지, 언제나 재빨리 방법을 찾아냈지.
용도 잠재우고, 수많은 사람을 눈뜬장님으로 만들고.
오, 당신이 원하기만 한다면—

소피 무슨 말씀이세요?

알체스트   날 절망하게 해서는 안 되겠다고
당신이 맘만 먹는다면 말이오,
내 사랑, 여기선 나누지 못할 이야기를 할 기회를 좀
줘요.
내 말 들어봐요. 오늘 밤! 당신 남편이 외출하고,
사람들은 나도 사육제 만찬회에 가는 것으로 알고 있
소.
그러나 뒷문이 내 계단과 가까우니―
집안 사람 아무도 눈치채지 못하게 내가 다시 들어와
있으리다.
열쇠는 여기 있소, 당신이 그렇게만 해준다면―

소피   알체스트, 어떻게 이럴 수가―

알체스트   그러면서 나, 나더러 믿으라는 거요?
당신이 결코 무정한 사람도, 거짓 사랑을 맹세한 여
자도 아니라는 걸?
우리한테 남은 이 마지막 방법을 거절하면서?
우리는 이미 서로 알 만큼 알고 있소. 도대체 부끄러
워할 게 뭐요?
다른 방법이 있다면, 나도 이 방법은 싫소.
그럼 이렇게 합시다. 오늘 밤 내가 당신한테로 가겠
소, 소피.
그러나 아까 말한 방법이 더 안전하다고 생각된다
면, 내게로 와요!

소피   알체스트, 이건 너무해요!

알체스트   너무하다니! 참, 그 말 한번 잘했소!
제기랄! 너무하다! 너무하다고! 내가 여기서 몇 주일

째

이렇게 허송세월하고 있는데도?— 제기랄! 당신이 아니라면,

난 여기 머무를 이유가 없소. 난 내일 떠날 거요.

소피　사랑하는 알체스트! 제발!

알체스트　아니, 이봐요, 당신은 내 고통을 잘 알 텐데,

내가 불쌍하지도 않은가 보지. 난 당신을 영원히 멀리 할 거요!

제6장

앞의 인물들. 여관주인.

알체스트가 식당 안을 왔다갔다한다. 소피가 망설이며 서 있다. 여관주인이 편지를 하나 갖고 들어온다.

여관주인　편지가 왔는뎁쇼. 높은 양반한테서 온 모양입니다.

봉인이 아주 크고, 종이도 고급인데요.

알체스트　(편지를 집어서 뜯는다.)

여관주인　겉봉을 찢다니, 급하시기도 해라.

알체스트　(편지를 제대로 보지도 않고서.)

아무래도 내일 아침 일찍 여길 떠나야만 하겠습니다.

계산서를 주시죠!

여관주인　그렇게 빨리요! 날씨도 이리 나쁜데 떠나시다니?

실례올습니다만 그 편지가 그렇게 중요한 건가요?

알체스트 그건 알 거 없어요.

여관주인 (소피에게 은밀하게.)

그분께 한번 물어봐라, 너한텐 틀림없이 말해 줄 거야. (무대 안쪽에 있는 책상으로 가서, 장부를 펴서 보며 계산서를 작성한다.)

소피 (다정하게.) 알체스트, 그거 정말이세요?

알체스트 (외면하며.) 저 아양떠는 것 좀 봐!

소피 알체스트, 부탁이에요, 날 떠나지 말아요!

알체스트 그럼 좋소, 결정을 해요, 오늘밤 날 보러 오겠다고.

소피 (혼자말로.)

어떡하지? 그이가, 그이가 절대 떠나선 안 돼.

내 유일한 위안인데, 그래, 내가 할 수 있는 건 하는 거야.

알체스트 결정했소, 사랑하는 소피?

소피 그렇지만 제 남편이―

알체스트 남편이라고? 빌어먹을! 그래, 올 거요?

소피 제가 올 거냐고요?

알체스트 그래 어쩔거요?

소피 그래요, 제가 당신께 갈게요.

알체스트 주인장, 난 떠나지 않겠소!

여관주인 (걸어나오며.)

그러십쇼! (소피에게.) 뭐라고 하던?

소피 아무것도 말하지 않겠대요.

여관주인 아무 말도 안하겠대?

제7장

앞의 인물들. 쵤러.

쵤러　내 모자!

소피　여기 있어요. 받으세요!

알체스트　아듀, 저는 만찬회장으로 가야겠습니다.

쵤러　재밌게 지내쇼.

알체스트　(소피의 손을 잡는다.)

아듀, 매력적인 부인이시여!

쵤러　(혼자말로.) 저 녀석 갈수록 대담해지는구면.

알체스트　(여관주인에게.)

불 좀 밝혀주시오! 위층에 올라갈 일이 있으니.

소피　아듀, 알체스트!

여관주인　(알체스트와 동행하며.) 안내해 드립죠.

알체스트　여기 그냥 계십시오.

여관주인　손님—

알체스트　주인장, 단 한 발짝도 안 됩니다.

(알체스트 퇴장.)

소피　인제 당신이 가겠군요, 쵤러! 나를 좀 데려가면 어때요?

쵤러　왜 진작 말하지 않았어?

소피　오 가세요! 농담이에요.

쵤러　아니, 아냐, 나도 알아, 당신이 화가 난다는 걸.

누구는 무도회에 가는데,

자기는 잠이나 자러가야 한다면 가슴이 답답할 거요.

다음 번엔 데려갈게.

소피 네, 그래요, 기다릴게요.

참, 그리고 좀 약게 굴어요, 카드놀이 조심하고.

아버지, 안녕히 주무세요, 저 자러갈게요.

벌써 늦었어요.

여관주인 잘 자거라!

쵤러 (그녀의 뒷모습을 쳐다보며.) 거 참 정말 예쁘단 말야!

(그는 그녀에게로 쫓아가서 키스한다.)

잘자요, 내 귀여운 어린 양!

(소피 퇴장.)

(여관주인에게.) 그런데 장인어른은 안 주무세요?

여관주인 그 망할 놈의 편지! 그 편지만 어떻게 손에 넣을 수

없을까!

(쵤러에게.) 그럼, 카니발 씨! 안녕!

쵤러 고마워요! 편히 쉬세요!

여관주인 쵤러 씨, 갈 때 문단속 좀 잘 하시게나!

쵤러 네, 아무 걱정 마십쇼!

제8장

쵤러 (혼자서.) 이제 뭐부터 한다?

오, 그 염병할 노름! 그놈을 교수형에 처할 순 없나

다이아몬드 킹— 그래 — 이제 머릴 좀 굴려봐.

노름꾼은 더 이상 꿔줄 리 없고. 이 노릇을 어쩐다.

이건 어때? 알체스트는 돈이 있고, 그것도 여기 갖고

있지.
그리고 나는 웬만한 자물쇠는 여는 열쇠를 한 개 이
상 갖고 있겠다. 하긴 그놈도 내 밥그릇을
넘보고 있잖아. 그리고 내 마누라를 싫어하는 눈치도
아니었어 —
에라! 내가 한번 손님으로 그놈을 방문토록 하지.
그렇지만 일이 들통나면, 큰 곤욕을 치르게 될 텐데.
하지만 이 판국에 다른 방법도 없잖아?
노름꾼은 자기 빚 갚으라고 하고, 안 주면 날 두드려
팰 거야.
쵤러 군, be ambitious! 자 행동개시! 집안 식구들은
다 자고 있어.
그리고 발각된다 한들, 나는 든든한 후원자가 있잖아,
예쁜 마누라가 도둑놈 여러 명을 구했다고 했겠다.

제2막

제1장

무대는 둘로 나뉘어 있다. 주요 부분은 알체스트의 객실이 차지하고 있고, 나머지 작은 부분은 알코브[3]이다.

쵤러가 무도회복을 입고, 모자를 쓰고, 얼굴에는 가면을 쓴 채로 신발은 신지 않고 옆문으로 살금살금 들어온다. 차안등으로 조심스레 여기저기 비춘다. 주위가 조용하다고 생각하고 발소리를 죽여가며 무대 앞쪽으로 걸어나온다. 가면과 모자를 벗고는 얼굴을 닦는다.

쵤러   살아가는 데 반드시 이렇게 용감할 필요는 없겠죠.
　　　　은근슬쩍 등쳐 먹으면서도 얼마든지 세상을 살아갈 수 있으니까.
　　　　어떤 놈은 권총으로 무장을 하고 여러분들한테 가지요,

---

3) 벽에 움푹 들어간 곳으로 침대가 놓여 있다.

돈 보따리를 가지러, 그러다 제 죽음을 가져오기도
하면서,
그러고는 소리치죠: 돈 보따리 내놔! 내놓지 못해!
반항하면 알지!
마치 〈여러분, 축배를 듭시다!〉라고 말하듯 태연자약
하게 말입니다!
또 어떤 놈은 마법의 손을 가지고 이리저리 떠돌아다
니면서
능숙한 솜씨로 번개처럼 시계를 날치기하죠.
그러다 여러분이 돌려달라고 하면, 여러분들 면전에
대고 이렇게 말하죠:
나는 도둑이오, 조심들 하시오! 그놈이 훔쳐가지만,
여러분은 못 본 척할 수밖에.
그에 비하면 나야 물론 태생부터 별 볼일 없는 놈이죠.
배짱도 없는 데다, 손도 날쌔지 못하니.
그래도 사기꾼이 되지 않기는 요즘 쉽지 않다고요.
돈은 나날이 말라가죠, 쓸 일은 나날이 늘기만 하죠.
그러나 반쯤 되다 만 악당은 골칫덩이죠.
도둑도 시인처럼 타고나야 하는 것,
섣불리 달려들다간, 번개처럼 번쩍 하는 걸 느끼게
되죠,
시인은 비판의 채찍을, 도둑은 형리의 곤장을 말입
니다.

그래 너는 이제 어차피 한 발이 빠졌어. 함정에서 빠
져나갈 궁리나 해라!

아! 식구들은 모두 다 내가 진작에 무도회에 갔다고
생각하겠지.
알체스트 씨는 내 마누라가 홀로 잠들어 있다고 상상
하고 있으렷다.
사정이 이보다 더 좋을 수가 있나.
(책상에서 귀중품 보관함을 집는다.)
오, 오라, 그대 신성한 존재여! 귀중품 보관함 속의
신이시여!
그대 없으면 나라님도 덩치만 큰 허깨비라고요.
(호주머니에서 도둑열쇠를 꺼내 열면서 말한다.)
오 열쇠님들 감사하나이다! 당신들이 이 세상의 낙이
로소이다!
당신들의 은혜로 저는 위대하신 돈님에게로 왔나이다!
나는 한때 시장 비서였다.
비서라! 그건 그릇이 작은 사람들이 할 일은 못 돼,
요령을 부려야 하는 직책으로 부지런을 떨어야 한다고.
그래, 내가 아직 비서일 때는, 난 내가 뭐나 되는 줄
로 착각했지,
그래서 왕자처럼 행세했겠다. 도둑놈이 하나 잡혀
열쇠가 발견되자, 그놈, 그놈은 교수형에 처해졌지.
이제 우린 알지, 법이란 항상 뭔가를 꿀꺽한다는 걸.
나는 그저 말단에 불과했는데, 열쇠가 내게로 왔겠다.
난 그걸 잘 모셔두었지. 개똥이 아무짝에 쓸모없는
것 같아도,
때가 되면 다 약이 될 수 있는 법.
그러니 자— (자물쇠가 열린다.)

오 이 멋진 은화들! 그래, 이거야말로 진짜 신나는구
나!

호주머니는 돈으로 볼록해지고, 이 가슴은 기쁨으로
불룩해 지는구나―

겁이 나서 이럴까.

(귀를 기울인다.)

쉿! 빌어먹을! 이 비겁한 팔다리야!

어쩌자고 사시나무같이 떨리는 거냐?

(놀란다.)

쉿! ― 아무것도 아냐!

(귀중품 보관함을 닫는다.)

됐다! 이제 됐어!

(가려고 하다가 놀라서 꼼짝 않고 멈춰 선다.)

어 또 나네!

복도에서 발소리가 났는데! 보통 때는 나다니는 사람
이 없는데.

악마가 장난을 치는 건가. 어리석은 장난이렷다!

암코양이일까? 아냐! 그놈은 수코양이처럼 걷지는
않아.

어서 꺼지자! 누가 열쇠로 여네.

(알코브로 뛰어 들어가 커튼 사이로 내다본다.)

맙소사! 장인이라니.

제2장

여관주인이 잠옷을 입고, 잘 때 쓰는 모자를 쓰고, 슬리퍼를 신고, 손에는 양초를 들고 두려워하며 옆문으로 들어온다. 쵤러는 알코브에서 귀를 기울이고 있다.

여관주인 바보같이 흥분할 필요는 없어,
뭐 그리 나쁜 짓 하는 것도 아닌데, 가슴은 왜 이렇게 뛰지.
그 편지에 중요한 사연이 있다고 생각지 않았다면,
내가 여기 왔을 리도 없고 말고! 내 생각엔 폴란드에서 온 것 같아.
요즘 신문은 지루해 죽을 지경이야,
최근 뉴스라는 게 노상 옛날 고리짝 얘기니.
정말로 한심한 건 신문기자들이야,
번번이 아무것도 모르거나, 어쩌다 아는 것은 쓰면 안 된다니.
내가 지체 높은 신분이면, 틀림없이 장관 자리 하나는 했을 텐데,
그럼 파발꾼들이 죄다 내게 들락날락했겠지.
(사방을 뒤진다.)
그 양반 아까 먼저 올라가서 모자와 칼을 가져왔지.
편지는 두고 갔어야 하는데.
(뒤진다.)

쵤러 (알코브에서.)
멍청한 늙은이 같으니라고! 이제 보니 당신은 도둑의

신과 신문의 신의 은총을

내 반만큼도 받지 못하고 있구먼.

여관주인 편지가 없네! (깜짝 놀라며.) 오 맙소사! 분명히 소리가

났는데? 옆방에서. (귀를 기울인다.)

쬘러 (깜짝 놀라며.)

혹시 내 냄새를 맡은 거 아냐?

여관주인 위에서 방금 여자 구두 발소리 같은 것이 들렸는데.

쬘러 (맘을 놓으며.) 구두! 아냐! 그럼 난 아냐.

여관주인 (양초를 불어서 끈다.)

쉿! 도망가야겠다! 가자!

(서두르느라 자물쇠를 열지 못하고, 그 바람에 양초를 떨어뜨린

다. 마침내 문을 열고 급히 도망친다.)

제3장

소피가 등불을 들고 방문으로 들어온다. 쬘러는 알코브에 있다.

쬘러 (놀라며.) 여자잖아!

내 마누라랑 닮았는데! 설마!

소피 (등불을 책상 위에 놓고 걸어나온다.)

아 떨려라.

이렇게 위험한 짓을 하다니.

쬘러 (희화적으로.) 소피야! 틀림없어!

아듀, 이 불쌍한 놈아! — 그러나, 내가 나간다 치

자!——그러나 그 다음엔——그래, 그 다음엔 내 모

가지여 안녕!

소피 소피, 네가 그이에게 오다니, 너 제정신이니?
그렇지만 달리 어쩔 수도 없었잖아? 그이가 나한테
올 수는 없으니까,
내 방에선 아버지 방이 너무나 가까워.

죌러 방 임자는 없고, 남편이 와 있다니!

소피 그래요, 오직 사랑에 몸을 맡기세요! 사랑은 처음엔
다정한 몸짓으로 당신들을 이끌고 가지요―

죌러 정말로 미치겠네! 그런데도 꼼짝할 수 없다니―

소피 ―그러나 당신들이 어쩌다 길을 잃게 되면,
어떤 도깨비불도 사랑처럼 당신들을 그렇게 엉망으로
끌고 다니진 않을 거예요.

죌러 물론, 당신에겐 이 방보다는 진흙탕이 더 건강할걸.

소피 지금까지도 견디기 힘들었는데, 앞으론 더 힘들어지
겠죠.
남편은 곧 더 심하게 굴 거고요. 지금까지도 지겨웠
는데.
그러나 이젠 하는 짓이 남편을 경멸하게 할 뿐이에요.

죌러 오 저런 마녀 같으니라고!

소피 내 손은 남편 소유지요, 그러나 내 마음은, 언제나
그랬듯 알체스트 거예요.

죌러 마법을 걸고 독약을 타는 것도 이보다는 낫겠다!

소피 그가 먼저 불붙인 이 가슴은, 그이를 통해서야 비로
소 느꼈어요, 사랑이 뭔지를―

죌러 빌어먹을―

소피 알체스트가 녹여주기 전까지, 이 가슴은 냉랭하고 겁

이 많았죠.

쵤러 여기 계신 남편님들! 당신들이 모두 한번 이런 고해 성사를 듣는다 칩시다!

소피 지금까지 나는 얼마나 행복했던가!

쵤러 지금까지라구! 이젠 끝장이야!

소피 알체스트는 날 얼마나 사랑했던가!

쵤러 쳇! 그건 애들 불장난이었지!

소피 운명은 우리들을 곧 갈라놓을 거야, 그리고 아! 내 탓이야— 이 무슨 운명인가— 짐승 같은 작자와 살 아야만 한다니.

쵤러 내가 짐승이라고?——그래 짐승이다, 뿔 달린 짐 승![4]

소피 이게 뭘까?

쵤러 뭘 말씀이십니까, 부인?

소피 아버지의 양초잖아! 이게 왜 여기 있지? 혹시— 그 럼 피해야만 해.
혹시 아버지가 엿들을지도 몰라!—

쵤러 오 양심이여, 저 여자한테 가책을 느끼게 해다오!

소피 근데 왜 아버지가 양초를 여기다 떨어뜨렸지?

쵤러 저 여잔 아버진 무서워하지도 않아, 악마라면 또 모 를까!

소피 아, 아닐 거야, 집안 식구들은 전부 세상 모르고 자 고 있어.

쵤러 호기심이 발동하면 벌받는 건 무섭지도 않은 거야.

---

4) 뿔 달린 짐승은 바람난 아내를 가진 남편을 상징.

소피 아버지가 혹시 — 뭐가 어떻게 된 건지 알게 뭐야?
그냥 내버려둬!

죌러 오 맙소사!

소피 알체스트는 아직도 안 오네!

죌러 오 저걸 그냥—!

소피 내 가슴은 야릇한 절망 속을 헤매고 있다.
나는 그가 오길 바라면서도 두려워하고 있어.

죌러 나는 그놈이 악마처럼 두려워!
그뿐인가. 만일 저승사자인 악마가 와주기만 하면,
나는 이 돈 몽땅 줄 테니 제발 저 여잘 데려가 달라
고 부탁할 거야.

소피 소피, 넌 마음이 너무 약해! 무슨 죄라도 지은 거니?
남편만을 사랑하겠다는 약속이라도 했단 말이야?
아니 그런 약속이라도 할 수가 있었나,
진실이라곤 눈곱만치도 없는,
그 무지하고, 야만스럽고, 거짓투성이인 인간한테?

죌러 그게 나란 말씀인가?

소피 정말이야,
같은 괴물을 혐오하는 내가 잘못된 거라면,
난 차라리 악마를 섬기는 나라로 가버리고 말 테야.
그 사람은 악마야!

죌러 (격분하여.) 뭐라고! 악마? 괴물? 내가? 나도 더 이상
은 못 참아!
(뛰쳐나오려고 한다. 그러나 알체스트를 보고는 놀라 물러선다.)

제4장

소피. 알코브의 죌러. 알체스트.

알체스트 벌써 와 날 기다리고 있는 거요?

소피 (미소지으며.) 네, 진작부터 와 있었어요.

알체스트 당신 떨고 있구려?

소피 여기도 저기도 다 위험하니까요—

(그녀는 알체스트와 문을 가리킨다.)

죌러 야! 이것아! 저게 다 널 침대로 유혹하려는 수작이
라고.

소피 당신은 내가 당신 때문에 얼마나 고민했는지 알아요?
내 마음을 다 아신다면, 이번 걸음을 용서해 주세요.

알체스트 (힘있게.)

소피!

소피 당신이 용서해 주신다면, 난 후회하지 않을 거예요.

죌러 그래, 내게 한번 물어보구려, 내가 당신이 온 것을
용서할지 안할지!

소피 내가 어쩌자고 여길 왔을까? 글쎄, 나도 잘 모르겠
어요.

죌러 난 너무도 잘 알지!

소피 제게는 마치 꿈만 같아요.

죌러 꿈이라면 좋게!

소피 보세요, 난 슬픔에 가득 찬 마음밖에 당신한테 가져
온 게 없는 걸요.

알체스트 고통은 나누면 줄어들게 마련이야.

소피 당신처럼 공감을 잘 하시는 분은 본 적이 없어요.

칠러 너희들은 같이 하품을 하면서 그걸 공감이라고 부르
나보지!

참 대단하군!

소피 내겐 당신이 그렇게 완벽해 보였는데,

당신과 정반대인 사람과 살려고 그랬을까요?

하지만 전 사람의 도리는 지켜야 한다고 생각해요.

알체스트 알고 있소!

칠러 그래, 그래, 나도 안다!

소피 알체스트, 내가 아무리 당신을 사랑한다 해도,

칠러가 날 정떨어지게 하는 그런 남편만 아니라면,

전 결코 제 틀을 벗어나지 않을 거예요.

칠러 거짓말! 내가 허수아비 남편이라고! 여러분,

절 좀 보쇼! 저놈이 나 같은 장딴지나 갖고 있나?

소피 내가 부득이 당신을 떠나야만 했을 때,

나는 억지로라도 칠러와 살아야겠구나 했어요—

칠러 얼씨구!

소피 그러나 난 그 사람을 증오하지 않을 수 없어요.

칠러 점입가경이군!

알체스트 당신은 그렇게 불행한 결혼 생활을 할 사람이 아냐.

소피 착하지도 못하면서 아둔하죠, 총명하지도 못하면서
심술궂죠.

악당이 되기엔 너무나 비겁하고, 선한 생각을 하기엔
너무나 악한 사람,

그 사람 머리엔 온갖 돼먹지 못한 생각으로 꽉 차 있
어요,

중상모략, 거짓말, 사기.

쬘러   저것이 벌써
내 장례설교 때 쓸 신상목록을 들을 사람들을 모으고
있구먼.

소피   그 사람하고 사는 게 날 얼마나 슬프게 하는지 생각
해 보세요,
내가 바랐던 건—

쬘러   말씀해 보시지!

소피   당신이 아직도 날 사랑하는 거예요.

알체스트   당신을 사랑해, 나도 당신처럼 슬퍼하고 있단 말이오.

소피   그 말이 내 고통을 덜어주는군요.
적어도 한 사람, 당신이 같이 슬퍼해 주니까요.

(그의 손을 잡는다.)

알체스트, 이 손에, 이 귀한 손에, 맹세해요,
언제까지나 맘 변치 않겠다구!

쬘러   아니 저 망할 것이,
아주 막 가는구나!

소피   당신만을 향해 불탔었던 내 마음은,
당신 손이 주는 위로밖엔 몰라요.

알체스트   당신 마음을 위로할 도리가 없구려.

쬘러   그건 더더욱 나쁜데!
마음으로 치료가 안 되면, 여자들이란
다른 방법으로라도 고쳐주길 바란다니까.

소피   (알체스트의 팔에 몸을 기대며.)
당신은 내 친구예요!

쬘러   (불안해하며.) 이건 해도 너무 하는구먼!

(관객석을 향해.)

여러분들이 거기 아래 계신 게 정말 다행이올시다.

저것들이 창피한 줄 알 테니까요.

(알체스트 소피를 껴안는다.)

안 돼! 저런 뻔뻔스러운 놈!

칼만 차지 않았다면 저 대갈통을 박살내는 건데.

소피 (겁을 내며.)

잔인한 사람, 날 가게 해줘요!

죌러 (미친 듯이.) 빌어먹을! 저 아양떠는 꼬락서니 좀 봐!

뭐, 〈잔인한 사람, 날 가게 해줘요!〉 항복했다 이거지.

쳇, 창피한 줄 좀 아셔! 이미 볼짱 다 봤을 때

늘어놓는 진부한 타령이지! 저 여자의 정절을 걸고

누가 내게 서푼인들 주겠어?

소피 알체스트, 이게 마지막 키스예요,

그리고 우린 영원히 이별이에요!

알체스트 가려는 거요?

소피 가야죠, 그래야만 하니까요.

알체스트 날 사랑한다면서 간다고?

소피 사랑하기 때문에 가는 거예요.

내가 여기 있다간 친구만 하나 잃을 거예요.

슬픔을 하소연하기는 밤, 아무것도 우릴 두렵게 하지

않는

안전한 곳이 가장 좋지요.

조용히 슬픔을 하소연하면 할수록, 우리는 더욱더 허

물없어지겠죠.

하지만 우리 여자들에겐 언제나 너무 위험해요.

사랑은 처음엔 허물없는 관계로 불리지만.
이런 조용한 시간에 슬픔으로 나약해진 가슴은
우정의 키스를 거절하지 못하지요.
친구도 인간이니까.

죌러   알기는 아시는군.

소피   영원히 안녕!

알체스트   난 당신 거요, 그걸 잊지 말아요.

죌러   (한숨 놓으며.)
아 정말 아슬아슬했어.

소피 퇴장. 알체스트 그녀를 문 밖까지 배웅한다.

제5장

알코브의 죌러.

죌러   아 죽을 것만 같다! 그놈이 내 아내와 같이 가다니!
아, 괴로워 미치겠다, 나는 이제 끝장이야! 이 소굴
에서 나가자!
(알코브에서 반쯤 나오다 귀를 기울인다)
내 양쪽 귀는
정말로 먹통이 된 건가— 그녀는 아직도 가지 않았다!
그린데도 아무 기척도 없고, 말소리도 들려오지 않
는다.
좀더 가까이 가봐?

(천천히 큰 문으로 감히 가려 한다.)

아직도 쑥덕거리고 있네! 들리지도 않게! — 이런 우
라질!

(누군가가 온다고 생각하고 번개처럼 알코브로 뛰어들어간다.)

조심! 조심!

아무도 오지 않을 거야.

(다시 나오려 한다.)

한번 나가보자!

(감히 엄두를 내지 못한다.)

이건 너무 위험해.

(극도로 당황한 희화적인 모습.)

이제 어떻게 하지! 내가 화냥년의 서방이라니!

(머리로 벽을 향해 돌진한다.)

아! 이제

내 이마엔 벌써 오쟁이진 남편의 훈장이 솟아났구나.

이제 어떡한다?

(호주머니를 툭툭 친다.)

이리 와라, 내 귀한 짐아!

이리 와서 너와 나를 같이 구제하려무나, 날 술 있는
곳으로 안내해라,

마실 수 있는 한은 아직 행복할 수 있으렷다.

화냥년의 남편이라는 게 가장 밑바닥 인생은 아니고
말고.

교수대에 매달리는 것보다야 훨씬 낫지.

(옆문을 통해 나간다.)

제6장

알체스트   당신네 위대한 도덕군자들은[5] 이렇게 말하죠.
이 세상에 덕이란 없어.
사랑은 애욕이고, 우정은 기만이야,
굳은 절개를 지닌 사람은 찾아볼 수 없단 말야,
기회만 있으면, 아무리 굳은 절개도 무너뜨릴 수 있어.
또 우리에게서 악덕을 찾다 실패하면, 이렇게 말하죠,
청년들은 멍청하고, 아가씨들은 겁이 많아 그런 것뿐
이야.
그러면서 비웃죠, 경험부족인 청춘이 벌벌 떤다고.
그러나 이 떨린다는 자체가 정결하기 때문 아닐까요?
연인을 아끼는 마음, 도무지 헤어날 길 없는 이 아련
한 느낌,
이게 열에 떠서 보는 환각에 불과할까요?
지난날 내 소피의 품에서 한때 난
얼마나 달콤한 꿈을 꿨던가.
그녀의 손, 그녀의 눈빛, 그녀의 키스가 내게 가르쳐
줄 때까지
난 아무것도 몰랐어, 쾌락을 처음 맛보는 풋내기가
그렇듯.
우린 현명한 충고를 들으며 서로 선택해 만난 것이
아니었어,

---

5) 빌란트 Christoph Martin Wieland(1733–1813, 독일계몽주의 시대의 작
   가), 그리고 라 로슈푸코 La Rochefoucault (1613–1680, 프랑스 작가) 같
   은 도덕주의자들을 가리킴.

서로 눈이 마주치자 벌써 불타올랐지.
상대방이 사랑할 가치가 있는지, 묻고 자시고 할 짬
도 없었어.
어느 정도 느끼자 벌써 다 말해 버렸지.
우린 오랫동안 그렇게 꿈결 같은 순간들을 보냈어.
그런데 깨지고 말았다. 난 운명을 저주했고,
우정도, 사랑도, 다정함도, 정절도
모두 위장한 악덕의 가면놀음에 지나지 않는다고 굳
게 믿게 되었지.
그리고 육체적 충동의 환락 속에서
편견이고, 정절이고, 사랑이고 다 죽어 없어지기를
바랐다.
그렇게 오만하게 방탕한 세월을 보내다 보니 난 무감
각한 사람이 되고 말았어.
난 이제 어떤 사랑 앞에서도 안전하다고 믿었다.
오만하게 난 소피에게 돌아왔지. 그런데 그녀는 그
동안 얼마나 아름다워졌는지!
난 놀라고 말았다. 〈아, 그녀의 남편은 분명 진작부
터 위대한 기사단의 기사일 거야! 그녀는 애인도 많
을 거야.
그거야 어떻든! 네가 접근하면, 그리 까다롭게야 굴
겠어.
접근을 금지하면, 난 코웃음이나 쳐주면 돼.
한마디로 호색한과 창부의 흔한 놀음이 되겠구나.〉
난 그렇게 생각했지, 그런데 그녀를 자주 보면서, 난
무언가를 느꼈어.

여기 계신 난봉꾼님들, 댁들은 이게 뭔지 말해 줄 수
있겠소?
언제나 그녀 편만 들고, 나만 못됐다고 나무라며,
내 용기를 모두 빼앗아가는가 하면, 내 계획은 몽땅
수포로 만드는 이게 뭔지 말이오.
그녀는 날 친구라 부르며, 마음을 털어놓습니다.
난 우정은 거절했지만, 그녀의 고통엔 똑같이 괴로워
한답니다.
그녀는 누구보다도 더 날 사랑한다고 말하죠.
쳇! 사랑이란 말로 날 희롱하는 거야 하면서도 은근
히 기쁘단 말입니다.
그녀는 날 사랑하나 사람의 도리는 지키려 한답니다.
난 사람의 도리 따윈 믿지 않지만, 그래도 그녀를 사
모합니다.
어젯밤 난 꽤 많은 걸 바랐는데 감히 아무 짓도 하지
못했죠.
이렇게 악랄한데도 이렇게 비겁하다니! 진정 수치스
러울 뿐입니다.
절 계집애 같은 놈이라 부르십쇼! 아니면 힘도 없이
음흉한 놈이라고요!
제가 그렇게 완전히 타락하지 못한 걸 보면, 전 아직
그렇게 완전히 타락한 놈은 아닌 거죠.
근데 이게 뭘까? 그녀의 인생을 달콤하게 해주고 싶
은 충동이 생기는 건?
이것이 사랑일까? 이기심일까? 넌 쾌락을 맛보고 싶
으냐,

지불해 가면서까지? 아니다! 난 그녀가 돈이 필요하다는 것을 안다,
그런데 그녀는 내게 그걸 털어놓지 않았다, 내 맘에 드는 건 바로 그 점이다.
이제 몰래 기부할 궁리나 해야지.
마침 아직 돈이 좀 있으니까. 잘했어, 지금 그 생각을 해내다니.
돈을 세어봐야겠군.
(귀중품 보관함을 연다.)
이런! 이게 뭐야! 제기랄! 비어 있잖아!
백 냥 중 이십오 냥도 안 남았다니!
아까 오후까지도 있었는데! 누가 가져갔을까?
열쇠가 내 손을 떠난 적이 없는데.
누가 방에 왔었지? 아, 소피가! 말도 안 돼!
내 하인이? 오, 그놈은 의심의 여지가 없는 장소에 있는데.
그놈이 자고 있으니 곧 가서 큰 소리로 깨워야겠다.
만약 놈이 범인이라면, 깜짝 놀랄 테니 당장 들통이 날 거야.

제3막

제1장

여관의 식당

여관주인이 잠옷을 입은 채로 책상 뒤 안락의자에 앉아 있다. 책상 위에는 타다 버린 등잔, 커피잔들, 파이프와 신문들이 놓여 있다. 처음 몇 줄을 쓴 뒤 일어나서 그는 이 장면과 다음 장면의 시작 부분에서 옷을 갈아입는다.

여관주인　지금 폴란드 사정이 썩 좋은 편은 아냐!
　　　　　그러나 러시아가 또 어떻게 나올지는 두고 봐야지.
　　　　　러시아가 현명하게 공격하기만 한다면, 싸움에서 질 리가 없어,
　　　　　그리고 러시아엔 터키 놈들을 물리칠 힘센 놈들이 많이 있지.

일이 터지기만 해봐라, 러시아는 곰처럼 미쳐 날뛸
테니.
내가 러시아인이라면 어떻게 했을지 난 알지.
난 세라이의 터키 왕궁으로 진군하여, 묻고 자시고
할 것도 없이,
술탄을 검은담비 사냥이나 보낼 거야.
그놈의 편지를 손에 넣지 못하면, 내 마음은 진정되
지 않겠는데.
정말로 뭔가 수상했어!
이 궁금증을 어떻게 풀지.
악을 행하면, 악을 두려워하게 되지.
도둑질이 내 천직이 아니니까, 그렇게 벌벌 떨었던
거야.
하지만 집안에서 웅성대고 발소리가 나고 삐걱거린다
고 떨다니,
여관주인인 내 체면이 말이 되나.
집에는 아무도 없었는데, 쵤러도 알체스트도.
급사일 리는 없고, 하녀들도 곤히 자고 있었는데.
가만 있자! — 어젯밤, 그러니까 세시와 네시 사이에
나지막한 소리가 들리고, 소피의 방문이 열렸지.
혹시 내가 도망쳤던 그 유령이 어쩌면 바로 소피였는
지도 몰라.
여자 구두 발소리였는데, 소피도 바로 그렇게 걷지.
그애가 대체 거기서 뭘 하고 있었지? — 여자들이 하
는 짓이란 뻔하지.
남의 물건과 속옷 뒤져보는 걸 좋아한단 말야. 그 생

각만 했더라도,
그애를 놀라게 한 다음 웃음거리로 만드는 건데.
그리고 그애랑 같이 찾았더라면, 편지를 곧 찾았을
텐데.
모처럼 좋은 기회를 그냥 놓쳐버리다니.
빌어먹을! 제때엔 아무 생각도 나지 않다가,
쓸 만한 생각이란, 대개 한 발 늦게 떠오른단 말야.

제2장

여관주인. 소피.

소피   무슨 생각 하세요, 아버지! ─
여관주인 넌 아침 인사도 할 줄 모르냐?
소피   용서하세요, 아버지. 머리가 딴 걱정으로 터질 것만
       같아요.
여관주인 무슨 소리냐?
소피   알체스트가 바로 얼마 전에 받은 돈이
       몽땅 없어졌대요.
여관주인 없어졌다고! 빌어먹을
       또 노름으로 날렸구나!
소피   그런 게 아니고 도둑을 맞았대요!
여관주인 뭐? 도둑을 맞아?
소피   글쎄, 방에서 없어졌대요!
여관주인 저런 죽일 놈,

그 도둑놈이 대체 누구냐? 빨리 대!

소피 그거야 저도 모르죠!

여관주인 여기 이 집에서 말이냐?

소피 네, 알체스트의 책상 위, 귀중품 보관함에서 빼갔대요.

여관주인 대체 언제?

소피 간밤에요!

여관주인 (혼자말로.) 이크, 호기심이 죄야.

편지 땜에 내가 몽땅 뒤집어쓰게 생겼네, 양초를 발견할 거 아닌가.

소피 (혼자말로.)

아버지가 당황해서 뭐라고 중얼거리네, 설마 아버지가?

맞아, 그 방에 분명 가셨던 거야, 양초가 그 증거다.

여관주인 (혼자말로.) 혹시 소피가? 빌어먹을! 그건 더 곤란한데!

어제 나한테 돈을 달라고 했었지, 그리고 간밤엔 그 방에 갔겠다.

(큰 소리로.)

저런 멍청한 짓을 하다니! 조심해라! 우리가 피해를 입을 거야.

싸고 안전한 게 우리여관 자랑거리였는데.

소피 그분이 손해면, 우리도 손해예요.

결국 책임은 여관주인이 져야 하니까요.

여관주인 그래, 하지만 이런 일은 어쩌겠냐.

집 안에 도둑이 있다면, 대체 어느 놈일까? 그분은 아신다든?

정말로 기분 나쁜 일이구나!

소피	온몸에 기운이 다 쪽 빠져요.
여관주인	(혼자말로.) 아, 저애가 겁을 내고 있구나.
	(큰 소리로, 좀 불쾌해하며.) 제발 돈을 찾아야 할 텐데. 그럼 오죽이나 좋겠니.
소피	(혼자말로.) 이제 됐다, 후회하시는 게 틀림없어.
	(큰 소리로.) 돈을 찾기만 하면, 누가 범인이든 무슨 상관이겠어요.
	그분께 알릴 필요도 없고요, 그럼 그분도 더 이상 따지지 않을 거예요.
여관주인	(혼자말로.)
	저애가 돈을 갖고 있지 않다면, 내 손에 장을 지질 거야!
	(큰 소리로.) 우리 착한 딸내미야, 난 널 믿는단다— 잠깐만!
	(문밖을 살펴보기 위해 간다.)
소피	(혼자말로.)
	이런, 아버지가 내게 실토하시려나 보다!
여관주인	소피야, 내가 너를 아는 한 넌 거짓말 한 적이 없단다.
소피	이 세상에서 아버지께만은 뭘 숨긴 적이 없어요.
	그러니 이번에도 절 믿고—
여관주인	좋아!
	넌 내 자식 아니냐. 그리고 이미 엎질러진 물이야 어쩌겠니.
소피	아빠, 그게 아버지가 생각하는 만큼 그렇게 대단한 일은 아니에요.

여관주인　살다보면 그럴 수도 있는 거야. 너무 부끄러워할 것
　　　　　없다.
　　　　　네가 그 방에 갔었다는 건 이 애비밖엔 아무도 모른
　　　　　단다.

소피　　　(놀라며.) 알고 계셨어요?

여관주인　(미소지으며.) 나도 그 방안에 있었단다, 그런데 네가
　　　　　왔고, 내가 그 소릴 들었지.
　　　　　난 그게 누군지 몰라, 귀신이라도 오는 줄 알고 도망
　　　　　쳤지.

소피　　　(혼자말로.)
　　　　　그래, 그래, 아버지가 돈을 갖고 계셔! 이젠 의심할
　　　　　여지가 없어.

여관주인　어젯밤 네 방문 열리는 소리를 들은 게 이제야 생각
　　　　　나는구나.

소피　　　그래도 천만다행이에요, 아무도 아버질 의심하지 않
　　　　　으니까.
　　　　　양초를 주운 게 바로 저거든요—

여관주인　네가?

소피　　　맞아요!

여관주인　다행이구나, 후유, 난 죽는 줄 알았어!
　　　　　그럼 말해 봐라, 우리가 그걸 어떻게 그분께 돌려드
　　　　　려야 하겠니?

소피　　　이렇게 말씀하세요. 〈알체스트 씨! 우리 집을 용서해
　　　　　주십시오.
　　　　　돈을 찾았습니다. 도둑놈을 잡았답니다.
　　　　　견물생심이라는 말은 선생님도 잘 아실 겁니다.

그러나 훔치자마자 그 사람은 이미 후회를 했답니다. 그는 제게 고백하며 돈을 돌려주었습니다. 여기 있습니다!

그 사람을 용서해 주십시오!〉─ 그럼 알체스트 씨는 분명 대단히 만족하실 거예요.

여관주인   듣고 보니 괜찮은데? 넌 참 별 재주가 다 있구나.

소피   됐어요 그럼, 그렇게 말하며 그분께 갖다 드리세요!

여관주인   당장에 하자꾸나! 그런데 돈이 있어야지?

소피   갖고 계시지 않으세요?

여관주인   물론 아니지! 내가 그 돈이 어디서 생겼겠니?

소피   어디서라뇨?

여관주인   나 참! 어디서? 그럼 너 나한테 그 돈을 줬단 말이냐?

소피   그럼 대체 누가

그걸 갖고 있단 말이에요?

여관주인   누가 갖다니!

소피   물론이죠! 아버지가 갖고 계시지 않으면요?

여관주인   무슨 뚱딴지 같은 소리냐!

소피   대체 어디다 두신 거예요?

여관주인   너 미쳤니?

그럼 네가 갖고 있지 않단 말이냐?

소피   제가요?

여관주인   그래!

소피   대체 제가 그걸 어떻게 가져요?

여관주인   (그녀에게 훔치는 흉내를 내보인다.)

이렇게!

소피   무슨 말씀을 하시는 거예요?

여관주인　뻔뻔스럽기는!

　　　　　이제 그걸 돌려줘야 하게 생겼으니까, 슬쩍 오리발을 내밀다니.

　　　　　금방 홈쳤다고 털어놓고선.

　　　　　(객석을 향해.)

　　　　　여러분들이 제 증인입니다요.

　소피　나 참, 정말 너무 기가 막혀요! 이젠 저한테 씌우시다니.

　　　　방금 아버지가 홈쳤다고 하셨잖아요!

여관주인　아니 이 고약한 것! 내가 홈치다니! 너 그게 애비에 대한 애정이냐,

　　　　　어디서 배워먹은 버르장머리야, 감히 애비를 도둑으로 몰다니,

　　　　　너야말로 도둑 아니냐!

　소피　아니 아버지!

여관주인　너 어젯밤에

　　　　　그 방에 가지 않았었니?

　소피　그래요, 갔었어요!

여관주인　그리곤 내 면전에다 대고 돈을 갖고 있지 않다고 말하는 거냐?

　소피　그게 증거란 말씀이세요?

여관주인　물론이지!

　소피　하지만 아버지도 어젯밤에―

여관주인　닥쳐! 당장 꺼지지 않으면 가만 두지 않을 테다!

　　　　　(소피 울면서 퇴장.)

　　　　　농담도 유분수지,

몹쓸 것 같으니라고! — 이런 진짜 가버렸구나! 정말
좋은 기회였는데!
시치미 뗀다고 이게 해결될 일인 줄 아나?
하여튼 돈은 없어졌고, 긴 말 할 것 없어, 그애가 훔
친 거야!

제3장

생각에 잠긴 알체스트. 여관주인.

여관주인   (당황해하며 애원하듯이.)
그 얘긴 들었습니다. 정말로 기가 찹니다—!
손님, 아직 기분이 풀리지 않으셨겠지만
저희 입장을 생각하셔서 당분간 비밀로 해주십시오.
잘 하면 돌려드릴 수 있을 것 같습니다.
소문이 퍼지면, 우리 여관을 시기하는 자들이 좋아라
할 겁니다,
그리고 심보가 고약한 자들이니 죄를 몽땅 저한테 씌
우겠지요.
이건 분명 외부인이 아니라 집안 사람 소행입니다.
화만 좀 푸십시오, 돈은 곧 찾게 될 테니까요.
그런데 대체 얼마나 됩니까?

알체스트   팔십 탈러[6]요.

---

6) 은화로 독일의 옛 화폐단위. 1566~1750년까지 독일제국의 공식 화폐.

여관주인 맙소사!

알체스트 그래요 팔십 탈러—

여관주인 제기랄! 만만치 않은 금액인뎁쇼!

알체스트 그래도 그냥 다 잊어버리고 치우려 했는데,
대체 누가 어떻게 가져갔는지 궁금하다 이거요.

여관주인 돈만 찾으면, 아실 필요 없겠지요,
가져간 게 갑순인지 갑돌인지, 그리고 언제 어떻게
훔쳤는지.

알체스트 (혼자말로.)
내 하인놈은 아니야, 도둑질할 위인이 못 돼.
그리고 방에 온 건— 아니지, 아냐, 그럴 리가 없어!

여관주인 뭐 집히는 데라도 있습니까? 괜히 엉뚱한 사람 잡지
마시고,
아무튼 제가 돈은 돌려드리지요.

알체스트 내 돈을?

여관주인 예, 내기해도 좋습니다!
어쨌든 제가 그 팔십 탈러를 현금으로 돌려드리지 못
하면,
저를 카드의 에이스 패라고 하든, 허수아비나 허풍쟁
이라 부르든 맘대로 하세요!

알체스트 그러니까 도둑이 누군지 안단 겁니까?—

여관주인 흠! 아무튼 제가 드린다니까요, 그 돈을.

알체스트 자, 알면 내게도 말씀해 주시죠—

여관주인 절대로 안 됩니다!

알체스트 누가 가져갔는데요, 말 좀 해봐요!

여관주인 말씀드릴 수 없다고 하지 않습니까.

알체스트	집안 사람 누군가요?
여관주인	자꾸 캐묻지 마시라니까요.
알체스트	혹시 그 젊은 하녀가?
여관주인	그 착한 한네가요? 천만에요!
알체스트	급사가 가져간 건 아니오?
여관주인	급사라! 그럴 수는 있겠습죠!
알체스트	음식 만드는 여자는 그러기엔 너무 둔하고—
여관주인	전 그렇게 말하지는 않겠습니다.
알체스트	부엌일을 돕는 한스는?
여관주인	글쎄요, 그럴듯도 하군요.
알체스트	정원사가 혹시—
여관주인	점점 가까워지는군요.
알체스트	정원사의 아들이?
여관주인	아닙죠!
알체스트	혹시—
여관주인	(낮은 목소리로.) 집의 개 말씀입니까?— 글쎄올시다.
알체스트	(혼자말로.)

기다려라, 이 멍청한 도둑놈. 내 너를 꼭 잡고야 말
테니!
(큰 소리로.) 누군지 가져간 사람이 있겠죠! 돈을 돌려
받기만 하면,
그게 문제될 건 없겠지만! (나가려는 듯한 행동을 한다.)

여관주인	물론입죠!
알체스트	(어떤 생각이 떠오른 듯이.)

주인 양반! 내 잉크가
다 떨어졌소. 급히 답장을 써야 되는데—

(호주머니에서 편지를 꺼낸다.)

여관주인 아니 저런!

어제 편질 받았는데, 벌써 답장을 써요?

정말 중요한 편진가 보죠?

알체스트 답장을 미룰 수 없는 편지죠.

여관주인 편지왕래를 한다는 건 참 좋은 일입죠.

알체스트 항상 그런 건 아니오! 편지 쓰느라 잃는 시간이

즉시 보상되는 건 아니니까.

여관주인 그건 꼭 도박하고 같아요.

편지 온 건 한 통인데, 많은 편지를 대신해 주죠.

손님, 실례지만 어제 온 편지엔

중요한 내용이 많았나 보죠? 감히 어떤 내용인지 여

쭤봐도 —?

알체스트 절대로 안 됩니다!

여관주인 혹시 북쪽에서 온 건가요?

알체스트 말씀 드릴 수 없다고 하지 않습니까.

여관주인 그럼 폴란드에서 온 건가요?

알체스트 자꾸 캐묻지 마시라니까요.

여관주인 그럼 왕께서 보내신 겁니까?

알체스트 그 가련한 왕[7]이요? 천만에요!

여관주인 터키군이 틀림없죠?

알체스트 터키라? 그럴 수는 있겠죠!

여관주인 파올리 한테서 온 건 아니겠습죠?

알체스트 난 그렇게 말하지는 않겠습니다.

---

7) 폴란드의 왕인 포니아토프스키 Stanislaus Poniatowski.

여관주인 마흔다섯 살 먹은 양반[8]이 보낸 건 아닙니까?

알체스트 글쎄요, 그럴듯도 하군요.

여관주인 다른 별[9]에서 온 건 아니겠죠?

알체스트 점점 가까워지는군요.

여관주인 작센의 유령[10]한테선가요?

알체스트 그 예수회원이요? 글쎄올시다!

여관주인 손님은 저 같은 심복조차 전혀 믿질 못하시는군요.

알체스트 주인장도 남을 못 믿으면서, 어찌 믿어주길 바라는 거요?

여관주인 그럼 어떡해야 절 믿으시겠습니까?

알체스트 도둑이 누구요? 내 편지는 곧 보여드리지. 여기 있소. 어때요, 이 교환조건이 괜찮지 않소. 자, 편지를 보시겠소?

여관주인 (당황해 어쩔 줄 몰라하면서도 탐욕스럽게.) 아, 너무나 송구스럽습니다! (혼잣말로.) 이 양반이 원하는 게 바로 그것만 아니라면.

알체스트 세상에 공짜는 없다는 걸 아실 텐데. 그리고 나만 알고 있겠소, 내 명예를 걸고 약속하죠.

여관주인 저 편지에 이렇게 구미가 당기지만 않는다면! 그러나 어떡하지? 만약 소피가— 에라! 그건 제가 알아서 하겠지!

---

8) 영국인 출판업자인 존 윌크스John Wilkes를 가리킴. 윌크스는 그의 잡지인《북 브리튼North Briton》45호에서 영국 왕을 비판하여 감옥에 갔으며, 그의 잡지는 금지됨.

9) 여기서 언급된 별은 1769년 8월 8일부터 12월 1일까지 보였다고 함.

10) 〈작센의 유령〉은 예수회와 관련이 있던 작센의 카페 주인인 슈레퍼J.G. Schrepfer에게 나타난 유령 현상을 가리킴.

유혹이 너무 크구나, 안 넘어가고 배길 사람이 없을걸!
마치 사냥해 잡은 토끼처럼 입에 침을 고이게 하니.

알체스트   (혼자말로.)

돼지고기 햄도 사냥개의 코를 이렇게 찌른 적은 없
었지.

여관주인   (부끄러워한다. 동의하지만, 아직도 주저하면서)

손님께서 말씀을 그렇게 하시니—

알체스트   (혼자말로.) 이제야 입질을 하는구먼.

여관주인   저도 믿고 말씀을 드리지 않을 수 없군요.

(반신반의하면서 반 애원조로.)

그럼 정말 저한테 편지는 당장 보여주시는 겁니까?

알체스트   (편지를 내밀며.)

지금 당장.

여관주인   (시선을 편지에서 떼지 않은 채 천천히 알체스트에게 다가가며)

도둑은 —

알체스트   도둑은!

여관주인   돈을 가져간 사람은—

알체스트   말해 봐요!

여관주인   소인의 —

알체스트   주인장의?

여관주인   (단호한 음성으로 말하며, 동시에 달려들어 알체스트의 손에서
편지를 낚아채며.) 딸년입니다요!

알체스트   (놀라며.) 뭐라고?

여관주인   (등불 있는 곳으로 걸어나오며, 급히 여느라 겉봉을 갈갈이 찢는
다. 그리고 읽기 시작한다.)

〈존경하는 분이시여!〉

알체스트   (그의 어깨를 붙잡는다.)

     소피란 말이오? 그럴 리가, 어서 바른 대로 말해요!

여관주인   (초조해하며.)

     맞아요, 그애라니까요! 참, 귀찮게 구시는군!

     (읽는다.) 〈특히〉──

알체스트   (위와 같이.)

     아니오, 주인장! 소피라니! 말도 안 돼!

여관주인   (몸을 빼내고, 그의 말에 답하지 않은 채 계속 읽어 내려간다)

     〈존경해 마지않는〉──

알체스트   (위와 같이.) 정말 말문이 막히는구나.

여관주인   (위와 같이.) 말문 좀 막히시구려. 〈후견인님〉──

알체스트   (위와 같이.) 내 말 좀 들어봐요!

여관주인   (위와 같이.) 〈다름이 아니오라〉──

알체스트   당신은 멍청한 얼간이야.

여관주인   좋아요, 좋아.

알체스트   당신은 아무짝에도 쓸모가 없단 말이오!

여관주인   그렇대도요, 자비로우신 손님.

알체스트   (퇴장하며 혼자말로.)

     소피가 정말 그랬는지 꼭 알아야겠는데.

제4장

여관주인   (편지를 읽으면서 그 사이사이 지껄인다.)

     〈후원자님〉──이 손님은 가셨나?──〈저의 여러 가
지 실수를 용서해 주신 그 풍성한 아량으로

이번에도 용서해 주시기를 바라나이다.〉── 용서할
게 대체 뭔데?

〈선생님, 저는 당신께서 저와 함께 기뻐해 주시리라
믿습니다.〉

그래 좋아! ──〈하늘은 제게 오늘, 농부라면 누구나
기뻐하겠지만

많은 부자들은 괴로워할 선물을 주셨답니다.

제 사랑하는 아내로 하여금 여섯번째 아들을 낳게 해
준 것입니다.〉

이거 죽겠구먼! 〈그 녀석은 아주 이른 새벽에 나왔답
니다.〉

──사내아이! 사내─! 오 물에나 빠뜨려 죽여라!
목을 졸라 죽이든지!

〈당신의 선량하신 마음이 이 가난한 사내에게 용기를
주었습니다.〉──

이 개자식을 목이나 매달까 보다, 사형집행인의 조수
나 대부로 삼아라!

애새끼만 내지르는 이 녀석 이름은 대체 뭐야?

프란츠. 쳇, 이제는 라틴어까지! 칸─ 칸디다투스
Candidatus? 그래.

대학생이라, 오 그래, 한참 혈기 왕성할 때지.

신학. 그런데 ─ 뭐? 장원의 소작인이라구.

잠깐, 알체스트! 너 이놈 내가 그렇게 쉽게 그냥 넘
어갈 줄 아냐!

내 이놈을 그냥! 이 집에서 당장 내쫓아버려야겠다!

비겁하게 이 늙은이를 속여?

이 주리를 틀 놈 같으니라고! 이놈을 고소해서 콩밥
을 먹여?

하지만 그럼 내 딸년은! 에이! 콩밥 먹이긴 틀렸군!

그런데 이까짓 대부 부탁 편지 한 장 때문에 내 딸을
배반하다니!

(가발을 움켜쥔다.)

이 미련 곰딴지 바보 천치 돌탱이 같은 영감아![11]

편지! 돈! 속임수! 나는 망했다 망했어,

어떻게 이렇게 멍청할 수가 있담! 실컷 두들겨 패도
속이 안 풀릴 것 같다. 기가 차서!

(그는 지팡이를 집어들고 무대 위를 마구 돌아다닌다.)

대체 이 욕망을 채워줄 쥐새끼 하나 없단 말인가?

오 내가 수백 개의 날개를 가진 바람이라면,

나는 온 세상은 물론, 해, 달, 그리고 별들까지도 패
주고 싶다.

아 못 참겠다— 누가 유리컵이라도 하나 깨지 않나,

이유가 있어야 팰 것 아냐! 너 이놈 걸려들기만 해
봐라!

(그는 자기의 안락의자에 부딪히자 안락의자를 마구 때린다.)

맙소사, 먼지투성이구나! 나타나기만 해라, 맛을 보
여줄 테니.

알체스트! 너 이놈 잡히기만 해봐!

---

11) 여관주인이 분노를 폭발하는 이 장면의 희극적인 상황은 플라우투스
(B.C. 250-285)의 『돈단지 희극 *Aulularia*』으로부터 몰리에르(1622-1673)
의 『수전노 *L'Avare*』(4막 7장 아르파공의 분노 폭발장면 참조)로 이어지
는 전통을 따르고 있음.

제5장

여관주인은 계속해서 때린다. 쵤러가 무대로 나오다 깜짝 놀란다. 그는 가장무도회복을 입고, 팔에는 가면을 걸치고 있으며, 술에 반쯤 취해 있다.

쵤러   어라? 무슨 일이지? 저 영감이 미쳤나? 조심해야겠다,

잘못하다간 저 의자꼴 날라!

어떤 고약한 귀신한테 홀린 걸까?

(객석을 향해.)

여러분들 중 용기 있는 분 있으면 올라 와서 물어봐 주시려오, 저 영감이 왜 저러는지?

여관주인   (쵤러를 보지도 않고.) 이제는 더 못하겠다! 아 아야! 아이고 등이야, 아이고 팔이야!

(때려주던 의자에 몸을 던진다.)

에이 땀에 흠뻑 다 젖었잖아.

쵤러   (혼자말로.) 당연하지, 그럼, 그렇게 전신운동을 하시는데 땀이 안 나.

(여관주인 앞에 나선다.)

장인어른!

여관주인   아, 귀족 나으리로군! 또 밤새도록 술잔치를 벌이셨나? 나는 죽도록 고생하고 있는데, 네놈은 집을 비우고 싸돌아 다녀?

사육제 어릿광대로 춤추고 도박하는 데 실컷 돈이나 뿌려대다가,

여기 집에서 악마가 사육제를 지내면 웃어대기나 하
겠지!

죌러 왜 이리 화가 머리 꼭대기까지 나셨습니까?

여관주인 오, 그게 글쎄, 하여간 나도 이제 속 그만 썩일 테야.

죌러 무슨 일이 있었나요?

여관주인 (화가 나서.) 알체스트랑 소피가! 자네에게 내가 얘길
해야 하나?

죌러 아뇨, 아닙니다.

여관주인 자네들이 몽땅 악마의 밥이 되고 나면, 그때서야 내
가 좀 쉴 수 있겠지!
그 빌어먹을 신학생 놈인가 하는 것도 같이 말야!

(퇴장.)

제6장

죌러 (두려워하는 몸짓으로.)
무슨 일이 있었나? 아 괴로워라! 아마도 잠시 후면!—
잘 대처해야 할 텐데! 얻어터지지 않게 몸은 사리고!
어쩌면 벌써 들통났을 거야! 아 이걸 어째! 내가 얼
마나 떨고 있는지 여러분은 모를 거요!
가마솥에 들어앉은 듯 뜨겁구나. 파우스트 박사고[12]
리처드 3세고, [13]

---

12) 괴테가 처음으로 파우스트 전설을 언급한 부분임.
13) 여기서 리처드 3세는 셰익스피어의 드라마라기보다는 바이스Weiß의
드라마를 가리킴.

그들이 아무리 고통을 당했다 해도, 내 고통에 비하면 어림 반푼어치도 없어!

여긴 지옥! 저긴 교수대! 그 중간엔 바로 이 화냥년의 남편!

(마치 정신나간 사람처럼 헤매고 돌아다니다가, 마침내 정신을 차린다.)

아, 훔친 재물로 기쁨을 누린 자는 없었다!

타령은 집어치워, 이 겁쟁이 악당아! 그렇게까지 놀랄 건 뭐 있어?

어쩌면 그렇게 나쁘지 않을지도 몰라. 한번 가서 들어보자.

(그는 알체스트를 보자 달아난다.)

아이고! 그놈이다! 그놈이야! 내 뒷덜미를 움켜잡는구나.

제7장

알체스트 　내 마음이 이렇게 심한 갈등으로 괴로워해 보기는 처음이야.

사랑에 빠진 내가 꿈속에 그리던 고결한 모습,

감미롭기 그지없는 사랑을 내게 가르쳐준 소중한 사람,

그녀는 내게 여신이며, 아가씨며, 친구, 아니 이 세상의 전부였는데—

이제 이렇게 땅에 떨어지다니! 소름 끼치는군!

그런 높은 이상들은 이제 저 멀리 사라져버렸다.
다른 여자들과 같이 한낱 평범한 여자일 뿐이야.
그렇다 해도 이렇게 형편없이! 이렇게 깊이 추락하다
니! 미칠 것만 같다.
내 고집스런 마음은 아직도 그녀 편을 들고 있다.
못난 놈! 도대체 네 맘 하나 다스리지 못한단 말이냐?
이렇게 좋은 기회를 놓치지나 마라. 네가 바라던 바
아니냐.
네가 애타게 사랑하는, 이 세상에 둘도 없는 여자가
돈 때문에 쩔쩔 매고 있다. 서둘러라, 알체스트, 네
가 주는 푼돈이,
큰 수확을 거둘 테니. 그런데 이제 그녀는 돈을 손수
가져갔구나.
그럼 좋다, 사람의 도리 어쩌구 하는 소릴 또 한번
늘어놀 테면 노라 그래!
방탕한 놈처럼 가서 냉정하게 말하는 거야.
부인, 돈을 가져가셨지요. 좋습니다.
저는 정말로 괜찮습니다, 아무 염려 마시고
그 얼마 되지 않는 것을 맘대로 쓰십시오. 제 것은
당신 것이기도 하니까요.
그런 다음엔 반쯤은 남편과 아내처럼 다정한 어조로—
아주 은근하게 접근하면, 아무리 정숙한 여인도
그렇게 매몰차게 굴지는 못할걸. 마음이 약해지게 마
련이니까.
그녀가 오는구나, 왜 이리 당황하는 거지. 이건 나쁜
징존데.

알체스트, 너는 음흉한 짓, 속임수엔 어울리지 않아.
네 심장은 음흉해질 순 있겠지만, 그럴 만큼 강하진
못해.

제8장

알체스트. 소피.

소피　뭘 하세요, 알체스트! 꼭 저를 피하시는 것 같아요.
　　　혼자 있는 게 그렇게도 좋으세요?

알체스트　(쾌활하게.) 글쎄, 이번엔 딱히 뭐라 할말이 없구려,
　　　그리고 이유 없이 혼자 중얼거리는 수야 많지 않소.

소피　손해는 크지만, 그리 대단치는 않잖아요.

알체스트　아 그래요, 그게 뭐 별거겠소. 그리 맘에 두고 있지
　　　않아요!
　　　돈이야 있으니까. 얼마 되지도 않는 걸 갖고,
　　　좋은 사람 손에 들어갔으면 그냥 놔두기로 합시다.

소피　그렇게 통이 크시다간 낭비하기 십상이죠.

알체스트　오, 낭비하는 자도 때로는 자기 돈을 쓸 줄 아는 법
　　　이오.

소피　그게 무슨 말씀이세요?

알체스트　(미소지으며.) 무슨 말이냐구요?

소피　네, 이 경우에 맞는 말인가요?

알체스트　당신, 나 알잖소, 소피, 내게 솔직히 털어놓구려!
　　　돈은 이제 없어진 거요! 어디 있든 상관없소!

내가 진작에 알았더라면, 난 아무 말도 하지 않았을
거요.

일이 이렇게 된 이상—

소피　(놀라며.) 그럼 알고 계신단 말이에요?

알체스트　(다정하게, 그녀의 손을 잡고 손에 키스한다.)

당신 아버지가! — 그래요, 알고 있소, 사랑하는 소피!

소피　(의아해하고, 수치스러워하면서.)

그런데 용서하시는 건가요?

알체스트　용서라니? 그게 우리 사이에 무슨 범죄라도 된단 말
이오?

소피　제 생각엔—

알체스트　우리 이제 서로 마음을 터놓고 얘기합시다.

내가 아직도 당신을 열렬히 사랑한다는 건 당신도
알지.

운명이 당신을 내게서 빼앗아갔지만, 우리 사이를 갈
라놓지는 못했소.

당신 마음은 언제나 내 것이고, 내 마음은 언제나 당
신 거였소.

내 돈도 모두 당신 거요, 당신 이름으로 돼 있는 거
나 마찬가지란 말이오.

당신은 내 재산에 나와 동등한 권리가 있소.

당신이 갖고 싶은 건 다 가져가요, 소피, 오직 나를
사랑해 주기만 하면 돼!

(그녀를 껴안는다. 그녀는 잠자코 있다.)

명령만 해요! 무엇이든 당신에게 즉시 대령할 테니.

소피　(그의 품에서 벗어나며, 오만하게.)

당신 재산에 경의를 표합니다! 하지만 전 필요없어요.
말투가 이상하군요! 내 생각이 맞는 건가요?
하, 당신은 절 오해하고 있군요.

알체스트 (감정이 상해서.) 오, 귀하의 충직한 종은
당신을 너무나 잘 알고 있습니다, 그리고 자기가 요구하는 것이 뭔지도 알고 있소.
그런데 어째서 이렇게 불같이 화를 내는지 알 수가 없군요.
그런 부정한 짓을 저지르는 자가—

소피 (놀라며.) 부정한 짓? 무슨 말이죠?

알체스트 부인!

소피 (격분해서,)
무슨 말씀이냐고요? 손님!

알체스트 내 수치심을 용서하십시오.
난 그런 것을 크게 떠들기엔 당신을 너무나도 사랑한단 말이오.

소피 (격분하여.) 알체스트!

알체스트 아버지한테만 물어보시면 됩니다.
그분이 나한테 말해 주셨으니까.

소피 (발작적으로 격한 감정을 터뜨리며.)
뭘 말이죠? 전 알아야겠어요! 뭘 말했단 말이에요?
이럴 수가! 빨리요!

알체스트 그분 말은 당신이 그—

소피 (위와 같이.) 그래서요! 그!

알체스트 내 참! 당신이— 당신이 그 돈을 가져갔다는 거요.

소피 (분노에 차 눈물을 흘리며 몸을 돌린다.)

아버지의 횡포군요! 어떻게 그렇게 악랄하실 수가 있는 거죠?

알체스트 (애원하며.) 소피!

소피 (몸을 돌리며.) 이제 보니 당신은 정말 형편없는 분이군요—

알체스트 (위와 같이.) 소피!

소피 날 쳐다보지도 마세요!

알체스트 용서해 줘요!

소피 저리 가요! 아니, 용서할 수 없어요!
아버지란 사람이 딸의 명예를 더럽히다니.
그리고 소피가 뭐 어쨌다고요? 알체스트, 그 말을 믿을 수 있었단 말이에요?
전 이 세상 모든 걸 다 준다 해도 이 말만은 하지 않으려고 했어요.
그런데 말해야겠어요! 그 돈은 우리 아버지가 훔쳤단 말이에요. (급히 퇴장.)

제9장

알체스트. 후에 쾰러 등장.

알체스트 (안락의자에 몸을 던지며.) 자, 알체스트 씨, 어떤가! 이젠 댁도 좀 현명해질 법 한데?
아버지와 소피, 그 둘 중 하나가 사기꾼이렷다.
하지만 둘 다 지금까지 오해받을 짓은 전혀 한 적이

없어.

참, 죌러! 자 가만 있자! 하지만 아니야, 그럴 리가
없어.

죌러는 어젯밤 내내 이 집에 없었어. 어떤 누구보다
이 녀석이 가장 미심쩍건만.

그놈이야말로 음흉하고, 사기, 속임수에 가장 능하지.
그러나 그놈이 범인이라는 증거가 없지 않나?

죌러　(평상복을 입고, 얼근히 취해 있다.)

저놈이 저기 앉아 있구나. 푸! 저놈처럼 미운 인간이
어디 또 있을까.

저놈 이마에는 이렇게 쓰여 있다. 〈배신당한 남편 약
국 고용약사〉라고.

알체스트　(혼자말로.)

마침 오시는군! (큰 소리로.) 어떤가, 죌러 씨?

죌러　멍합니다!

머릿속에서 아직도 음악이 윙윙 울리고 있어요.

(이마를 문지른다.)

끔찍하게 아파요.

알체스트　무도회에 갔었다죠?

숙녀들이 많이 있었나요?

죌러　항상 그렇죠 뭐! 생쥐가 쥐덫으로 가는 건 비계 때문
이니까요.

알체스트　그래 좋았나요?

죌러　네, 대단했죠!

알체스트　어떤 춤을 췄나요?

죌러　전 그저 보기만 했습죠.

　　　　　(객석을 향해.) 간밤의 그 춤 말입니다.

알체스트　쾰러 씨가 춤을 안 췄다니? 거 참 이상하군요.
　　　　　나 같으면 그럴 바엔 아예 가지도 않았을 거요.

　쾰러　저도 노력은 했지요.

알체스트　그런데 되지 않던가요?

　쾰러　쳇, 안 되더군요! 머리가 몹시 아파왔고,
　　　　춤출 기분이 아니었죠.

알체스트　저런!

　쾰러　그런데 진짜 나빴던 건, 나도 어쩔 수가 없었단 겁
　　　　니다.
　　　　많이 듣고 보면 볼수록, 눈이 감기고 귀가 멍해지더
　　　　군요.

알체스트　그렇게 심했나요? 그거 안됐군요! 언제나 병은 갑자
　　　　　기 나는 법이죠.

　쾰러　아 그렇지 않아요, 난 그걸 이미 알았답니다— 당신
　　　　이 우리 집에 온 그날부터라고 할까, 아니 그 이전부
　　　　터죠.

알체스트　거 참 이상하군요!

　쾰러　그런데 퇴치할 수가 없어요.

알체스트　그럼 머리를 더운 수건으로 문질러보시죠!
　　　　　혹시 나을지도 몰라요.

　쾰러　(혼자말로.) 저놈이 아직도 날 비웃고 있군!
　　　　(큰 소리로.) 글쎄요, 어째 이놈의 병이 그렇게 쉽게
　　　　나을 것 같진 않은데요.

알체스트　그래도 결국은 낫게 되겠죠.
　　　　　그런데 당신은 병나도 싼 사람이야. 아마 좀더 고생

해야 할걸.

당신은 무도회에 갈 때, 그 가련한 부인 한번

동반한 적이 없잖아. 그건 아주 좋지 않아요,

젊은 아내를 차디찬 침대에 홀로 두다니.

쾰러   모르시는 말씀! 아내는 집에 있는 걸 좋아해요, 그리

고 나만 혼자 놀러가게 하죠.

왜냐하면 아내는 말이죠, 내가 없이도 몸을 덥게 하

는 희한한 기술을 터득했거든요.

알체스트   그거야말로 정말 희한하군요!

쾰러   암, 그럼요, 군것질을 좋아하는 사람은,

누가 알려주지 않아도 맛있는 게 어디 있는지 아는

법이죠.

알체스트   (감정이 상해서.)

무슨 말이 그리 장황한 거요?

쾰러   제가 말씀드리는 건 아주 명확한데요.

쉬운 예를 하나 들죠. 저는 늙으신 장인어른의 포도

주를

아주 즐겨 마신답니다. 그러나 장인어른은 그걸 잘

내놓지 않아요.

당신 건 아끼겠다 이거죠. 그래서 저는 집 밖에서 마

실 수밖에요!

알체스트   (예감하면서.)

거 말 좀 삼가시오! ―

쾰러   (비웃으며.) 이봐요! 오입쟁이!

그 여잔 내 마누라야, 당신이 상관할 바가 아니란

말야.

남편인 내가 그 여자를 어떻게 하든 말든.

알체스트 (분노를 억제하며.)

뭐 남편! 남편이면 단 줄 알아! 아무도 날 말리지 못해.

또 한번만 입을 놀렸단 봐라―

쥘러 (놀라며, 혼자말로.)

자알 한다! 마지막에는 저놈한테 물어야 할 판인가,

〈내 아내가 얼마나 정숙하던가요〉, 이렇게?

(큰 소리로.) 요리사가 아무리 바뀐다 해도,

내 아궁이는 어쨌든 내 아궁이란 말이오!

알체스트 당신에게 그 여잔 너무나 아까워.

그렇게 아름답고, 그렇게 정숙하고! 그렇게 매력적인 영혼!

당신한테 그렇게 많은 걸 갖다 바치다니! 도무지 부족한 게 없는 여자요.

쥘러 난 내 마누라의 열정이 대단한 매력이라는 건 진작에 알아챘소.

그리고 머리장식까지 지참금으로 갖고 왔죠.

난 그런 마누랄 얻을 팔자를 타고났거든,

엄마 뱃속에서부터 화냥년의 남편이 될 신세였죠.

알체스트 (퉁명스럽게.) 쥘러 씨!

쥘러 (대담하게.) 왜 그러시죠?

알체스트 (억제하며.) 분명히 말해 두겠는데, 입 좀 닥치시오!

쥘러 누가 내 주둥일 막을 건지 두고 봅시다.

알체스트 여기만 아니라면, 그게 누구인지 보여줬을 거야!

쥘러 (냉담하게.)

　　　　내 마누라의 명예를 위해 결투라도 벌이겠다 이거요?

알체스트　물론이오!

　쾰러　하긴 그 여자가 어디까지 허락하는지 당신만큼 잘 아
　　　　는 사람도 없을 테지.

알체스트　빌어먹을!

　쾰러　거 알체스트 씨! 우리는 사정을 다 아는 거 아뇨.
　　　　그저 입만 다물면! 입만 좀 다물면 돼요! 우리 서로
　　　　따져봅시다,
　　　　그러면 드러나죠, 당신네 같은 양반들은
　　　　대개 자기들을 위해 밭뙈기 채 몽땅 베어 수확해 버
　　　　리지,
　　　　그러고는 남편한테 이삭이나 줍게 하죠.

알체스트　이보게, 기가 차서, 정말 못하는 말이 없어.

　쾰러　난 가끔 눈물까지 흘렸죠,
　　　　그런데 아직도 매일 양파 냄새라도 맡는 것 같단 말
　　　　이오.

알체스트　(성이 나서 단호하게.) 뭐가 어째?
　　　　이봐, 이건 너무하잖아! 말해 봐! 원하는 게 뭐야?
　　　　소피의 명예를 더럽히는 게 뭐라고 생각한단 말이오?

　쾰러　(결연하게.)
　　　　헤, 손님, 보는 것이 생각하는 것 이상입죠.

알체스트　뭐라고! 보는 것? 보는 것이라니 무슨 뜻이오?

　쾰러　우리가 흔히 하듯이,
　　　　듣고 보는 것입죠.

알체스트　이런!

　쾰러　그렇게 치를 떠실 건 없잖소!

알체스트 (결정적으로 분노하여.)

　　　　뭘 들었어? 뭘 봤단 말이오?

췔러 (놀라서, 도망가려 한다.)

　　　저는 이만 실례하겠소이다, 손님!

알체스트 (그를 붙잡으며.) 어딜 가는 거요?

췔러 저쪽으로요.

알체스트 당신은 여기서 한 발짝도 못 나가!

췔러 (혼자말로.) 이 양반이 미쳤나!

알체스트 뭘 들었단 말이야?

췔러 내가요? 아니오! 사람들이 그렇게 말했다는 거죠!

알체스트 (화가 나서 채근하듯.)

　　　　누가?

췔러 그 사람이요! 어떤 남자였죠.

알체스트 (한층 더 격렬하게 그에게로 다가가며.) 빨리 대지 못해!

췔러 (겁을 내며.) 직접 눈으로 본 사람이죠. (좀더 단호하게.)

　　　하인들을 부르겠소!

알체스트 (그의 멱살을 잡으며.)

　　　　그게 누구였냔 말야?

췔러 (뿌리치려 한다.)

　　　이런 빌어먹을!

알체스트 (그를 꼭 붙잡는다.) 누구냐고? 날 더 화나게 할 셈이야?

　　　　(칼을 뽑는다.)

　　　　그 악당이 누구야? 그 사기꾼? 그 거짓말쟁이가?

췔러 (겁이 나서 무릎을 꿇는다.) 바로 저올시다!

알체스트 (위협조로.) 그래 뭘 봤지?

췔러 (두려워하며.) 에 저, 늘상 보는 것입죠,

손님, 손님은 남자고, 소피는 여자죠.

알체스트   (위와 같이.)

그래서, 계속해!

필러   뭐 세상사가 다 그렇고 그런 거 아닙니까,

여자가 남자 맘에, 남자가 여자 맘에 들면 뻔한 거죠.

알체스트   그 뜻은?

필러   묻지 않아도 아실 줄 알았는뎁쇼.

알체스트   말해 봐!

필러   그런 걸 거부하지는 못하는 법이죠.

알체스트   이보게, 그런 거라니?

필러   제발 날 좀 내버려두십쇼!

알체스트   (여전히 위와 같이.)

이런 경을 칠!

필러   빌어먹을, 그게 밀회라는 거죠.

알체스트   (놀라며.) 거짓말하지 마!

필러   (혼자말로.) 이제 욕설이 터지겠군.

알체스트   (혼자말로.) 이런, 우린 다 들킨 거야.

(칼을 꽂는다.)

필러   (혼자말로.)

저놈 놀라는 꼴 좀 봐라. 안심이다! 나를 해치지는
못할 거야.

알체스트   (정상으로 돌아오며.)

그건 무슨 뜻이오?

필러   (반항적으로.) 아 다 아시잖소.

간밤의 희극말이오! 난 아주 가까운 곳에 있었죠.

알체스트   (놀라며.) 대체 어디?

죌러   손님 방 골방에요!

알체스트   이제보니 무도회를 그런 식으로 가셨댔군.

죌러   만찬회에 간 사람은 대체 누구였죠? 조용히 흥분하지
      말고
      두 마디만 들으십쇼. 당신네 신사님들 알아들 두시죠,
      아무리 몰래 한다 해도 결국은 온천하에 다 드러나게
      돼 있답니다.

알체스트   네놈이 도둑이라는 것도 결국 드러난 셈이지. 내 집
      에선
      네놈을 두느니 차라리 까치나 까마귀를 기를 테다,
      이런 속이 시커먼 놈 같으니!

죌러   그렇다고 치죠, 나는 나쁜 놈입죠,
      그러나, 당신네 지체 높은 신사양반들, 당신들만 항
      상 옳은 줄로 아쇼?
      당신네들은 우리들 재산을 맘대로 처분해도 되는 줄
      아는 모양인데.
      당신네들은 법을 안 지키면서, 다른 사람들은 지키라
      는 게 말이 돼?
      계집을 탐내든, 황금을 탐내든, 그건 어차피 피차 일
      반이야!
      우리 목을 매달고 싶으면, 당신들부터 매달리지 않게
      잘하쇼.

알체스트   어디서 감히 이따위로—

죌러   저야 감히 이따위로 굴어도 되는 거죠.
      물론, 화냥년의 남편으로 싸돌아 다니는 게 기분 좋
      은 일은 아닙죠.

하지만 제 말은 그렇게 시시비비 따지지 말라 이겁
니다.

나는 손님의 돈을 훔쳤고, 손님은 내 마누랄 훔쳤
으니.

알체스트　(위협하듯.)

내가 뭘 훔쳐?

　죌러　별 것 아닐 수도 있죠, 손님! 그 여잔 내 여자가 되
기 전에,

벌써부터 손님 소유였으니까.

알체스트　이런—

　죌러　그러니 난 잠자코 있어야겠죠.

알체스트　너 같은 도둑놈은 사형대로 보내야 돼!

　죌러　당신도 그리 떳떳할 건 없을 텐데.

알체스트　죌러 씨!

　죌러　(머리를 베는 시늉을 한다.)

그래요, 당신들 군것질한 자들은 목을 베어준다던데.

알체스트　네놈은 만물박사군, 그리고 그게 유행인 줄 아나본데.
네놈이야말로 교수형에 처해질 걸, 아니면 못해도 곤
장깨나 맞을 거야.

　죌러　(이마를 가리키며.) 오쟁이진 남편 낙인은 이미 찍혔습죠.

마지막 장

앞의 인물들. 여관주인. 소피.

소피 (무대 뒤쪽에서.) 무정하신 아버진 여전히 증오에 찬 말
투를 바꾸시지 않는군요.

여관주인 (무대 뒤쪽에서.) 여자가 웬 고집이 그리 세냐.

소피 저기 알체스트가 와요.

여관주인 (알체스트를 보고.) 오오라!

소피 이젠 진실이 밝혀져야만 해요!

여관주인 (알체스트에게.) 손님, 얘가 도둑이랍니다!

소피 (다른 쪽에서.) 선생님, 우리 아버지가 도둑이랍니다!

알체스트. (두 사람을 웃으며 쳐다본다. 그런 다음 그들과 똑같은 어조로 쵤
러를 가리키며.) 이 사람이 도둑이랍니다!

쵤러 (혼자말로.) 그래, 칠 테면 쳐라, 잘 버티게, 쵤러!

소피 저이가!

여관주인 저놈이?

알체스트 당신들이 아니라 바로 이놈이 훔쳤다구요!

여관주인 이런 대가리에 못을 박아 능지처참할 놈아![14]

소피 당신이요?

쵤러 (혼자말로.) 이젠 꼼짝없이 죽었구나!

여관주인 내 네 이놈을 그냥—

알체스트 주인장! 참으십쇼!

소피가 의심을 받았던 건, 그녀 잘못이 아닙니다.

그녀는 절 보러 왔었어요. 대담한 걸음이었지만

그녀의 정숙은 의심받아선—

(쵤러에게.)

당신도 거기 있었잖소.

_____

14) 원문에는 형차(刑車)에 묶어 환형(轘刑)에 처할 놈으로 되어 있음. 이
것은 중세의 처형 방식이었음.

(소피 깜짝 놀란다.)

우리는 그건 전혀 몰랐죠, 밤은 은밀하게 침묵을 지켰으니까,

여자의 정숙은―!

쵤러 네, 나를 꽤 흥분시켰죠.

알체스트 (여관주인에게.)

그런데 당신은?

여관주인 저는 편지가 궁금해서 올라갔었습죠.

그 빌어먹을 편지에 정신을 뺏겼거든요,

저는 그 편지가 폴란드 최고 귀족 왕자가 쓴 거라고 생각했어요,

그런데 왕자가 아닌 소작인 신학생이더군요.

알체스트 장난이 지나쳤던 걸 용서하십시오! 그리고 소피, 당신도 날 용서해 주시겠소?

소피 알체스트!

알체스트 내 평생 당신의 덕행을

추호도 의심치 않을 거요. 이번 일을 용서해 주오!

그렇게 마음이 부드럽고도 정숙하다니―

쵤러 나도 거의 그렇게 믿고 있어.

알체스트 그리고 당신도 우리 쵤러를 용서해 주실 거죠?

소피 하고 말고요!

(소피 쵤러에게 손을 내민다.)

자요!

알체스트 (여관주인에게.)

당신도요!

여관주인 (쵤러에게 손을 내민다.)

더 이상 훔치는 짓은 하지 말게!

질러 앞으로 고쳐보리다.

알체스트 그런데 내 돈은 어떻게 됐소?

질러 아 손님, 하도 쪼들려서 그만.

노름꾼이 이 불쌍한 놈을 죽도록 닦달해 댔다고요.

어쩔 도리가 없어 훔쳐서 빚을 갚았습죠.

이게 나머지요, 얼마인지 모르지만.

알체스트 쓴 돈은 당신에게 선물한 셈 치겠소.

질러 (객석을 향해.) 이번은 무사한 것 같습니다!

알체스트 그러나 당신이 어른을 공경하고, 아내에겐 말없이 충
실하길 바라오!

그리고 또 한번 그런 짓을 했다가는—

그때는—

(그는 목을 매다는 시늉을 한다.)

질러 아니, 그건 너무하죠— 오쟁이진 남편에다가 교수형
까지 당한다면!

스텔라

사랑에 빠진 사람들을 위한 연극

등장인물

스텔라
체칠리에 처음에는 좀머 부인이란 이름으로 불린다.
페르난도
루시
집사
역마차 정류장의 여관 여주인*
안헨
칼
하인
역마차 마부

* 독일어의 Postmeister라는 단어는 본래 우체국장을 뜻한다. 이 드라마에 나오는 이 인물은 우체국 우편 업무와는 아무런 관련이 없다. 옛날 독일의 두메산골이나 오지에선 역마차가 여객, 소화물, 우편물 등을 싣고 하루 한두 번 정기적으로 다녔다. 소화물이나 우편물이 대개 역마차 정류장에 자리 잡고 있는 상점이나 여관 등에 맡겨졌기 때문에 우편물 위탁 시설의 주인에게 이러한 명칭이 붙은 것 같다. 따라서 이 작품에서 이 단어를 요식업과 숙박업을 겸하고 있는 '여관 여주인'으로 번역했다.

제1막

역마차 정류장 안에서.

역마차 마부의 나팔 소리가 들린다. 여관 여주인.

여관 여주인 칼! 칼!
　　　　　(소년 등장.)
　　소년 왜요?
여관 여주인 넌 또 어디에 처박혀 있냐? 밖에 나가봐. 역마차가
　　　　　온다. 손님들을 이리로 모시고 짐을 날라라. 빨리빨
　　　　　리 움직여! 또 부어터진 꼴을 하고 있는 거냐?
　　　　　(소년 퇴장.)
　　　　　(그의 뒤에서 부르면서.) 잠깐 기다려! 너의 그 고약한
　　　　　태도를 좀 고쳐놔야겠다. 여관에서 심부름하는 아이
　　　　　란 언제나 명랑하고 민첩해야 하는 거야. 나중에 이
　　　　　런 못된 아이가 주인이 되면 아무 일도 하지 않아.

내가 다시 결혼하고 싶어하는 것도 바로 이 때문이
야. 여자 혼자서 이런 망나니를 정상적으로 기른다
는 건 정말 어려워.

(좀머 부인과 루시가 여행복 차림으로 나오고 칼 등장.)

루시　(외투 케이스를 들고 칼에게.) 이건 무겁지 않으니 놔두
고, 내 어머니가 들고 계시는 상자나 받아줘요.

여관 여주인　마나님들, 안녕하세요. 빨리도 오시네요. 마차가 이
렇게 빨리 온 일은 이제껏 없었어요.

루시　우린 아주 젊고 재미있고 멋진 마부를 만났어요. 전
이런 마부를 데리고 세상을 두루 여행하고 싶었지
요. 손님은 우리 둘뿐이고 짐이 별로 없었으니까요.

여관 여주인　식사하고 싶으시면 조금만 기다려주십시오. 음식이
아직 준비되어 있지 않거든요.

좀머 부인　수프나 조금 있으면 돼요.

루시　저는 조금도 급하지 않으니까요. 어머니께 먼저 드
리세요.

여관 여주인　곧바로 해드리죠.

루시　아주 맛있는 고기 수프면 돼요.

여관 여주인　네, 잘 해드리지요. (퇴장.)

좀머 부인　사람들 부리는 건 여전하구나. 여행을 하는 동안에
너도 조금은 더 영리해지리라 생각했는데. 언제나
우리는 먹은 것보다 돈을 더 냈어. 우리 형편에 무
리했잖아!

루시　우리에겐 돈이 모자란 적이 한번도 없었어요.

좀머 부인　하지만 거의 그럴 뻔했지.

(마부가 들어온다.)

루시   자, 마부 아저씨, 어떠세요? 팁을 받으셔야죠, 그
       렇죠?

마부   제가 특급 역마차처럼 몰고 오지 않았나요?

루시   특별히 봉사를 했다는 말이지요, 그렇지 않나요? 내
       게 말만 있었다면 내 전속 마부를 삼을 텐데.

마부   말이 없어도 제가 돌봐드리지요.

루시   자, 여기요.

마부   아가씨, 고맙습니다. 여행을 더 하시지는 않으십니
       까?

루시   이번에는 여기까지예요.

마부   안녕히 계십시오. (퇴장.)

좀머 부인   그 사람 얼굴을 보니 네가 그에게 너무 많이 줬다는
       걸 알겠다.

루시   그 사람이 불평을 하면서 물러가야 하나요? 그 사람
       은 여행 내내 아주 친절했잖아요. 엄마, 엄마는 내
       가 늘 제멋대로라고 하시지만 저는 적어도 이기적으
       로 행동하진 않아요.

좀머 부인   루시, 제발 내가 너에게 말한 것을 오해하지는 마
       라. 너의 솔직한 태도뿐만 아니라 너의 좋은 마음씨
       와 시원스럽게 돈 쓰는 태도를 좋아하지만 그건 적
       절한 경우에만 미덕이 되는 거야.

루시   엄마, 이 조그만 마을이 정말 마음에 들어요. 저기
       저쪽에 있는 집이 아마도 제가 앞으로 말동무가 되
       어 함께 지내야 하는 귀부인의 것일까요?

좀머 부인   네가 자리잡고 살아야 할 마을이 너에게 호감을 준
       다니 내 마음이 아주 기쁘구나.

루시 　아주 조용할 것 같아요, 벌써 알겠는걸요. 넓은 광
　　　장은 일요일 같은 분위기군요. 하지만 마님은 아름
　　　다운 정원을 가지고 있고 마음씨가 고운 분이래요.
　　　앞으로 우리가 어떻게 해내는지 두고 봐요. 엄마, 엄
　　　마는 무얼 그렇게 둘러보고 계세요?

좀머 부인 　루시, 나를 내버려둬! 복받은 소녀는 결코 생각도
　　　할 수 없지. 아, 예전에 사정은 완전히 달랐는데.
　　　역마차 정류장에 발을 들여놓는 일은 내겐 정말 괴
　　　로운 일이야.

루시 　괴로워할 이유를 어디에서도 찾지 못하면요?

좀머 부인 　그럴 이유가 어디에도 없다면? 얘야, 너의 아버지가
　　　나와 함께 여행했던 그때 사정은 완전히 달랐어. 우
　　　리 결혼 생활중에 첫 몇 년인데, 그때 우리는 자유
　　　로운 세상에서 가장 좋은 시절을 즐겼어. 그땐 모든
　　　것이 나에게 새로움의 매력을 지녔었지. 그분의 팔
　　　에 안겨서 수많은 것들 앞을 급히 지나갔고, 그분의
　　　정신, 아니 그분의 사랑 때문에 아무리 시시한 것이
　　　라도 나에겐 재미있게 보였으니까.

루시 　저도 여행을 아주 좋아해요.

좀머 부인 　그 다음에 우리는 더운 날을 보내고, 참기 어려운
　　　재난을 견디고, 겨울에 어려운 여행을 마친 후에 이
　　　집보다 훨씬 더 허름한 여인숙에 들러 단순히 안락
　　　의 즐거움을 느꼈고, 나무 걸상에 함께 걸터앉아서
　　　팬케이크와 푹 삶은 감자를 먹었단다. 당시에 사정
　　　은 전혀 달랐어.

루시 　이젠 그분을 잊을 때도 됐어요.

좀머 부인 애야, 잊는다는 게 무얼 뜻하는지 아니? 다행스럽게
도 너는 어떤 것으로도 메울 수 없는 것을 아직 잃
어본 적이 없구나. 그가 나를 버렸다고 분명히 알고
있는 순간부터 내 인생의 기쁨은 모두 사라져버렸
다. 난 절망감에 사로잡혔어. 나는 나 자신도 믿지
않았고, 신(神)까지도 믿지 않았어. 나는 지금 그
당시의 상황을 거의 생각해 낼 수가 없지만.

루시 제가 알고 있는 것이란 어머니가 울고 계셨기 때문
에 제가 어머니 침대에 앉아서 울었다는 것뿐이에
요. 초록색 벽의 작은 방에 조그마한 침대 위였어
요. 그 집을 팔지 않을 수 없었을 때 저에겐 그 작
은 방이 제일 아쉬웠어요.

좀머 부인 넌 그때 일곱 살이어서 무얼 잃었는지를 제대로 느
낄 수가 없었지.

(안헨이 수프를 들고 들어온다. 여관 여주인과 칼 등장.)

안헨 마님의 수프가 다 되었어요.

좀머 부인 애, 고맙다. 이 아이가 댁의 딸인가요?

여관 여주인 마님, 전실(前室) 딸이에요. 하지만 이 애는 행실이
바르답니다. 이 애는 저에겐 친자식과 같아요.

좀머 부인 댁은 지금 상중이신가요?

여관 여주인 제 남편이 석 달 전에 죽었어요. 저희가 같이 산 기
간은 삼 년도 채 안 되지요.

좀머 부인 하지만 댁은 상당히 체념한 것처럼 보여요.

여관 여주인 오, 마님! 저 같은 것들은 유감스럽게도 울고 있거
나 기도를 드릴 시간 여유가 없답니다. 그런 일은
일요일이나 평일이나 마찬가지죠. 목사가 이따금 죽

음에 대해서 설교하거나 장례식 노래가 들려올 때를 빼고는요. 칼, 냅킨을 두서너 장 가져와! 여기에도 식탁보를 덮어라.

루시 저기 저쪽에 있는 집은 누구의 것이지요?

여관 여주인 남작 부인님의 것이지요. 아주 친절한 분이랍니다.

좀머 부인 먼 곳에서 듣던 얘기를 이웃 분에게 다시 들으니 아주 기쁘군요. 내 딸이 앞으로 그분 곁에 머물면서 그분의 시중을 들어줄 겁니다.

여관 여주인 아가씨, 축하해요.

루시 그분이 제 맘에 들었으면 해요.

여관 여주인 아가씨가 별난 취미만 없다면 마님과 가까이하는 일이 맘에 들 겁니다.

루시 더욱 잘된 일이군요. 제가 어떤 사람의 뜻을 받아들이려고 한다면 몸과 마음을 온전히 바쳐야 하기 때문이지요. 그렇지 않으면 안 돼요.

여관 여주인 그래요, 그래! 우리 곧 다시 남작 부인 이야기를 하게 될 겁니다. 그리고 제가 진실을 말했다고 말하게 될 겁니다. 마님 주위에서 사는 사람은 행복해요. 제 딸도 조금만 더 크면 최소한 이삼 년 동안 그분의 시중을 들게 하겠어요. 그 일이 소녀에겐 일생 동안 도움이 될 테니까요.

안헨 그분을 만나보시기만 해도 그분이 친절하다고 느끼실 거예요. 아주 친절해요. 그분이 댁을 얼마나 기다리고 있는지 생각지 못할 정도지요. 저도 귀여움을 많이 받고 있어요. 그분에게 가시지 않을래요? 제가 함께 가드리지요.

루시	우선 나는 화장을 해야 하고 그 다음에 또 식사를 하려고 해.
안헨	엄마, 그렇다면 저만 건너갈까요? 아가씨가 왔다고 마님께 여쭈려고요.
여관 여주인	어서 가보렴!
좀머 부인	애야, 우리가 식사 후에 바로 찾아뵙겠다고 말씀드려라.

(안헨 퇴장.)

여관 여주인	제 딸애는 그분을 대단히 좋아해요. 그분은 또한 이 세상에서 가장 좋은 분이고 어린아이들을 아주 좋아한답니다. 애들에게 여러 가지 일과 노래를 가르쳐 주지요. 농부의 딸들이 한 가지의 기술을 익히게 될 때까지 자기를 찾아오게 해주고 그런 다음 그분은 애들에게 좋은 일자리를 구해 주지요. 그분의 남편이 떠나간 후부터 그분은 이렇게 시간을 보내고 있답니다. 그런 분이 어떻게 그리 불행해질 수 있는지, 그러면서도 그렇게 마음씨 곱고 친절할 수 있는지 이해할 수가 없답니다.
좀머 부인	그분은 과부가 아닌가요?
여관 여주인	그건 아무도 모르지요. 그분의 바깥 주인이 삼 년 전에 집을 떠나가서 그에 관한 소식을 전혀 듣지도 못하고 그를 만나지도 못합니다. 그분은 그를 이 세상에서 가장 사랑했지요. 제 남편이 그들에 관해 이야기를 시작하면 끝낼 줄을 몰랐답니다. 게다가 이 세상에는 그런 분이 없다고 저 자신도 말합니다. 매년 그분이 그와 헤어진 날이 되면 그분은 아무도 옆

에 오지 못하게 하고 집안에 틀어박혀 있지요. 보통 때에도 그녀가 그에 대해 이야기하면 마음이 저리답 니다.

좀머 부인   불행한 여인이구려!

여관 여주인   이 일에 관해 여러 가지 이야기가 있지요.

좀머 부인   무슨 말씀이세요?

여관 여주인   이런 이야기를 하고 싶지는 않은데요.

좀머 부인   그래도 제발 이야기를 좀 해봐요.

여관 여주인   저한테 들었다는 말을 하지 않으신다면 솔직하게 말 씀드리겠어요. 그들이 이곳에 온 지도 이제 팔 년이 지났습니다. 그들은 기사령(騎士領)을 매입했고 어 느 누구도 그들을 알지 못했습니다. 사람들은 그들 을 나리와 마님이라고 불렀고 그를 장교라고 생각했 지요. 그는 외국 군대에서 복무해서 돈을 많이 벌었 고 그때 은퇴하려고 했답니다. 당시에 그분은 열여 섯 살도 채 되지 않아 매우 젊었고 천사처럼 예뻤답 니다.

루시   그러면 그분은 지금 스물네 살밖에 되지 않았나요?

여관 여주인   그분은 그 나이에 비애를 충분히 경험했지요. 그분 은 아이도 하나 있었는데, 얼마 안 가서 잃었어요. 정원에 잔디를 입힌 그 아이의 묘가 있습니다. 바깥 주인이 집을 떠난 뒤로 그분은 그 옆에 암자(庵子) 를 지어놓고, 또 자기의 묘도 미리 만들게 했답니 다. 죽은 저의 남편은 상당히 나이를 먹었고 쉽게 감동하지 않는 사람이었습니다. 그러나 두 분이 이 곳에서 함께 살고 있는 동안에 그는 그들의 행복에

대하여 이야기하기를 무척 좋아했어요. 그들이 서로
사랑하는 모습을 보고 있으면 자신도 완전히 다른
사람이 된다고 말했답니다.

좀머 부인 그녀에게 퍽 동정이 갑니다.

여관 여주인 그러나 그럴 만도 하지요. 바깥 주인이 이상한 원칙
을 지녔었다고 사람들은 말합니다. 적어도 그는 교
회에 가지 않았답니다. 종교가 없는 사람들은 신
(神)을 모시지 않고 어떠한 질서도 지키지 않습니
다. 나리가 집을 떠났다는 소문이 갑자기 떠돌았지
요. 그가 여행을 떠났는데, 돌아오지 않은 것이죠.

좀머 부인 (독백.) 나와 같은 모양의 운명이구나.

여관 여주인 그때 항간에는 여러 가지 소문이 떠돌았어요. 아직
젊었던 제가 이곳으로 이사해 왔던 바로 그때는 또
미하엘 성인의 삼 년째 축일이었답니다. 그리고 당
시에 너나할것 없이 사람들은 서로 귓속말로 그들이
결코 결혼을 하지 않았다고 속삭였답니다. 하지만
저한테 들었다고 말하지는 마십시오. 그는 신분이
높은 사람인데 그녀와 눈이 맞아 도망왔을 거라고
사람들이 수군댔지요. 그래, 젊은 처녀가 그러한 발
걸음을 내딛었다면 그녀는 일생 동안 그것을 속죄해
야겠지요.

(안헨 등장.)

안헨 바로 건너오시면 좋겠다고 마님이 말씀하셨습니다.
마님께선 댁하고 잠깐만이라도 이야기하고 싶답니
다. 아니 단지 얼굴만이라도 보고 싶답니다.

루시 이런 차림으로는 격식에 어울리지 않겠지.

여관 여주인	그대로 가세요. 그분은 그런 것에 관심이 없다고 제가 약속하겠어요.
루시	작은 아가씨, 아가씨가 안내해 줄래요?
안헨	네, 기꺼이.
좀머 부인	루시, 잠깐!

(여관 여주인이 물러선다.)

아무것도 누설하지 않도록 해! 우리의 사정도, 우리의 운명도. 공손하게 대해라.

루시	염려 마세요! 저의 아버지는 상인인데 미국에 가셨다가 돌아가셔서 이런 처지가 됐다는 거죠. 염려 마세요. 이 꾸며낸 이야기를 벌써 여러 번 해보았잖아요. (목소리를 높여서.) 좀 쉬지 않으시겠어요? 휴식이 필요해요. 여관 주인 아주머니가 어머니께 침대가 있는 작은 방 하나를 내줄 거예요.
여관 여주인	정원 쪽에 아담하고 조용한 방이 하나 있어요. (루시에게.) 마님이 아가씨의 맘에 들기를 바랍니다.

(루시, 안헨과 함께 퇴장.)

좀머 부인	제 딸이 아직은 좀 건방져요.
여관 여주인	젊은이들은 다 그래요. 그런 거만한 태도가 곧 누그러지겠죠.
좀머 부인	더욱더 나빠지겠죠.
여관 여주인	부인, 괜찮으시다면 나오시죠.

(두 사람 퇴장.)

(역마차 마부의 소리가 들리고 사관복 차림의 페르난도와 하인 등장.)

하인	말을 바로 다시 마차에 매고 짐을 꾸려 실으라고 할

까요?

페르난도　짐을 안으로 들여오게, 이리로. 여행을 계속하지 않
　　　　　는다구, 알아듣겠나?

　하인　계속해서 여행하지 않으시겠다고요? 하지만 나리께
　　　　　서 아까 말씀하시기를…….

페르난도　어서 말 듣게나, 방 하나를 배정받고 내 물건들을
　　　　　거기로 가져가게.

　　　　(하인 퇴장.)

페르난도　(창가로 다가서면서.) 멋진 광경이여, 이렇게 그대를
　　　　　다시 보는구나. 내 행복의 현장이여, 이렇게 그대를
　　　　　다시 보는구나. 집 전체가 아주 조용하고 창문은 모
　　　　　두 닫혀 있구나. 우리가 같이 자주 걸터앉아 지내던
　　　　　회랑은 아주 황량해져 있네. 페르난도, 수도원과 같
　　　　　은 그녀의 집이 얼마나 희망에 들뜨게 하는지 느끼
　　　　　는가! 페르난도가 외로운 그녀의 머릿속에 떠오르는
　　　　　생각이요, 그녀의 소일거리였단 말인가? 그가 그녀
　　　　　에게 그럴 만한 가치가 있었던가? 오! 나는 길고 차
　　　　　가우며 즐거움이 없는 죽음의 잠에서 깨어난 것 같
　　　　　은 기분이 들어. 모든 것이 아주 새로워, 아주 의미
　　　　　심장해 보여. 나무들이나 샘이나, 아직 모든 것, 모
　　　　　든 것이. 아, 수천 번이나 그녀와 같이 창가에서 명
　　　　　상에 빠져 바깥을 내다보고 각자 생각에 잠기어 물
　　　　　이 흐르는 것을 조용히 바라보고 있노라면, 바로 저
　　　　　도관에서 물이 지금처럼 흘러나왔는데. 물소리는 내
　　　　　겐 노랫가락으로, 옛날을 생각나게 하는 노랫가락
　　　　　으로 여겨지는구나. 그런데 그녀는? 그녀는 옛날과

다름없을 거야. 그래, 스텔라, 그대는 전혀 변하지 않았구려 하고 내 마음이 이렇게 말하고 있는걸. 내 마음은 그대를 몹시 부르고 있어. 하지만 그대에게 가지 않겠어. 그대에게 가서는 안 돼. 우선 좀 쉬어야 해, 우선 나는 내가 정말 여기에 와 있다는 것을 확인하고, 잠잘 때나 눈을 뜨고 있을 때나 자주 나를 아주 먼 지방에서 이곳으로 데려다준 꿈이 나를 속이지 않는다는 것을 확인해야 해. 스텔라! 스텔라! 나 여기 와 있어! 내가 가까이 와 있는 것을 느끼지 못하오? 그대의 팔에 안겨 온갖 것을 다 잊어버리고 싶소. 내 불행한 여인의 귀한 그림자여, 그대가 내 주위를 배회하고 있다면 나를 용서하고 나를 떠나주오. 그대 멀리 떠나갔으면 그대를 잊게 해주오, 천사의 팔에 안겨 모든 것을 잊게 해주오, 내 운명, 모든 실패, 내 고통과 회한을. 이렇게 그녀 가까이에 와 있으면서도 아주 멀리 떨어져 있는 것 같구나. 그러면 이 순간에——갈 수 없어, 갈 수 없어! 좀 진정해서 숨 좀 돌려야지, 그렇지 않으면 그녀의 발밑에서 숨을 거두게 될 거야.

(여관 여주인 등장.)

여관 여주인 나리님 식사하시겠어요?

페르난도 다 준비되었나요?

여관 여주인 아, 그럼요! 마님에게 건너가 있는 규수(閨秀)가 돌아오길 기다리고 있을 뿐이지요.

페르난도 그 마님은 어떻게 지내시죠?

여관 여주인 그분을 아세요?

페르난도	수년 전에 이따금 와봤지요. 그녀의 남편은 무슨 일을 하시죠?
여관 여주인	잘 몰라요. 그는 먼 곳으로 가버렸어요.
페르난도	떠나가버렸다고요?
여관 여주인	물론이지요. 그렇게 친절한 분을 버리다니! 그는 벌받아 마땅해!
페르난도	그녀는 분명히 체념할 줄을 알 겁니다.
여관 여주인	어째서 그렇게 생각하시죠? 그렇게 생각하신다면 그분을 잘 모르시는 거예요. 제가 알고 있는 한 그분은 은둔해서 수녀처럼 살고 있어요. 낯선 사람이나 이웃 사람이 거의 그분을 찾아오지 않는답니다. 그분은 하인들과 같이 생활하고, 동네 아이들을 모두 불러모으며, 마음속에 괴로움이 있지만 늘 친절하고 유쾌하답니다.
페르난도	그분을 찾아뵙고 싶군요.
여관 여주인	그렇게 하시지요. 그분은 때때로 저희들을 불러주세요, 관리의 부인, 목사의 사모님과 저를 함께 불러서 여러 가지에 대해 서로 이야기를 나눈답니다. 물론 저희들은 나리가 생각나지 않도록 주의를 한답니다. 그러나 언젠가 한번 이런 일이 있었지요. 그분이 그에 대하여 이야기하고 그를 칭찬하다가 울기 시작했기 때문에 우리는 어찌할 바를 몰랐지요. 선생님, 저희들은 어린아이들처럼 모두 함께 울었고 정신을 차릴 수가 없었어요.
페르난도	(독백.) 네가 그녀를 그렇게 만들었어! (목소리를 높여서.) 내 하인에게 방이 배정되었나요?

여관 여주인 2층입니다. 칼, 나리께 방을 보여드려라.

(페르난도, 소년과 함께 퇴장.)

(루시, 안헨 등장.)

여관 여주인 그래, 어떠세요?

루시 친절한 분이에요, 그분과는 곧 친해질 거예요. 그분은 댁이 말한 그대로였어요. 그분은 저를 놓아주려고 하지 않았어요. 그래서 저는 식사가 끝나면 바로 어머니와 같이 짐을 가지고 오겠다고 그분에게 엄숙하게 약속을 해야만 했습니다.

여관 여주인 저도 그럴 거라고 생각하고 있었어요. 멋지고 키가 큰 장교 한 분이 막 도착하셨습니다. 괜찮으시다면 지금 식사를 하시겠어요?

루시 네, 괜찮아요. 다른 사람들보다 군인들과 알고 지내는 것이 더 좋아요. 그들은 적어도 속이려고 꾸미지 않으니 단번에 좋은 사람과 나쁜 사람을 바로 알아볼 수 있어요. 어머니는 주무시나요?

여관 여주인 모르겠는데요.

루시 좀 찾아봐야겠어요. (퇴장.)

여관 여주인 칼, 거기에 소금통 가져오는 걸 또 잊었구나. 자 컵들을 좀 보려무나, 그걸 씻었다고 할 수 있어? 네가 컵만한 가치나 있다면 네 머리에 내던져서 깨어버리겠어.

(페르난도 등장.)

여관 여주인 그 규수가 돌아왔어요. 곧 식사하러 올 거예요.

페르난도 그녀는 누구죠?

여관 여주인 저도 잘 몰라요. 신분은 높은 것 같은데, 재산은 별로 많은 것 같지 않아요. 앞으로 마님의 말동무가 될 거래요.

페르난도 젊은가요?

여관 여주인 네, 아주 젊어요. 그리고 좀 새침하죠. 어머니란 분 도 저쪽에 계시지요.

(루시 등장.)

루시 실례하겠습니다.

페르난도 이렇게 예쁜 분과 식사를 같이 하게 되니 기쁩니다.

루시 (머리를 숙여 답례한다.)

페르난도 여관 여주인님, 같이 하지 않으시겠습니까?

여관 여주인 제가 쉬면 모든 일이 되지 않아요. (퇴장.)

페르난도 그렇다면 단둘이서.

루시 하지만 사이에 식탁이 있으니까 괜찮아요.

페르난도 앞으로 마님의 말상대가 되어주시기로 결정하셨나요?

루시 네, 그래야죠.

페르난도 하지만 당신에게는 남작 부인보다 더 유쾌한 사나이 말상대가 필요하지 않나 생각되는데요.

루시 천만에요.

페르난도 당신의 정직한 얼굴을 믿어도 될까요?

루시 선생님, 선생님도 다른 남자들과 다를 게 없다고 느껴져요.

페르난도 그 말은 무슨 의미죠?

루시 확실히 말하자면 아주 오만하시다는 거죠. 남자분들이 절대 필요하다고 생각하고 계시군요. 그런데 저는 모르겠어요. 저는 남자 없이도 이렇게 자랐으니까요.

페르난도   그럼 아버님이 안 계신가요?

루시   아버님이 계셨다는 기억이 없어요. 제가 아주 어렸을 때 미국으로 여행하시는 도중에 배가 침몰했다고 들었어요.

페르난도   그런데 아가씬 그걸 대수롭지 않게 여기시나요?

루시   어떻게 달리 생각할 수 있나요? 아버지는 저를 위하여 별로 해준 것이 없어요. 아버지가 우리를 버리고 떠나간 것을 내가 바로 용서하느냐 마느냐 하는 문제는 별로 중요하지 않아요. 인간의 자유보다 더 좋은 것이 도대체 무엇인가요? 하지만 죽도록 근심걱정하는 어머니처럼 되고 싶진 않아요.

페르난도   그래서 그렇게 도움과 보호 없이 계시는 겁니까?

루시   그것이 무슨 필요가 있나요? 우리의 재산이 하루하루 적어지는 만큼 저는 하루하루 커갔답니다. 저의 어머님을 부양하는 일을 저는 조금도 걱정스러워하지 않아요.

페르난도   당신의 용기에 감탄합니다.

루시   아, 선생님, 용기가 점점 줄어들어요. 몰락하는 것이 두려워질 때가 많지만, 계속해서 구조되는 것을 보면 그것이 자신(自信)을 가져다주지요.

페르난도   당신의 어머님께 그것에 대해 아무 말도 하지 않나요?

루시   유감스럽게도 버림받은 사람은 제가 아니고, 어머니랍니다. 제가 이 세상에 태어나게 해주신 데 대하여 저의 아버지께 감사를 드립니다. 제가 즐겁고 재미있게 살아가고 있기 때문이죠. 그러나 어머니는, 어머니는 인생의 온갖 희망을 걸었고 그를 위하여 꽃다운 청춘을 바쳤지만 버림을 받았어요, 갑자기 버림을 받았어요. 버림받았다고 느끼는 것이란 틀림없이 무시무시한 일입니다. 저는 아직 아무것도 잃어본 적이 없어요. 그것에 대하여 이야기할 수가 없어요. 선생님은 무언가를 깊이 생각하고 있는 것처럼 보여요.

페르난도　그래요, 귀여운 아가씨, 살아 있는 자는 잃어버리는 법입니다. (자리에서 일어서면서.) 그러나 얻기도 하지요. 신이 당신의 용기를 계속 지켜주시기를! (그는 그녀의 손을 잡는다.) 정말 당신한테 놀랐습니다. 오, 아가씨, 아주 행복하시군요. 나도 이 세상에서 희망이라는 것에, 기쁨이라는 것에 아주 많이, 자주 실망했어요. 하지만 그것은 항상 아름다운 거지요.

루시　무슨 말씀이세요?

페르난도　자, 그럼 안녕. 당신의 행복을 충심으로 빌겠어요.
(퇴장.)

루시　이상한 분이야! 하지만 마음씨가 좋은 사람처럼 보여.

제2막

스텔라, 하인 등장.

스텔라　건너가 봐요, 어서 빨리 건너가 봐요! 기다리고 있
　　　　다고 그녀에게 말해요.

　하인　곧 오겠다고 그녀가 약속했는데요.

스텔라　보다시피 그녀가 오지 않고 있잖아. 난 그 아가씨가
　　　　귀여워 못 견디겠어. 가서 그녀의 어머니도 같이 모
　　　　셔 와요.

　　　　(하인 퇴장.)

스텔라　그녀를 더 기다릴 수가 없어. 이것은 새로 만드는
　　　　옷이 도착할 때까지 품게 되는 희망이나 소망과 같
　　　　아. 스텔라, 넌 참으로 어린애야. 그런데 나는 왜
　　　　사랑하면 안 되는 거지. 이 마음을 가득 채우기 위
　　　　해 나는 많은 것이 필요해. 많은 것이 필요하다고?
　　　　가련한 스텔라! 많은 것이 필요하다고? 그가 너를

사랑해 주고 너의 품에 안기기 전에는 그의 시선이 너의 마음을 온통 채워주었지. 오 하느님, 당신의 뜻을 헤아리기가 어렵군요. 그가 입맞출 때 내 눈이 당신으로 향하고, 나의 마음이 그의 마음을 불타는 듯이 감동시키고, 내 떨리는 입술로 그의 커다란 혼을 내 속에 빨아들였을 때, 나는 기쁨의 눈물을 흘리면서 당신을 우러러보고 당신에게 충심으로 이렇게 말했죠.「아버지, 우리를 행복한 상태로 놓아두세요! 당신이 우리를 이렇게 행복하게 만들어주었습니다」이것은 당신의 의지가 아니었어요. (그녀는 잠깐 동안 생각에 잠겨 있다가 재빨리 자리에서 일어나서 두 손으로 가슴을 누른다.) 아니야, 페르난도, 아니야, 이것은 결코 질책이 아니에요!

(좀머 부인, 루시 등장.)

아가씨를 맞게 되었네. 귀여운 아가씨, 너는 이제 내 사람이 되었어. 부인, 당신이 저에게 따님을 맡기는 신뢰를 보내준 데 대하여 감사드립니다. 이 조그만한 고집쟁이를. 이 착하고 거리낌없는 사람을. 오, 루시, 난 벌써 너의 태도를 잘 알았어.

좀머 부인 제 딸애를 잘 부탁드려요.

스텔라 (좀머 부인을 만나본 잠시 후에.) 죄송스럽게도 저는 이미 부인의 이야기를 들었어요. 제가 좋은 가문 출신의 어른을 맞이할 것이라고 알고 있었는데 정작 만나뵈오니 놀랍습니다. 저는 첫눈에 부인에 대한 신뢰와 경외심을 느낀답니다.

좀머 부인 마님께서는…….

스텔라   그런 칭호로 말하지 말아요. 나는 마음속에 있는 것을 이야기하지 않고는 못 견디는 성미랍니다. 듣자 하니 부인께서 몸이 불편하시다고 하던데, 지금은 어떠신가요? 자리에 앉으시죠.

좀머 부인   그렇지 않아요, 마님. 봄날에 이런 여행을 하고, 여러 가지 사물들이 차창에 스쳐 지나가고, 이 깨끗하고 싱그러운 공기가 제 마음을 새롭고 상쾌하게 바꿔주었답니다. 이 모든 것이 저를 아주 기분 좋고 유쾌하게 만들어주었고, 사라져버린 기쁨이 추억이 되어 제 감정이 유쾌해지고, 청춘과 사랑의 황금시절의 회상이 제 마음속에 희미하게 나타나는 것을 알았답니다.

스텔라   그래, 그날들이여! 사랑의 새로운 날들이여! 아니, 황금시절, 그대는 하늘로 되돌아가지 않았어. 사랑의 꽃이 피어나는 순간에, 그대는 어떤 사람의 마음도 덮어주고 있네.

좀머 부인   (그녀의 두 손을 붙잡으면서.) 멋져요! 정말 마음에 드는 말씀이에요!

스텔라   당신의 얼굴은 천사의 얼굴처럼 빛나고 있어요. 당신의 볼도 불그레한 색을 띠고 있고요.

좀머 부인   아, 내 마음이! 내 마음이 탁 트이고, 당신 앞에서 부풀어오르는군요.

스텔라   당신은 사랑해 본 적이 있으시군요! 아, 다행이네, 이 분은 내 마음을 이해하시겠네, 이분은 나를 동정할 수 있겠어, 이분은 나의 괴로움에 냉담하게 반응하지 않겠구나! 우리들이 이렇게 되어버린 것은 결코 우리의 죄가 아니지요. 해보지 않은 일이 무엇인가! 시도해 보지 않은 일은 무엇인가! 그래, 그것이 무슨 도움이 되었던가? 운명은 그것을——바로 그것을——원했지, 세상 사람들은 그것을 바라지 않았어, 그 밖의 이 세상 아무것도 그것을 바라지 않았어. 아! 사랑하는 사람은 어디에나 있고, 모든 것은 사랑하는 사람을 위해 있는 거야.

좀머 부인 당신은 마음에 하늘을 가지고 계시는군요.

스텔라 갑자기 다시 그의 모습이 떠오르는군요. 이런저런 모임에서 그는 자리에서 일어서서 저를 찾았죠. 그는 저기 들판을 넘어 이쪽으로 뛰어와서 정원문에서 제 팔에 몸을 맡기셨어요. 그가 마차를 타고 밖으로 나가는 것을 보았는데, 그는 벌써 되돌아왔어요, 기다리는 사람한테 되돌아왔어요. 제가 이 세상의 분망한 생활로 생각을 돌리자 그분이 거기에 와 있었던 거예요! 제가 극장의 객석에 이렇게 앉아 있으면 그가 어디에 머물러 있든 간에 또 그를 만나보고 싶어하든, 그렇지 않든 간에 제가 자리에서 일어나고 앉는 것과 같은 동작 하나하나를 그가 보고 좋아하는 것을 저는 알았지요. 저의 깃털 장식이 흔들리면 그것이 주위에서 빛나고 있는 눈들보다 더 그의 마음을 끌었다는 것을 느꼈고, 모든 가락이 「스텔라! 스텔라! 나는 그대를 무척 사랑해」라고 말하는 그의 마음의 영원한 노랫가락일 뿐이었다는 것도 느꼈답니다.

루시 정말 그렇게까지 서로 사랑할 수가 있을까요?

스텔라	얘야, 네가 질문을 하지만 대답할 수가 없구나. 그런데 무슨 이야기를 하고 있었지? 작은 일들이야, 작지만 중요한 일들이야. 정말이지 나는 다 큰 어린애야. 그래도 어린애로 있다면 그건 역시 기분 좋은 일이지. 그것은 마치 어린아이들이 앞치마 뒤에 몸을 숨기고 찾으라고 소리치는 것과 똑같아요. 만약 모욕을 당해서 떠나가려는 사랑의 대상을 우리 곁에 아주 열심히 붙잡아놓는다면 그것은 우리 마음을 가득 채워주지! 정신력의 일그러진 모습으로 우리는 그 앞에 다시 나타나는 거예요! 그것은 우리의 가슴 속에서 위아래로 오르내리죠! 그것은 마침내 한번 쳐다보거나 한번 악수하거나 다시 사라져버리는 거예요!
좀머 부인	아주 행복하십니다. 하지만 당신은 아직도 아주 젊고 때묻지 않은 순수한 인간성의 감정으로 살아가고 계시는군요.
스텔라	긴 세월의 눈물과 고통은 처음에 서로 바라보고 몸이 떨려 말을 더듬고 가까이 왔다가 물러나는——자기 자신까지도 잊어버리는——행복감, 짧고 불같은 첫 키스와 마음 놓이는 첫 포옹을 보상해 주지 못해요. 부인, 당신은 생각에 잠겨 있군요. 존경하는 부인, 당신은 지금 무슨 생각을 하시는 거예요?
좀머 부인	사내들은, 사내들은.
스텔라	그들은 우리를 행복하게 해주기도 하고 비참하게 만들기도 하지요. 그들은 우리의 마음을 행복의 어떤 예감으로 채워주죠. 우리 여인들이 사나이들의 휘몰

아치는 정열을 느낀다면 정말 새롭고 알지 못하는
감정과 희망이 우리의 영혼을 부풀려준답니다. 그가
많은 눈물을 흘리면서 내 품안에서 세상의 괴로움들
을 털어놓았을 적에 내 모든 것은 종종 전율하여 울
리곤 했지요. 그에게 제발 자신의 건강과 나의 건강
을 유의해 달라고 간청했지만 아무런 소용이 없었어
요. 그의 마음을 뒤흔들어 어지럽게 했던 불꽃으로
그는 나의 골수에까지 불을 붙였어요. 그리고 이렇
게 해서 그 아가씨는 머리부터 발끝까지 그를 생각
하는 마음으로, 아니 그에 대한 느낌으로 가득 차버
렸지요. 이 사람이 숨을 쉬고 먹을 것을 얻기 위하
여 머물 곳이 도대체 어디에 있단 말인가요?

좀머 부인 우리들은 사내들을 너무 믿고 있어요. 열정의 순간
속에 있게 되면 그들은 자신마저 속이는데, 우리들
이 어찌 속지 않겠어요?

스텔라 부인! 이제 막 제 머리에 이런 생각이 떠오르는군
요. 그들이 우리 서로에게 되어주어야 했을 그런 존
재가 됩시다! 우리는 언제까지나 같이 지내고 싶어
요! 자, 악수해요! 이 순간부터는 당신을 놓아주지
않겠어요.

루시 그건 불가능한 일이에요.

스텔라 루시, 왜 그러지?

좀머 부인 제 딸의 느낌은……

스텔라 하지만 이 제의는 은혜를 베푼다는 뜻이 아니에요.
당신이 여기에 머물러주는 것이 오히려 제게 큰 은
혜죠. 오, 나는 절대로 혼자 있지를 못합니다. 부

인, 제가 해보지 않은 일이 없답니다. 가축과 노루와 개도 사들여 보았고 조그마한 계집애들에게 자수법과 편물법을 가르쳐주었지요. 그 일은 다만 내가 혼자 있는 시간을 피하고 나 외에 무엇인가가 살아서 커가는 것을 보기 위해서였답니다. 그래서 착한 신(神)이 화창한 봄날 아침에 마음의 고통을 떼어 없애버린 것처럼 보이면 난 행복해지죠. 내가 조용히 잠에서 깨어나고, 햇님이 꽃이 피어 있는 나무들 위에서 빛나면, 나는 하루의 일과를 열심히 또 활기차게 하고 싶은 충동을 느낀답니다. 그렇게 되면 나는 기분이 상쾌해지고, 그 다음에 잠시 여기저기를 돌아다니고 일을 하며 정리하고 하인들에게 지시하지요. 그리고 편안한 마음에서 행복한 시간들을 보낸 데 대하여 하늘을 향해 큰 소리로 감사를 드리지요.

좀머 부인 네, 마님, 저도 그렇게 느낀답니다. 분망함과 자선을 베푸는 활동이란 하늘의 선물입니다. 실패한 사랑의 대체물이지요.

스텔라 대체물이라고? 대체물이 아니라, 아마도 보상이겠지요. 잃은 것 자체가 아니라, 잃은 것을 대신해 주는 어떤 것이겠지요. 잃어버린 사랑! 그것의 대체물은 어디에 있지요? 오 내가 때때로 이 생각, 저 생각, 생각에 잠겨 있고, 지난날의 다정한 꿈들을 내 마음에 떠올려보며, 희망에 찬 미래를 예상해 보고, 희미한 달빛 속에 이렇게 정원을 이리저리 거닌답니다. 그렇게 되면 내가 혼자라는 생각이 갑자기 내 마음을 사로잡지요. 나는 사방으로 팔을 펴보고 아주 정열적으로, 아니 아주 많은 말로 사랑의 주문을 외쳐보지만 허사예요. 내 생각엔 마치 달을 끌어내리려는 것과 같다고 느껴져요. 하지만 나는 혼자이고 아무도 덤불에서 내게 대답하지 않아요. 그리고 별들이 나의 고통을 차갑고 다정하게 내려다보지요. 그리고 그 다음에 갑자기 발밑에 내 아이의 무덤이 나타나지요.

좀머 부인 아이가 있었나요?

스텔라 그래요, 부인! 오 신이여, 당신은 제게 제 인생 전체의 고배를 마련해 주려고 이러한 축복을 잠시 맛보게 해주었던 거죠. 산책을 하는 중에 한 농부의 아이가 맨발로 나를 향하여 달려와서 크고 티없는 눈으로 바라보면서 키스를 해달라고 손을 내밀 때면 나의 온몸이 저려오는 것 같아요. 내 미나도 저 아이만큼 컸을 거라고 생각하며 두려움에 차서 귀여워하면서 그 아이를 안아올려 여러 번 키스를 해주지요. 내 가슴은 찢어질 듯했고, 눈물이 샘솟듯 흘러내리면 나는 도망쳐 버리지요.

루시 하지만 마님은 괴로운 일을 잘 견뎌내시는 것 같아요.

스텔라 (살짝 미소 짓고 루시의 어깨를 두드린다.) 나는 아직도 생생하게 느끼고 있어. 내가 이 무시무시한 순간들을 참아내는 데 얼마나 힘들었는지 몰라. 꽃봉오리가 꺾어져서 내 앞에 놓여 있었어. 그리고 가슴속 깊이까지 돌같이 굳어져서 아무런 고통도 의식도 없이 나는 서 있었지. 그때 보모가 아이를 들어올려서 꽉 껴안고 갑자기 이렇게 외쳤어. 〈아이가 살아 있네!〉 나는 그녀의 목을 끌어안고 그 아이 위에 눈물을 떨구면서 그녀의 발밑에 넙죽 엎드렸지. 그런데 그녀는 잘못 알았던 거야! 그 아이는 죽어 있었고 나는 그 아이 옆에서 아주 심한 절망에 빠져버렸지. (그녀는 안락의자에 몸을 던진다.)

좀머 부인 그런 슬픈 일은 이제 그만 생각하세요.

스텔라 아니에요, 내 마음이 탁 트이고 몹시 하고 싶던 얘기를 터놓고 할 수 있으니 기분이 좋습니다. 나에겐 무엇보다도 귀중했던 그분의 이야기를 꺼낸 이상 그분의 초상화를 한번 보여드리고 싶습니다. 나는 늘 이렇게 생각하고 있어요. 인간의 형상은 그 사람에 대하여 가장 잘 느낄 수 있고 그 사람을 가장 잘 말해 주는 모든 것 가운데 최고의 원전(原典)이라고요.

루시 빨리 보고 싶군요.

스텔라 (그녀는 작은 방의 문을 열고 그들을 인도한다.) 여보게들, 이리로 들어와요. 여기 초상화가 있어요.

좀머 부인 이럴 수가!

스텔라 그래요. 그분과 아주 같지는 않지만 이 이마, 검은 눈, 갈색의 고수 머리와 이 진지한 모습은 그대로지요. 그런데 그분의 마음이 드러난다 해도 화가는 사랑과 친절을 표현할 수가 없었답니다. 오 내 마음이여, 오직 너만이 그걸 느끼지.

루시 마님, 저는 놀라고 있어요.

스텔라 그분은 사나이다운 남자야.

루시 제가 말씀드리고 싶은 것은 제가 오늘 저기 역마차 정

류장 식당에서 어떤 장교와 함께 식사를 했는데, 그
사람이 이분의 모습과 똑같다는 거예요. 정말 이분
임에 틀림없어요. 하늘에 맹세하고 말합니다.

스텔라   오늘이라고요? 잘못 생각하고 있는 거야. 나를 속이
고 있어.

루시   오늘이에요. 이분과 다른 게 있다면 그분이 조금 더
나이가 들어 보이고 햇빛에 더 갈색으로 그을었다는
것뿐입니다. 정말 이분인 게 틀림없어요. 정말 이분
인 게 틀림없어요.

스텔라   (벨을 울린다.) 루시, 내 가슴이 곧 터져버릴 것만 같
아! 내가 곧 그곳에 가보겠어!

루시   그건 법도에 어긋나요.

스텔라   법도에 어긋난다고? 오, 내 마음이!
(하인 등장.)

스텔라   빌헬름, 역마차 정류장에 건너가 봐요! 건너가 봐!
거기에 가면 장교 한 분이 계시는데, 그분이…… 그
분이…… 루시, 그분께 이리로 건너오시도록 말 좀
해줘요.

루시   댁은 나리를 아시나요?

하인   아주 잘 알죠.

루시   그러면 역마차 정류장으로 가주세요. 거기에 이 집
나리와 아주 똑같이 생긴 장교 한 분이 계십니다.
내가 잘못 보지 않았나 확인해 보세요. 맹세코 이분
임에 틀림없어요.

스텔라   그분께 이곳으로 오시라고 말씀드리세요. 빨리빨리
서둘러요. 참을 수가 없어. 만약 그 사람이 그분이

라면, 네가 잘못 생각하고 있어, 있을 수 없는 일이
야. 나를 혼자 있게 해줘, 나를 혼자 있게 해줘.
(그녀는 작은 방으로 들어가 문을 닫는다.)

루시   어머니, 웬일이세요? 얼굴이 아주 창백해요.

좀머 부인   오늘이 내 생애의 마지막 날인가봐. 내 심장이 그걸
지탱하지 못해, 모든 것이, 모든 것이 한꺼번에.

루시   야단났는데.

좀머 부인   남편과 그림, 지금 오신다는 분과 사랑하는 분, 그
분이 내 남편이란다! 그분이 너의 아버지란다!

루시   어머니, 내 어머니, 이럴 수가.

좀머 부인   그런데 그분이 곧 이곳에 와서 그녀의 팔에 안길
것이다. 그런데 우리는? 루시, 우리는 이곳을 떠나
야 해.

루시   원하시는 곳으로 떠나지요.

좀머 부인   바로 떠나자.

루시   정원으로 나가지요. 제가 역마차 정류장으로 나가보
겠어요. 아직 역마차가 떠나지 않았다면 우리 작별
인사도 하지 말고 살짝 떠나버려요, 그녀가 행복에
빠져 있는 동안에.

좀머 부인   말로 다 표현할 수 없는 재회의 기쁨에 그분을 껴안
고 있겠구나! 그분을! 그런데 내가 그분을 다시 만
나는 순간에 영원히 작별해야 하다니! 영원히!
(페르난도, 하인 등장.)

하인   이리로 오십시오, 마님의 작은 방을 벌써 잊으셨습
니까? 아, 나리님이 이곳에 오셨다는 소식을 듣고
마님은 어찌할 바를 모른답니다.

(그들 쪽을 슬쩍 바라보면서 페르난도가 지나간다.)

좀머 부인   정말 그분이 틀림없어! 정말 그분이 틀림없어! 이제
나는 다 끝났어.

제3막

스텔라, 온갖 기쁨에 차서 페르난도와 같이 등장.

스텔라　(벽을 향하여.) 그분이 다시 오셨어! 여러분, 그분이
　　　　보이시죠? 그분이 다시 오셨어! (비너스 여신의 그림 앞
　　　　에 다가서면서.) 여신이여, 그분이 보입니까? 그분이
　　　　다시 오셨어! 어리석은 여자인 난 이곳에서 자주 이
　　　　리저리 뛰어다녔고 당신 앞에서 울기도 하고 슬퍼하
　　　　기도 했지요. 그분이 다시 오셨어! 내 눈을 믿지 못
　　　　하겠어. 여신이여, 나는 당신을 자주 뵈었습니다.
　　　　그런데 그분은 여기에 없었지요. 지금 당신도 여기
　　　　계시고 그분도 돌아왔습니다. 여보, 여보, 당신은
　　　　오랫동안 집을 떠나 있었어요. 하지만 당신은 돌아
　　　　왔어요. (그의 목을 끌어안으면서.) 당신이 돌아왔어!
　　　　당신이 돌아왔다는 것 말고는 아무것도 느끼고 싶
　　　　도, 듣고 싶지도, 알고 싶지도 않아요.

페르난도   스텔라, 나의 스텔라! (그녀의 목을 끌어안는다.) 하느
         님, 당신은 또 나를 울리시는군요.

스텔라   오, 오직 하나뿐인 당신!

페르난도   스텔라! 당신의 사랑스러운 숨결을 마시게 해주구
         려. 당신의 숨결에 비하면 그 어떤 공기도 나에겐
         모두 무의미해, 아니 원기를 북돋우지 못해.

스텔라   사랑하는 이여——

페르난도   메마르고 시달려 망가진 이 가슴에 당신의 넘쳐흐르
         는 새로운 사랑을, 새로운 삶의 기쁨을 불어넣어 주
         구려. (그는 그녀의 말을 열심히 경청한다.)

스텔라   사랑하는 이여!

페르난도   청량제야, 청량제! 당신이 숨쉬고 있는 이곳에는 모
         든 것이 충만하고 젊은 생기로 덮여 있어. 사랑과
         변함없는 신의(信義)가 이 위축된 뜨내기의 마음을
         이곳에 매어놓겠지.

스텔라   열광자여!

페르난도   거칠고 삭막한 세계에서 당신의 품으로 돌아와 목말
         라하는 사나이에게 하늘의 이슬이 얼마나 힘을 주는
         지 당신은 느끼지 못할 거요.

스텔라   페르난도, 가엾은 사나이의 기쁨일까? 길을 잃고 버
         림받은 하나밖에 없는 양을 다시 꽉 껴안는 기쁨일
         까?

페르난도   (그녀의 발밑에 무릎을 꿇는다.) 나의 스텔라!

스텔라   사랑하는 이여, 일어나요, 일어나세요! 당신이 무
         릎을 꿇고 있는 걸 볼 수가 없군요.

페르난도   말리지 마시오. 언제까지나 당신 앞에 무릎을 꿇게

뇌두시오. 무한한 사랑과 관용이여, 나의 마음은 언
제까지나 당신 앞에 머리를 수그리고 싶으시다.

스텔라 저는 다시 당신을 맞이했어요. 저는 자신도 몰라요.
저는 저 자신도 이해하지 못할 지경이에요. 하지만
그게 근본적으로 무슨 상관이겠어요?

페르난도 나는 다시 우리가 함께 나누었던 기쁨의 첫 순간과
같은 기분이오. 당신을 팔에 안고서 당신 사랑의 확
증으로 당신의 입술에 키스하며 취해 있으니 너무도
놀라 꿈인지 생시인지를 모르겠소.

스텔라 자, 페르난도, 제가 느끼는 바와 같이 당신은 더욱
현명해지지는 못하셨네요.

페르난도 그건 하느님의 일이지. 허나 당신의 팔에 안겨 있는
이 기쁨의 순간이 날 다시 선하고 경건하게 만들어
주고 있다오. 스텔라, 내가 행복하기 때문에, 나는
감사의 기도를 올릴 수 있겠소.

스텔라 신이여, 악인인 동시에 마음씨 착한 이분을 용서해
주십시오. 신이여, 당신이 이토록 변덕스럽고 동시에
성실하게 만들어놓은 이분을 용서해 주십시오. 당신
목소리를 들으면 당신이 이 세상에서 나만을 사랑해
주셨던 페르난도라는 것을 바로 알 수 있어요.

페르난도 내가 당신의 파랗고 귀여운 눈 속으로 뛰어들어서
그 속에서 열심히 살펴보면 내가 떠나 있었던 시간
내내 그 속에 내 모습만 살아 있었다는 생각이 드오.

스텔라 당신의 생각이 옳아요.

페르난도 옳다고?

스텔라 당신께 고백해야겠네요. 내가 당신을 완전히 사랑하

게 되었던 첫 시절에 내 마음을 감동시켰던 사소한
연애 사건들을 모두 털어놓지 않았나요? 그래서 날
더 사랑스러워하셨던 게 아닌가요?

페르난도 당신은 천사 같구료!

스텔라 왜 저를 그렇게 바라보고 계세요? 제 나이가 더 들
어 보이죠, 그렇지 않나요? 비참한 처지로 말미암아
얼굴에 꽃과 같은 색깔이 없어졌죠, 그렇지 않나요?

페르난도 나의 귀여운 꽃, 장미, 스텔라! 왜 머리를 흔드는
거요?

스텔라 당신을 정말 좋아했어요. 당신 때문에 했던 마음 고
생을 당신 탓으로 돌리진 않아요.

페르난도 (그녀의 곱슬머리를 쓰다듬으면서.) 그것 때문에 당신은
흰 머리가 난 것 아니오? 당신은 운이 좋아서 머리
가 희지 않고 이렇게 금발이지요. 사실 당신의 머리
카락은 전혀 빠지지 않은 것 같구료. (그는 그녀의 머
리에서 빗을 뽑아든다. 감아올린 머리가 아래로 내려온다.)

스텔라 장난을 하시는군요.

페르난도 (그의 두 팔에 그녀의 머리를 감으면서.) 옛날의 쇠사슬에
묶인 리날도 같지 않소!

(하인 등장.)

하인 마님!

스텔라 무슨 일이지? 자네는 불쾌한, 아니 쌀쌀한 표정이
군. 알다시피 내가 기분이 좋을 때에 그런 표정을
짓는 것은 나의 기분을 망쳐주는 거야.

하인 그런데 마님, 두 여자 손님이 떠나시려고 해요.

스텔라 아니, 떠나려 한다고?

하인   그래요. 딸이 역마차 정류장에 갔다가 되돌아와서 어머니에게 말하는 걸 들었어요. 그때 물어보았더니, 하행 역마차는 이미 떠났기 때문에 자기들은 특별 역마차를 주문했다고 하더군요. 제가 그들과 이야기를 했답니다. 어머니는 눈물을 흘리면서 저에게 그들의 옷을 살짝 저쪽으로 가져다달라 하고 마님에게 많은 축복이 있기를 바란다는 인사를 부탁했습니다. 그들은 여기에 오래 머무를 수가 없다고 하더군요.

페르난도   그 사람이 오늘 딸과 함께 이곳에 온 부인인가요?

스텔라   딸이 저의 뒷바라지 일을 해주고 어머니도 이곳에 붙잡아놓으려고 했는데, 페르난도, 그들 때문에 제가 지금 이렇게 정신이 없군요.

페르난도   그들한테 무슨 일이 생겼나?

스텔라   아무도 모르죠. 저도 아무것도 모르겠어요. 저는 그들을 놓치고 싶지 않아요. 페르난도! 당신이 제 곁에 있긴 하지만! 전 지금 쓰러질 것만 같아요. 페르난도, 당신이 그들과 이야기를 좀 해주어요. 바로 지금, 지금요! 그리고 하인리히, 어머니께 이곳으로 건너오십사 하고 말해 주어요.

(하인 퇴장.)

거리낄 것이 없다고 그녀에게 이야기를 좀 해줘요. 페르난도, 그녀는 자유가 있어요. 저는 나무가 있는 정원으로 가겠어요. 조금 후에 그쪽으로 오세요. 조금 후에 그쪽으로 오세요. 밤꾀꼬리들아, 너희들은 또 그분을 맞아들이게 될 거야.

페르난도	오, 사랑하는 이여!
스텔라	(그에게 매달리면서.) 하지만 당신도 곧 오시는 거지요?
페르난도	그래, 곧 가겠소! 바로 가겠어!

(스텔라 퇴장.)

(혼자서.) 하늘의 천사여! 그녀가 앞에 있으면 모든 일이 아주 즐거워, 아무런 구속도 받지 않아. 페르난도, 너는 네 자신을 알고 있는가? 이 마음을 괴롭히는 모든 것이 이제 없어졌어. 이미 일어났던 불안한 기억과 앞으로 생길 걱정도 마찬가지로 사라져버리는구나. 그러나 그대들이 다시 찾아온다고? 스텔라, 내가 당신을 바라보고, 당신의 손을 잡고 있으면 모든 것이 도망쳐 없어져 버려, 내 마음속에 있는 다른 모습은 무엇이나 소멸해 버려.

(집사 등장.)

집사	(그의 손에 키스하며.) 다시 돌아오셨군요?
페르난도	(손을 잡아빼면서.) 돌아왔소.
집사	손을 그대로 놓아두세요, 그대로 놓아두세요.
페르난도	자네는 잘 지내는가?
집사	제 처(妻)도 잘 지내고 있죠. 저는 아이가 둘이 되었어요. 그런데 나리께서 돌아와 주셨군요.
페르난도	어떻게 살림살이를 해왔는가?
집사	그건 바로 보고드릴 수 있지요. 나리께서는 농장 개량법에 대하여 놀라실 겁니다. 나리께서 어떻게 지내셨는지를 여쭤봐도 되겠습니까?
페르난도	쉿! 자네한테 모든 걸 말해야 하나? 옛날에 나와 함

께 어리석은 행위를 한 공범자, 자네는 그럴 만하네.

집사 나리가 집시의 대장이 되지 않으셨으니 다행일 뿐이
군요. 나리의 말 한마디에 따라 저는 불에 타 죽었
을지도 모릅니다.

페르난도 자네에겐 말해 주겠네.

집사 나리의 마님은? 나리의 따님은?

페르난도 그들을 어느 곳에서도 찾아내지 못했어. 나 자신 시
내로 들어갈 용기가 없었네. 단지 확실한 소식통을
통해서 알게 된 것은, 그녀가 신용 없는 어떤 상인
에게 마음속을 털어놓았는데, 그 상인은 내가 남겨
둔 재산에 높은 이자를 준다는 약속으로 그녀를 꾀
어내고 속여서 재산을 빼앗아갔다는 것이었네. 그녀
는 시골로 간다는 핑계를 대고 그 지역을 떠나버렸
고, 아마도 그녀는 자신의 딸과 함께 뜨개질과 자수
로 옹색한 삶을 살아간다고 하네. 자네도 알다시피
그녀는 그러한 일도 할 수 있는 용기와 성격을 지
녔지.

집사 나리께서는 이제 이곳에 돌아오셨습니다. 이젠 그렇
게 오랫동안 집을 비우시는 일을 하지 마시지요.

페르난도 나는 여러 곳을 돌아다녔지.

집사 제가 집에서 제 처(妻)와 두 아이들과 관계가 좋지
않을 때면, 나리가 세상을 이리저리 돌아다니면서
시도했던 여정(旅程)을 저는 무척 부러워했답니다.
이제 나리는 우리와 함께 계속 계실 거죠?

페르난도 그래야겠지.

집사 하지만 결국 전보다 나아진 것도 달라진 것도 없군요.

페르난도 그래, 어느 누구도 옛 시절을 잊을 수가 없지!

집사 그 옛 시절에 우리한테 기쁨도 많았지만 어려움도
많았어요. 저는 아직도 모든 일을 이렇게 정확히 기
억하고 있어요. 저희들은 체칠리에가 아주 귀엽다고
생각하여 그녀를 추근추근 쫓아다녔고 젊은 시절의
방종에서 빨리 벗어날 수가 없었지요.

페르난도 하지만 그때는 멋있고 즐거운 시절이었어.

집사 그녀는 쾌활하고 활발한 따님을 낳으셨어요. 그러나
동시에 그녀의 쾌활한 태도, 매력도 많이 없어졌지요.

페르난도 이젠 이런 인생 이야기는 그만둬 줬으면 좋겠네.

집사 우리는 여기저기를 찾아보았으며 마침내 천사 같은
분을 만났지요. 이젠 더 이상 왔다갔다하지 말고, 두
여인 중 한 사람을 불행하게 만들 결심을 해야 했습
니다. 마침내 우리는 농장을 파는 기회가 생긴 것이
잘되었다고 생각했으며 많은 손해를 보면서 그곳을
떠났고, 천사 같은 분을 유괴하였으며, 예쁘지만 아
직 자신과 세상을 잘 모르는 아이를 이곳으로 추방
했습니다.

페르난도 듣고 보니 자네는 옛날과 마찬가지로 여전히 아는
것이 많고 입심도 좋네.

집사 어떤 것을 배울 기회를 제가 갖지 않았나요? 나리
양심이 절 신뢰하지 않으셨던가요? 나리의 부인과
딸을 찾아내려는 아주 순수한 욕망에서인지, 남모
르는 불안에서인지 알 수 없지만 나리가 여기를 자
꾸 떠나려 했을 때, 저는 나리를 여러 면에서 도와
야 했습니다.

페르난도	오늘은 이만 해두세.
집사	이곳에 머물러만 주십시오. 그러면 모든 일이 잘 될 겁니다. (퇴장.)

(하인 등장.)

| 하인 | 좀머 부인이 오셨습니다. |
| 페르난도 | 들어오시도록 하게. |

(하인 퇴장.)

(혼자서.) 이 여자는 내 마음을 우울하게 하는구나. 세상에는 완전한 것도, 순수한 것도 없어. 이 부인이 왔다고! 그녀 딸의 용기에 내가 어찌할 바를 몰랐었어. 고통 때문에 그녀가 무슨 짓을 하게 될지!

(좀머 부인 등장.)

(독백.) 아, 그녀의 모습을 보니 내 잘못을 생각하지 않을 수 없구나! 이 마음이여, 우리의 마음이여, 그렇게 느끼고 그렇게 행동하는 것이 그대 안에 있다면, 왜 그대는 이미 일어난 잘못을 용서해 줄 힘을 지니고 있지 않소? 내 아내 모습의 영상이여, 오, 어디에서 내가 그걸 알아보지 못하겠소! (좀 소리를 높여서.) 부인!

좀머 부인	나리, 무슨 일이신지요?
페르난도	사실 나는 당신이 스텔라와 나에게 말동무가 되어주기를 바랍니다. 자리에 앉으시죠.
좀머 부인	저처럼 불행한 사람과 같이 계시면 행복한 사람에게 폐와 탄식이 되고, 행복한 사람은 불행한 사람에게 한층 더 많은 불행을 느끼게 만드는 법이죠.
페르난도	당신의 말을 이해할 수 없군요. 사랑 그 자체이고

신과 같은 마음을 지닌 스텔라를 못 알아보신 건 가요?

좀머 부인 나리! 저는 인사도 하지 않고 살짝 떠나려고 했답니다. 저를 내버려두십시오. 저는 떠나야 합니다. 떠나갈 이유가 있다고 생각해 주십시오. 제발 저를 내버려두십시오.

페르난도 (독백.) 이 목소리가 어찌나 …… 모습이 어찌나 …… (소리를 높여서.) 부인! (그는 다른 쪽으로 몸을 돌린다.) 이럴 수가, 이 사람은 내 처(妻)야. (소리를 높여서.) 실례합니다! (서둘러서 퇴장.)

좀머 부인 (독백.) 그는 나를 알아보았어. 아, 하느님, 당신이 이 순간에 나에게 많은 힘을 주셔서 감사합니다. 이것이 나인가요? 의기소침하고 상심한 여자가 이 중요한 순간에 그렇게 의연하고, 그렇게 용기 있는 사람이 될 수 있단 말인가? 선량하고 영원한 배려자여, 그것을 가장 많이 필요로 하는 시간까지 주지 않았던 어떤 것도 당신은 우리에게서 빼앗아가지는 않았구려.

(페르난도가 되돌아온다.)

페르난도 (독백.) 그녀가 나를 알아볼까? (소리를 높여서.) 부인, 제발 부탁입니다. 맹세하오니 당신의 속마음을 털어놓으시오!

좀머 부인 제가 나리께 저의 운명을 이야기해야만 할까요. 나리가 인생의 온갖 기쁨을 되돌려받고 존경할 만한 여자에게 인생의 온갖 기쁨을 되돌려준 날에 어찌 나리에게 슬프고 비통스러운 기분이 나게 하겠어요.

아닙니다, 나리. 저를 떠나게 해주십시오.

페르난도　　제발 부탁입니다.

좀머 부인　　저는 나리와 저 자신에게 괴로움을 끼치지 않으려고 했는데! 제 생애 처음으로 맞은 행복한 시절을 회상하면 저는 몹시 괴롭답니다.

페르난도　　늘 불행하지는 않으셨지요?

좀머 부인　　보통 때는 제가 지금처럼 이 정도로 불행하다고 생각하지는 않았는데. (잠시 후에 가벼워진 마음으로.) 저도 젊은 시절에는 쾌활하고 즐거웠습니다. 저의 어떤 것이 남자들의 마음을 사로잡았는지 저는 몰라요. 그런데 많은 남자들이 저와 친해지길 원했지요. 그중에서 제가 우정, 애정을 느낀 사람은 몇 되지 않았습니다. 저와 일생을 함께 보낼 수 있다고 생각한 사람은 한 사람도 없었지요. 장밋빛으로 소일하던 행복한 날들이 하루하루 친절하게 제시되는 상황 속에서 지나갔지요. 그런데 저에게 한 가지 아쉬운 게 있어요. 제가 인생을 좀더 깊이 들여다보고, 사람을 기다리고 있는 슬픔과 기쁨을 어렴풋이 예감할 때, 저는 손을 잡고 이 세상을 인도할 남편을 원했던 거죠. 남편을 위해 떠나기까지 했던 제 부모를 대신해 말이에요. 남편은 나의 젊은 마음을 바친 사랑을 대신하여 나이 든 뒤에 나에게 친구, 보호자가 되어줄 사람이죠.

페르난도　　그런데 지금은 어떠시오?

좀머 부인　　아아 제가 그런 남자를 만났어요. 우리가 서로 알게 되어 사귀던 시절 초기에 제가 온갖 희망을 걸었던

그분을 만났어요. 그의 정신의 생동성이 마음의 성
실성과 결합되어 있는 것처럼 보여서 저는 곧 그에
게 내 속마음을 털어놓았고 그에게 나의 우정과 바
로 이어서 나의 사랑을 베풀었어요. 그가 제 가슴에
머리를 얹어놓고 있을 때면, 그는 제 팔 안에 자신
의 쉼터를 마련해 준 하느님께 감사하는 듯 보였어
요. 그는 일이 많을 때나 정신이 산란할 때면 절 다
시 찾아왔고, 저 또한 슬플 때면 그의 품에 안겨 위
안을 받았지요.

페르난도   그렇게 사랑스러운 두 분의 결합을 무엇이 방해했
나요?

좀머 부인   이 세상에는 변하지 않는 것이 없지요. 아, 그는 저
를 사랑했어요. 제가 그를 사랑하는 만큼 저를 사랑
해 주었지요. 그에게 제가 행복하다고 여기고 저를
행복하게 해주려는 것 외에는 아무것도 모르는 시절
이 있었지요. 아, 그런데 두 사람이 서로 사귀던 처
음 몇 년은 일생 중 가장 편안한 시절이었는데, 그
시절에 진정한 불행이라기보다는 때때로 약간의 불
쾌, 약간의 지루함이 우리들을 괴롭혔답니다. 아, 그
는 저를 꽤 괜찮은 길로 이끌어서 황량하고 무서운
사막에 혼자 버려두었지요.

페르난도   (점점 당황해한다.) 그리고 어떻게 되었지요? 그의 생
각이, 그의 마음이……?

좀머 부인   남자들 속내가 어떤지 우리가 어찌 알겠어요? 그것
을 무어라고 표현해야 좋을지? 그에게는 이 모든 것
이 점점 중요하게 되었다는 사실을 저는 알아채지

못했지요. 제가 그렇게 말해서는 안 되겠지요. 그는 저를 늘 사랑했어요, 언제나 사랑했지요. 하지만 그에겐 제 사랑보다 더 많은 것이 필요했어요. 저는 그가 원하는 건 다 받아들여야 했어요. 연적(戀敵)까지도 인정해야 했습니다. 그런데 저는 그이를 비난했지요. 그래서 마침내.

페르난도   그가…… 할 수 있었나요?

좀머 부인   그는 저를 버리고 떠나갔어요. 그때 저의 슬프고 비참한 심정을 말로는 다 표현할 수가 없군요. 저의 모든 희망이 그 순간에 사라진 것이지요. 제가 혼신을 바친 꽃의 열매를 수확하리라고 생각했던 그 순간에, 떠나버렸어요! 떠나버렸다구요! 인간의 마음을 지탱해 주는 버팀목들, 사랑과 신뢰, 명예와 지위, 나날이 불어나는 재산과 잘 키운 수많은 후손에 대한 희망, 이 모든 것이 제 앞에서 무너졌습니다. 내가, 그리고 우리 사랑이 남긴 불행한 담보물. 격심한 고통 다음에 미쳐서 죽을 것 같은 걱정이 생겼어요. 울어서 슬픔을 달래고 극도로 절망해 실신하고 말았지요. 가련하게 버림받은 여자의 재산을 노려 빼앗아간 불행한 사건에 저는 주의를 기울이지 못하고, 느끼지도 못했지요. 결국 저는 이렇게…….

페르난도   이런 못된 자가 있나!

좀머 부인   (슬픔을 억누르면서.) 그는 그런 사람이 아닙니다. 저는 한 아가씨에게 집착하는 남자가 딱하다고 생각합니다.

페르난도   부인!

좀머 부인 (약간 조소하면서 그녀의 감동을 감춘다.) 아니오, 틀림없
어요. 저는 그런 남자를 포로라고 생각해요. 사실
그렇다고 남자들은 늘 말하고 있어요. 그는 자기 세
계에서 근본적으로 아무런 공통점이 없는 우리 세계
로 넘어왔지요. 그는 한동안 자신을 기만하고 있는
거죠. 그러다 눈을 뜨게 되면 우리에겐 화가 미치는
거죠. 결국 저는 그에게 그저 정직한 가정주부에 불
과했지요. 그래도 저는 어떻게 해서든지 그의 마음
에 들기 위하여, 그를 배려하기 위하여 아주 열심히
노력하면서 그를 사랑했고, 가정의 안녕을 위하
여, 아니 아이의 안녕을 위하여 나날을 바쳤고, 물
론 그렇게 많은 자질구레한 일들도 처리해야만 했습
니다. 저는 재미있는 말상대자가 되지 못할 정도로
자주 마음과 머리가 거칠어졌으며, 그는 정신의 생
동성을 가지고 있기 때문에 틀림없이 저와 교제하는
것이 재미없다고 생각했을 겁니다. 그는 아무런 잘
못이 없어요.

페르난도 (그녀의 발 아래에 엎드린다.) 그 사람이 바로 나요!

좀머 부인 (그의 목을 부둥켜안고 눈물을 계속 흘리면서.) 제 남편이
군요.

페르난도 체칠리에, 나의 아내여!

체칠리에 (그에게서 몸을 돌리면서.) 제 남편이 아니에요. 사랑하
는 이여, 당신은 저를 버렸어요! (다시 그의 목에 매달
린다.) 페르난도! 당신이 어떤 분이라도 좋아요. 제
발 이 불행한 여자의 눈물을 당신의 가슴에 실컷 쏟
아버리게 해주세요. 이 순간만이라도 저를 꽉 붙잡

아주시고, 그 다음에 저를 영원히 버려주세요. 이 사람은 당신의 아내가 아니에요. 저를 밀어내지 마세요.

페르난도   오, 체칠리에! 당신의 눈물을 나의 뺨 위에, 당신의 심장의 고동을 나의 가슴에 전해 주오. 이 사람을 불쌍히 여겨주오! 이 사람을 불쌍히 여겨주오!

체칠리에   페르난도! 저는 아무것도 원하지 않아요. 단지 이 순간만을! 제 마음속을 충분히 털어놓게 해주세요. 털어놓고 나면 마음도 개운해질 거예요, 아주 많이. 당신은 저를 두고 떠나도 돼요.

페르난도   내가 당신을 놓아주기 전에 내 목숨이 없어질 거요.

체칠리에   저도 언젠가는 당신을 만나게 되겠지요. 그러나 그것은 이 세상에서는 아니지요. 당신은 이제 제가 빼앗을 수 없는, 다른 여자의 것이니까요. 저를 위하여 하늘의 문을 열어주세요, 열어주세요. 저 환희에 넘치는 먼 곳을 내다 보는 것, 저 영원히 머무를 곳을 바라보는 것, 그것만이 이 무서운 순간에 오직 위안이에요.

페르난도   (그녀의 손을 잡고 바라보고 그녀를 껴안으면서.) 이제 이 세상의 어느것도 당신과 나를 떼어놓을 수 없소. 나는 당신을 다시 찾았소.

체칠리에   당신이 찾고 있지 않던 것을 찾은 것이지요.

페르난도   그만둬요, 그만둬! 정말 나는 당신을 찾고 있었소. 당신을, 내가 버렸던 여자를, 내가 사랑하는 여인을! 나는 이곳에서 천사의 품에 안겨 있어도 마음의 안정이나 즐거움을 느끼지 못했소. 이 모든 일을 통

해서 나는 당신과 당신의 딸, 나의 루시를 생각했다
오. 정말 너무도 기쁘구나! 저 상냥한 것이 내 딸이
라고? 나는 정말 도처에서 당신이 있는 곳을 찾아다
녔소. 삼 년 동안이나 나는 여기저기를 돌아다녔지.
우리가 같이 살았던 곳에서 나는 한심하게도 우리
집이 개조되어 다른 사람의 손에 넘어갔고 당신의
재산도 잃어버렸다는 슬픈 이야기를 접했다오. 당신
이 그곳에서 사라졌다는 소식에 나는 가슴이 찢어지
는 것 같았소. 어디에서도 나는 당신의 흔적조차 찾
아볼 수 없었고 나 자신과 살아가는 일에 넌더리가
나서 이러한 제복을 입는 외국 군대에 편입해서 고
귀한 코르시카인들의 죽어가는 자유를 억누르는 일
에 도움을 주었다오. 소중하고 마음씨 고운 아내
여, 이렇게 길고 기이한 엇갈림이 지난 후에 나는
여기에서 당신을 만나서 다시 당신의 품에 안기게
되었소!

(루시 등장.)

페르난도　오, 내 딸이구나!

루시　아버지, 제발 옛날처럼 저의 아버지가 되어주세요.

페르난도　영원히 그렇게 하지.

루시　그러면 스텔라는……?

페르난도　여기에서도 빠른 것이 좋아. 불행한 아이! 루시, 어
찌다가 우리가 오늘 아침에 만나고서도 서로 알아보
지 못했을까? 초조하고 불안해서 난 어찌할 바를 몰
랐지. 내가 아주 감동되어 너와 헤어졌다는 걸 너는
알고 있어. 어쩌다가 이렇게 되었지? 어쩌다가? 이

렇게 되지 않았다면 이 모든 일이 일어나지도 않았을 것을. 스텔라! 그녀에게 이러한 고통을 주지 않았을 것을. 하지만 우리는 여기서 떠나는 거다. 너희가 이곳을 떠나겠다고 고집하고 너희의 작별로 스텔라의 마음을 괴롭히지 않기를 바라며 이곳을 떠나려고 한다고 내가 스텔라에게 말하겠다. 루시, 너는 빨리 건너가서 세 사람이 탈 수 있는 사륜마차(四輪馬車)를 준비시켜라. 하인이 내 짐을 너희 것과 함께 꾸리게 하여라. 소중하고 귀한 부인, 당신은 여기 좀 계시오. 그리고 루시, 모든 일이 다 정리되거든 이쪽으로 건너와서 정원으로 향해 있는 홀에서 나를 기다려라. 나는 너희들을 배웅하고 너희가 잘 떠날 수 있도록 배려하며 너희의 우편마차 요금을 지불해 주겠다고 말하고 스텔라에게서 떠나 오겠다. 가엾은 당신, 나는 당신의 착한 마음을 이용해서 당신을 속이고 있소. 우리는 이곳을 떠나려고 하오.

체칠리에 떠난다고요? 다시 한번 신중히 생각하세요!

페르난도 떠나요. 그대로 내버려둬요. 그래, 사랑하는 사람들이여, 우리는 이곳을 떠나려고 해.

(체칠리에와 루시 퇴장.)

(혼자서.) 떠난다고?──어디로 떠나지? 어디로? 단도로 한번 찔러버리면 이 모든 괴로움에서 벗어날 길이 열리고 무딘 무감각 상태로 빠질 수 있을 텐데, 이러한 상태를 위해 내가 모든 것을 희생하고 있는지도 모르겠어. 가련한 사람, 너는 여기에 와 있는가? 인생의 무거운 짐을 내던지려 했던 가엾은

사람에 비하면 네가 아주 절제하는 자세로 살고 있었던, 완벽히 행복했던 시절을 회고해 보아라. 저 행복한 시절에 너는 어떻게 느끼고 있었던가? 그런데 지금! 그래, 행복한 사람들이었어! 행복한 사람들이었어! 한 시간 전에 그들을 만났더라면 나는 살아났을 것이다. 내가 그녀를 다시 만나지 않았을 것이고, 그녀도 나를 만나보지 않았을 것을! 스텔라가 이 4년을 지내는 동안에 나를 잊었다고 내가 나 자신을 설득할 수 있었을 텐데. 그러나 지금 어떻게 하지? 내가 스텔라에게 어떤 식으로 대하고 또 그녀에게 뭐라고 말하지? 오, 내 잘못이야, 내 잘못이 너무나 커서 이 순간에 나를 짓누르고 있구나! 사랑하는 두 여인을, 그들을 버리고 떠난다! 그들을 다시 찾게 되는 순간에 나는 외롭구나! 오, 내 마음이여! 너무도 가련하구나!

제4막

스텔라의 정원에 있는 암자(庵子).

스텔라 혼자 있다.

스텔라   마음으로 갈망했던 영원한 안식처여, 너는 꽃이 핀
것처럼 아름답게, 보통 때보다 더욱 아름답게 보이
는구나. 서늘하고 무른 땅이여, 너는 내 마음을 더
이상 유혹하지도 않는구나. 네 앞에 있으면 어쩐지
나는 무서운 생각이 들어. 네 앞에 있으면 어쩐지
나는 무서운 생각이 들어. 아 얼마나 자주 나는 공
상의 순간에 체념해서 머리와 가슴을 죽음의 외투에
묻고 너의 깊은 곳에 참을성 있게 서 있었으며 밑으
로 걸어 내려가서 나의 처절한 마음을 너의 살아 있
는 이불 밑에 감추었던가? 사멸(死滅)이여, 너는 그
곳에서 귀여운 어린애처럼 근심걱정으로 충만해 있

고 절박한 젖가슴을 다 빨아먹고 내 인생 전체를 녹여서 친절한 꿈으로 바꾸어놓았었지. 그런데 지금은! 하늘의 태양이여, 네가 이곳으로 비춰 들어오고 있으니, 내 주위는 아주 밝고 활짝 트여 시원하구나. 이러한 것을 나는 좋아해. 그분이 다시 돌아오셨어. 그리고 눈 깜짝할 사이에 내 주위의 만물이 다시 생기를 얻고 나도 활기에 차 있구나. 그와의 입맞춤으로 나는 새롭고, 따뜻하며 불타는 듯한 활력을 얻어서 그이에게로 가고, 그이의 곁에 머물며, 그이와 함께 끊임없이 영원한 사랑의 힘으로 살아가고 싶어. 페르난도! 그가 오고 있나! 쉿! 아니야, 아직 오지 않아. 그는 여기에서, 여기 나의 잔디 제단에서, 나의 장미 가지 밑에서 나를 만나야 해. 이 꽃봉오리들을 그에게 꺾어주겠어. 여기에서, 바로 여기에서! 그러고 나서 그를 이 정자로 모시겠어. 정자가 비좁기는 하지만 내가 두 사람이 쓸 수 있도록 좁게 설비해서 아주 기분이 좋아. 평상시에는 여기에 책이 놓여 있거나 필기 도구가 세워져 있었지. 책과 필기 도구를 치워야 해! 단지 그이만 오면 그만이야. 바로 떠나버렸나! 내가 정말 그를 맞이했는가? 그가 여기에 오셨나?

(페르난도 등장.)

사랑하는 이여, 어디에 계셨어요? 어디에 가 계셨냐구요? 저를 오랫동안 혼자 놔두시고. (걱정스럽게.) 무슨 일이 생겼나요?

페르난도 그 여자들이 내 비위를 거슬렸소. 나이가 든 여자는

참한 사람이긴 한데 이곳에 머물고 싶지 않다고 하
며 그것이 무슨 이유인지 말해 주지 않는구려. 그녀
가 이곳을 떠나가고 싶어하오, 스텔라, 떠나게 놔
둡시다.

스텔라   그들의 마음을 움직일 수 없다면 저도 무리하게 그
들을 잡아두고 싶지는 않아요. 페르난도, 저는 말동
무가 필요했답니다. 그런데 페르난도, 지금에 와서
(그의 목에 매달리면서.) 저는 당신을 맞이하였으니까요.

페르난도   진정하시오!

스텔라   제발 좀 울게 해줘요. 오늘이 빨리 지나가 버렸으면
좋겠어요. 저는 아직도 손발이 온통 떨려요. 아주
기뻐요. 모든 일이 너무도 갑자기 일어났으니까요.
페르난도! 당신을 맞이하다니! 당신이 오리라고 전
혀, 전혀 기대하지 못했는데! 이런 상황에서 나는
심장마비나 일으키지 않을까 두려울 정도로 아주 기
쁘다고요!

페르난도   (독백.) 나는 가련한 놈이야! 그녀를 버리고 떠난다
고? (소리를 높여서.) 스텔라, 나를 좀 내버려두어요.

스텔라   〈스텔라! 스텔라!〉 하고 부르는 소리가 당신의 목소
리지요, 당신의 사랑스러운 목소리지요! 아시는 바
와 같이 당신이 〈스텔라!〉 하고 제 이름을 부르는
소리를 들으면 아주 기뻐요. 제 이름을 당신처럼 불
러주는 사람이 아무도 없으니까요. 부르는 이 소리
속에는 사랑의 혼이 온전히 들어 있어요. 저는 당신
이 처음으로 제 이름을 부르는 소리를 들었던 날을
아직도 생생하게 기억하고 있어요. 저의 행복이 모

두 당신으로 말미암아 시작되었으니까요.

페르난도 행복이라고?

스텔라 내가 보기엔 당신이 계산하기 시작하시는군요, 제가 당신 때문에 보낸 우울한 시간들을 당신은 계산하고 계세요. 그런 일을 생각하지 마세요, 페르난도. 그런 일을 생각하지 말아요. 오! 당신을 처음 뵌 그 순간부터 제 마음속은 완전히 달라졌어요. 숙부님 댁 정원에서의 오후를 알고 계세요? 당신이 어떤 모습으로 찾아 들어왔지요? 우리는 정자 뒤에 있는 커다란 밤나무 밑에 앉아 있었죠!

페르난도 (독백.) 그녀의 이야기는 내 가슴을 갈기갈기 찢어놓는 것 같구나. (소리를 높여서.) 나의 스텔라, 나도 기억하고 있소.

스텔라 우리들 쪽으로 다가오던 당신의 모습도 기억하세요? 당신께서 눈치채셨는지는 모르지만 당신을 처음 만나는 순간에 당신은 제 마음을 사로잡았어요. 적어도 저는 당신의 눈길이 저를 찾고 있다는 것을 금방 알아챘어요. 아, 페르난도. 그때 제 숙부님이 음악을 들려주었고, 당신은 바이올린을 연주했어요. 당신이 연주하고 있는 동안에 저의 눈은 무분별하게 당신 쪽만 보고 있었지요. 저는 당신의 얼굴이 조금이라도 움직이는 것을 놓치지 않으려고 눈여겨보았지요. 그리고 잠시 멈출 때면 예기치 못했던 순간에 당신은 눈을 떠서 저를 바라보셨어요. 당신의 시선이 저의 시선과 마주쳤어요. 저는 얼굴을 붉히고 얼른 다른 쪽으로 얼굴을 돌렸지요. 페르난도, 당신도 그걸 알아차렸어요. 그때부터 당신도 때때로 적당치 않은 때에 악보 너머로 한눈을 파셨고 자주 박자가 틀려서 내 숙부가 당황하는 것을 제가 느꼈기 때문이지요. 페르난도, 당신이 바이올린을 잘못 연주할 때마다 그것은 저의 마음속에 사무쳤답니다. 이것이 제 생애에서 느껴보았던 가장 달콤한 혼란이었어요. 저에게 아무리 많은 돈을 준다 해도 저는 당신을 다시 똑바로 바라볼 수가 없었어요. 저는 그러한 생각들을 억누르고 그 자리를 떠났지요.

페르난도 아주 사소한 내용까지도 기억하고 있네. (독백.) 좋지 않은 추억이군!

스텔라 제가 어떻게 그처럼 당신을 사랑하게 되었으며, 당신의 곁에 있을 때 언제나 저 자신을 완전히 잊어버린 것을 보면 저 자신도 자주 놀라고 있어요. 하지만 모든 것이 마치 오늘 일어난 것처럼 아주 생생하게 생각되는군요. 그래 페르난도, 당신들이 나를 어떻게 찾고 있었는지 저는 자주 혼자 회상해 봤지요. 당신은 나보다도 전에 사귀던 내 여자 친구의 손을 잡고 임원(林苑)을 이리저리 배회했고, 그녀와 당신은 〈스텔라!〉 하고 불렀어요. 저는 당신이 이야기하는 소리를 듣자마자 곧 당신의 음성을 알아차렸어요. 당신과 난 우연히 마주쳤으며, 당신은 제 손을 붙잡았어요. 저나 당신 중에 누가 더 당황했죠? 이러한 일들이 사랑을 결정해 주었어요. 그리고 그 순간부터 저는 반해 버렸어요. 모든 일이 예측했던 대로 일어났다고 우리 착한 사라가 바로 그날 저녁에

저에게 말했어요. 당신의 팔에 안겨 얼마나 행복했
던지! 저의 사라가 기뻐하는 제 모습을 보았더라면
얼마나 좋았을까. 그녀는 좋은 사람이었죠. 제가 그
처럼 병을 앓고, 사랑의 병을 앓고 있었을 때 저를
위하여 그녀는 많이 울어주었어요. 제가 당신을 위
하여 모든 것을 버렸을 때에도 그녀만을 데려오고
싶었지요.

페르난도 모든 것을 버렸다고!

스텔라 그 말이 당신한테 그렇게 별나게 들리나요? 모든 것
을 버렸다고 하는 말이 사실 아닌가요? 아니면 당신
은 스텔라의 입에서 비난하려고 그런 말이 나온다고
곡해하실 수 있으세요? 제가 당신을 위하여 오랫동
안 최선을 다하지 않았던가요?

페르난도 물론 맞는 말이오. 당신을 아버지처럼 사랑해 주고
손으로 안아주며 당신의 의지와도 같았던 숙부마저
버렸으니까. 이것으로도 충분하지 않소? 모두 당신
의 것이었고 앞으로도 당신의 것이 될 재산, 농장도
버렸어. 이것이 어찌 무가치한 일이었겠소? 당신이
어릴 적부터 살았고 기쁘게 해주었던 고향 마을과
놀이 친구들도 버렸으니까.

스텔라 페르난도, 당신이 없다면 이 모든 것이 무슨 의미가
있겠어요? 당신의 사랑 앞에서 이 모든 것이 제게
무슨 소용이지요? 그러나 당신의 사랑이 저의 영혼
속에 떠올랐을 때, 저는 처음으로 이 세상에서 확고
한 지반을 얻었습니다. 제가 가끔 혼자 있을 때 가
졌던 생각들을 당신께 털어놓아야 하겠어요. 왜 내

가 이 모든 것을 당신과 함께 즐길 수 없는지? 왜
우리는 도망쳐야만 했는지? 왜 우리는 이 모든 것을
가지고 머물 수가 없는지? 왜 숙부는 나에게 한 그
의 청혼을 거절했는지? 아니야, 그렇다고 말할 수
없지. 그런데 왜 도망쳤지? 오, 저는 여기에서 또
당신을 위한 변명거리를 많이 찾아냈죠. 당신을 위
해서라면! 변명거리가 떨어진 적이 없어요. 제 말은
남자들이 정말 많은 망상(妄想)을 가지고 있는 것처
럼 그것이 하나의 망상이라면, 그것이 아가씨를 살
짝 자기의 노획물로 얻는다는 망상이라면 모르겠으
나, 그것이 혼수(婚需) 없이 단지 아가씨 한 사람만
을 차지하겠다는 자존심이라면, 내가 나의 자존심
때문에 황당무계한 상상력을 가졌었다고 당신은 상
상할 수 있어요. 이렇게 해서 당신은 다행히 처벌을
받지 않고 목표를 달성했어요.

페르난도   죽을 지경이구나!

(안헨 등장.)

안헨   실례합니다, 마님. 대위 나리는 어디에 계시죠? 짐
은 모두 꾸려 실렸는데, 나리만이 안 계세요. 아가
씨는 너무 힘에 겨울 정도로 오늘 이리저리 뛰어다
니고 이러저러한 일을 지시했답니다. 그런데 이제
나리가 계시지 않네요.

스텔라   페르난도, 가서 그들을 배웅해 주세요. 그들의 마차
요금도 지불해 주세요. 그렇지만 바로 돌아오셔야
해요.

안헨   나리는 같이 떠나지 않으세요? 아가씨는 세 사람이

탈 수 있는 사륜마차(四輪馬車)를 오게 했고, 나리
의 하인이 짐을 꾸려 실었어요.

스텔라 페르난도, 이건 잘못된 생각이에요.

페르난도 저 어린애가 무얼 알겠소?

안헨 제가 무얼 알겠어요? 식사할 때 아가씨가 나리와 알
게 되었는데, 대위님께서 아가씨와 함께 마님을 떠
나려고 하는 것이 물론 아주 이상하게 보여요. 식사
때에 나리가 그녀와 악수했을 때 그건 아마도 다정
한 이별이었던 모양이지요?

스텔라 (당황하여.) 페르난도!

페르난도 그는 어린애요.

안헨 마님, 그 말을 믿지 마십시오. 짐이 모두 꾸려 실려
졌어요. 나리도 같이 떠납니다.

페르난도 내가 어디로 가지? 어디로?

스텔라 안헨, 나가봐라!

(안헨 퇴장.)

저를 당황하게 만들지 마세요! 저는 아무것도 무서
운 것이 없지만, 어린애가 떠드는 이야기는 제 마음
에 걸려요. 페르난도, 당신의 마음도 동요되어 있어
요. 저는 당신의 스텔라예요.

페르난도 (몸을 뒤로 돌리고 그녀의 손을 잡으면서.) 당신은 나의 스
텔라요.

스텔라 페르난도, 당신은 나를 겁나게 하는군요. 당신 아주
거칠어 보여요.

페르난도 스텔라, 나는 악인이오, 비겁한 사람이오. 당신 앞
에서 아무것도 할 수 없구료. 그래서 도망치려고 한

것이오! 스텔라! 나는 당신의 가슴에 비수를 찌를
용기도 없소. 그래서 나는 당신을 비밀리에 독살하
려고, 아니 살해하려고 한 것이오.

스텔라   맙소사!

페르난도   (격정적으로 몸을 떨면서.) 그저 당신의 불행을 보고 싶
지 않소, 또한 당신의 절망도 듣고 싶지 않소! 그래
서 도망하려고 한 것이오!

스텔라   참을 수가 없군요. (그녀는 넘어지려고 하다가 그를 붙잡
고 몸을 가누고 있다.)

페르난도   스텔라, 나는 당신을 팔에 껴안고 있소. 스텔라, 당
신은 나의 모든 것이오. 스텔라! (냉정하게.) 내가 당
신을 버리고 떠나오.

스텔라   (어리둥절해져 미소 지으면서) 저를요?

페르난도   (이를 갈면서.) 당신을 버리고 떠나오. 당신이 만났던
부인과 딸과 같이.

스텔라   눈앞이 캄캄해지는군요.

페르난도   그 부인은 내 아내요.

스텔라   (그를 응시하고 팔을 축 늘어뜨린다.)

페르난도   또 그 아가씨는 내 딸이오. 스텔라! (그녀가 실신했다
는 것을 그는 지금 막 깨닫는다.) 스텔라! (그는 그녀를 의
자로 데려간다.) 스텔라! 도와줘요! 도와줘요!
(체칠리에와 루시 등장.)
여보! 이 천사를 보아요. 천사가 죽었어. 여보! 사
람 살려!
(그들은 스텔라를 위하여 전력을 다하여 돌봐준다.)

루시   그녀가 정신을 되찾고 있어요.

페르난도   (말없이 그녀를 바라보면서.) 너 때문이야! 너 때문이야!
　　　　　 (퇴장.)

스텔라　　 누구지? 누구야? (자리에서 일어나면서.) 그는 어디에
　　　　　 있지요? (그녀는 다시 넘어져서 그녀를 위하여 전력을 다해
　　　　　 서 돌보고 있는 사람들을 바라본다.) 고맙습니다, 고마워
　　　　　 요. 당신네들은 도대체 누구세요?

체칠리에　 진정하십시오. 우리들이에요.

스텔라　　 당신들이군요. 떠나지 않았나요? 당신은……? 아, 누
　　　　　 가 나한테 그걸 말했더라? 당신은 누구요? 당신
　　　　　 은……? (체칠리에의 두 손을 잡으면서.) 아니오, 저는
　　　　　 그걸 못 참아요.

체칠리에　 마음이 착한 여인이여! 사랑하는 여인이여! 저는 천
　　　　　 사인 당신을 가슴에 안아주고 싶군요.

스텔라　　 제발 제게 말해 줘요. 그건 내 마음속 깊은 곳에 자
　　　　　 리잡고 있어요. 제게 들려주세요. 당신이…….

체칠리에　 제가, 제가 그의 아내예요.

스텔라　　 (자리에서 펄쩍 뛰어오르며 손으로 자기의 두 눈을 가리면서.)
　　　　　 그렇다면 나는……? (그녀는 어찌할 바를 모르고 이리저리
　　　　　 왔다갔다한다.)

체칠리에　 이제 방으로 가시지요.

스텔라　　 당신은 제게 무엇을 생각나게 하는 거죠? 무엇이 내
　　　　　 것이지요? 지긋지긋해요, 지긋지긋해! 이것이 내가
　　　　　 심고 키운 내 나무들인가? 왜 이 순간에 나의 모든
　　　　　 것이 이렇게 낯설어질까? 버림받았어! 잃어버렸어!
　　　　　 영원히 잃어버렸어! 페르난도! 페르난도!

체칠리에　 루시, 가서 네 아버지를 찾아보아라.

스텔라	제발 잠깐만 기다려줘요! 아니 가세요! 그이가 이곳으로 오지 않게 해주어요. 떠나세요. 아버지라고! 남편이라고!
체철리에	사랑하는 여인이여!
스텔라	나를 사랑하시나요? 나를 부둥켜안으실 건가요? 아니야, 아니야. 혼자 있게 해주세요! 나를 버리세요! (그녀의 목에 매달린다.) 잠깐만 좀 기다려주세요. 나도 이젠 곧 끝장이 날 거예요. 아, 내 가슴이! 내 가슴이!
루시	당신은 쉬셔야 해요.
스텔라	전 당신들의 모습을 바라볼 수가 없군요. 제가 당신들의 일생을 망쳐버렸어요, 당신들의 모든 것을 빼앗아버렸어요. 당신들이 불행 속에서 슬퍼하고 있는 동안에 나는…… 나는 그의 팔에 안겨 많은 행복을 누렸어요. (그녀는 무릎을 꿇는다.) 저를 용서해 주세요.
체철리에	이제 그만두세요! 그만두세요! (그녀는 스텔라를 일으키려고 애쓴다.)
스텔라	저는 여기 땅바닥에 누워 애통해하고 신과 당신들에게 용서를 빌겠습니다. (그녀는 자리에서 펄쩍 뛰어 일어난다.) 용서를! 저를 위로해 주세요! 위로를! 제게는 아무 죄도 없어요. 하느님, 당신은 제게 그를 주셨어요. 저는 그를 당신의 손으로 만든 아주 귀한 선물처럼 꽉 붙들고 놓지 않았지요. 저를 가만히 내버려두세요. 제 가슴은 찢어질 것만 같아요.
체철리에	아무 죄도 없는 여인이여! 사랑하는 여인이여!
스텔라	(그녀의 목에 매달린다.) 저는 당신의 눈에서, 당신의

입술에서 하늘의 말을 읽고 있어요. 저를 붙잡아주세요! 저를 안아주세요! 저는 죽어가요. 그녀는 저를 용서하고 있어요. 그녀는 저의 비애도 마음으로 느끼고 있어요.

체칠리에 자매여, 나의 자매여! 제발 정신 차려요! 잠깐만 정신 좀 차려요! 우리를 자주 이렇게 비참하게 만들어주는 이러한 감정들을 그분이 우리의 마음에 넣어주고 또한 그 대신에 위로와 도움을 마련해 줄 수 있다고 믿으세요.

스텔라 내가 당신의 목에 매달린 채 죽게 해주세요.

체칠리에 자, 가시죠!

스텔라 (잠시 후에 거칠게 격동하면서.) 여러분, 저를 가만히 내버려두세요. 혼란과 고통으로 가득 찬 세계가 나의 마음속에 밀어닥쳐서 내 마음을 이루 말로 표현할 수 없는 고통으로 완전히 채우고 있네. 있을 수 없는 일이야, 있을 수 없어! 이렇게 갑자기! 이해할 수 없고 감당할 수도 없어! (그녀는 한참 동안 말없이 내려다보면서 생각에 잠겨 서 있다가 그 다음에 올려다 본다. 그녀는 두 사람을 알아보고서 비명을 지르면서 움찔하고 도망친다.)

체칠리에 루시, 그녀를 따라가서 그녀에게서 눈을 떼지 말아라! (루시 퇴장.)
하느님! 당신의 아이들과 그들의 혼란을 굽어살피소서. 괴로워하면서 저는 많은 것을 배웠습니다. 제게 더 강한 힘을 주소서. 매듭을 풀 수 있습니다. 그것을 끊어버리지 마십시오!

제5막

스텔라의 작은 방. 달빛이 비추고 있다.

스텔라.

그녀는 페르난도의 초상화를 들고 그것을 차광 액자(遮光額字)에서 막 빼내려고 한다.

스텔라   가득히 넘쳐흐르는 밤이여, 나를 감싸다오, 나를 붙잡아다오, 나를 이끌어다오. 어디로 가야 할지 모르겠어. 나는 가야 해! 넓은 세상으로 나가고 싶어. 어디로 나가야 하지? 아, 어디로 나가야 하지? 네가 이루어놓은 곳에서 쫓겨나다니! 고귀하신 달님, 그대가 내 나무 우듬지 위, 희미하게 빛나는 곳에서, 그대가 내 귀여운 미나의 묘를 아주 사랑스러운 그림자로 에워싸주는 곳에서 내가 더 이상 산책해서는

안 된단 말인가요? 내 생애의 모든 보물이, 기쁨에
차 있는 모든 귀한 추억이 간직되어 있는 장소에서
쫓겨난다고? 내가 나 자신을 위하여 마련한 묘지(墓
地)여, 그 위를 바라보면서 나는 자주 기도하고 눈
물을 흘리면서 살아왔었지! 그곳 주위에 내 생애의
온갖 비애가, 온갖 기쁨이 희미하게 빛나고 있어.
그곳에서 나는 또 고독하게 주위를 떠돌며 과거를
아주 애타게 그리워하면서 즐기기를 바랐는데. 이
묘지에서도 쫓겨나다니? 쫓겨나! 너는 아무런 감각
이 없구나! 참 다행이야. 너의 머릿속은 황폐해졌
어. 너는 쫓겨난다는 생각을 말로 표현할 수가 없
어! 너는 미쳐버릴 것만 같구나! 그런데 지금! 오, 현
기증이 나는구나! 자, 안녕! 안녕이라고? 결코 다시
만나지 않는다는 말인가? 이것은 감정 속에 나타나
는 죽음의 불분명한 예감이야! 다시 만나지 않는다
고? 스텔라, 떠나라! (그녀는 초상화를 움켜쥔다.) 그렇
지만 내가 너를 남겨두고 갈 수 있는가? (그녀는 칼을
들어 액자에 박힌 못을 비틀어서 빼기 시작한다.) 아무런 생
각이 없다면 얼마나 좋을까, 아무런 감각 없이 잠을
잔다면 얼마나 좋을까, 마음을 사로잡는 눈물 속에
내 생명을 내던지게 된다면 얼마나 좋을까? 이것이
현재의 상태이고 앞으로도 그렇게 될 것이다. 너는
가련해! (초상화를 달 쪽으로 돌려 비춰보면서.) 아, 페르
난도! 당신이 내게로 다가오고 내 마음이 당신을 향
해 뛰고 있을 때, 당신은 당신의 신의 있는 사람, 아
니 당신이 사랑하는 사람에 대하여 신뢰를 느끼지

않지요? 내가 당신에게 내 마음을 털어놓았을 때, 얼
마나 신성한 것이 당신에게 나타났는지를 당신은 느
끼지 않지요? 당신은 내가 무서워서 뒷걸음질치지
않았던가요? 숨지 않았던가요? 도망가지 않았던가
요? 당신은 그처럼 시간을 보내기 위해 나의 순
결, 나의 행복, 나의 생명을 꺾고 쥐어뜯어서 길가
에 아무 생각 없이 뿌릴 수가 있나요? 고귀하신 분
이여, 아, 고귀하신 분이여! 나의 청춘 시절! 나의
황금 같은 나날들! 그런데 당신은 마음속에 야비한
악의를 품고 있었어요. 당신의 아내라고요! 당신의
딸이라고요! 그래도 나의 마음은 자유로웠고 봄날
아침처럼 맑았지요. 한 가지 희망이 전체, 전부였지
요. 스텔라, 너는 지금 무슨 생각을 하고 있는 거
지? (초상화를 바라다보면서.) 이렇게 훌륭하고 이렇게
다정했는데. 나를 파멸로 끌어넣은 것은 바로 이 눈
초리였어! 난 이 눈초리가 미워. 돌려, 다른 쪽으로
돌려! 이렇게 은은하시고 친절하셨는데. 아니야, 아
니야! 사람을 타락시키는 남자야! 나를, 나를 파멸
시켰다고? 당신이? 나를 파멸시켰다고? (그녀는 급격
히 칼로 초상화를 찌른다.) 페르난도! (그녀는 몸을 다른 쪽
으로 돌린다. 칼이 땅에 떨어지고, 그녀는 갑자기 눈물을 흘리
면서 의자 앞으로 넘어진다.) 사랑하는 이여, 사랑하는
이여! 허사야, 허사!

(하인 등장.)

하인 마님, 분부대로 말들이 뒤쪽 정원문에 와 있습니다.
마님의 세탁물도 꾸려 실었어요. 돈을 잊지 마십시오.

스텔라 이 그림도.

하인 (칼을 주워올려 액자에서 그림을 잘라 둘둘 만다.)

스텔라 자, 돈 받아요.

하인 그런데 왜 이러시죠?

스텔라 (잠깐 동안 잠자코 서 있다가 위와 주변을 바라보면서.) 자, 가요! (퇴장.)

넓은 방.

페르난도.

페르난도 나를 혼자 내버려두오! 나를 혼자 내버려두오! 여보게, 무서울 정도로 혼란한 상태가 내 마음을 사로잡는구나! 내 앞에 있는 모든 것이 아주 차갑게, 무섭게 놓여 있구나. 이 세계가 마치 아무것도 아닌 것처럼. 나는 그 속에서 아무런 나쁜 일도 하지 않은 것 같아. 그런데 그 여자들은! 아, 내가 그대들보다 더 불행하지 않은가? 그대들이 나한테 무엇을 요구하고 있지? 곰곰이 생각한 일의 결과가 이제 대체 무엇이란 말인가? 이것이 이렇게 되면 저것이 저렇게 된다는 식이로구나! 처음부터 끝까지! 곰곰이 생각하고 다시 생각해 보지만! 그런데 점점 더 괴로워지고 점점 더 무서워지기만 해! (손으로 자기의 이마를 누르면서.) 깊이 생각한 일의 결과가 결국 나를 여기에서 밀어내는구나! 어느 곳에서도 진퇴양난이구나!

그 어느 곳에도 충고와 도움을 얻을 수가 없구나! 그렇다면 이 세상에서 가장 좋은 이 두 여인, 아니 이 세 여인은 어쩌지? 그들은 나 때문에 불행해졌어! 그들은 내가 없음으로 해서 불행해졌어! 아! 그들은 나와 함께 있음으로 해서 더욱더 불행해지는구나! 내가 탄식하고 절망하며 용서를 청할 수 있다면 얼마나 좋을까! 헛된 희망 속에서 단 한 시간이라도 지낼 수 있다면 오죽이나 좋을까. 그들의 발밑에 무릎을 꿇고 불행을 함께 나누면서 축복을 누릴 수 있다면 얼마나 좋을까! 그대들은 어디에 있는가? 스텔라, 당신은 얼굴을 아래로 향하고 누워 죽어가면서 하늘을 바라보고 이렇게 비탄의 소리를 지른다. 〈당신이 화가 나서 나라는 꽃을 꺾어놓을 정도로 내가 무슨 잘못을 저질렀나요? 당신이 이 악인을 나에게로 인도할 정도로 나 가련한 여자가 무슨 잘못을 저질렀는가?〉 체칠리에! 나의 아내여, 오 나의 아내여! 불행이여, 불행이여, 극심한 불행이여! 나를 불행하게 만들기 위하여 이러한 축복이 결합되는구나! 남편이! 아버지가! 연인이! 이 세상에서 가장 좋고 고결한 여인들이다! 당신의 것! 당신의 것이라고? 당신은 그것을 이해할 수 있는가? 말로 형언하기 어려운 삼중의 기쁨을 이해할 수 있는가? 다만 너의 마음을 그렇게 사로잡고 너의 마음을 갈기갈기 찢는 것도 바로 이 기쁨이란 점이지. 여인 세 사람이 제각기 나를 자기만의 것으로 삼으려고 한다. 그런데 나는? 여기 내 마음은 닫혀 있어! 깊숙이 헤아리기

어렵게! 그녀는 불행해질 거야. 스텔라, 당신은 불행해! 내가 당신한테서 무얼 빼앗아갔지? 그건 당신 자신의 의식과 당신의 젊은 인생이지. 스텔라, 그런데 나는 이렇게 냉정한 사람이야. (그는 탁자 위에 놓여 있는 권총을 집어든다.) 하지만 어떤 경우에도! (그는 권총에 탄환을 장전한다.)

(체칠리에 등장.)

체칠리에   여보, 어떠세요? (그녀는 권총을 바라본다.) 여행 준비가 다 된 것 같군요.

페르난도   (권총을 내려놓는다.)

체칠리에   여보, 당신은 아주 침착해 뵈는군요. 당신과 이야기를 좀 해도 되겠어요?

페르난도   체칠리에, 무슨 이야기요? 여보, 무슨 이야기야?

체칠리에   제가 말을 다 마칠 때까지 저를 그렇게 부르지 말아주세요. 우리는 지금 아주 복잡한 상황에 놓여 있으니까요. 이 복잡한 상황을 풀어버릴 수가 없을까요? 저는 지금까지 많은 고생을 해왔어요. 그래서 저는 무리하게 결심하는 것을 결코 중요하게 생각하지 않아요. 페르난도, 제 말을 듣고 계시나요?

페르난도   듣고 있소.

체칠리에   이 말을 명심해 주세요. 저는 단지 한 사람의 여자에 불과해요. 우수에 차 있고 가엾은 여자랍니다. 그러나 제 마음에는 결심이 서 있어요. 페르난도, 당신에게서 떠나겠다고 저는 결심했어요.

페르난도   (조소하면서.) 그렇게 간단하고 쉽게?

체칠리에   사랑하는 사람에게서 떠나가려면 남몰래 살짝 떠나버려야 한다는 말인가요?

페르난도   체칠리에!

체칠리에   저는 결코 당신을 비난하지 않아요. 제가 당신을 위해 많은 희생을 했다고 생각하지도 않아요. 당신을 잃어버렸기 때문에 저는 지금까지 슬퍼했답니다. 어떻게 해도 변화시킬 수 없는 일을 가지고 저는 애태웠답니다. 전 이렇게 당신을 만나게 되었어요. 당신이 여기에 와 계시니 제게는 새로운 생명, 새로운 힘이 용솟음치는군요. 페르난도, 당신에 대한 제 사랑이 이기적이진 않다고 저는 느껴요. 제 사랑은, 소망했던 대상을 차지하기 위하여 모든 것을 버리는 연인의 정열이 아닙니다. 페르난도, 제 마음은 뜨겁고, 당신에 대한 사랑으로 가득 차 있어요. 이것이 사랑하는 마음에서 자기의 사랑마저 희생할 수 있는 아내의 마음입니다.

페르난도   결코 그렇지 않아요! 결코 그렇지 않아!

체칠리에   당신 화내시는 거예요?

페르난도   당신은 나를 몹시 괴롭히고 있소.

체칠리에   당신은 계속 행복해야 돼요. 제겐 제 딸이 있고 당신한테서 친구 한 사람을 얻었어요. 우리는 이혼하지만 완전히 헤어지는 건 아니에요. 저는 당신과 멀리 떨어져 살면서 당신의 행복에 대한 증인으로 남으려고 해요. 저는 당신의 신뢰인이 되렵니다. 당신은 저의 마음에 기쁨과 근심을 마련해 주어야 해요. 당신의 편지가 저의 유일한 생활이 되어야 해요. 그리고 저의 편지는 당신에게 즐거운 방문으로 보여야 해요. 이렇게 해서 당신은 언제까지나 제 것이 되고, 스텔라와 함께 이 세상의 외딴 곳으로 쫓겨나지 않을 거예요. 우리는 서로 사랑하고 서로 협력하는 겁니다. 그럼 페르난도, 제가 말한 것에 대해 승낙한다는 약속을 해주세요.

페르난도 그 말은 농담으로서는 너무나 잔혹하고 진담으로서는 그 뜻을 모르겠소. 여보, 이제 되는 대로 맡겨두어요! 차가운 마음은 매듭을 풀지 못하는 법이오. 당신이 말하는 것은 예쁘게 들리고 달콤한 맛이 나오. 그 안에 더 많은 것이 숨겨져 있다는 것을 누구나 다 느낄 거요. 당신이 현혹적이고 공상적인 위로로 몹시 괴로운 감정들을 없애면서 당신 자신을 속이는 것을 누구나 다 느끼고 있어요. 아니야, 체칠리에! 여보, 아니야. 당신은 내 것이고, 나는 언제까지나 당신 것이오. 여기에 더 할 말이 있소? 내가 당신 앞에 무슨 이유를 내놓아야 하오? 이유가 많다면 그만큼 거짓이 많다는 거요. 나는 언제까지나 당신 것이오. 그렇지 않다면…….

체칠리에 자, 좋아요! 그렇다면 스텔라는?

페르난도 (갑자기 자리에서 일어나서 거칠게 이리저리 왔다갔다한다.)

체칠리에 자기 자신을 속이는 사람이 누구죠? 냉정하고, 느껴보지 못하고, 생각해 본 적도 없고, 덧없는 위안으로 자신의 고통을 느끼지 못하게 하는 사람이 누구예요? 그래요, 당신들 남자들은 자기 자신을 잘 알고 있어요.

페르난도 당신의 태연한 태도를 너무 내세우지 마시오. 스텔라, 그녀는 불행하오! 그녀는 나와 당신으로부터 멀리 떨어져 한탄 속에 한평생을 지낼 것이오. 이제 그녀를 내버려두시오. 내 일도 상관하지 마시오.

체칠리에 제 생각으로는 고독이 그녀의 마음을 기쁘게 해주고 우리가 다시 결합한다는 사실을 스텔라가 아는 것이 그녀의 다정다감한 성격에 좋을 것입니다. 이제 그녀는 자기 자신을 몹시 나무라고 있어요. 제가 당신을 버리고 떠난다면 그녀는 저를 실제보다 훨씬 더 불행하다고 늘 생각할 것입니다. 그녀는 저를 자신의 기준에 따라 평가하기 때문이지요. 그녀의 행복이 다른 사람의 것을 빼앗은 것이라고 느끼게 되면 그녀는 편안하게 살지 못할 것이며 사랑할 수도 없을 것입니다. 그녀는 천사와 같은 사람이에요! 이것이 그녀에게는 훨씬 더 나을 겁니다.

페르난도 그녀가 도망치도록 내버려둡시다. 그녀가 수도원에 들어가도록 놔둡시다.

체칠리에 그렇지만 저는 이제 다시금 이렇게 생각해 봅니다. 왜 그녀는 유폐되어 있어야 하는가? 충만과 무르익어가는 희망의 시절인 꽃다운 청춘 시절을 슬픔 속에 보내야 할 정도로, 절망하면서 심연에서 한탄할 정도로 그녀는 무슨 죄가 있는가? 그녀가 좋아하는 세상과, 그녀가 그렇게도 열렬하게 사랑하는 연인과 헤어져 있어야 하는가요? 페르난도, 당신은 그녀를 사랑하지요, 그렇지 않나요?

페르난도 아니, 그건 무슨 말이오? 당신은 내 아내의 모습을 빌어서 나타난 악마요? 당신은 왜 내 마음을 자꾸

뒤집어놓는 거요? 당신은 왜 이미 찢겨진 마음을 다시 잡아뜯고 있소? 내가 아직도 충분히 망쳐지고 기진맥진하지 않았단 말이오? 이제 나를 버리고 떠나가 주시오. 나를 내 운명에 맡기시오. 신은 당신들을 불쌍히 여길 거요. (그는 안락의자에 몸을 던진다.)

체칠리에 (그에게 다가가서 그의 손을 잡는다.) 옛날에 백작 한 분이 살았답니다.

페르난도 (자리에서 펄쩍 일어서려고 한다. 그녀가 그를 붙잡는다.)

체칠리에 어느 독일 백작님이었답니다. 신앙적인 의무감에 이끌려서 그는 자기의 부인과 재산을 놓아두고 약속의 땅을 향하여 길을 떠났습니다.

페르난도 흥!

체칠리에 그는 성실한 사람이었지요. 그는 부인을 지극히 사랑했습니다만 그녀와 작별 인사를 하고 그녀에게 집안 살림을 맡겼습니다. 그 다음에 그는 그녀를 포옹해 주고 여행길에 올랐습니다. 그는 여러 나라를 두루 여행했습니다. 그는 어떤 나라와의 전쟁에 참여했다가 포로가 되었습니다. 포로가 된 나라의 군주에게는 딸이 하나 있었는데, 그 딸이 그의 노예 신분을 가엾게 여겨서 그의 쇠사슬을 풀어주었으며, 두 사람은 같이 도망쳤습니다. 그녀는 전쟁의 온갖 위험을 피해 가면서 또다시 그를 안전하게 인도했습니다. 이 사랑하는 무사가 전쟁에서 승리을 거두게 되어 그는 고향으로 돌아오게 되었습니다. 그의 고결한 부인에게로 돌아가게 되었습니다. 그런데 그의 아가씨를 어떻게 하겠습니까? 이때 그는 순수한 인

간성을 느꼈지요. 그는 인간성을 믿고 그녀를 자기
의 고향으로 데리고 갔답니다. 자, 그녀의 주인 양
반에게 서둘러 마중 나갔던 이 장한 가정주부는 자
신의 정절, 자신의 신뢰, 자신의 희망이 보상되었
다는 것을 알고 그를 자기의 팔로 포옹하여 맞이하
였습니다. 그리고 그 밖에 그의 기사들이 그들의 명
예를 뽐내면서 말에서 고국 땅에 뛰어내렸지요. 수
행해 돌아온 하인들은 짐을 풀어서 전리품을 백작
부인의 발밑에 놓았어요. 이 전리품을 보면서 그녀
는 마음속으로 어떤 것은 장롱 속에 넣어서 보관하
고, 어떤 것은 그것으로 성(城)을 장식하며, 어떤
것은 친구들에게 선사하겠다고 생각했지요. 한편에
서 이러한 말이 들려왔어요. 〈고결하고 사랑하는 부
인, 아직 아주 훌륭한 보물이 남아 있소!〉 저쪽에서
얼굴에 베일을 쓰고서 수행원들과 함께 가까이 다가
오고 있는 사람이 누구일까요? 그녀는 말에서 사뿐
히 내렸고, 백작은 그녀의 손을 잡고서 〈자!〉 하고
외치면서 그녀를 자기 부인에게로 인도하고 이렇게
말했답니다. 〈자, 여기에 있는 모든 것을 보아주오.
그리고 이 여인을 보아주오. 이 모든 물건을 이 여
인의 손에서 받으시오! 내 몸도 이 여인의 손에서
다시 받으시오! 이 여인이 내 목에서 사슬을 풀어
벗겨주었고, 목표 달성을 위하여 모든 수단을 다해
서, 나를 얻게 되었소. 이 여인이 내 시중을 들고
나를 보살펴주었소. 나는 이 여인한테 많은 은혜를
입었소. 자 당신이 이 여인을 맞으시오. 이 여인에

게 상을 내려주오.〉

페르난도 　(흐느끼면서 탁자 위에 팔을 얹고 엎드려 있다.)

체칠리에 　그 여인의 목을 안고서 그 성실한 부인은 하염없이
　　　　　눈물을 흘리면서 이렇게 말했지요. 〈내가 당신에게
　　　　　주는 모든 것을 받으시오. 전체가 당신의 것으로 되
　　　　　어 있는 백작의 절반을 받으시오. 백작을 온통 차지
　　　　　하시오. 저에게도 백작을 온통 허락해 주시오. 우리
　　　　　두 사람 중 각자는 상대방의 몫을 빼앗지 않으면서
　　　　　백작을 모셔야 합니다.〉 그리고 백작 부인은 그의
　　　　　목을 안고서, 그의 발밑에 무릎을 꿇고서 이렇게 말
　　　　　했다. 〈우리는 당신의 것이오!〉 이 두 여자들은 그
　　　　　의 손을 잡고 그에게 매달렸습니다. 하느님께서는
　　　　　그들의 사랑을 기쁘게 생각하셨죠. 게다가 백작이
　　　　　모시는 대승정도 축복해 주셨습니다. 그리하여 이
　　　　　세 사람은 행복하게 살았고 서로 진심으로 사랑했기
　　　　　때문에 그들은 하나의 집, 하나의 침대와 하나의 묘
　　　　　자리를 함께 나누었다고 합니다.

페르난도 　곤경에 처해 있는 우리에게 천사를 보내어주신 하느
　　　　　님, 이 거창한 현상을 이겨낼 수 있는 힘을 우리에
　　　　　게 주십시오! 여보! (그는 다시 넘어진다.)

체칠리에 　(작은 방의 문을 열고 이렇게 부른다.) 스텔라!

스텔라 　(체칠리에의 목을 끌어 안으면서.) 야단났네, 야단났어!

페르난도 　(자리에서 펄쩍 일어나 도망치려는 동작을 취한다.)

체칠리에 　(그를 붙잡는다.) 스텔라! 전부가 당신에게 속한 백작
　　　　　의 절반을 받으시오. 그대가 그분을 구해 주었어요.
　　　　　그대가 그분의 해를 모면해 주었어요. 그분을 나에

게 되돌려주세요.

페르난도　스텔라! (그는 그녀에게로 몸을 굽힌다.)

스텔라　저는 그걸 알 수 없군요.

체칠리에　당신은 그걸 느끼고 있어요.

스텔라　(그의 목을 부둥켜안는다.) 제가…… 그래도 괜찮나요?

체칠리에　도주자인 당신을 내가 잡아놓은 데 대하여 당신은 감사하고 있나요?

스텔라　(그녀의 목을 껴안고.) 아, 그럼요.

페르난도　(두 여인을 껴안으면서.) 나의 사랑하는 사람들이여, 나의 사랑하는 사람들이여!

스텔라　(그의 손을 붙잡고 그에게 매달리면서.) 저는 당신의 것이에요.

체칠리에　(그의 손을 붙잡으면서 그의 목을 부둥켜안는다.) 우리들은 당신의 것이에요.

* 이 드라마는 1816년 이후 마지막 부분이 개작되어 「스텔라. 비극」이라는 제목으로 출간되었다. 이 책에서는 195쪽 18째줄부터 개작된 부분으로, 다음은 개작된 텍스트이다.

페르난도   우와! 희망의 빛이 한줄기 찾아드는구나!

체칠리에   스텔라가 저기 있어요. 그녀는 우리 두 사람의 것이오. (작은 방의 문을 향하여.) 스텔라!

페르난도   그녀를 내버려두오. 나도 내버려두시오. (막 떠나가려고 한다.)

체칠리에   기다려주세요. 제 말을 들어주세요.

페르난도   당신은 이미 충분히 이야기했소. 되는 대로 놔둡시다. 나를 내버려두오. 지금은 두 사람 앞에 나설 준비가 되어 있지 않소. (퇴장.)

(체칠리에, 그 다음에 루시, 그 다음에 스텔라 등장.)

체칠리에   참으로 불행한 분이야! 그는 항상 말이 적고, 친절하고 중재적인 말을 받아들이지 않아. 그리고 스텔라도 마찬가지야. 하지만 이번에는 내가 이루어내야 해. (문 쪽으로 향하여.) 스텔라! 내 말을 들어요. 스텔라!

루시   그녀를 부르지 마세요. 그녀는 쉬고 있어요. 그녀는 잠깐 동안이라도 심한 괴로움을 잊고 쉬고 있어요. 그녀는 아주 괴로워하고 있어요. 어머니, 저는 아주 많이 걱정이 돼요. 그녀가 죽지 않을까 하고 걱정이 돼요.

체칠리에   너 무슨 말을 하는 거냐?

루시   그녀가 먹은 것이 치료약이 아니라서 걱정이 돼요.

체칠리에	그렇다면 내가 희망했던 일이 허사가 되었단 말인가? 아, 네가 잘못 생각하고 있겠지. 끔찍하구나! 끔찍해!
스텔라	(문가에서.) 누가 저를 불러요? 어째서 자고 있는 저를 깨우지요? 지금 몇 시나 되었나요? 어째서 이렇게 일찍……?
루시	지금은 아침이 아니고, 밤이랍니다.
스텔라	그렇군요, 그래. 지금은 나를 위한 밤이지요.
체칠리에	이렇게 말하면서 당신은 우리를 속이시려는 거군요.
스텔라	누가 당신을 속이지요? 당신이……
체칠리에	당신을 원래의 상태로 되돌려드리려고 하고 있답니다.
스텔라	나는 여기에 계속해서 머무를 수가 없어요.
체칠리에	아 당신이 떠나도록, 여행을 떠나도록, 서둘러 떠나도록 내가 내버려두어야 했는데, 이 세상 끝으로!
스텔라	제 인생은 곧 끝납니다.
체칠리에	(그러는 사이에 걱정이 되어 이리저리 뛰어다니는 루시에게.) 어째서 너는 꾸물거리고 있지? 빨리 달려가서 도와 달라고 소리쳐라!
스텔라	(루시를 붙잡는다.) 아니야, 가지 말고 여기에 있어줘. (스텔라는 두 여인에게 몸을 기댄다. 그리고 그들은 계속해서 앞으로 나온다.) 나는 당신들의 팔을 잡고 인생을 살아가려고 생각했지요. 이렇게 나를 묘지까지 데려다 주세요. (두 사람은 스텔라를 천천히 앞으로 데리고 와서 그녀를 오른쪽에 있는 안락의자에 앉힌다.)

체칠리에	루시, 어서 가거라! 어서! 도와달라고 요청하여라!

(루시 퇴장.)

(스텔라, 체칠리에, 그 다음에 페르난도, 그 다음에 루시 등장.)

스텔라	저는 이미 도움을 받았어요.
체칠리에	나는 달리 생각하고 아주 다른 방법으로 문제 해결을 바랐었는데.
스텔라	당신은 좋으신 분이고, 인내심이 강한 분이며, 희망을 버리지 않는 분이군요.
체칠리에	아주 무서운 운명이군!
스텔라	운명은 깊은 상처를 만들어줍니다. 그렇지만 그것은 대부분 치유할 수 있는 상처지요. 그러나 마음이 다른 사람의 마음에 만들어주거나 자기 자신에게 만들어주는 상처는 치유할 수가 없어요. 그래서 이렇게…… 제발 이대로 죽게 놔두세요.
페르난도	(들어온다.) 루시가 경솔하게 구는 것인지 혹은 사환의 말이 사실이란 말인가? 그것이 사실이 아니길 빌겠소. 그렇지 않으면, 체칠리에, 나는 당신의 관대한 마음, 당신의 느긋한 마음을 원망하겠소.
체칠리에	제 마음에 물어보아도 저는 아무런 잘못한 일이 없어요. 선한 의지는 온갖 종류의 성과보다 더 값지답니다. 구조를 서둘러주세요. 스텔라는 아직 살아 있어요. 그녀는 아직은 우리의 것입니다.
스텔라	(그녀는 올려다보고 페르난도의 손을 잡는다.) 아, 잘 와주셨어요. 제발 당신의 손과 (체칠리에를 향하여.) 당신의 손을 잡게 해주세요. 제 인생만 끝내면 사랑을 둘러싼 모든 문제는 해결됩니다. 이제 죽음이라는

것도 사랑을 위한 것입니다. 이처럼 지극히 행복한 순간에는 아무런 말이 없어도 우리들은 서로 이해했답니다. (두 부부의 손을 한데 모아 화해시키려고 한다.) 그러면 이제 제가 말없이 쉬게 해주세요. (탁자 위에 기대고 있는 체칠리에의 오른쪽 팔에 스텔라가 넘어진다.)

페르난도 그렇소, 스텔라, 우리들도 이제 아무 말없이 쉬려고 해요. (그는 천천히 왼쪽에 있는 탁자 쪽으로 걸어간다.)

체칠리에 (성급한 동작으로.) 루시도 오지 않고, 오는 사람이 아무도 없구나. 도대체 이 집이, 이웃집들이 사막이란 말인가? 페르난도, 마음을 진정해요! 스텔라는 아직도 살아 있어요. 수백 명이나 되는 사람이 임종의 자리에서 일어났고 묘에서 다시 올라왔답니다. 페르난도, 스텔라는 아직도 살아 있어요. 이 세상의 모든 것이 우리를 두고 떠난다 해도, 여기에 의사와 약이 없다 할지라도, 우리의 말을 듣고 있는 분이 하늘에 계십니다. (스텔라의 근처에서 무릎을 꿇고서.) 아아, 하느님, 저의 기도를 들어주십시오! 저의 청원을 들어주십시오! 저희들을 위해 스텔라의 목숨을 구해 주시고, 스텔라가 죽지 않게 해주십시오!

페르난도 (왼손으로 권총을 잡고 천천히 밖으로 사라진다.)

체칠리에 (앞에서처럼 스텔라의 왼손을 붙잡고서.) 그래, 그녀는 아직도 살아 있어. 그녀의 손이, 그녀의 예쁜 손이 아직도 따뜻해. 나는 당신을 놓지 않겠어. 나는 굳게 믿는 마음과 사랑의 힘을 다하여 당신을 붙잡고 있어요. 아니야, 이건 결코 망상이 아니야. 열심히 드리는 기도는 세속적인 도움보다 더 힘이 세어요.

(자리에서 일어나서 몸을 돌리면서.) 그는 가버렸어, 말이 없는 분이, 희망이 없는 분이. 어디로 가셨지? 아, 그의 파란곡절이 많은 전생애가 몰려드는 곳으로 그가 감히 발걸음을 내디딜 분이 아닌데. 그에게로 가봐야지! (막 떠나가려고 하면서 그녀는 스텔라 쪽으로 몸을 돌린다.) 그러면 내가 이 스텔라를 속수무책으로 이곳에 놓아두라고. 이거 큰일났는데, 아주 무서운 순간에 내가 떼어놓을 수도 없고 합칠 수도 없는 두 사람 사이에 나는 이렇게 서 있어.

(멀리서 총성이 들려온다.)

체칠리에에   야단났는데! (총소리가 난 쪽으로 가려고 한다.)

스텔라   (겨우 몸을 일으키면서.) 이거 무슨 소리였지? 체칠리에, 당신은 아주 멀리 떨어져 있군요. 좀 가까이 와주세요. 저를 버리지 말아주세요. 저는 아주 불안하답니다. 오, 이 불안을! 피가 흐르는 것이 보이네. 도대체 저것이 내 피일까? 저건 내 피가 아니야. 나는 다치지 않고, 몹시 아파. 하지만 그건 내 피야.

루시   (등장.) 도와줘요! 엄마, 도와줘요! 저는 도움을 청하려고 의사 선생님에게 뛰어갔고, 심부름꾼들을 떠나 보냈어요. 그런데 큰일났어요. 어머니께 말씀드립니다만 지금 큰일이 났어요. 아버지가 자살을 해서 아버지는 지금 피투성이가 되어 쓰러져 계세요. (체칠리에가 떠나가려고 하자, 루시가 그녀를 말린다.) 엄마, 거기로 가지 마세요. 그 광경은 차마 눈으로 볼 수 없을 정도이고 절망감만 불러일으킬 거예요.

스텔라   (반쯤 몸을 일으켜 주의 깊게 경청하다가 체칠리에의 손을 잡는다.) 일이 이렇게 되어야 했나? (몸을 일으켜 체칠리에와 루시에게 기대면서.) 자, 갑시다! 저는 힘이 세어지는 걸 느껴요. 그에게로 가요. 저를 그곳에서 죽게 해주세요.

체칠리에   당신은 지금 비틀거리고 있어요. 그런 발로 당신은 걸을 수가 없어요. 우리들이 당신을 업어드릴 수도 없고. 내 두 다리도 아무 힘이 없으니 말이오.

스텔라   (안락의자 옆으로 힘없이 넘어진다.) 정말 이렇게 죽는군요. 당신은 당신의 것인 그분한테 가시구려. 그의 마지막 한숨 소리, 그의 마지막 숨넘어가는 소리를 들어주세요. 그는 당신의 남편이오. 왜 그렇게 우물쭈물하고 계십니까? 청하건데 제발 가주세요. 당신이 여기에 머물러 계시면 제가 불안해진답니다. (흥분해 있으나 약하게.) 그가 혼자 있다는 걸 생각하시고 가주세요.

(체칠리에 황급히 퇴장.)

루시   저는 당신을 두고 떠나지 않아요. 당신 곁에 머물러 있겠어요.

스텔라   아니야, 루시, 내 기분을 좋게 해주려면 서둘러 가요. 어서, 어서. 나를 좀 쉬게 해줘. 사랑의 날개가 지금 마비되어 있어. 그래서 그것들은 나를 그분이 있는 곳으로 데려다주지 못해요. 당신은 팔팔하고 건강해요. 사랑이 말을 하지 않을 경우에 의무가 움직이고 있다고 합니다. 당신이 속해 있는 그분에게로 가줘요. 그분이 당신의 아버지십니다. 그것이 무얼 뜻하는지를 아나요? 나를 좋아한다면, 나를 편안하게 해주려면, 어서 가줘요.

(루시는 천천히 떠나간다.)

스텔라   (땅바닥에 쓰러지면서.) 아, 나는 혼자서 죽어가네.

타우리스의 이피게니에

등장인물

이피게니에

토아스 타우리스의 왕

오레스트

필라데스

아르카스

무대 다이아나의 신전 앞 숲

제1막

제1장

이피게니에	그 고대의 성스러운, 나뭇잎 무성한 숲의
	힘찬 봉우리, 너희들의 그늘이
	마치 여신의 고요한 성전이라도 되듯
	나 지금도 전율에 싸여 나선다.
	마치 처음으로 발을 내딛는 듯
	내 영혼은 이곳에 정을 붙일 수 없구나.
	그 오랜 세월 동안 이곳에 내 몸을 숨기고
	높은 뜻에 나를 바쳤건만,
	처음과 마찬가지로 낯설기만 하네.
	그 까닭은 아! 바다가 나를 사랑하는 사람들과
	갈라놓았기 때문,
	나는 긴 세월을 바닷가에 서서
	온 영혼을 바쳐 그리스의 땅을 그리워하고 있다.

내 한숨에 대한 파도의 응답은
나를 스쳐 지나가는 공허한 술렁거림뿐.
부모형제와 멀리 떨어져 외롭게 살아가는
이 슬픈 인간! 원한은 그의 앞길의 행복도
눈앞에서 빼앗아가 버리는구나.
그의 생각은 언제나 아버지 계신 곳,
태양이 그의 앞에서 처음으로 하늘을 열어보인 곳,
형제자매들이 어울리면서 점점 더 단단히
부드러운 끈으로 서로를 묶던 곳,
그곳으로 언제나 달려가네.
나는 혼자서 신들과 다투지 않으리,
여인들의 처지란 가련한 것.
남자는 집에서나 전장에서나 군림하고
낯선 곳에서도 스스로를 도울 줄 알지.
그들은 소유를 기뻐한다, 그들은 승리를 누린다!
그들은 영예로운 죽음을 기꺼이 맞는다.
여자의 행복은 얼마나 한정되어 있는가!
완고한 한 남편을 따르는 것이
의무이자 위안이니, 먼 곳에서 적대적인 운명에
떨어지면 그 얼마나 가련해지는가!
고귀한 왕 토아스가 나를 붙잡아
근엄하고 성스러운 노예의 끈으로 묶었구나.
오 여신이여, 나의 구원자여! 내가 당신을
은근한 반감 속에서 섬긴다는 것을
고백하오니, 부끄러워라, 내 삶은
자유롭게 당신에게 바쳐졌어야 했을 것을.

또한 다이아나여, 나 항상 당신에게 빌었고
지금도 빌고 있으니, 나를,
가장 위대한 왕의 버림받은 이 딸을
그대의 성스럽고 부드러운 팔에 맞아주소서.
오, 제우스의 딸이여, 당신이 그 위대한 이를,
딸을 요구하면서 공포에 몰아넣었다면,
당신이 그 신처럼 위대한 아가멤논을,
가장 사랑하는 딸을 제물로 바쳐야 하게 만들었다면,
트로이의 허물어진 성벽에서 명예롭게
자기의 조국으로 돌아오는 데 동행하여
가장 귀한 보물인 아내와 엘렉트라와
아들을 지키도록 하였다면,
내게도 이제는 내 행복을 돌려주소서.
죽음에서 구해 낸 나를 이곳의 삶에서,
이 두번째 죽음에서 구원하소서!

제2장

이피게니에, 아르카스.

아르카스 왕께서 나를 이곳으로 보내어
다이아나의 여사제에게 안부를 전하라 했습니다.
오늘은 타우리스가 자기의 여신에게
새로운 멋진 승리를 감사하는 날.
나는 왕과 군사들에 앞서 달려와

그가 가까이 오고 있음을 알립니다.

이피게니에   우리는 그들을 맞을 준비가 되었고,
우리의 여신은 토아스 왕의 손으로 바치는
정성스런 제물을 기꺼운 시선으로 바라보실 것입니다.

아르카스   오, 성스러운 처녀여, 내가 당신에게서,
이 존귀하고 영광스러운 여사제에게서
우리 모두에게 길조가 될 밝고 빛나는
눈빛을 볼 수만 있다면! 아직도 당신의
마음속에는 비밀스러운 증오가 간직되어 있군요.
우리는 이미 오랫동안 당신의 가슴에서 나오는
미더운 말 한마디를 헛되이 고대해 왔습니다.
내가 당신을 여기서 처음 본 이후 계속
당신의 눈빛은 언제나 나를 전율스럽게 만드니
당신 영혼은 마치 쇠사슬에 묶인 듯
깊은 가슴속에 매어져 있군요.

이피게니에   추방당한 자, 버림받은 자로서는 당연하지요.

아르카스   이곳에 있으면서 추방당하고 버림받은 느낌이라고요?

이피게니에   낯선 곳이 조국이 될 수 있나요?

아르카스   당신에게는 조국이 낯선 곳입니다.

이피게니에   그래서 내 피 흘리는 심장이 낫지 않는 거랍니다.
아주 어릴 적, 내 영혼이 아직
아버지, 어머니, 형제자매들에게 결합되어
새로운 후손들이 사랑 가득한 집안에서
유서 깊은 가문의 뿌리로부터 하늘을 향해
치솟으려 애쓰고 있을 때, 불행히도 그때
이방의 저주가 내게 떨어져 사랑하는 가족들과

나를 떼어놓고 그 아름다운 결합은

무거운 쇠주먹으로 조각나 버렸지요. 그때부터

어린 시절의 행복, 젊은 날의 피어남은

사라졌답니다. 나는 겨우 그림자일 뿐, 삶의

신선한 기쁨은 다시는 내게서 피어나지 않습니다.

아르카스 그렇게 불행하다고 여기신다니, 그렇다면

당신은 감사할 줄을 모른다고 해야겠습니다.

이피게니에 감사는 늘 하고 있는걸요.

아르카스 하지만 그것은 보답을 하고자 하는

순수한 감사가 아닙니다.

삶에 만족한 기쁨에 넘친 눈과

애정어린 마음을 주인에게 보여주어야지요.

깊은 비밀에 싸인 운명이 당신을

몇 년 전 이 신전으로 데려왔을 때

토아스는 당신을 신의 선물로 여기고

경외심과 애정으로 만나셨습니다.

그리고 다른 이방인에게라면 잔인한 이 바닷가도

당신에게 호의를 품고 친절히 대했습니다.

당신 이전에 우리 왕국을 밟은 자는 모두

오랜 관습에 따라 피 흘리는 제물이 되어

다이아나의 성스러운 제단에 쓰러졌습니다.

이피게니에 삶이란 숨쉬는 것만으로 이루어지지는 않지요.

자기 무덤을 돌아다니는 그림자처럼

이 성스러운 곳에서 그저 탄식만 해야 한다면

그게 무슨 삶인가요? 매일같이

기약 없는 꿈을 꾸며, 세상 떠난 슬픈 무리들이

자신을 망각한 채 레테의 강가에서
헛되이 시간을 보내는 그 음울한 날만을
준비하는 게 깨어 있는 기쁜 삶인가요?
쓸모없는 삶은 죽은 것과 다름없지요.
여인의 이런 운명은, 무엇보다도 제 운명이기도 합니다.

아르카스　만족할 줄 모르는 그 고귀한 자부심은,
용서하십시오, 참으로 유감스럽군요.
그 자부심이 당신 인생의 즐거움을 앗아갑니다.
여기 도착한 이후 아무것도 안하셨습니까?
왕의 침울한 마음을 회복시킨 것은 누구였습니까?
이방인은 누구든지 다이아나의 제단에
피 흘리며 목숨 바쳐야 하는 그 끔찍한 관습을
몇 년에 걸친 부드러운 설득으로
폐지시킨 것은 누구였으며
틀림없이 죽게 될 포로들을 그토록 자주
그들의 조국으로 돌려보낸 것은 누구였지요?
피 흐르는 제물이 부족하다고 다이아나가
노여워하는 대신 당신의 부드러운 기도에
너그러이 귀기울이지 않았습니까?
펄럭이는 날개와 함께 승리가 떼를 지어
몰려오지 않았습니까? 게다가 미리 앞질러서 오지 않
았습니까?
그토록 오랫동안 우리를 현명하고 용감하게
이끌어오던 왕이 이제 당신 존재 속의
그 부드러움을 즐겨하여 우리로 하여금
침묵하는 복종의 의무를 덜게 해주지 않았습니까?

　　　　　당신의 존재로부터 수많은 사람들 위로
　　　　　향유가 방울져 떨어지는데도 스스로를 쓸모없다 하시
　　　　　겠습니까?
　　　　　여신이 당신을 우리에게 데려오셨으니
　　　　　당신은 새로운 행복의 영원한 원천이요,
　　　　　황량한 죽음의 해변에서도 이방인들에게
　　　　　축복과 귀향을 마련해 주지 않았습니까?
이피게니에　얼마나 많은 일이 남았는지 멀리 보는 이에게는
　　　　　사소한 일은 가볍게 눈 밖으로 사라지는 법이지요.
아르카스　그러면 자신이 한 일을 소중히하지 않는 자를 칭찬하
　　　　　시겠습니까?
이피게니에　자기가 한 일을 뽐내는 사람은 비난해야지요.
아르카스　자만심이 넘쳐 참된 가치를 가벼이 여기는 자,
　　　　　또한 거짓 가치를 치켜세우는 자도 비난받는 법입니다.
　　　　　제 말을 믿으시고 당신에게 충실한
　　　　　이 사람의 간곡한 말을 들으십시오.
　　　　　오늘 왕이 당신과 이야기를 나눌 때
　　　　　그가 당신에게 하고픈 말이 쉽게 나오도록 하십시오.
이피게니에　친절한 말씀으로 저를 괴롭히시는군요.
　　　　　저는 여러 번 그의 청을 거절해 왔습니다.
아르카스　당신의 하는 일과 의무를 생각하십시오.
　　　　　왕은 아들을 잃은 이후 충실한 부하조차, 믿지 못하고,
　　　　　그들도 전처럼 왕을 믿지 못합니다.
　　　　　귀족의 아들이라면 누구든 왕국을 빼앗을까
　　　　　경원의 빛으로 보고, 외롭고 고적한
　　　　　노년을, 그렇습니다, 어쩌면

무모한 반란과 일찍 찾아올 죽음을 두려워하십니다.
우리 스키타이인들은 대화에는 별로 능하지 않고
왕은 더욱더 그렇습니다. 그가 능숙한 일은
그저 명령하고 행하는 것,
오랜 대화를 통해 자신의 뜻하는 바를
천천히 기술적으로 이루는 재주는 없답니다.
주저하면서 거절하거나 의도적인 오해로
그를 어렵게 하지 마십시오. 절반쯤은
그의 마음을 맞춰주시지요.

이피게니에   저를 위협하도록 부추기란 말씀입니까?

아르카스   그의 청혼을 위협이라고 하십니까?

이피게니에   저에게는 그게 가장 끔찍한 일이에요.

아르카스   그의 애정을 믿으십시오.

이피게니에   그가 제 마음의 공포를 풀어주신다면요.

아르카스   왜 당신의 신분을 그에게 속이십니까?

이피게니에   여사제에게는 비밀이 어울리니까요.

아르카스   왕에게는 비밀이 없어야 합니다.
그가 지금 당장 강요하지는 않지만,
당신이 그의 앞에서 몸을 사리는 것을
그의 위대한 영혼 깊이 느끼고 있습니다.

이피게니에   그분이 나를 불쾌해하고 불만스러워하시는지요?

아르카스   확실히 그런 것 같습니다. 하지만 당신 앞에서는 말
을 않지요.
그러나 나에게 던지는 말 속에서
그가 마음속으로 당신을 소유하고자
열렬히 바라고 계시는 것을 알 수 있습니다.

오, 그분을 부디 그대로 버려두지 마십시오!
그의 가슴속에서 분노가 커지지 않도록,
당신에게 무서운 일이 일어나지 않도록, 그렇지 않으면
늦게야 내 진심어린 충고를 생각하며 후회하실 겁니다.

이피게니에   뭐라고요? 자신의 이름을 존중하고
신을 경외하며 마음을 다스릴 줄 아는
고귀한 사람이라면 절대 품어서는 안 되는
그런 생각을 왕이 하신다고요? 완력을 써서
나를 신전에서부터 침대로 끌어낼 생각을 한다고요?
그렇다면 나는 모든 신들 특히
엄격한 여신인 다이아나를 불러내어
이 여사제를 보호해 줄 것과
한 처녀의 처녀성을 지켜줄 것을 탄원하겠어요.

아르카스   진정하십시오! 젊은 피의 끓어오름이
왕을 충동하는 것이 아닙니다. 그런 철없는 짓을
무모하게 저지르지는 않지요. 제가 두려워하는 것은,
다른 것, 그분이 굳게 결심을 하면
끝장을 보는 것을 막을 수 없다는 사실입니다.
그의 영혼은 완고하고 흔들리지 않기 때문입니다.
그러니 청컨대, 그를 믿고 감사를 표하십시오.
그의 청을 절대 들어줄 수 없다고 할지라도.

이피게니에   오 말해 주세요, 그 외에도 무엇을 알고 계시는지.

아르카스   그분에게서 직접 알아보시지요. 저기 오시는군요.
그를 경외하고, 온 마음을 다해
친절하고 충성스러이 맞으십시오.
고귀한 인간은 여인의 친절한 말 한마디로

이끌려가는 법입니다.

이피게니에 (혼자말.) 하지만 저 친절한 충고를
어떻게 따라야 할지 모르겠구나.
그러나 왕의 평안을 위해
좋은 말을 해야 하는 나의 의무는 기꺼이 따라야지.
왕의 마음에 드는 말을 진실을 담아
할 수 있으면 좋으련만.

제3장

이피게니에, 토아스.

이피게니에 이 왕가의 제물들로 여신께서 당신을
축복하시기를! 승리와 명예
그리고 풍요와 당신의 안위와
모든 신실한 소원을 들어주시기를!
수많은 백성을 보살피며 다스리는
당신께서 진귀한 행복 누리시기를 바라옵니다.

토아스 내 백성이 나를 칭송했더라면 만족했을 것을.
내가 얻은 것을 나보다 다른 이들이 더
즐기는구려. 가장 행복한 사람은
왕이건, 천민이건, 자기 집에
행복이 갖추어져 있는 그런 사람인 법.
내 원수의 칼이 내 아들을,
가장 소중한 마지막 아이를 내 곁에서 앗아간 후

그대는 내 깊은 상처를 덜어주었소.
복수가 내 영혼을 지배하고 있는 동안
내 집의 황량함은 느끼지 못하였지.
그러나 이제 아들의 원수를 갚고 그 나라를 짓밟아
후련한 마음으로 돌아와 보니 내 집에는
내 시름을 달래줄 것이 아무것도 없구려.
전에 모든 신하들의 눈에서 보았던
기꺼운 순종의 빛은 이제
불안과 염려로 흐려져 있다오.
모두들 미래가 어찌될지 알면서도
이 후손 없는 왕을 어쩔 수 없이 따르고 있소.
승리를 기원하기 위해 또한 승리에 감사하기 위해
그토록 자주 들르던 이 신전에 오늘 나는
다시 왔소. 가슴에 품고 있던
오랜 소원을 그대도 모를 리 없고
예기치 않은 바도 아닐 것이오. 나는 그대가
내 백성들의 복을 위해 또 나의 복을 위해
내 신부가 되어 내 집으로 들어오기를 바라오.

이피게니에 오 왕이시여, 당신은 알지도 못하는 이에게
너무 많은 청을 하십니다. 여기 이 도망자는
수치심에 싸여 당신 앞에 서서, 이 바닷가에서
당신이 베푸는 보호와 평화만을 바랄 뿐입니다.

토아스 언제나 그대 출신의 비밀 안에 숨어
내 앞에서도 천민 앞에서와 똑같이 구는 것은
어느 민족이건 옳고 선한 일이 아닐 것이오.
이 바닷가는 이방인에게 공포의 대상이오. 그건

법률과 필연으로 정해진 것. 그대 혼자만이
모든 신성한 권리를 누리고 우리에게
후대받는 손님으로서 자신의 뜻과
의지로 생을 즐기고 있으니,
그대에게서 바라는 것은, 믿어준 주인이
바라 마땅한 신뢰심일 뿐이오.

이피게니에 제 부모의 이름과 집을 숨기는 것은,
오 왕이시여, 믿지 못해 그러함이 아니라
당혹스럽기 때문입니다. 아! 만일 당신이
당신 앞에 서 있는 자가 누구인지, 거두어주고 보호
해 주는
이 몸뚱이가 얼마나 저주받았는지를 아신다면
당신의 고귀한 마음은 끔찍한 전율에 사로잡히고,
당신 옥좌 곁에 저를 앉히는 대신
한시 바삐 당신의 나라에서
추방하실 것입니다. 아마도 제가
기쁜 귀향과 방랑의 끝을 생각하기도 전에,
모든 방황하는 이와 고향에서 추방당한 이들 속으로,
차갑고 낯선 공포의 손과 함께
도처에서 기다리고 있는 불행 속으로
저를 쫓아내실 것입니다.

토아스 그대에 대한 신의 의지가 무엇이든,
신들이 그대 집안에 무엇을 내리든,
그대가 우리 곁에 살면서
경건한 손님으로서의 권리를 누린 이후로
하늘에서 내리는 복이 내게는 부족함이 없었소.

이피게니에	당신께 복을 내린 것은 선행이었지 손님이 아니었습니다.
토아스	불경한 자에게 축복이란 없소.

그러니 그대의 침묵과 사양을 거두시오!
자격 없는 자가 강요하는 일은 아니오.
여신은 그대를 내 손에 맡겼소.
여신에게 그대가 성스러운 것처럼 내게도 그랬소.
또한 미래에도 여신의 계시가 내 법률이 될 것이오.
그대가 고향으로 돌아가기를 바랄 수 있다면
내 모든 소원을 접어두고 보내주겠소.
그러나 그대 앞길이 영원히 막혀 있고
그대 일족이 멸망하였거나
무서운 재난 때문에 파멸당했다면
그대는 법률 이상의 것으로 내 소유인 셈이오.
말을 하시오! 내 약속을 지키리라는 것은 그대도 알
터이니.

이피게니에	오랫동안 숨겨온 비밀을

드디어 드러내자니, 옛 족쇄에 매인
혀가 잘 풀리지 않는군요.
한번 털어놓으면 깊은 마음속 안전한 보금자리로
다시는 돌아올 수 없으니, 해가 되든
복이 되든 그것은 신들의 뜻일 것입니다.
들어주십시오! 저는 탄탈루스 가문 출신입니다.

토아스	그대는 엄청난 말을 하고 있군.

이전에 신들의 은총을 입은 가문으로
온 세상이 알고 있는 그 가문이

그대의 조상이라고? 주피터가 초대하여
조언을 구했던 그 가문, 그 경험 많고 의미 깊은
말들을 신들조차도 신탁처럼 즐거워했던
그 탄탈루스 말이오?

이피게니에　그렇습니다. 하지만 신들은 인간과는
신들끼리처럼 지낼 수 없었습니다.
죽을 운명이었던 인간은 너무나 연약해
그 특별히 높은 곳에서는 아찔해지지 않을 수가 없
지요.
그는 천하지도 않았고 배반자도 아니었지만
시종이기에는 너무 위대했고, 위대한 번개의 신의
벗이기에는 그저 인간일 뿐이었습니다.
그러니 그의 과오도 인간적이었지요. 신들의
심판은 엄격했으니, 시인들은 이렇게 노래했습니다.
〈교만과 불충이 주피터의 식탁에서
그를 옛 탄탈루스의 치욕으로 떨어뜨렸노라.〉
아, 그리고 그의 모든 후손이 저주를 받은 것입니다!

토아스　그것은 조상의 죄인가, 아니면 자신의 죄인가?

이피게니에　힘찬 가슴과 타이탄의 강인한 골수는
그의 아들과 손자들에게 확실히
이어졌습니다. 하지만 신은 그들의 이마에
놋쇠 테를 둘러놓았지요.
분별력과 절제와 지혜와 인내심을, 신은
그들의 소심하고 음울한 눈 뒤로 숨겼습니다.
그들의 탐욕은 분노로 치닫고
그 분노는 끝없이 치솟았습니다.

이미 탄탈루스의 사랑하는 아들,
강력한 힘의 펠로프스가
가장 아름다운 여인 외노마우스의 딸 히포다미엔을
배신과 살인으로 얻었지요.
그녀는 남편의 소원대로 두 아들
티에스트와 아트로이스를 낳았습니다.
그들은 아버지의 사랑이 배다른 큰형에게로
기울어져가는 것을 질투하며 보았습니다.
증오가 그들을 결속시켜 그 둘은
남몰래 최초의 형제살해를 저질렀습니다.
아버지는 살인자가 히포다미엔이라 착각하여
아들을 되살려내라고 무섭게 다그쳤고
그녀는 스스로 목숨을 끊어버렸습니다. ──

토아스 입을 다무는 거요? 계속 이야기하오!
그대의 믿음을 후회하지 마시오! 말하오!

이피게니에 자기 조상을 기꺼이 회고하는 자
듣는 이를 기쁘게 하는 그들의 위대한
업적에 기뻐하는 자, 그 아름다운 가계의
말석에 끼여 있기를 기뻐하는 자에게
복이 있기를! 한 집안에서 동시에
반신도 괴물도 나오지 않기 때문입니다.
오직 악하기만 한 가문이나 혹은 선하기만 한 가문이
결국 이 세상에 공포나 기쁨을
가져오는 법입니다 ── 아버지의 죽음 이후
아트로이스와 티에스트는 함께
나라를 다스렸습니다. 그러나 그 단결은

오래갈 수 없습니다. 곧 티에스트가
형의 아내와 죄를 범했으니까요. 아트로이스는
복수심에 불타 그를 추방했습니다. 음험하게도
무서운 계획을 꾸미고 있던 티에스트는
형의 아들 하나를 유괴하여 몰래
자기 아들인 것처럼 훌륭히 키웠습니다.
그의 마음을 분노와 복수심으로 가득 채워
수도로 보내서는 숙부라고 알고 있는
자기 친아버지를 살해하도록 했지요.
이 젊은이의 음모는 발각됐습니다. 왕은
자객이 자기 동생의 아들이라 잘못 생각하고
잔인한 형벌을 내렸습니다. 도취한 눈앞에서
고문으로 죽어가는 자가 누구인지 알았지만
때는 너무 늦었습니다. 가슴에서 치솟는
복수에의 열망을 이루기 위해 그는 은밀히
전대미문의 계획을 세웠습니다. 태연한 척,
아무렇지도 않은 듯 화해하고 동생을 꼬여
두 아들과 함께 나라로 다시 돌아오도록 한 뒤
그 아이들을 붙잡아 도살하고는
첫 만찬 때 아버지 앞에
그 끔찍하고 소름끼치는 요리를 내놓았습니다.
티에스트는 그 고기를 배불리 먹고
왠지 비애에 사로잡혀
아이들을 불렀는데, 홀의 문앞에서
아들들의 발소리와 목소리를 들었다고
느끼는 순간, 아트로이스가 이를 드러내고 웃으며

아이들의 잘린 머리와 발을 내던졌습니다 —
몸서리치며 고개를 돌리십니까, 오 왕이시여,
태양도 그처럼 얼굴을 외면하고
영원한 궤도에서 그 마차를 돌렸습니다.
그들이 바로 이 여사제의 선조들입니다.
그들의 수많은 불행한 운명,
어지러운 마음이 저지른 수많은 행위가
무거운 날개로 밤을 뒤덮고 우리를 오직
섬뜩한 어스름 속에서만 드러나게 합니다.

토아스 그것 역시 입을 다물고 숨기시오. 끔찍한 일은
그것으로 충분하오! 이제 어떤 놀라운 이유로
이 거친 가문에서 그대가 태어났는지 말하오.

이피게니에 아트로이스의 맏아들이 아가멤논이었습니다.
그가 제 아버지이지요. 하지만 어렸을 때
저는 아버지에게서 완벽한 남자의
전형을 보았다고 말해야겠습니다.
클리템네스트라가 사랑의 첫 결실로
저를 낳았고, 다음이 엘렉트라였습니다. 왕은
평화로이 나라를 다스렸고, 탄탈루스 가문에
오랫동안 없던 평안이 찾아왔습니다. 오직
부모에게는 아직 아들을 얻는 행복이
없었는데, 이 소원이 곧 성취되어
두 자매 외에 이제 사랑스러운 오레스트가
태어나 자랐으니, 이는 안락한 가문에
새로운 재앙으로서 준비된 것이었습니다.
가장 아름다운 여인을 훔쳐간 데 복수하기 위해

전쟁이 일어난 소식은 여기에도 전해졌겠지요.
그리스 귀족들의 모든 병력이
트로이의 성벽에 진을 쳤습니다. 그들이
그 도시를 점령하고 복수라는 목표를
이루었는지, 저는 모르겠습니다. 제 아버지가
그리스 군대를 이끌었지요. 아우리스에서 그들은
순풍을 기다렸지만, 헛일이었습니다. 다이아나 여신이
그들의 위대한 지도자에게 분노하여
갈길 급한 그들을 붙잡아놓고 칼카스의
입을 통하여 왕의 맏딸을 요구했던 것입니다.
그들은 어머니와 함께 저를 진중으로 불러들였습니다.
저를 제단 앞으로 끌고 가 이 몸을
여신에게 제물로 바치려 했지요——여신은 용서했습
니다.
제 피를 원하지 않고 구름 속에
저를 감춰 구해 내셨습니다. 저는 죽음 앞에 있다가
이 신전에 있는 저를 발견하게 된 것입니다.
그것이 바로 저, 당신에게 이야기하고 있는
아트로이스의 손녀, 아가멤논의 딸,
여신의 소유, 이피게니에입니다.

토아스 왕의 딸이라 할지라도 미지의 여인이었던 때 이상의
특권과 신뢰를 줄 수는 없소.
내 처음의 제안을 되풀이하겠소.
와서 나를 따르고, 내가 가진 것을 나누시오.

이피게니에 오 왕이시여, 어떻게 제가 감히 그럴 수가 있겠습니까?
저를 구해 준 여신만이 홀로

제물로 바쳐진 제 삶을 주관하는 것이 아닙니까?
여신은 저에게 피난처를 찾아주었고
겉보기로는 충분히 벌을 받은 제 아버지에게
아마도 그의 노후에 가장 큰 기쁨이 되도록
저를 여기 지켜주고 계신 것입니다.
아마도 제 행복한 귀향이 가까웠을 것입니다.
그런 여신의 길을 알지 못하고 여기 남는다면
저는 그 뜻을 거스르는 게 아니겠습니까?
제가 머물러야 한다면, 계시가 있어야겠지요.

토아스　　그대가 여기 지낸다는 것이 바로 계시오.
소심하게 그런 핑계를 찾지 마시오.
사람은 거절하기 위해 수많은 헛된 말을 하는 법.
상대방에게는 그저 아니오로만 들리오.

이피게니에　현혹시키려는 말만은 아닙니다.
당신에게 제 가장 깊은 마음까지 열어보였습니다.
당신 스스로도 제가 얼마나 아버지와
어머니와 형제자매들을 근심스러운 마음으로
그리워하고 있는지 말하지 않았습니까?
슬픔이 아직도 종종 제 이름을 고요히
속삭여주는 이 오래된 신전 앞에서
새로 태어난 생명을 감싸듯 기쁨이
가장 아름다운 꽃다발로 기둥마다 휘감고 있습니다.
오, 배에 태워 저를 보내주십시오!
저와 모든 이에게 새 삶을 주시는 일이 될 것입니다.

토아스　　나와 함께 돌아가오! 그대 마음이 시키는 대로 하시오.
선한 충고와 이성의 목소리에 귀기울이지

마시오. 온전한 한 여인이 되어,
그대를 걷잡을 수 없이 사로잡아 이리저리
몰고 다니는 충동에 자신을 맡기시오.
가슴속에서 욕망이 불타오르면
어떤 성스러운 속박도 묶어두지 못하니,
아버지든 남편이든 오랫동안 지켜준
충실한 팔에서부터 벗어나는 법이오.
그 순식간의 격정이 가슴속에서 가라앉으면
황금 같은 혀가 충실하고 힘차게
설득하는 것도 헛될 것이오.

이피게니에 오 왕이시여, 당신의 고상한 말을 기억하십시오!
제 믿음을 그렇게 저버리시겠습니까? 당신은
모든 것을 받아들일 준비가 되어 있는 것 같았는데요.

토아스 생각지도 않았던 일에는 준비가 없었소.
어쨌든 예견은 했어야 했겠지만. 내가
한 여인을 상대한다는 걸 몰랐던 것이오?

이피게니에 오 왕이시여, 제 비참한 집안을 우롱하지 마십시오.
당신의 가문만큼 찬란하지는 않으나
비천함이 이 여인의 무기는 아닙니다.
당신의 행복은 당신 자신보다 제가 더 잘 아니,
믿어주십시오, 그 점에서는 제가 더 낫습니다.
당신은 당신 자신과 저에 대해 잘 모르는 채
우리가 더 가까워지면 행복할 것이라는 그릇된 생각
을 하십니다.
좋은 기분과 좋은 뜻으로 가득 차서
저에게 복종을 강요하고 계십니다.

그러나 저는 신들이 동의하지 않는

이러한 결합에 따르지 않을

굳은 뜻을 주신 신께 감사하고 있습니다.

토아스   그렇게 말한 신은 없소. 그대 자신의 마음이 하는

말일 뿐.

이피게니에 신들은 우리의 마음을 통해 우리에게 말하십니다.

토아스   그러면 나는 그것을 들을 권리가 없단 말이오?

이피게니에 폭풍이 부드러운 목소리를 휩쓸어간 것이지요.

토아스   여사제만이 혼자 받아들인단 말이오?

이피게니에 다른 누구보다도 제후가 먼저 알아듣습니다.

토아스   그대의 성스러운 직무와 주피터의 식탁에 앉을 수

있는

타고난 권한이, 그대를 지상에서 태어난 한 야만인

보다

더 신들과 가깝게 해준다는 말이로군.

이피게니에 왕께서 강요하셨던 믿음을

이제 저는 후회하고 있습니다.

토아스   나도 인간이오. 이제 그만두는 게 좋겠소.

내 약속은 지켜질 것이오. 여신께서

그대를 뽑으셨으니, 여사제로 남으시오.

그러나 내가 지금까지 부당하게도,

내심 자책을 하면서도 다이아나 여신께

희생 제물을 바치지 않은 것은 용서를 구해야겠소.

우리 바닷가에 닿은 이방인은 모두 불행했으니

예부터 그에게는 틀림없이 죽음이 내려졌었소.

오직 그대만이 어떤 친근함으로 나를 사로잡았으니

나는 그 안에서 딸에게의 부드러운 애정을 품었다가
곧 신부에게 향하는 은밀한 연정을 보게 되었소.
마치 마술의 굴레에 사로잡힌 것처럼 나는
기쁨이 치솟아, 내 의무조차 잊을 지경이었소.
그대가 내 의식을 잠재워 나는
내 백성의 불평도 듣지 못했다오.
이제 그들은 내 아들의 때 이른 죽음에 대해서도
큰소리로 내게 책임을 묻고 있소.
희생 제물을 다급히 요구하는 그 군중들을
그대 때문에 더 이상 제지하지는 못하겠소.

이피게니에 저를 위해 그렇게 부탁드린 것은 아니었습니다.
여신이 피에 굶주렸다고 잘못 생각하고 있다면
하늘의 뜻을 오해하는 것입니다. 자신들의 잔인한
욕망을 신에게 덮어씌우는 것일 뿐입니다.
여신 자신이 사제에게서 저를 구하시지 않았습니까?
여신은 제 죽음보다 봉사를 더 좋아하십니다.

토아스 변하기 쉬운 이성으로 인해 성스러운 관례를
우리 의식에 맞춰 규정짓고 바꾸는 것은
우리에게는 온당하지 않은 일이오.
그대의 의무를 다하시오, 나는 내 일을 하겠소.
해변의 동굴에 숨어 있던 두 이방인,
내 나라에 조금도 득이 되지 않을 사람들이
발견되어 내 손에 들어 있소.
그대의 여신은 그들을 오랫동안 받지 못했던
첫번째, 떳떳한 희생 제물로 받으실 것이오!
그들을 이곳으로 보내리다. 의무는 알겠지.

제4장

이피게니에   (혼자말.) 자비로운 여신이여, 당신은 죄 없는
　　　　　박해자를 감쌀 구름을 지니셨고,
　　　　　그 가혹한 운명의 팔에서 그녀를 구해 내
　　　　　바람에 실어 바다를 넘고
　　　　　저 먼 땅을 지나
　　　　　당신 마음에 족한 곳으로 데려오셨습니다.
　　　　　당신은 현명하시고 미래를 꿰뚫어보시니
　　　　　과거는 당신에게 지나간 일이 아니고,
　　　　　당신의 빛, 그 밤의 생명이
　　　　　이 땅에 깃들여 다스리는 것처럼,
　　　　　당신의 시선은 당신 종 위에 머무릅니다.
　　　　　오, 제 손의 피를 거두어주소서!
　　　　　피는 축복과 평안을 가져오지 못합니다.
　　　　　불의에 살해당한 자의 모습은
　　　　　마지못해 슬퍼하며 살해한 자의
　　　　　공포스러운 시간을 노리며 위협할 것입니다.
　　　　　불멸의 신들은 널리 퍼져 있는
　　　　　선한 종족의 인간들을 사랑하시고,
　　　　　그 죽을 운명의 인간들의 덧없는 목숨을
　　　　　기꺼이 이어가게 해주시며, 그들에게
　　　　　자신들의 유일한, 영원한 하늘을
　　　　　함께 기뻐하며 즐거이 보여주는
　　　　　한 순간을 즐겨 허락하시옵니다.

제2막

제1장

오레스트. 필라데스.

오레스트   우리가 밟고 가는 길은 죽음의 길.
내딛는 걸음마다 내 영혼은 더 고요해진다.
복수의 여신들의 그 무서운 동행을
내 곁에서 물리쳐달라고 아폴로께 빌었을 때
신은 타우리스를 다스리는 사랑하는 누이
다이아나의 신전에서의 구원과 도움을
희망 넘친 신탁으로 약속한 것 같았지.
그것은 이루어졌으니, 모든 고난은
내 생명과 함께 완전히 끝나는구나.
신의 손이 심장을 짓누르고 의식을 흐리게 하여
가장 아름다운 태양빛까지 막아준다면

나는 얼마나 홀가분해질까.
아트로이스의 손자가 싸움터에서
영광스러운 승리의 최후를 마치지 못한다면,
나는 내 조상처럼, 나의 아버지처럼
제물로 바쳐진 짐승처럼 비통한 죽음의 피를 흘리리라.
그렇다! 가까운 가족인 자객이 던진
그물이 쳐진 저주받은 구석에서보다는
차라리 이곳 제단 앞이 낫겠지.
내 발걸음마다 방울져 떨어지며 자취를 남기는 핏방울을
풀어놓은 개처럼 냄새 맡으며 뒤쫓는
그대 복수의 여신들이여, 이제 나를
영원한 평화 속에 놓아두오!
나를 놓아두오, 내 곧 그대들에게 가리니.
한낮의 빛은 그대들도 나도 볼 수 없을 것이오.
대지의 아름답고 푸른 융단이 요괴들의
놀이터가 되면 안 되니까. 그 아래에서
내가 그대들을 찾겠소. 그리고 그곳의
영원히 탁한 밤 안에서 모두가 같은 운명이 되리라.
오직 자네, 나의 필라데스, 내 죄와
내 추방의 길을 나누는 죄 없는 동료여,
자네를 그 슬픔의 땅으로 일찌감치 데려가는 게
얼마나 꺼림칙한지! 자네의 삶이나 죽음만이
아직도 내게 희망이나 공포를 주는 것일세.

필라데스 오레스트, 나는 아직 자네처럼
그 그림자의 나라로 내려갈 준비가 안 돼 있네.

검은 밤으로 가는 것처럼 보이는
이 얽히고 설킨 길이 우리를 다시
생명으로 감아 올리는 길일 거라고 아직도 생각하네.
나는 죽음을 생각하지 않아. 신들이 어떤 훌륭한
피난처로 가는 방법과 구원을 준비해 주지 않았을까,
생각하며 귀를 기울이고 있지.
두렵든 두렵지 않든, 죽음은
어쩔 수 없이 오는 거야. 만일 여사제가
이미 우리의 머리를 제물로 바쳐 자르도록
손을 쳐들었다 해도 자네와 나의 구출이
내 유일한 생각이네. 자네의 영혼을
이 낙담에서 끌어올리게. 자네는 불신하며
위험을 앞당기고 있어. 아폴로께서
약속을 하셨지. 여동생의 신전에 자네의
위안과 도움과 귀향이 준비되어 있다고.
신의 말은 낙담한 자들이 의기소침해서 생각하듯
애매모호한 것이 아닐세.

오레스트   인생의 어두운 덮개를 내 어머니는
이미 나의 연약한 머리 위에 씌웠고,
그래서 나는 이렇게 아버지와 꼭 닮은 모습으로
자랐으니, 내 말없는 눈빛은 어머니와 그 정부에게
찌르는 듯한 비난이 되었겠지.
내 누이 엘렉트라가 말없이
깊숙한 방안 불가에 앉아 있을 때 난
얼마나 자주 누이의 무릎에 불안스레 달라붙어
그 큰 눈에 비통한 눈물 흐르는 것을

뚫어지게 쳐다보았는지. 그러면 누이는
우리의 고결한 아버지에 대해서 많은 이야기를 해주었
다네.
얼마나 아버지가 보고 싶고, 함께 있고 싶었는지!
당장 아버지를 따라 트로야로 달려가고 싶었어.
그러다 그 날이 왔지—

필라데스 오, 그 순간은
지옥의 유령들의 밤 이야깃거리로나 놔두게!
아름다운 시절의 추억이 우리에게는
힘찬 영웅의 길로 가도록 힘을 줄걸세.
신들은 이 넓은 대지에서 그들에게 봉사할
훌륭한 인간들을 많이 필요로 하지.
그들은 아직 자네를 염두에 두고 있네. 신들은
어쩔 수 없이 명부로 간 자네 아버지의
동행으로 자네를 내주지는 않아.

오레스트 오, 아버지의 옷깃을 잡고 그를
뒤따라 갔었더라면!

필라데스 자네를 살려두신 신들이, 또한 그렇게
나도 보살피고 있네. 만약 자네가 살아 있지 않다면
나는 어떻게 됐겠나. 생각할 수도 없네.
난 어린 시절부터 자네 곁에서,
자네 때문에 살아왔고, 그러고 싶어했지.

오레스트 그 아름다운 날들이 떠오르도록 만들지 말게.
자네 집은 내게 자유로운 쉼터를 주었고,
고귀하신 자네 아버지는 현명하고 사랑에 넘치셔서
반쯤 질식한 어린 꽃을 돌보아주셨지.

게다가 자네, 언제나 활기찬 친구가
어두운 꽃 주위를 날아다니는
알록달록 경쾌한 나비처럼 매일
새로운 생기와 함께 내 주위를 날아다녔어.
자네의 기쁨이 내 영혼 안에서 출렁여
격렬한 젊은 시절 정신없이 쏘다녔지.

필라데스 자네를 사랑하면서 내 인생은 시작됐어.

오레스트 고난이 시작됐다고 말하게. 그게 진실이야.
내 운명에서 가장 무서운 것은
페스트에 걸려 쫓겨난 사람처럼 내가
가슴속에 은밀한 고통과 죽음을 품고 있는 거라네.
내가 깨끗한 곳에 발을 들여놓으면
내 주위의 빛나는 얼굴들에 즉시
서서히 죽음을 맞는 고통의 빛이 나타나는 거야.

필라데스 자네의 입김에, 오레스트, 독이 들어 있다면,
제일 먼저 그렇게 죽었을 사람이 나 아닌가?
나는 언제나 힘과 기쁨이 넘쳐 있지 않았나?
기쁨과 사랑은 위대한 업적의
두 날개와도 같은 것일세.

오레스트 위대한 업적? 그래,
그게 우리 앞에 있었던 때를 알지!
우리들이 함께 자주 들짐승을 쫓아
산과 계곡을 누비며 달리면서 언젠가는
위대한 조상들처럼 가슴과 손에
곤봉과 칼을 쥐고 악당들을,
도적들의 자취를 뒤쫓기를 바랐을 때,

그때 저녁이면 우리는 넓은 바닷가에
서로 기대고 조용히 앉아
발밑으로 밀려오는 물결과 장난쳤고,
세계는 우리 앞에 그토록 넓게 열려 있었지.
그러면 자주, 누군가가 칼을 움켜잡았고,
미래의 업적들은 마치 별처럼 밤으로부터
우리 주위로 쏟아져 나왔었어.

필라데스 완성시키라고 영혼을 몰아대는 일은
끝이 없지. 우리는 그 모든 일들이 확대되고
수년 간 수많은 나라와 민족 사이에서
시인의 입으로 부풀려져 떠돌면서
만들어진 대로 위대하게 해내고 싶었어.
고요한 저녁 그림자 속에서 한 젊은이가
하프의 선율과 함께 읊조릴 때
우리 아버지들의 업적은 너무나 멋지게 들렸지.
그러나 우리가 하는 일은, 그들에게도 그랬던 것처럼,
너무나 힘겨운 삯노동에 지나지 않네!
우리는 그렇게 우리 앞으로 달아나는 것을 쫓아가며
내딛는 길에는 주의를 기울이지 않아.
우리 곁에 있는 선조들의 발자국도 보지 않고
지상에서의 그들의 삶의 자취도 안 보고 있어.
금빛 구름 위에 높이 솟은 산꼭대기,
저 먼 곳에서 신처럼 보이는 그들의 그림자를
언제나 서둘러 쫓아가는 거지.
나는 백성들이 떠받들고 싶어하는 모습을
자기 자신이라고 여기는 사람에 대해서는 아무것도

믿지 않네.

이봐 젊은이, 그저 신들에게 감사드리게.

자네를 통해 이토록 일찍 그 많은 일을 이루신 것을.

오레스트 신들이 인간에게 기쁜 일을 선물한다면,

불행을 그의 옆에서 멀리해 주고,

영토를 늘리고 국경을 보장해 주고,

옛날의 적들이 쓰러지거나 달아나게 해준다면,

그렇다면 감사드릴 만하겠지! 신은 그에게

인생의 모든 기쁨을 마련해 준 셈이니까.

그들은 나를, 어쨌거나 내 사랑하는 어머니를

살인하는 도살자로 뽑아놓고,

한 범죄에 추악하게 복수함으로써 내게

눈짓 하나로 파멸을 언도했네.

신들은 탄탈루스 가문에 이런 벌을 내렸고,

마지막 남은 나는, 죄가 없지는 않지만,

영예롭게 사라질 수도 없게 됐어.

필라데스 신들은 조상의 잘못을 가지고

아들에게 복수하지는 않네.

누구나, 선하든 악하든, 자신의 행위로

자신의 대가를 받는 거라네.

물려받는 건 부모의 축복이지, 저주가 아니야.

오레스트 부모의 축복이 우리를 이런 데로 끌고 오지 않을 텐데.

필라데스 그렇더라도, 적어도 고귀한 신들의 뜻이기는 할 거야.

오레스트 우리를 파멸시키려는 신들의 뜻이라는 거지.

필라데스 신들이 명하신 대로 행하고, 기다리게.

여신을 아폴로께 모셔가게 되면

둘은 델피에서 하나로 합쳐져
생각이 고매한 한 민족에게 경외받고,
그 고귀한 한쌍은 그 일로
자네에게 은혜를 베풀걸세. 복수의 여신들의
손에서 자네를 구해 주실 거야. 벌써
이 성스러운 숲에 아무도 감히 안 나타나지 않는가.

오레스트 그러니 최소한 조용히는 죽겠군.

필라데스 난 전혀 생각이 다르네, 내게 지혜가 없지는 않은데
이미 지난 일과 미래의 일을 결합시켜
조용히 해석해 보았네.
아마 신들의 조언 안에서 이미 오래전부터
위대한 업적이 이루어지고 있을 거야. 다이아나 여신은
이 야만인들의 비정한 바닷가에서 떠나기를 바라고
피흘리는 인간 제물을 물리치기를 원하셨을걸세.
우리가 그 귀한 일에 적합한 사람이었고
우리에게 그 일을 명령했으니, 기묘하게도
우리는 이미 여기, 그 문턱까지 밀려온 거네.

오레스트 신기한 기술로 신들의 의지와
자네의 소원을 영리하게 하나로 엮어대는군.

필라데스 저 높은 신들의 뜻에 귀를 기울이지 않는다면
인간의 지혜가 무슨 소용인가?
수많은 죄를 지은 명문가의 인간을 신은
어려운 일에 쓰려고 부르시고, 우리에게는
해내기 불가능해 보이는 일을 그에게 맡기시네.
그 영웅은 승리하고, 그를 경외하는 세계와
신들에게 속죄하며 봉사하는 거지.

오레스트 내가 살아나서 일을 하도록 정해졌다면
신은 어머니의 피가 뿌려진 미끄러운 길에서
나를 죽음으로 몰고 가는 망상부터 내 이마에서
거두어갔을걸세. 자비롭게도 내게서,
어머니의 상처에서 솟아나와 영원히 나를
얼룩지게 만드는 그 샘물부터 말려 없앴을걸세.

필라데스 가만히 기다려보게! 자네는 악을 부풀리고
복수의 여신의 팔을 자네에게로 끌어당기는군.
조용히 하고, 생각 좀 하도록 날 놔두게! 나중에
힘을 합해 일을 할 필요가 있으면 그때
자네를 부를 테니. 우리 둘이 심사숙고하여
냉정하게 일을 마치도록 나아가세.

오레스트 율리시즈의 말을 듣는 것 같군.

필라데스 빈정거리지 말게.
누구든 자기를 올림푸스 산으로 보내줄
길을 마련해 줄 영웅을 골라야 해.
솔직히 말하겠네. 나는
대담한 일을 해내는 사람에게는
잔꾀도 책략도 흠이 되지 않는다고 생각하네.

오레스트 나는 용감하고 곧은 사람을 높이 평가해.

필라데스 그래서 내가 자네의 조언을 구하지 않는 거야.
이미 한 발짝 들어섰으니까. 난 우리 감시인에게서
지금까지 꽤 많은 정보를 알아냈다네.
어느 이방의, 신 같은 여자 하나가
잔인한 법률을 붙들어 막는다는 걸 알아.
그녀는 신들에게 순결한 마음과 유향과 기도를

바친다는 거야. 그 선행을 사람들은
높이 칭송하지. 사람들 말로는
아마조네스 출신인데 어떤 끔찍한 불행을
피해 도망왔다는군.

오레스트 그 범죄자를 가까이 둠으로써 이 밝은 나라가
힘을 잃겠군. 저주가 마치
넓은 밤처럼 따라와 덮어버릴 테니.
피에 굶주린 신심이 그 옛날 관습을
쇠사슬에서 끊어내고 우리를 희생시킬걸세.
왕의 사나운 마음이 우리를 죽일 거야.
왕이 노여워하면 여자 하나가 우릴 구하지는 못해.

필라데스 그게 여자니까 우리에겐 잘됐지! 남자라면
아무리 훌륭한 사람이라도 그 영혼이
잔인함에 익숙해져서 결국에는
그가 혐오하던 것이 법률이라도
습관이 되어버려 스스로 완고하고 종잡을 수 없게
된다네.
여자만이 자기를 사로잡는 한 생각을
굳게 지킨다네. 나쁜 일이거나 좋은 일이거나
그녀를 더 확실히 믿어보게나 ──조용!
그녀가 오는군. 나 혼자 만나겠어. 우리 이름을
당장 말해 주고, 우리 운명을 거리낌없이
믿고 털어놓으면 안 되지. 자네는 가게.
자네가 그녀와 이야기하기 전에 나하고 다시 만나세.

제2장

이피게니에. 필라데스.

이피게니에   오, 낯선 분이여, 어디에서 왔는지 말해 주세요!
제가 보기에 당신은 스키타이인이라기보다
그리스 사람과 비슷한 것 같군요.
(그의 사슬을 풀어준다.)
제가 드리는 자유는 위험한 것입니다.
당신들을 위협하는 것을 신이 물리쳐주시기를!

필라데스   오, 달콤한 목소리! 낯선 나라에서
모국어로 울리는 환영의 소리!
조국 항구의 푸른 산들을
이 죄수가 다시 즐거이 눈앞에
보게 되는군요. 나 역시 그리스인이니
안심하고 기뻐하십시오!
제가 당신을 얼마나 필요로 하는지,
당신의 눈부신 모습을 내 영혼이
얼마나 기다렸는지 잠시 잊었군요.
오, 말해 주십시오, 운명이 당신의 입술을
막아버리지 않았다면, 우리 나라 어느 가문을
당신의 그 신성한 출신으로 꼽을 수 있는지를.

이피게니에   당신과 이야기를 나누는 사람은 여신에게서 직접
선택받고 신성함을 입은 여사제입니다.
그걸로 만족하세요. 이제 당신이 누구이고
어떤 불행한 운명이 당신과 동료를

이곳으로 데려왔는지 말해 주세요.

필라데스 어떤 악이 우리를 짓누르며 함께
쫓아오는지 말하기는 쉽습니다.
오, 신 같은 그대도 우리에게 그렇게 쉽게
희망찬 기쁜 눈빛을 보내줄 수 있다면!
우리는 크레타에서 온, 아드라스트의 아들들입니다.
나는 막내로 세파루스라 부르고
그는 라오다마스, 집안의 맏형입니다.
우리 사이에는 거칠고 사나운
둘째가 있었는데 이미 어린 시절
장난할 때에도 단합과 기쁨을 빼앗곤 했지요.
용맹하셨던 아버지가 트로이에서 싸우시는 동안
우리는 얌전히 어머니 말씀을 따랐습니다.
하지만 수많은 전리품을 가지고 돌아온 아버지가
그 얼마 후 세상을 떠나셨을 때, 그 영토와
유산을 둘러싼 싸움이 형제를 갈라놓았습니다.
나는 맏형의 편이었습니다. 그는 동생을
살해했지요. 그 피의 죄가로 복수의 여신들이
그를 집요하게 쫓고 있습니다.
그러나 이 거친 바닷가로 희망과 함께
우리를 보낸 것은 델피 신전의 아폴로 신입니다.
여동생의 신전에 우리를 도와줄
은총 가득한 손이 기다릴 거라고 하셨지요.
우리는 사로잡혀 이리로 왔고
아시는 것처럼, 희생 제물로 당신에게 바쳐진 것입
니다.

이피게니에	트로이 함락? 충실한 분이여, 제게 확신시켜 주세요.
필라데스	물론입니다. 오, 우리의 구원도 확신시켜 주십시오!
	신이 우리에게 약속한 도움을 어서
	주십시오. 제 형을 불쌍히 여겨주십시오.
	오, 당장 그에게 호의 넘치는 말을 해주십시오.
	하지만 간곡히 부탁하오니, 그와 이야기를 나눌 때
	그를 보살펴주십시오. 기쁨과 고통과
	추억들이 쉽사리 그의 가장 깊은 내면을
	움켜쥐고 뒤흔들기 때문입니다.
	열에 들뜬 망상이 그를 사로잡고
	그의 아름답고 자유로운 영혼을
	복수의 여신들이 훔쳐가 버릴 것입니다.
이피게니에	당신의 불행이 그토록 크다니, 맹세하지요.
	제 궁금증을 모두 채울 때까지 그 일은 잊으세요.
필라데스	그리스의 모든 군대에 대항해서
	끈질기게 버티던 그 견고한 도시는
	이제 잿더미로 쓰러져 다시는 일어서지 못합니다.
	그러나 우리 뛰어난 전사들의 수많은 무덤은
	저 야만국의 바닷가를 떠올리게 만듭니다.
	아킬레스도 그의 사랑하는 친구와 함께 거기 누워 있지요.
이피게니에	신 같던 당신들의 용사들도 그렇게 먼지로 변하는군요!
필라데스	팔라메데스도, 이악스 텔라몬스도
	조국의 햇빛을 다시는 볼 수 없습니다.
이피게니에	내 아버지 얘기는 하지 않는구나, 전사자들의 이름과
	함께 부르지는 않는구나. 그래! 아버지는 살아 계셔!

아버지를 뵈어야겠어. 오, 희망으로 두근거리는 가슴!

필라데스 하지만 적들의 손에 비통하고도 달콤하게 죽은
그 수천의 죽음은 오히려 행복했습니다!
한 적의에 불타는 신이 귀향자들에게
승리 대신 추악한 공포의 비참한 최후를
마련해 주었기 때문이었지요.
떠도는 소문이 여기까지 오지 않았습니까?
인간의 목소리가 닿는 한, 그것은 우리에게 일어난
전대미문의 사건을 퍼뜨리고 다닐 것입니다.
미케네의 광장을 끝없이 계속되는 한숨으로 채우는
그 비극을 당신은 몰랐습니까? — 클리템네스트라가
에기스트의 도움으로 남편을 배신할 음모를 꾸미고는
그가 돌아오던 날 살해하고 말았습니다! —
그렇습니다, 당신은 그 왕가를 경외하시는군요!
당신의 가슴이 이 뜻밖의 무서운 말에
헛되이 저항하는 것이 보입니다.
당신은 그 가문의 친구의 딸입니까? 당신은
그 도시의 이웃에서 태어나셨습니까?
숨기지 마십시오, 그리고 제가 이 끔찍한 소식을
처음으로 전하는 사람이라 생각지 않게 해주십시오.

이피게니에 말해 주세요. 그 무서운 일이 어떻게 일어났나요?

필라데스 그가 돌아온 날이었습니다. 그때 왕은
목욕으로 기분을 풀고 조용히 자기 옷을
왕비의 손에서 받으려 일어났는데,
사악한 왕비는 주름이 많고 복잡하게
짜여진 옷을 그의 어깨와 고귀한 머리 위로

덮어씌웠던 것입니다.

그 옷은 마치 그물처럼 조여들어

풀어내려 애썼지만 소용이 없었고,

배신자 에기스트가 그를 살해하여

이 위대한 제후는 아무도 모르게 죽음에 이르게 되었

습니다.

이피게니에 그 배신자는 어떤 대가를 받았지요?

필라데스 왕국과, 이미 자기 것이었던 왕비와의 잠자리죠.

이피게니에 사악한 충동이 그런 죄악으로 몰고 갔나요?

필라데스 오래전부터 품었던 깊은 복수의 마음도 그랬습니다.

이피게니에 왕이 왕비를 어떻게 상처 입혔길래요?

필라데스 살인에 대한 변호가 있을 수 있다면,

그녀를 변호해 줄 수 있는 끔찍한 일이 있었습니다.

신의 뜻이 바람을 잠재워

그리스 군의 진군을 막았을 때

아울리스의 말에 따라 그녀를 속여

맏딸 이피게니에를 다이아나의 제단 앞에

데려왔지요. 그녀는 피 흘리는 제물이 되어

그리스 군의 행운을 위해 쓰러졌습니다.

사람들 말로는 이 일이 왕비의 가슴 깊이

반감을 아로새겼고, 그래서 에기스트의

구애를 승락하고 자기 남편을

파멸의 그물로 휘감은 것이랍니다.

이피게니에 (얼굴을 감싼다.)

이제 충분합니다. 나중에 다시 만나죠.

필라데스 (혼자말.)

이 왕가의 운명이 그녀를 깊이
뒤흔든 것 같구나. 그녀가 누구든 간에
틀림없이 왕과 잘 아는 사이였고,
우리에게는 다행스럽게도, 높은 가문에서 태어나
이곳으로 팔려온 거야. 침착하자.
우리를 비추는 희망의 별빛이
밝은 힘으로 우리를 현명하게 안내하도록 하자.

제3막

제1장

이피게니에. 오레스트.

이피게니에   불행한 분, 당신의 사슬을
더욱 고통스러운 운명의 징조로 풀어드리지요.
신성이 부여하는 이 자유는
죽어가는 환자의 마지막 밝은 생명의 빛 같은
죽음의 사자입니다. 그렇지만 나는 아직
당신들이 죽을 거라고 말할 수도 없고
말해서도 안 됩니다! 살인자의 손을 가진 내가
어떻게 당신들을 죽음에서 구할 수 있을까요?
누가 됐건, 아무도 당신들의 몸은,
내가 다이아나의 여사제로 있는 한,
건드리지 못할 거예요. 분개한 왕의 강요에

내가 그 의무를 포기하게 된다면,
그리고 내 하녀 중의 하나를 내 후계자로
뽑는다면 그때 나는 열렬한 소망을 품고
당신들의 편이 되겠어요.
오 소중한 동포! 우리 신당 옆의
부뚜막을 쓸던 가장 비천한 하인이라도
이 이방의 나라에서는 극진히 환영합니다.
당신들을 맞는 기쁨과 은총을 어떻게 해야
충분히 나타낼지, 당신들은 내가 부모들에게서
경외하며 배웠던 영웅들의 모습을
내게 가져다주었고 마음 깊은 곳을 얼마나
새롭게 아름다운 희망으로 활기넘치게 해주었는지!

오레스트　당신의 이름과 당신의 출신은 일부러
숨기십니까? 아니면 내가 지금 만나는
신 같은 존재가 누군지 알아도 되겠습니까?

이피게니에　나를 알게 될 거예요. 이제 당신 동생에게서
반밖에 듣지 않았던 이야기를
끝내주세요. 트로이에서 돌아와
뜻밖의 무서운 운명을 자기 집 문지방에서
말없이 맞았던 그분의 이야기를요.
내가 이 바닷가로 끌려왔을 때에는 아주 어렸지만
그래도 내가 놀라움과 두려움으로
그 용사들을 보았던 수줍은 시선은 생각나는군요.
그들은 마치 올림푸스 산이 열린 듯
떨쳐나섰고 그 태고의 영웅 같은 모습들은
트로이를 벌벌 떨도록 만들기 위해 나아갔지요.

그중에서도 아가멤논은 가장 눈부셨습니다!
오 말해 주세요! 그는 집에 들어서자마자
부인과 에기스트의 간계로 쓰러졌나요?

오레스트 그 이야기를 하시다니!

이피게니에 불행한 미케네인이여, 불쌍하여라!
탄탈루스의 손자들이 그토록 광포한 손으로
저주에 저주의 씨를 뿌리고 다니다니!
마치 독초처럼, 흉측한 몸뚱이를 흔들면서
수천의 씨를 주위에 뿌리면서
자자손손이 이어지는 근친살해로
영원한 분노를 탄생시키다니! 당신 동생이
얼핏 이야기했지만 놀라움의 공포가
내게 덮어버렸던 그 부분을 밝혀주세요.
그 위대한 가문의 마지막 아들,
틀림없이 장차 아버지의 복수를 하고야 말
기품 있는 아이, 오레스트는 그 유혈의 날을
어떻게 피했나요? 아베르투스[1]의 그물이라는
그 운명이 그에게도 덮쳤나요?
그는 구출됐나요? 살아 있나요? 엘렉트라는 살았나
요?

오레스트 그들은 살아 있습니다.

이피게니에 금빛 태양이여, 가장 아름다운 빛을
내게 빌려주시어, 주피터의 옥좌 앞에 감사의 표시로
놓아주소서! 저는 가진 것도 드릴 말씀도 부족하기

---

1) 지하 세계로 가는 입구.

때문입니다.

오레스트   당신이 그 왕가와 친밀한 사이라면,
그 가문과 긴밀한 인연으로 묶여 있다면,
당신의 그지없는 기쁨이 내게 경고하는데,
마음을 단단히 먹고 기쁨을 누르십시오.
그토록 기뻐하는 이에게는 급작스러운 고통으로의 추락이
견딜 수 없을 것입니다.
내가 보기에 당신은 아가멤논의 죽음만 아시는군요.

이피게니에   그 소식만으로도 충분치 않습니까?

오레스트   당신은 그 끔찍한 일의 절반만 알고 있습니다.

이피게니에   걱정할 일이 뭐가 더 남았나요? 오레스트, 엘렉트라가 살아 있는데.

오레스트   클리템네스트라에 대해서는 걱정하지 않습니까?

이피게니에   희망도 공포도 그녀를 구할 수는 없겠지요.

오레스트   그녀는 희망의 나라에서도 떠나갔습니다.

이피게니에   후회가 끓어 넘쳐 스스로 피를 뿌렸나요?

오레스트   아니오, 하지만 그녀 자신의 피가 그녀의 죽음을 불렀지요.

이피게니에   확실히 말하세요. 무슨 소리인지 모르겠군요.
의혹이 내 겁에 질린 머리를
어두운 현기증으로 수천 겹 둘러싸고 있어요.

오레스트   신들은 나를 어떤 일의 심부름꾼으로
뽑았습니다. 소리없는 밤의 동굴 속에
숨겨놓고만 싶은 그 일. 내 뜻에 반해
당신의 신성한 입이 나를 강요하는군요. 하긴 그것만이

이 고통스러운 일을 요구하고 보존할 수 있겠지요.
아버지가 쓰러진 그날 엘렉트라는
동생을 구해 내 숨겼습니다. 고모부인
스트로피우스가 기꺼이 그를 맡아
자기의 유일한 아들, 필라데스와 함께
길러주었으니, 필라데스는 이 새로운 형제를
지극히 아름다운 우정으로 받아들였습니다.
그리고 그들의 희망대로, 그들의 영혼 안에
왕의 죽음을 복수하고자 하는 열망이
불타올랐습니다. 남몰래 변장을 하고
그들은 마치 오레스트의 뼛가루를 가지고
그의 죽음이라는 슬픈 소식을 알리는 척하며
미케네에 도착했습니다. 왕비는 그들을
극진히 맞았지요. 그들은 집 안으로 들어섰습니다.
오레스트는 엘렉트라에게 정체를 밝혔습니다.
어머니의 엄숙한 모습 앞에서 억누르고 있던
복수의 불길을 그녀는 동생에게로
부채질했습니다. 아버지가 쓰러졌던
그곳으로 조용히 그를 데려갔지요.
참혹히 뿌려진 그 피의 희미한 옛 흔적은
바닥을 아무리 닦아내어도 흐릿한
자국을 남겨 그 일을 말해 주고 있었습니다.
불타는 혀로 엘렉트라는 그 잔인무도한
사건이 일어났던 상황을 묘사했고
노예처럼 비참히 지내온 나날들과
행복에 도취된 배신자의 횡포와

계모처럼 변해 버린 어머니에게서 받아온
수모들을 낱낱이 말해 주었습니다.
그러면서 그녀는 탄탈루스 가문에서 이미
끔찍한 악명을 떨쳤던 단도를 건네주었고
클리템네스트라는 아들의 손에 쓰러졌던 것입니다.

이피게니에 　그 고귀한 생애를 늘 신선한 구름 위에서
영화롭게 누리는 신들이시여,
그토록 오랜 세월 저를 인간에게서 떼어놓고
당신들 곁에 가까이 두시며
신성한 불을 보존하는 순결한 사명을 주시고
제 영혼을 그 불꽃처럼 영원히 신성한 광채 안에서
당신들의 거처로 끌어올리신 것은, 다만
제가 제 집안의 비극을 좀더 늦게
더 뼈저리게 느끼게 하려 하심이었습니까? —— 말하
세요,
그 불행한 이에 대해서! 오레스트에 대해 이야기하세
요! ——

오레스트 　오 그의 죽음을 말할 수 있었다면!
살해당한 영혼의 어머니 피가
얼마나 들끓어대며
태곳적 복수의 여신의 밤에 대고 외쳤는지.
「어머니 살해자를 도망가도록 봐두지 말아라!
범죄자를 쫓고 있는가? 그는 너희들의 제물이다!」
그 소리를 듣고 그들은 그 흐릿한 눈을
독수리같이 번득이며 주위를 둘러보았습니다.
그들의 동반자인 의심과 후회가 구석자리에서

슬그머니 기어나왔고
그들의 앞에서 아헤론²⁾의 연기가 피어올랐습니다.
그 구름 무리에서 범죄의 영원한 감시자가
소용돌이치며 피어올라 죄인의 몸을 둘러쌌습니다.
옛날의 저주가 오래전 황폐화시켰지만
신들이 다시 씨뿌린 대지의 아름다운 바닥을
그들은 짓밟았습니다. 그렇게 망쳐 마땅하지요.

이피게니에　불행한 분이여, 당신도 같은 입장이니
그 가여운 도망자가 얼마나 고통스러운지 느끼시겠
군요!

오레스트　무슨 말씀이십니까? 같은 입장이라니요?

이피게니에　그처럼 근친살해의 짐을 지고 있으니까요. 당신의
막내동생이 나를 믿고 이야기해 주었습니다.

오레스트　당신처럼 고결한 영혼이 거짓된 말에
속는 것을 견딜 수가 없군요.
한 이방인이 거짓에 찬 그물을
교묘하고도 교활하게 다른 이방인의 발밑에
함정으로 던진 것입니다. 우리 사이에는
진실이 있어야겠습니다!
제가 오레스트입니다! 이 죄 많은 몸은
무덤 앞에 쓰러져 죽음을 구합니다.
죽음이 어떤 모습으로 오든 기꺼이 맞겠습니다!
당신이 누구이든, 저는 당신과 내 친구의
구원만을 바랍니다. 제 구원은 원치 않습니다.

---

2) 스틱스 같은, 지옥으로 건너가는 강.

당신은 마지못해 이곳에 머무르는 것 같군요.
도망갈 길을 찾으시고, 저는 여기 버려두십시오.
영혼이 빠져나간 내 육체를 바위에서 떨어뜨려
내 피가 바다까지 닿아
이 야만국의 바닷가에 저주가 내리기를!
아름다운 그리스의 집으로 가십시오,
새로운 삶을 기쁘게 시작하십시오.
(멀어져간다.)

이피게니에   위대한 주피터의 가장 아름다운 딸이여,
마침내 제게 내려와 희망을 주셨나이다!
제 앞의 당신 모습은 얼마나 장엄하신지요!
은총의 꽃다발과 결실로 가득 차서
올림푸스의 보물을 가져다주신 당신의 손을
제 눈은 미처 보지 못했나이다.
사람들이 왕이 가진 넘치는 재물에 대해
알고 있듯이 —— 수많은 이에게는 큰 재산인 것이
왕에게는 하찮아 보이는 법이지요——, 그렇게 당신들
신들이 오래전부터 현명하게 마련해 놓은
아껴둔 선물에 대해 알고 있습니다.
우리 신실한 자들에게 어떻게 해줄지는 당신들만이
아시고
매일 저녁 별과 안개의 베일이 우리의 시야를
막고 있을지라도 저 영원한 왕국의 미래를
보고 계십니다. 빨리 이루어달라고 당신들께
철없이 간청하는 우리의 애원을

침착히 들으셨습니다. 그러나 당신들의 손은
저 하늘의 금빛 열매가 익기 전에는 절대 내리지 않
으시니,
참을성 없이 억지로 빼앗아
그 신 열매를 먹고 죽음에 이른 자여,
가련하여라, 오, 오랫동안 기다렸던
생각지도 못했던 이 행복이, 세상 뜬 친구의
그림자처럼, 헛되이, 몇 배 더 고통스럽게
나를 지나쳐버리지 않게 해주소서!

오레스트 (다시 그녀에게 다가온다.)
당신과 필라데스만을 위해 신들을 찾으시고,
내 이름은 당신들의 이름과 함께 부르지 마십시오.
당신과 한편으로 삼아준 이 죄인을
구하지 마시고, 저주와 고난만을 나누어주십시오.

이피게니에 내 운명은 당신의 운명과 단단히 묶여 있어요.

오레스트 그렇지 않습니다! 아무도 동행하지 않고
혼자서 죽음에게 가도록 해주십시오. 당신의 베일로
손수 이 죄인을 감싸시더라도
늘 깨어 있는 복수의 여신의 시선에서 감출 수는 없습
니다.
천상의 존재 같은 당신의 존재도
그들을 약간 밀어놓을 뿐, 쫓아버릴 수는 없습니다.
그들이 그 무례한 구리발로
신성한 숲의 바닥을 밟아서는 안 됩니다.
그런데도 저 멀리, 여기저기서 그들의 음흉한
웃음소리가 들리는군요. 나그네가 목숨을 구하러

올라간 나무 주위를 늑대들이 둘러싸고
있는 것처럼 말입니다. 그들은 저 밖에 웅크리고 앉아
기다리고 있습니다. 제가 이 숲을 벗어나면
그들은 그 뱀머리를 흔들면서
사방에서 먼지를 일으키며 기어올라
자기들의 먹이를 몰아댈 것입니다.

이피게니에 오레스트, 당신은 위안의 말을 받아들일 수 있나요?

오레스트 그 말은 신들의 친구를 위해 아껴두십시오.

이피게니에 신들은 당신에게 새 희망의 빛을 주십니다.

오레스트 안개와 연기 속에서 나는 내게 지옥의 길을 비춰주는
죽음의 강의 희미한 빛을 봅니다.

이피게니에 당신에게는 누이가 엘렉트라뿐인가요?

오레스트 누이 하나는 압니다. 그러나 큰 누이는
우리에게는 끔찍하게 보였지만 다행스러웠던 운명으
로
우리 집의 비극으로부터 제때 떠났습니다.
오, 그 질문은 삼가십시오. 복수의 여신들과
한패가 되지 마십시오. 그들은 내 영혼에서
쓰라린 잿더미를 불어날리며 심술궂게 기뻐하고,
우리 집안의 무서운 화염의 마지막 석탄이
내 안에서 조용히 꺼져가는 것을
좋아하지 않을 것입니다. 그 화염이 영원히,
고의로 되살려지면서, 지옥의 유황을 먹이로,
내 영혼을 고문하며 타올라야겠습니까?

이피게니에 내가 그 불꽃에 달콤한 향기를 가져다주마.
오, 사랑의 순결한 입김으로 네 가슴의

화염이 고요히 흔들리며 가라앉도록 해다오.
내 소중한 오레스트, 모르겠니?
무서운 복수의 여신의 추적이
네 혈관 속의 피를 말려버렸니?
저 무시무시한 메두사의 머리처럼 마술이
네 사지로 스며들어 돌로 만들어버렸니?
흩뿌려진 어머니의 피에서 나오는 목소리가
지옥에서 올라와 어두운 음성으로 불러댄다면,
순결한 누이의 목소리는 자비하신 올림푸스
신들의 축복의 말로 부르지 않니?

오레스트   그렇습니다! 부르고 있습니다! 저를 이렇게 파멸시키렵
         니까?
         당신 안에는 복수의 여신이 숨어 있습니까?
         그 목소리를 통해 무시무시하게도 나를 그 가장 깊은
         내면으로 향하게 만드는 당신은 누구십니까?

이피게니에 너의 마음 깊은 곳에 이미 밝혀져 있지.
         오레스트, 나다! 이피게니에를 보아라!
         나는 살아 있어!

오레스트   당신이!

이피게니에 내 동생아!

오레스트   비켜요! 저리 가요!
         경고하는데, 머리털 하나라도 건드리지 말아요!
         크로이자의 신부복[3]을 입은 듯
         꺼지지 않는 불꽃이 내게서 옮겨 붙을 거요.

---

3) 고린도의 크레온 왕의 딸 크로이자는 연적으로부터 영원히 불타오르는
   신부복을 선물받고 화염에 휩싸인다.

날 놔둬요! 이 무가치한 인간도 헤라클레스[4]처럼

내 자신 안에 파묻혀 치욕스러운 죽음을 죽을 테요!

이피게니에   넌 죽지 않을 거야! 오 네게서

침착한 말 한마디만 들을 수 있다면!

오, 내 의혹이 풀리고, 오랫동안 갈망했던

행복이 이제 확실해졌으면.

행복과 고통의 수레바퀴가 내 영혼 안에서

구르는구나. 오싹하는 전율이 나를

낯선 이에게서 멀리 떼어놓았지만,

내 깊은 내면은 나를 동생에게로 강력히 끌어당기네.

오레스트   여기가 디오니소스의 신전인가? 억제 못할

맹렬한 광란이 이 여사제를 사로잡았는가?

이피게니에   오, 내 말을 들어라! 나를 보아라,

이토록 오랜 세월이 지난 후 내 마음이, 얼마나 활짝 열려

세상이 아직도 나를 위해 간직해 두었던

그 축복, 내 가장 소중한 사람의 머리에 입맞추고

허망한 바람만 일으켰던 팔로

너를 안으려 하는지!

오 그렇게 하게 해다오! 파르나스[5]에서

솟아나 바위 사이를 흘러 황금계곡으로 내려가는

그 영원한 샘물도 이보다 더 아름답게 솟아날 수 없으니,

---

4) 헤라클레스도 독 묻은 옷을 입고 돌이킬 수 없는 상처를 입은 나머지 스스로를 불태우도록 시켜 죽는다.
5) 뮤즈가 즐겨 머물렀다는 델피의 산.

　　　　　얼마나 내 가슴에 기쁨이 끓어 넘치는지,
　　　　　축복의 바다가 나를 얼마나 둘러싸는지,
　　　　　오레스트! 오레스트! 내 동생아!
오레스트　아름다운 요정이여,
　　　　　나는 당신과 당신의 듣기 좋은 말을 믿지 않습니다.
　　　　　다이아나는 정숙한 여사제를 원하고
　　　　　신성을 모독하면 복수를 하실 것입니다.
　　　　　내 가슴에서 당신의 팔을 치우십시오!
　　　　　당신이 한 젊은이를 지극히 사랑하여
　　　　　그에게 최상의 행복을 부드럽게 권하고 싶다면
　　　　　당신의 기분을, 그걸 받을 가치가 있는 사람인
　　　　　나의 친구에게 돌리십시오. 그는 저기
　　　　　바위틈 길에서 서성이고 있습니다. 그를 찾아내어
　　　　　올바른 길을 일러주고, 나는 내버려두십시오.
이피게니에　정신 차려라, 얘야,
　　　　　밝혀진 사실을 깨달아야 한다!
　　　　　이 누이의 하늘 같은 순수한 기쁨을
　　　　　분별없는 추악한 욕정과 혼동하지 말아라.
　　　　　오, 그의 저 굳어버린 눈에서 착란을 거두소서,
　　　　　우리의 지고한 기쁨의 순간을 몇 배 더
　　　　　비참하게 만들지 마소서! 오래전에 잃어버린
　　　　　네 누이가 여기 있다. 여신께서
　　　　　제단에서 나를 멀리 들어내어 이곳
　　　　　그녀의 신전 속으로 구해 내오신 거야.
　　　　　너는 사로잡혀 희생 제물로 바쳐졌지만,
　　　　　그 여사제가 바로 이 누이란다.

오레스트　　이 불행! 태양은 우리 가문의
　　　　　　마지막 참상까지 보려 하는가!
　　　　　　엘렉트라까지도 여기 있어서 우리와 함께
　　　　　　파멸해야 하지 않겠는가, 그녀의 생애를
　　　　　　비참한 운명과 고통에 바쳐야 하지 않겠는가?
　　　　　　좋소, 여사제여! 제단으로 따르리다.
　　　　　　근친살해는 그 유서 깊은 가문의 전통적 풍습이지.
　　　　　　신들이여, 감사하오이다, 아이도 없이 나를
　　　　　　완전히 뿌리 뽑아 주심을, 당신에게 충고하건대,
　　　　　　태양빛도 별빛도 너무 사랑하지 마시오.
　　　　　　자, 나를 따라 어둠의 나라로 내려갑시다!
　　　　　　지옥의 유황 연못에서 태어난 용들이
　　　　　　서로 싸우며 제 형제를 집어삼키듯이,
　　　　　　미쳐 날뛰는 일족은 서로를 파괴하는 법이지.
　　　　　　자식도 죄도 남기지 말고 내려갑시다!
　　　　　　연민의 눈으로 나를 보는 거요? 집어치워요!
　　　　　　클리템네스트라도 그런 눈빛으로
　　　　　　아들의 마음을 돌이켜보려고 애를 썼지.
　　　　　　하지만 그의 치켜 올라간 팔은 그녀의 가슴을 쳤소.
　　　　　　어머니는 쓰러졌소! —— 나오너라, 성난 망령아!
　　　　　　무리지어 다가서라, 너희 복수의 여신들아,
　　　　　　그리고 너희들이 준비한 그 마지막, 혐오스러운,
　　　　　　즐거운 연극에 끼여들어라!
　　　　　　너희들의 단도를 날카롭게 하는 것은 증오도 복수도
　　　　　　아니구나.
　　　　　　사랑스러운 누이가 그 일을

강요당하는구나. 울지 말아요! 누나는 죄가 없지.
내 어린 시절부터, 누나를 사랑했던 것만큼
사랑한 것은 아무것도 없었어요.
누나의 칼을 휘둘러요, 망설이지 말고
이 가슴을 갈갈이 찢어 여기 끓어 넘치는
피에 길을 내줘요!

(의식을 잃고 쓰러진다.)

이피게니에　이 행복과 불행을 나 혼자서는
감당할 수가 없구나. — 어디 있나요, 필라데스?
충실한 당신의 도움을 어디서 얻을 수 있나요?

(두리번거리며 멀어진다.)

제2장

오레스트　(혼수 상태에서 깨어나 몸을 일으킨다.)
한 잔 더! 레테의 강에서 떠낸
마지막 시원한 청량제 한 잔을 건네다오!
생명의 움직임이 곧 내 가슴에서
씻겨져 나가리라. 내 영혼은 곧 조용히
그 망각의 강을 흘러 너희,
영원한 안개 속의 그림자들에게로 가리니.
떠돌던 이 지상의 아들이 너희들의 휴식 속에서
즐거이 위안받게 하여라! —
나뭇가지 사이로 들리는 저 속삭임,
저 희미한 빛 속에서 수런거리는 소리는 무엇일까? —

그들이 벌써 새 손님을 맞으러 오는구나!
궁전에 모인 듯 행복하게 서로
즐거워하는 저 무리는 누구인가?
늙은이와 젊은이, 남자와 여자들이
평화롭게 걸어가는구나. 저 거니는 모습은
마치 신처럼 보이는구나. 그래, 그들은
우리 집안의 선조들이다! —— 티에스트가
아트로이스와 함께 정답게 대화를 나누고,
아이들은 장난치며 그 주위에서 맴을 돈다.
저들 사이에는 이제 아무런 적의도 없는가?
복수는 마치 태양빛처럼 스러졌는가?
그렇다면 나도 환영받을 테고, 저들의
축제에 끼여들어도 되겠구나.
어서 오십시오, 조상님들! 오레스트가,
당신들 가문의 마지막 아들이 인사드립니다.
당신들이 뿌린 것을 그가 거두었지요.
저주의 짐을 지고 이곳으로 내려왔답니다.
하지만 그 짐이 여기서는 훨씬 가볍군요.
그를 받아들이시지요, 당신들 무리에! —
아트로이스, 당신을 존경합니다. 티에스트, 당신도요.
우리는 모두 적의를 떨치고 여기 있습니다 —
내 생애에 단 한번 보았던 아버지를
보여주세요! — 아버지, 당신이십니까?
어머니를 다정하게 이끌고 계십니까?
클리템네스트라가 당신의 손을 잡아도 된다면,
오레스트도 그녀에게 다가서서

이렇게 말해도 되겠군요. 당신 아들을 보세요!
당신들의 아들을 보세요! 그를 따뜻이 맞아주세요.
지상의 우리 집에서는 살인의 인사가
확실한 우리들의 표식이었고,
옛 탄탈루스 일족들의 친구들도
밤의 저쪽에 있었지요.
말해 주세요, 환영한다! 라고. 그리고 저를 받아주세요!
오, 우리들의 할아버지, 선조께 데려다 주세요!
할아버지는 어디 계십니까? 그 고귀한 몸,
높이 존경받고, 신들과 한자리에 앉아 이야기를 나누던
그분을 보도록 데려가 주세요.
주저하시는 것 같군요. 몸을 돌리십니까?
무슨 일이십니까? 신 같은 당신들도 고통스러우신가요?
오 가슴 아파라! 그 위대한 초월자들이
영웅의 가슴에 무서운 고통을 주며
구리사슬로 단단히 옭아매어 놓다니.

제3장

오레스트. 이피게니에. 필라데스.

오레스트 당신들 벌써 내려왔는가?
좋아요, 누님! 엘렉트라가 빠졌군요.
자비하신 신께서 그 누님도
부드러운 화살과 함께 즉시 내려보내실 거요.

자네, 불쌍한 친구, 나는 후회막심이네!
같이 가세! 같이 가세! 플루토의 왕국에
새로운 손님이 되어 주인에게 인사드리러.

이피게니에   저 넓은 하늘에서 낮에도 밤에도
아름다운 빛을 인간들에게 내려보내시고
세상 떠난 자들은 비추지 않으시는
남매신들이여, 우리 남매를 구해 주소서!
다이아나여 당신은, 당신의 성스러운 오빠를
이 지상과 하늘에 있는 그 무엇보다도 사랑하시고
순결한 처녀의 얼굴을 고요히 들어
그의 영원한 빛을 좇으시나이다.
오, 내 하나밖에 없는, 이제야 찾은 동생을
광기어린 망령들의 어둠 속에서 날뛰게 하지 마소서!
저를 이곳에 숨겨주시고 이제는 끝내는 것이
당신의 뜻이라면, 동생을 통해 저에게
또 저를 통해 동생에게 신성한 도움을 주시려면,
그를 이 저주의 덫에서 풀어주시어
구원에 알맞은 이 시간을 헛되이 보내게 하지 마옵
소서.

필라데스   우리와 이 성스러운 숲과, 죽은 자는 비추지 않는
이 빛을 알아보겠는가?
자네를 꼭 끌어안아 생명을 지켜주는
친구와 누이의 팔을 느끼지 못하는가? 우리를
힘차게 붙들게. 우리는 공허한 그림자가 아니네.
내 말을 잘 들어! 정신차리게! 마음을
가다듬게! 허비할 시간이 일 초도 없고,

우리의 귀향은 자비로운 운명의 여신이 짜주는
가냘픈 실가닥에 달려 있다네.

오레스트   (이피게니에에게.)
처음으로 자유로운 마음과 함께
누님의 팔 안에서 순수한 기쁨을 느끼게 해주세요!
불타오르는 힘으로 무거운 구름을
남김없이 밀어내시며
오랫동안 갈구하던 비를 천둥소리와
불어대는 바람과 함께 거친 폭풍우 속에서
지상으로 뿌려주는 은혜로운 신들이여,
또한 인간들의 지독한 열망을 즉시
축복 속에서 풀어주시고 공포스러운 놀라움을
기쁨의 눈빛과 절절한 감사로 바꾸어주시니,
빗방울로 새롭게 활기를 찾은 나뭇잎 속에서
새로운 햇살이 수백 가지 모습으로 비칠 때면
무지개의 여신이 그 가벼운 손으로 영롱하게
마지막 구름의 흉측한 얼룩을 털어내어 주시나이다.
오, 저 또한 제 누님의 팔 안에서,
제 친구의 가슴에서, 저에게 허락하신 것을
감사에 가득 차 붙잡고 누리게 하소서!
저주가 풀렸다고 제 가슴이 말하나이다.
복수의 여신이 지옥으로 물러가고 그 뒤에서
청동의 지옥문이 닫히는 소리가
멀리서 나는 천둥소리처럼 들리나이다.
지상은 청량한 향기를 뿜어내고
삶의 기쁨과 위대한 업적을 구하라고

저를 초대하나이다.
필라데스 시간이 촉박하니 꾸물거리지 말게!
우리의 돛을 부풀게 하는 바람이
우리의 완전한 기쁨을 올림푸스로 가져다줄걸세.
가세! 지금은 신속한 준비와 결단이 필요하네.

제4막

제1장

이피게니에   천상의 신들은
지상의 인간들에게
수많은 혼돈을 주시고,
기쁨에서 고통으로
또 고통에서 기쁨으로
깊이 감동적인 변화를
마련해 주시는구나.
도시 가까운 곳이나
머나먼 해변에서
그런 변화를 일으켜
위급한 순간에도
침착한 친구를 주시어
도움을 베푸시는구나.

오, 신들이여, 우리 필라데스와
그의 계획한 일을 축복하소서!
그는 전장에서는 젊은이들의 팔이 되고
회의에서는 노인들의 빛나는 눈이 됩니다.
그의 영혼은 침착하기 때문이지요. 그 영혼은
성스럽고 무한한 고요라는 보물을 간직하고,
이리저리 쫓겨다니는 자들에게 마음 깊은 곳의
충고와 도움을 주기 때문입니다. 그는
제게서 동생을 떼어놓았습니다. 저는 동생을
놀라 자꾸 쳐다만 볼 뿐, 그 행복을 완전히
제 것으로 할 수 없었습니다. 그를 제 팔에서
빼앗아가지 마시고, 우리를 둘러싼
위험 가까이로 몰고 가지 마옵소서.
이제 그들이 계획을 실행하러 바닷가로
갑니다. 그곳에서 동료들을 태운 배가
후미에 숨어 신호를 기다리고 있습니다.
그리고 제게는 재치 있는 말을 알려주어
왕이 신하를 보내 희생 제물을 독촉할 때
해야 할 대답을 준비시켰습니다. 아! 제가 어린아이
처럼
거기에 따라야 한다는 것을 잘 아옵니다.
저는 아직까지 시치미를 떼거나 누구를 속이는
법을 배운 적이 없습니다. 오!
거짓을 말하다니! 거짓은 다른 진실된 말처럼
마음을 자유롭게 하지 못하니,
그것은 우리를 위로하지 못하고, 몰래 거짓을

꾸며내는 자를 불안하게 하고,
그 튕겨져 나간 화살은 신의 손으로 방향이 바뀌어
되돌아오고, 쏜 자의 가슴을 맞춥니다.
제 가슴은 근심에 근심으로 떨립니다.
복수의 여신들이 아마도 동생을 붙잡아
이 저주받은 바닷가로 잔인하게
다시 끌고 올지 모르겠습니다.
그들이 발각되었나요? 무장한 병사들이
다가오는 소리가 들리는 듯합니다!──여기!──왕의
사신이 재빠른 걸음으로 옵니다.
제 가슴이 뛰고 제 정신이 흐려집니다.
거짓말을 해야 할 저 사람의
얼굴이 보이기 때문입니다.

제2장

이피게니에. 아르카스.

아르카스   서둘러 제물을 바치시지요, 여사제님!
         왕께서 기다리시고, 백성들도 안달입니다.
이피게니에 뜻하지 않았던 장애가
         저를 가로막지만 않았더라도
         제 의무와 당신의 충고를 따랐을 것입니다.
아르카스   왕의 명령을 방해하는 게 무엇입니까?
이피게니에 우리가 제어할 수 없는 우연한 사고입니다.

아르카스	곧 왕에게 보고하도록, 말해 주십시오.
	왕은 그들을 죽이기로 결심하셨으니까요.
이피게니에	신들은 아직 그런 결심을 안하셨습니다.
	그들 중 나이 많은 쪽은
	근친살해의 죄를 지고 있습니다.
	복수의 여신들이 그의 길을 뒤쫓았고,
	이 신전 안까지 그 악의 세력이
	따라왔지요. 그가 있는 것이 이 순결한
	장소를 더럽힌 결과가 됐습니다. 그래서
	그를 제 하녀들과 함께 바다로 보내
	여신의 신상을 깨끗한 물결에 적셔
	비밀스러운 의식을 행하도록 하겠습니다.
	우리의 조용한 일을 아무도 방해해선 안 됩니다!
아르카스	이 새로운 장애를 왕에게
	속히 알리겠습니다. 그가 허락할 때까지
	이 신성한 일을 시작하지 마십시오.
이피게니에	이것은 여사제만이 맡는 일입니다.
아르카스	이런 희귀한 사건은 왕도 아셔야지요.
이피게니에	그의 충고나 명령은, 아무것도 바꾸지 못합니다.
아르카스	때로는 왕의 등장이 요구되는 일도 있습니다.
이피게니에	제가 꺼리는 일을 강요하지 마세요.
아르카스	필요하고 좋은 일을 꺼리지 마십시오.
이피게니에	기다리지 않으시겠다면, 저는 그만두겠습니다.
아르카스	이 소식을 즉시 진중에 전하고
	왕의 명령을 받아 속히 돌아오겠습니다.
	오, 지금 우리를 혼란시키는 모든 문제를

풀 수 있는 또 다른 소식을 가져갈 수만 있다면.

당신은 그 진실한 충고에 전혀 개의치 않는군요.

이피게니에　제가 할 수 있는 일이었다면 기꺼이 했겠지요.

아르카스　아직 마음을 바꿀 시간은 있습니다.

이피게니에　그건 우리의 힘으로 되는 일이 절대 아닙니다.

아르카스　당신에게 힘들다고 해서 불가능한 일로 돌리는군요.

이피게니에　당신의 소원이 그 일을 가능한 것처럼 속이는 것입니다.

아르카스　그렇다면 뭐든지 되는 대로 놔두겠다는 겁니까?

이피게니에　저는 신의 손에 맡겼습니다.

아르카스　신들은 인간적으로 인간을 구원하십니다.

이피게니에　모든 것은 신들의 손짓에 달렸지요.

아르카스　제 생각으로는, 당신 손에 달렸습니다.

왕의 격앙된 심정만이

그 이방인들에게 비참한 죽음을 내립니다.

군대는 이미 오래전부터 잔인한 제물과

피 흘리는 의식의 습관에서 벗어났습니다.

그렇습니다. 불행한 운명으로 이방의 바닷가에

끌려온 많은 사람들은, 낯선 국경에서

방황하는 비참한 이들을 얼마나 친절한

인간의 얼굴이 맞아주는가를 느꼈습니다.

오, 당신이 할 수 있는 일을 피하지 마십시오!

당신이 시작한 일은 쉽게 이루어질 것입니다.

인간의 모습을 입고 하늘에서 내려온

부드러운 분이 왕국을 세우는 데는,

순진한 민족이 생명력과 활기와 힘에 가득 차서,

거칠고 엉성하게, 스스로를 불안한 예감에 맡긴 채,
인생의 무거운 짐을 지고 가는 이곳보다
더 적당한 곳이 없기 때문입니다.

이피게니에   당신의 뜻대로 움직일 수 없는
제 영혼을 이토록 흔들지 마세요.

아르카스   시간이 있는 한, 노고와 선한 말을
되풀이하기를 아끼지 않을 것입니다.

이피게니에   당신은 노력을 하면서 제게 고통을 주시는군요.
둘 다 허사입니다. 그러니 이제 나를 내버려두세요.

아르카스   제가 도움을 청하는 것이 바로 그 고통입니다.
고통은 친구이며, 좋은 충고를 해주니까요.

이피게니에   고통은 내 영혼을 무력으로 움켜쥐지만
제 거부감을 없애지는 못합니다.

아르카스   아름다운 영혼이, 고귀한 분이 베푸는
선행에 거부감을 느낀다는 말입니까?

이피게니에   그래요, 그 고귀한 분이, 제 감사 대신
제 자신을 원하기를 그만두지 않는다면요.

아르카스   사랑이 없는 사람은, 용서를 비는 말도
하지 않는 법이지요.
여기서 일어난 일을 왕께 말씀드리겠습니다.
당신이 여기 도착한 그날부터
그가 당신을 얼마나 극진히 대했는가를
마음속에 다시 생각해 보십시오!

제3장

이피게니에   (혼자말.) 저 사람의 말 때문에 좋지 않은 때에
내 마음이 갑자기 침통해지는구나. 두려워라! ―
거센 폭풍과 함께 파도가 밀려와
모래에 묻혀 바닷가에 누워 있는 바위를
드러내듯, 우정의 파도가 내 가장 깊은
속마음을 드러내는구나. 나는 불가능한 일을
내 팔에 붙들고 있네.
자비하신 여신이 그의 팔에 나를 안아
구해 내실 때, 나를 이 땅에서 들어올리고
여신이 내 관자놀이에 얹어놓은 풋잠 속에
나를 안아들인 구름이 다시 부드럽게
나를 둘러싸는 듯하다. ― 내 마음은
온 힘을 다해 동생만을 붙들고 있네.
나는 그의 친구의 충고에만 귀기울였지.
그들을 구하는 데만 정신을 온통 쏟았지.
황량한 섬의 절벽에서 뱃사람들이
등을 돌리듯, 타우리스에서 그렇게
돌아섰지. 이제 저 충실한 이의 목소리가
나를 다시 일깨웠으니,
내가 이곳 사람들을 버리려 한다는 것을
상기시키는구나. 이 거짓 연극은 나를 두 배로
추악하게 만든다. 오 침착하자, 내 영혼이여!
너는 흔들리고 의심하기 시작하는구나.
네 고독의 단단한 땅을 너는

떠나야만 하는구나! 다시 배에 올라
흔들리는 파도에 사로잡혀, 네 자신과 세계를
우울하고 불안한 것으로 생각하는구나.

제4장

이피게니에. 필라데스.

필라데스   그녀가 어디 있을까? 우리의 구출에 관한
기쁜 소식을 속히 알려야 하는데!

이피게니에   당신이 약속한 굳은 위로에 대한 기대와
불안으로 가득 차 있는 내가 여기 있습니다.

필라데스   당신 동생은 나았습니다! 이 신성하지 못한
바닷가의 바위길과 모래 위를 우리는
흥겨운 대화를 나누며 걸었습니다.
뒤쪽에는 숲이 있었지만 우리는 느끼지 못했지요.
그 젊은이의 곱슬머리를 아름다운 불꽃이
환하게, 점점 더 환하게
비춰주었습니다. 그의 눈은
용기와 희망으로 빛났고, 그 자유로운 마음은
기쁨과, 그를 구해 준 당신과,
나를 구하기 위한 열망에 넘쳐 있습니다.

이피게니에   당신에게 축복을! 그리고 그렇게 기쁜 소식을 전하는
당신의 입술에서 고통과 비탄의 소리가
다시는 울리지 않기를 빕니다!

필라데스 그보다 더 좋은 소식이 있습니다. 행운에는
마치 귀족처럼, 아름다운 동행이 따르기 때문이지요.
우리는 동료들도 발견했습니다.
그들은 한 바위만에 배를 숨겨놓고
낙담하여 기다리며 앉아 있었지요.
당신의 동생을 보자마자 모두들
환호성을 올리며 출발의 시간을 한시라도 빨리
앞당기기를 재촉하고 있습니다.
모든 손들이 노젓기를 애타게 바라고,
바람도 육지 쪽에서 살랑이며 불어나오니,
그 충성스러운 흔들림을 모두 즉시 알 수 있었습니다.
그러니 서두릅시다, 저를 신전으로 데려가,
그 신성한 곳에 들어가게 하시고, 우리가
소원했던 목표를 조심스레 손에 넣게 해주십시오!
저 혼자서도 여신상을 충분히
튼튼한 어깨에 메고 갈 수 있습니다.
그 여신상을 얼마나 애타게 바랐었는지!
(마지막 말과 함께, 이피게니에가 따라오지 않는다는 것을 깨닫
지 못한 채 신전 쪽으로 간다. 그러다가 몸을 돌린다.)
당황한 것 같으십니다! 새로운 재앙이
우리의 행운을 가로막고 있습니까? 말하세요!
우리가 약속했던 계책의 말이
왕에게 전달되도록 하셨습니까?

이피게니에 그랬어요, 충실한 분, 하지만 절 책망하실 거예요.
당신의 시선이 제게는 말없는 질책이군요.
왕의 사신이 왔었고, 당신이 내게

기억시킨 대로, 그에게 말했지요.
그는 놀란 듯했고, 이 기묘한 사건을
우선 왕에게 급히 알리고
왕의 뜻을 받아오겠다고 했습니다.
그래서 저는 그가 돌아오기를 기다리고 있어요.

필라데스　오, 맙소사! 위험이 우리 관자놀이 주위를
새롭게 떠다니는군요! 왜 슬기롭게
여사제의 권한을 들어 숨기지 못했습니까?

이피게니에　숨기는 일은 지금까지 전혀 해보지 못했어요.

필라데스　당신의 그런 순진한 생각이 당신과 우리를
파멸로 몰고 갈 것입니다. 왜 나는 이런 경우를
미리 생각해서 당신에게 그런 요구를
피해 가는 방법을 가르치지 못했을까요!

이피게니에　오직 저만을 책망하세요,
책임은 제게 있습니다. 저는 잘 알아요.
하지만 제 마음이 당연히 말해야 하는 것을
진지하게 이성적으로 요구하는 그 사람에게
어떻게 달리 대할 수가 없었답니다.

필라데스　그것이 일을 더욱 위험스럽게 끌고 갔군요.
하지만 그렇다고 겁을 먹거나 분별을 잃지 말고
서둘러 자구책을 강구합시다. 침착하게
그 사자가 돌아오기를 기다리십시오. 그리고
왕이 무슨 요구를 하든 물러서지 마십시오.
그런 축제의 의식을 주관하는 권리는
여사제의 것이지, 왕의 것은 아니니까요.
그리고 정신이상으로 심각하게 고통받고 있는

그 이방인을 봐야겠다고 요구한다면,
당신이 우리 둘을 신전에 잘 가두어두고 있는 듯
거절하십시오. 그렇게 우리에게 여유를 주면
우리는 최대한 서둘러 그 신성한 여신상을
이 거칠고 야만적인 민족에게서 빼앗아 달아나겠습
니다.
아폴로는 우리에게 가장 좋은 징조를 보내시고
우리가 그 의무를 신실하게 이행하기도 전에
그의 약속을 이미 신답게 이루십니다.
오레스트가 자유로워지고, 치료됐으니까요! — 오레
스트와 함께
오, 순풍이여, 우리를 신이 사시는
바위섬[6]으로 이끌어다오.
그런 뒤 미케네가 다시 살아나도록,
불꺼진 난로 속의 잿더미에서
가신들이 기뻐하며 몸을 일으키고,
그들의 집에 아름다운 불꽃이 빛나도록
미케네로 갑시다! 당신의 손은 금빛 향로에서
제일 먼저 그들에게 향을 뿌려야겠지요. 당신은
그들의 집 문에 치유의 생명을 다시 가져오고,
저주를 풀어주고, 당신의 가문을 싱싱한
생명의 꽃으로 화려하게 장식할 것입니다.

이피게니에 당신의 말을 들으면, 오 친애하는 이여,
꽃이 태양을 향해 몸을 돌리듯 내 영혼은

---

6) 아폴로의 탄생지인 델로스 섬, 혹은 델피 섬을 가리킴.

당신 말의 광채에 싸여 몸을 돌리고
달콤한 위안을 찾게 됩니다.
눈앞에 있는 친구의 현명한 말은
얼마나 귀중한지요. 고독한 사람은
그의 하늘 같은 힘을 열망하며 한껏 받아들입니다.
그의 가슴속에서 서서히 성숙하며 간직된
생각과 결심은, 사랑스러운 이의 존재만으로도
쉽게 펼쳐지기 때문이지요.

필라데스 조심하십시오! 이제 초조히 나를 기다리는
친구들에게 속히 가서 안심시켜야겠습니다.
그런 뒤 즉시 돌아와 이곳 바위 덤불에서
몸을 숨기고 당신의 신호에 귀를 기울이겠습니다—
무슨 생각을 하십니까? 갑자기 당신의 환한 이마에
은근한 슬픔의 표시가 스치는군요.

이피게니에 용서하세요! 태양 앞의 옅은 구름처럼
제 영혼에 가벼운 근심과 불안이
지나갔답니다.

필라데스 두려워 마십시오!
공포는 위험과 은근히 긴밀한 관계를
맺고 있습니다. 둘은 한패거리입니다.

이피게니에 내게 경고하는 근심은,
내 두번째 아버지였던 왕을
음험하게 속이고 우롱한다는 것입니다.

필라데스 당신 동생을 죽이려는 자에게서 도망할 뿐입니다.

이피게니에 그는 내게 호의를 베푼 바로 그 사람입니다.

필라데스 위기 때문에 한 일은 배은이 아닙니다.

이피게니에   배은은 배은이지요. 위기는 변명이 되겠지만요.
필라데스   신과 인간 앞에서 당신은 용서받을 것입니다.
이피게니에   제 마음만은 편안하지 못합니다.
필라데스   너무 엄격한 고집은 은근한 교만입니다.
이피게니에   따지는 게 아니라, 그저 그렇게 느낄 뿐이라는 거지요.
필라데스   자신이 옳다고 느끼면, 스스로를 존중하셔야 합니다.
이피게니에   전적으로 순결하게 내놓을 것은 제 마음뿐입니다.
필라데스   당신은 신전에서 그렇게 자신을 지키셨습니다.
            인생은 우리에게, 우리 자신과 다른 이에게
            덜 엄격하라고 가르칩니다. 당신도 그걸 배웠지요.
            인간이란 그토록 묘하게 자라왔고,
            모든 일은 너무나 다양하게 얽히고 연결되어,
            아무도 자기 자신이나 다른 사람을
            투명하고 명쾌하게 대할 수 없습니다.
            우리는 또한 스스로를 조종하도록 되어 있지도 않습
            니다.
            앞으로 나아가며 자신의 길을 바라보는 것이
            인간의 첫번째 의무요, 그 다음 의무입니다.
            인간은 자신이 한 일을 올바로 평가하지 못하며
            지금 하는 일도 거의 판단할 수 없기 때문입니다.
이피게니에   당신 의견에 거의 동의하도록 설득하시는군요.
필라데스   선택의 여지가 없는 곳에 설득이 필요합니까?
            동생과 당신 자신과 한 친구를 구하는 것만이
            유일한 길입니다. 그 길을 가는 게 문제입니까?
이피게니에   오, 생각 좀 하게 해주세요! 당신 자신도 아마
            선의를 행해야 하는 것이 의무인 사람에게

그런 부당한 짓을 저지르는 일은 하지 않았을 거예요.

필라데스 우리가 파멸한다면 당신을 기다리는 것은
절망을 가져다줄 혹독한 비난입니다.
당신은 잃어버린다는 일에 익숙지 않군요.
이 막대한 재앙에 대항하기 위해서
거짓말 한번 하려 하지 않으시니까요.

이피게니에 오, 내게도, 냉정한 결단을 한번 내리면
어떤 다른 소리에도 귀를 기울이지 않는
남자다운 마음이 있었더라면!

필라데스 싫으셔도 할 수 없습니다. 고난의 쇠주먹이
내려졌고, 그 엄격한 신호는 신들조차도
복종해야 하는 최대의 법률입니다. 영원한 운명의
완고한 자매는 침묵하며 지배할 뿐입니다.
그가 명하는 것은 감당해야 합니다. 그가 시키는
일을 하십시오. 다른 할일은 아시지요. 나는 곧
다시 돌아와 당신의 성스러운 손으로부터
아름다운 여신상을 맞이하겠습니다.

제5장

이피게니에 (혼자말.) 그를 따라야 해. 우리 가문이
위급한 위험에 처해 있으니까. 하지만 아!
내 운명이 나를 더욱더 불안하게 만드는구나.
오, 내가 고독 속에서 아름답게 키워왔던
그 고요한 희망을 다시 살릴 수 없을까?

이 저주는 영원히 존재하는가? 이 가문은
새로운 축복으로 다시 일어설 수 없는가?— 모두 가져
가거라!
최상의 행복도, 생명의 가장 아름다운 힘도 마침내
사그라드는데, 왜 저주는 없어지지 않는가?
내 집안의 운명에서 벗어나와
여기 숨어 있으면서, 언젠가 순결한 손과 마음으로
더럽혀진 집을 깨끗하게 하리라는
희망은 헛된 것이 되었구나.
내 팔 안에서 동생을 끔찍한 재난으로부터
기적적으로 속히 치료하지도 못했고,
오랫동안 피해 다니던 배가 나를 아버지 나라의
항구로 데려다 주기 위해 다가오지도 않는구나.
냉혹한 재앙이 그 무쇠손으로 두 배의 짐을
내게 지워주는구나. 내게 맡겨진
무척이나 경외받는 신성한 여신상을
훔쳐내고, 내 생명과 운명을 신세진
그 사람을 속여야 하다니.
오, 마침내 내 마음속에 증오심이
싹트지 않기를! 옛신들의 깊은 증오가
부어졌던 타이탄들이 이 연약한 가슴을
매 같은 발톱으로 움켜쥐지 않기를! 나를 구하시고,
내 영혼 안의 당신들 모습을 보존해 주소서!

내 귀에 그 옛날 노래가 들려오네—
이미 잊어버렸고, 잊어버리려 했던 노래—

탄탈루스가 황금 의자에서 굴러 떨어질 때
냉정하게 부르던 운명의 여신들의 노래.
여신들은 그 고귀한 친구와 함께 괴로워했지.
그들의 가슴은 쓰라렸고, 그 노래는 전율스러웠네.
어렸을 적 유모가 나와 형제들에게
불러주었던 그 노래가 똑똑히 생각나는구나.

인간의 자손들이여,
신들을 두려워하라.
신들은 영원한 손에
지배권을 쥐고 있고
기분 내키는 대로
휘두를 수 있으니.

인간을 늘 높여주는
신들을 더욱 두려워하라!
높은 바위와 구름 위
황금 탁자 주위로
의자들이 마련되어 있도다.

불화가 일어나면
손님들은 치욕스럽게
굴욕적으로 밤의 어둠 속으로
떨어져 내려가
암흑 속에 묶인 채
공정한 재판을

헛되어 기다린다.
그러나 신들은 그곳
영원한 축제가 벌어지는
황금 탁자에 머물러 있지.
그들은 산꼭대기에서
산꼭대기로 걸어다닌다.
깊은 심연 속에서
질식한 타이탄들의
입김이 피어올라
제물의 향처럼
옅은 구름을 이룬다.

지배자들은 그들의
자비로운 눈을
모든 인종에게 돌리고
예전에 사랑하던 자들의
손자들에게 나타난
조용히 호소하는 표정을
보지 않으려 하는구나.

여신들은 또 노래했지.
내쫓긴 자들은
어두운 지옥 속에서
노래에 귀를 기울이며
자식과 손자들을 생각하고
머리를 흔든다고.

제5막

제1장

토아스. 아르카스.

아르카스   당혹스러이 고백하건대, 제 의심을
어디에 돌려야 할지 모르겠습니다.
몰래 도주를 기도하는 죄수들에게
돌려야 할까요? 그들을 돕는 여사제에게
돌려야 하겠습니까? 소문이 무성해집니다.
두 죄수를 데려온 배가
해안 후미 어딘가에 아직도 숨어 있다는 것입니다.
한 사람이 미쳤다든가, 여신상을 씻는다는
핑계로 머뭇거리는 것이 의혹을
더욱 키우고 경계심을 불러일으킵니다.

토아스   여사제를 즉시 불러오너라!

그리고 가서 바닷가를 당장 샅샅이 수색하라.
곳에서부터 여신의 숲에 이르기까지.
신성한 깊은 숲속은 보호하고, 신중한
복병을 배치해서 그들을 붙잡아라.
발견되는 곳에서, 너희들 하던 식으로 사로잡아라.

제2장

토아스   (혼자말.) 내 마음에서 분노가 무섭게 교대로 치미는
구나.
첫째는 내가 그토록 성스러이 여겼던 그녀에 대해,
그리고 어리석게도 관용과 선의로
그녀를 대했던 내 자신에 대해.
인간은 노예근성에 젖어 있어서
자유를 박탈당하면 쉽사리 순종하는 법을
배운다. 그래, 그녀가
내 조상의 거친 손에 떨어졌다면,
그리고 성스러운 분노를 대했더라면
혼자라도 구원받은 것을 기뻐했을 테고,
자신의 운명을 고맙게 받아들여
제단 앞에서 이방인의 피를 기꺼이
뿌렸을 테고, 고난이었던 일을
의무라 여겼을 것을. 내 호의가
그녀의 가슴에 뻔뻔한 소망을 불러일으켰구나.
내 곁에 묶어두려던 희망은 헛된 것이었으니.

그녀는 자신의 운명에만 골몰해 있었구나.
부드러운 말로 내 마음을 홀리더니
내가 그것을 거부하자 잔꾀와 계교로
빠져나갈 길을 찾네. 내 호의는
그녀에게는 낡아 쓸모없는 물건이었겠구나.

제3장

이피게니에. 토아스.

이피게니에 저를 부르시는군요! 어찌 여기까지 오셨습니까?

토아스 희생 의식을 미뤘다고. 말하시오, 무슨 이유요?

이피게니에 아르카스에게 모두 똑똑히 설명했습니다.

토아스 그대에게서 직접 더 자세히 듣고 싶소.

이피게니에 여신께서 당신께 생각할 여유를 주실 것입니다.

토아스 그 여유라는 건 그대 자신에게 더 중요한 것 같군.

이피게니에 잔혹한 결심을 마음속에 더욱 굳히셨다면
여기 오지 마셨어야 합니다!
비인간적인 일을 요구하는 왕께는
자비와 칭찬을 꺼리고 거의 저주에 가까운 일을
열렬히 수행하는 신하가 얼마든지 있습니다.
그렇더라도 왕의 인간성이 더럽혀지지는 않겠지요.
왕은 자욱한 연기 속의 죽음을 생각하고
그의 사신들은 가련한 이들의 머리 위에
불타는 파멸을 가져오겠지요.

하지만 비할 바 없으신 신은 폭풍 속에서도
그 높은 곳에서 고요히 거닐고 계십니다.

토아스　　그 성스러운 입술에 그토록 거친 말이 오르다니.

이피게니에　여사제로서가 아닙니다! 아가멤논의 딸일 뿐입니다.
신분을 모를 때의 말은 경청하시고
왕의 딸로 밝혀지자 즉시 통제하십니까? 안 됩니다!
어렸을 때부터 저는 복종하도록 배운바,
첫째는 부모님이었고, 다음은 신성이었습니다.
복종 속에서 제 영혼은 언제나 가장 아름답게
자유로움을 느꼈습니다. 다만 남자의
거친 언어, 비정한 말에 순종하는 것만은
거기서도 여기서도 배운 바 없습니다.

토아스　　내가 아니라 옛 법률이 그대에게 명령하는 거요.

이피게니에　우리의 욕망에 무기 구실을 해주는
법률을 열심히 지키는 거지요.
다른 법률, 더 오래된 계명이
제게 당신을 거역하라고 말합니다. 그 계명은
다른 이방인에게는 성스러운 것입니다.

토아스　　그대는 죄수들이 아주 마음에
드는 모양이로군. 동정과 흥분 때문에
권력자를 거스르지 말라는
가장 현명한 말까지 잊었어.

이피게니에　말을 하든 침묵하든, 왕께서는 제 마음에
항상 무슨 생각이 있는지 언제나 아실 수 있습니다.
비슷한 운명의 기억이 닫힌 마음을
연민으로 열어주지 않겠습니까?

제 운명보다 얼마나 더 가혹한지! 그들에게서 제 모
습을 봅니다.
제 자신도 제단 앞에서 떨었었고,
무릎 꿇은 제 주위를 때 이른 죽음이
환호하며 둘러쌌었습니다. 생명 가득한
심장을 찌르기 위해 칼이 휘둘러졌지요.
제 가슴속은 소용돌이치며 공포에 질렸고,
눈을 감았습니다. 그리고 —— 구출된 자신을 발견했
지요.
신들이 우리 불행한 이들도 자비로이
지켜주셨으니, 되갚아야 할 의무가 있지 않겠습니까?
그것을 아시고, 저를 아시면서도, 저를 몰아대시다
니요!

토아스   그대의 주인을 따르지 말고, 의무를 따르시오.

이피게니에   그만두세요! 여인의 연약함을 즐기는
그 폭력성을 변명하지 마십시오.
저도 남자와 마찬가지로 자유롭게 태어났습니다.
아가멤논의 아들이 당신 앞에 서 있을 때,
당신이 정당치 못한 요구를 하셨다면,
그는 팔과 칼을 들어
마음속의 정의를 지키려 했을 것입니다.
제가 할 수 있는 건 말밖에 없지만, 그걸로도
여인의 말을 존중하는 고귀한 이에게는 충분할 것입
니다.

토아스   나는 그대 형제의 칼보다도 그대의 말을 더 존중하오.

이피게니에   무기의 배당은 이리저리 변하는 법입니다.

현명한 전사는 적을 깔보지 않습니다.
또한 자연은 약한 자를 아무 도움 없이
도전과 역경 속에 버려두지 않습니다.
자연은 그에게 계책으로 기쁨을 주며, 기술을 가르칩
니다.
그는 피하기도 하고, 늦추며 돌아가기도 합니다.
그래요, 힘있는 자도 마땅히 그런 연습을 해야 하지요.

토아스 조심성은 계략을 현명하게 벗겨내는 법이오.

이피게니에 순결한 영혼은 계략을 쓸 필요가 없지요.

토아스 경솔하게 그대 자신의 판결을 말하지 마시오.

이피게니에 내 영혼을 움켜쥐려는 사악한 운명이
처음 습격했을 때, 내 영혼이 물리치기 위해
얼마나 과감히 싸웠는지를 보셨더라면.
그런데도 제가 당신 앞에 무기력하게 서 있지 않습
니까?
이 간절한 청을, 칼과 무기보다 더 강력한
여인의 손에 들린 나뭇가지[7]를,
당신은 물리치시는군요.
제 마음을 지키기 위해 제가 무엇을 할 수 있는지요?
여신께 기적을 내려달라 청해야겠습니까?
제 영혼 깊은 곳에는 아무 힘도 없습니까?

토아스 두 이방인들의 운명이 그대를 걷잡을 수 없이
괴롭게 만드는 것 같구려. 그들은 어디 있소,
당신의 영혼을 그토록 격렬히 흔들어놓은 그들은?

---

7) 청원하는 자가 손에 월계수 가지를 들고 있는 고대의 풍습을 말함.

이피게니에   그들은──제가 보기에──그리스인 같습니다.

토아스   고향 사람이란 말이오? 그들이 당신에게
아름다운 귀향의 꿈을 새로이 일깨웠소?

이피게니에   (잠시 침묵하고 있다가.)
전대미문의 일을 하는 데는 도대체 남자만이
권리가 있습니까? 남자만이 불가능한 일을
격정적인 영웅의 가슴으로 껴안는다는 말입니까?
위대하다는 게 뭐지요? 가장 용기 있는 자의
믿을 수 없는 성공으로 시작되는 이야기를
늘 되풀이하는 이야기꾼[8]의 영혼을 전율시키며
고양시키는 게 뭐지요? 밤중에 혼자서
적들의 무리를 느닷없이 습격하여
잠든 자나 깨어나는 자들을 타오르는 불길처럼
휩쓸고, 마침내는 깨어난 자들에게
추적당하자, 적의 말에 올라타 도망하지만
그래도 약탈품을 가지고 돌아오는 자,[9]
그 혼자만이 칭송받는다는 말입니까?
안전한 길을 우습게 여기고
대담하게 산과 숲을 헤집고 다니면서
어딘가의 도둑들을 소탕하는 그자[10] 혼자만?
우리에게는 남은 게 없나요? 부드러운 여인은
타고난 권리를 포기하고, 폭력에는 폭력으로
나가야 하나요? 아마조네스 여인들처럼

---

8) 그리이스 이곳저곳을 떠돌아다니며 시를 대중에게 읊어주던 음유시인들.
9) 『일리아드』의 한 대목을 빗대 한 이야기.
10) 테세우스의 일화를 빗댐.

당신들에게서 칼의 권리를 빼앗아 피로써
압제에 복수해야 하나요? 때때로
가슴속에는 대담한 계획이 치밀어오르기도 하지요.
저는 엄청난 비난도, 실패했을 경우의
훨씬 가혹한 불행도 회피하지 않겠어요.
신이여, 오직 당신들 뜻에 맡기겠나이다!
당신들이 칭송받고 있는 대로 진실하시다면,
당신들의 도움으로 그것을 드러나게 하시고, 저를 통하여
진실을 밝히소서!— 오 왕이시여, 들으십시오,
은밀한 계략이 꾸며지고 있었습니다.
죄수들에 대해 묻고 계시지만, 소용없습니다.
그들은 이곳을 떠나, 바닷가에서
배를 갖고 기다리는 친구들을 찾아갔습니다.
더 나이 든 쪽, 광기가 덮쳤다가
이제 떠난 자——그는 오레스트,
저의 동생입니다. 다른 하나는 그의 충실한
어린 시절의 친구, 이름은 필라데스이지요.
아폴로가 델피에서 이곳 바닷가로
다이아나 여신상을 훔쳐오고, 누이를
데려오라는 신의 명령과 함께 보냈고,
그것으로써 어머니 살해 죄에 따르는
복수의 여신의 추적에서 자유롭게 해주마고
약속을 했다 합니다.
저는 지금 탄탈루스 가문의 살아남은
두 사람을 당신 손에 맡기겠습니다.

우리를 파멸시키십시오——필요하시다면요.

토아스 　그리스인 아트로이스도 귀기울이지 않았던
그 진실의 목소리, 인간의 목소리를
이 거친 스키타이인, 이 야만인이
들으리라고 생각하오?

이피게니에 　어느 하늘 아래에서 태어났든, 생명의 근원이
가슴속으로 순결하게, 거침없이 흐르는 자라면
누구나 들을 것입니다 ——오 왕이시여,
입을 다문 채 가슴 깊이 무슨 생각을 하십니까?
파멸입니까? 그렇다면 저를 먼저 죽이십시오!
사랑하는 사람들을 제가 서둘러 미리
끌어들인 이 잔혹한 위험 속에서, 아무런
구원의 희망이 없음을 이제 제가
깨닫기 때문입니다. 오! 그들이 묶여 있는 것을
눈앞에 보게 되겠군요! 제가 죽이게 되는
제 동생과 어떤 눈빛으로 작별할 수
있단 말입니까? 더 이상 이 사랑 넘치는 눈으로
동생을 볼 수 없게 되겠군요!

토아스 　그 사기꾼들이 교묘하게 꾸며대서는
오랫동안 고립돼 있던 여인, 자신의 소망을
쉽사리 또 기꺼이 믿어버리는 여인에게
그런 거짓말을 덮어씌웠군!

이피게니에 　아닙니다! 오 왕이시여, 아니에요!
제가 속았을 수도 있었겠지요. 하지만 그들은
정직하고 진실한 사람들입니다. 아니라고 생각하시면
그들을 죽이고 저를 내치십시오.

제 어리석음에 대한 벌로 바위투성이 섬
황량한 바닷가로 추방하십시오.
하지만 그가, 오랫동안 그리워하던
사랑하는 동생이라면, 우리를 보내주시고,
누이에게 그랬듯이 동생에게도 다정히 대해 주십시오.
제 아버지는 어머니의 죄과로 쓰러지셨고,
어머니는 아들 때문에 그렇게 되셨습니다.
아트로이스 가문의 마지막 희망은 제 동생뿐입니다.
제가 순결한 마음과 순결한 손으로
고향에 돌아가 우리 가문의 죄를 씻게 해주십시오.
저에게 약속을 하셨지요!— 고향으로 돌아갈
준비가 된다면, 저를 가게 해주시겠다고
맹세하셨습니다. 지금이 바로 그때입니다.
왕이라면 보통 사람들처럼 잠시 동안의
고통을 면하기 위해 헛된 말을 하지 않고
원치 않는 경우에는 약속을 안하는 법입니다.
간절히 바라는 자를 행복하게 해줄 수 있을 때
왕은 비로소 자신의 권위의 드높음을 느낄 것입니다.

토아스   불길이 물에 대항해 싸우고, 끓어오르며
적을 없애버리려 하듯이, 내 분노가
가슴속에서 그대 말에 맞서 싸우고 있소.

이피게니에   오, 당신의 자비로, 제 몸을 태우는 고요한 불꽃의
성스러운 빛처럼 저를 찬미의 노래와
감사의 기쁨으로 둘러싸여 타오르게 해주십시오!

토아스   그 목소리가 나를 얼마나 자주 위안해 주었는가!

이피게니에   평화의 표시로 제게 손을 내밀어주세요.

토아스   짧은 시간 동안 내게 너무 많이 요구하는군.

이피게니에 선을 행하는 데는 주저가 필요없지요.

토아스   좋아! 그런데 선에는 악도 따르는 법이오.

이피게니에 선을 악으로 만드는 것은 바로 의심입니다.
          생각하지 마십시오. 느끼는 대로 행하십시오.

제4장

무장한 오레스트. 앞의 등장 인물들.

오레스트   (무대 쪽을 향해 돌아서서.)
          힘을 두 배로 냅시다! 힘을
          모읍시다! 시간이 없어요! 사람들에게
          굴복하지 말고, 배까지 가는 길에
          나와 누이를 엄호하시오!
          (왕을 보지 못하고 이피게니에에게.)
          갑시다. 우린 발각됐어요.
          도망칠 여지는 지극히 적습니다. 빨리!
          (왕을 본다.)

토아스   (칼을 잡으며.)
          내가 있는 곳에서 칼을 뽑은 자는
          아무도 벌을 피하지 못한다.

이피게니에 여신의 거처를
          분노와 살인으로 더럽히지 마세요.
          모두들 고정하시고, 이 여사제의 말을,

누이의 말을 들으세요!

오레스트 　말해요!

우리를 위협하는 이자는 누구죠?

이피게니에 　나의 두번째 아버지였던

경애하는 왕이시란다!

용서해라, 동생아! 내 연약한 마음을.

우리의 모든 운명을 그의 손에

맡겨버렸단다. 너희들의 계획을 고백하고

내 영혼도 반역에서 구했지.

오레스트 　그가 우리의 귀향을 평화적으로 허락할까요?

이피게니에 　네 번쩍이는 칼이 내 대답을 막는구나.

오레스트 　(칼을 집어넣는다.)

그러면 말하세요. 누님의 말에 따랐으니까.

제5장

앞의 등장인물들. 필라데스. 그 뒤를 이어 아르카스.
둘 다 칼을 뽑아들었다.

필라데스 　지체하지 말게! 우리 동료들이

마지막 안간힘을 쏟고 있네. 후퇴하면서

천천히 바다 쪽으로 밀려나고 있어.

여기서는 웬 제후들의 회담인가!

이게 바로 고귀하신 대왕이 몸이시로군!

아르카스 　오 왕이시여, 이 적들 앞에서도 의연히

대왕답게 서 계시는군요. 이 뻔뻔함은
곧 응징받을 것입니다. 그들 도당은
후퇴하며 쓰러졌고, 배는 우리 손에 있습니다.
말씀만 떨어지면 불꽃에 휩싸일 것입니다.

토아스　가거라!
군사들을 진정시켜라! 우리가
이야기하는 동안 아무도 적을 해쳐서는 안 된다.

(아르카스 퇴장.)

오레스트　그 말을 받아들이겠소. 충실한 친구여, 가서,
남은 동료들을 모으게. 여신이 우리의 행동에
어떤 결말을 가져다줄지 조용히 기다리세.

(필라데스 퇴장.)

제6장

이피게니에. 토아스. 오레스트.

이피게니에　당신들이 이야기를 시작하기 전에
내 근심을 덜어주세요. 심한 불화가 일까 두려우니,
왕이시여, 당신이 정의의 온화한
목소리를 듣지 못하고, 너, 내 동생아,
격렬한 젊음을 자제하지 않는다면.

토아스　내가 연장자답게 내 분노를
누르겠다. 대답하라! 네가 아가멤논의
아들이며 이 여인의 동생이라는 것을

무엇으로 증명하겠느냐?

오레스트　여기 아가멤논이

트로이의 용사들을 베었던 칼이 있소.

나는 그를 살해한 자에게서 이 칼을 빼앗았고

그 위대한 왕의 용기와 힘과 행운을

내게 달라고, 또 더욱 영예스러운

죽음을 허락하라고 신에게 빌었소.

당신 군대의 장수 중 한 사람을 골라

가장 뛰어난 자를 내 앞에 세우시오.

이 땅에 영웅의 자손들이 사는 한

이방인의 이런 요구는 절대 거절당하지 않을 거요.

토아스　우리의 옛 풍습은 이방인에게

그런 특전을 허락하지 않는다.

오레스트　그렇다면 당신과 나로부터

새로운 풍습이 시작되겠군요!

모든 백성이 이를 흉내내어 통치자의

이 고귀한 행위를 법률로 숭앙할 것이오.

우리의 자유만을 위해서가 아니라

모든 이방인을 위하여, 이 이방인을 싸우게 해주시오!

내가 쓰러지면 그것은 나와 그들에게

내려진 판결. 그러나 내게 행운이 깃들여

승리한다면, 이 바닷가의 모든 이방인은

친절한 사랑의 눈빛으로 영접받고

모두가 위로받으며 떠날 것이오!

토아스　네가 칭송하는 그 선조들의 대열에

속하기에 부족함이 없어 보이는구나. 나를 따르는

용감하고 고결한 용사들은
아주 많지. 그러나 나 자신도
이 나이에도 적과 맞서, 너와 무기로써
운명을 점칠 준비가 되어 있다.

이피게니에　안 됩니다! 이런 피투성이의 증명은
필요치 않습니다. 오 왕이시여! 칼에서
손을 거두십시오! 저와 제 운명을 생각해 주십시오.
격렬한 싸움은, 한 사람의 명성은 영원히 남습니다.
그가 쓰러진다면 송가로 칭송되겠지요.
뒤에 남은, 버림받은 여인의
끝없는 눈물만은 후대의 누구도
알아주지 않습니다. 시인도
일찌감치 헤어진, 잃어버린 연인을 회상하며,
헛되이 애태우고 여위어가는
힘없는 영혼이 눈물로 지새운
수많은 밤낮에 대해서는 침묵하지요.
저 자신도 사기꾼의 간계에 속아
안전한 피신처를 벗어나 노예가 되지 않도록
지극히 조심했습니다.
저는 그들에게 사소한 것까지도 캐물었고
증거를 요구했는데, 이제는 확실해졌습니다.
그의 오른쪽 손을 보십시오, 세 개의
별 모양 표시가 있는데, 그가 태어나던
바로 그날에, 그 주먹으로 무서운 일을
저지를 거라고 사제가 예언했지요.
저를 두 배로 확신시키는 것은, 여기 미간을

그어놓은 흉터입니다. 어린아이 때
성질 급하고 조심성 없는 엘렉트라가
그 아이답게도 팔에서 떨어뜨렸습니다.
그는 삼각대에 부딪혔지요——바로 이 아이입니다——
그 외에 아버지를 닮은 모습하며
내 가슴 깊은 곳의 환호까지도
이 확신의 증거로 말씀드려야겠습니까?

토아스　그대의 말이 내 의심을 없앴고
내 가슴의 분노는 가라앉았소.
그러나 우리가 들고 싸울 무기는
결정되어야 하오. 나는 화해를 바라지 않소.
그대도 스스로 고백하다시피 그들은
신성한 여인상을 훔쳐가려고 왔소.
내가 그걸 그냥 놔두리라고 믿는 거요?
그리스인들은 자주 그 교활한 눈길을
먼 나라의 보물, 황금 모피와
말과 아름다운 딸들에게로 돌렸소.
하지만 그들도 항상 폭력과 잔꾀를 써서
목적했던 재물과 함께 돌아가지는 못할 거요.

오레스트　오 왕이시여, 여신상이 우리를 갈라놓아서는 안 됩
니다!
이제야 우리는, 신이 우리를 이곳으로 오도록
길을 이끌었을 때 마치 베일처럼
우리 머리 위에 씌운 착오를 알겠습니다.
저는 복수의 여신의 추적을 막아달라고
신에게 조언을 청했습니다. 그는 말했지요.

「타우리스의 바닷가에서 어쩔 수 없이 신전에
머물고 있는 누이를 그리스로
데려 오너라. 그러면 저주가 풀리리라」
우리는 그것을 아폴로의 누이로 알았지만,
사실은 제 누이였습니다! 이제 그 질곡은
풀렸습니다. 성스러운 누이는
다시 우리에게 돌아왔습니다. 누이의 손이 닿자
저는 치료되었지요. 누이의 팔 안에서
악은 모든 발톱을 모아 마지막으로
나를 움켜쥐고는 내게서 그 저주의 표적을
무섭게 떨쳐버렸습니다. 그러고는
뱀처럼 구멍 속으로 도망쳐버렸지요. 저는
이제 누이를 통해 대낮의 끝없는 빛을
즐기게 됐습니다. 비밀에 싸인 여신의 신탁은
찬란하고 아름답게 드러났습니다.
한 나라의 변함없는 운명을
비밀스러운 신탁으로 정해 놓은
성스러운 신상[11]처럼, 신들은 누이를,
우리 가문의 수호자인 누이를 데려간 것입니다.
그리고 누이를 고요하고 성스러운 곳에
동생과 가문의 구원을 위해 숨겨둔 것입니다.
이 넓은 세상에서 구원이란 모두
사라진 것 같았을 때, 누이는 전부 다시 주었지요.

---

11) 그리스의 도시는 수호신의 조상을 신전에 모셔두었는데, 트로이의 창
    시자는 아폴로의 상에 비밀스러운 신탁을 새겨놓았다. 신상이 가는 곳에
    는 나라가 세워진다고 믿어져 트로이 함락 후에 신상은 탈취당했다.

당신의 영혼을 평화로 돌리십시오,
오 왕이시여! 누이가 아버지 집안의
제사를 봉헌케 하시고 저로 하여금
속죄받은 궁전의 홀로 다시 들어가게 하시고
제 머리 위에 옛 왕관을 쓰게 해주십시오!
누이가 당신께 가져온 축복에 보답하고
제게 동생으로서의 권리를 누리게 하십시오!
남자들의 최대의 영예인 권력이나 책략도
이 고결한 영혼의 진실 앞에서는
수치스러워지니, 고귀한 자에게 바쳐진
순수하고 어린아이 같은 믿음은 보답받을 것입니다.

이피게니에   당신의 약속을 상기하고, 지극히 진실된
입에서 나오는 이 이야기로 마음을
돌리십시오. 우리를 보세요! 이런 고귀한
행동을 하실 기회는 흔치 않습니다.
거절하실 수 없으십니다. 즉시 허락해 주세요.

토아스   그렇다면 가거라!

이피게니에   그렇게는 안 됩니다, 왕이시여! 축복도 없이,
마지못해 당신에게서 떠나지는 않겠습니다.
저희를 추방하지 마세요! 극진한 손님 대접을
저희에게 해주세요. 그렇게 하면 우리는
영원히 헤어져 갈라서지 않게 됩니다. 제 아버지가
저에게 귀중하고 진실했던 것처럼 당신도 그렇고,
이런 느낌은 제 영혼에 영원히 남을 것입니다.
당신의 백성 중 가장 비천한 자라도
제가 여기 살면서 들었던 그 소리,

그 음성을 제 귀에 다시 불러올 것이고,
가장 가난한 사람에게서도 당신의 광휘를 볼 것입
니다.
저는 그를 신처럼 영접할 것이고,
그를 위해 손수 자리를 준비하고,
불가의 의자로 초대해서
당신과 당신의 운명에 대해 물을 것입니다.
오, 신들이 당신의 행동과 그 자비심에
합당한 보상을 베푸시기를!
안녕히 계세요! 우리를 보시고
호의 넘치는 작별의 말을 해주세요!
그러면 바람은 항해가 더 순조롭도록 불어주고,
작별하는 자의 눈에서는 위로의 눈물이
흐를 것입니다. 부디 안녕히! 그리고
옛 우정의 표시로 오른손을 내밀어주세요.

토아스　잘 가시오!

에피메니데스

잠에서 깨어난 에피메니데스[1]

— 축제극

의욕만으로 평화가 이룩될 수는 없으리라.[2]
천하를 정복코자 하는 자는, 누구보다 강해지려 할 것이고,
전투를 승리로 이끌면서, 남들 또한 전투력을 갖추게 만들리라.
책략의 사용은 적들도 또한 그렇게 하게끔 만들어서,
온 천하는 무력과 계략으로 넘쳐흐르게 되리라.
그리하여 온 세계는 괴물과 기형아들을 잉태하게 될 것이고,
그 출산이 엄청난 산고를 치르게 되면서
매일매일이 최후의 심판일을 맞는 듯 불행하리라.

시인은 그 불행한 숙명을 승화하고자 하는도다.
노도(怒濤)가 부서지듯 흉측하게 일그러졌던 그 숙명의 고리,
절제도, 목표도, 방향도 찾지 못한 채, 광포하게 밀치며
파괴를 일삼는 잔혹한 그 숙명의 고리를 끊고자…….
그 혼돈 속에서도 '예술'은 사랑의 정열을 불태워
대중의 혼란을 수습하는도다. 그것은…….
뜻깊은 노래와 시심(詩心)에 힘입어, 공감대를 형성하여
마침내 이심전심으로 화합(化合)의 위력을 발휘하게 되리라.[3]

1) 크레타 섬 출신의 고대 그리스 현인. 기원전 7세기에 살았던 인물로 알려져 있다. 57년
간 깊은 잠을 잔 후 깨어나 오랫동안 살았다는 전설이 전해 내려온다.
2) 이하 2연(聯)은 1815년 베를린에서 상연된 축제극의 텍스트에는 없던 것으로서, 괴
테가 1816년 2월 15일 책으로 출간하기 위해서 쓴 부분이다.
3) 축제극에서 여러 예술 장르가 함께 어우러질 것을 예시한다.

제1막

화려한 기둥들이 세워져 있는 정원. 사원 모양의 건물이 배경으로 보인다.

제1장

뮤즈 (두 명의 수호천사 중 하나는 바커스 신의 지팡이에 칠현금, 연극용 가면, 글이 새겨진 두루마리를 전리품인 듯 떠받치고 있고, 다른 하나는 별 무리에 둘러싸여 있다.)
저는 자유를 잃고 노예처럼 속박되어 있었지요.
제 자신의 우직함을 좋아했고요.
자유의 빛이 완전히 사라져버렸을 땐
쇠사슬조차 승리의 상징으로 여겼어요.
그때 우아한 봄날, 빛나는 형상이
다가왔지요. ─항상 그렇듯이 곧 황홀해졌지요.
그 형상이 더 멀리 퍼져 가고 있는 것을 보고 있

으니
주변에는 지나간 고통의 흔적조차 남아 있지 않
아요.

손발을 묶고 있던 사슬이 풀어져 내렸지요.
갑자기 모든 것이 분명하게 보이게 되었죠.
눈물이 사랑스런 눈물 방울이
그제서야 눈을 적십니다.
눈물을 흘리며 자매신들의 모습을 떠올렸어요.
전혀 알지 못했던 행복감을 가슴에 느끼게 되었죠.
이제까지 나와는 거리가 멀었던 것,
순수한 영혼의 평화가 아무런 갈등 없이 깃들이
지요.

예전에 매혹적이었던 것, 칠현금 소리,
음향에서 퍼져나오는 감미로운 빛이 내게 다가옵
니다.
현실 세계를 잊게 해주었던 것,
때론 진지하고 때론 흥겨운 공연 예술.
양피지에 표현하는 예술,
수수께끼 같은 어려운 것을 가벼운 종이 위에 표
현하는 것이지요.
별 무리로 인해 하늘을 쳐다보면,
모든 별들은 유일한 곳만을 찬양하려 하지요.

행복과 불행은 서로를 잘 지탱해 주지요.

한쪽 저울접시가 내려가면, 다른 한쪽이 올라
가고,
불행이 줄어들면, 상대적으로 행복이 더 커지듯
말입니다.
이렇듯 쉽게 양어깨에 짊어질 수 있지요!
두 접시가[4] 다 비워질 운명이라도,
축복이 내리지 저주받진 않습니다.
우린 늘 선한 영혼 편에 서 있으며,
악한 영혼도 우리의 구원을 거들지요.

난 그렇게 지냈어요! 당신들도 그럴 수 있게 된
다면 좋겠지요.
모든 증오가 일순간에 사라지고,
설령 하늘에 시커먼 구름 한 점 걸려 있어도
곧 별들로 뒤덮여
높은 곳에서 아주 밝은 빛이 비치고,
전 세계가 우리로부터 조화를 배우게 되는 것 말
입니다.
지상 최고의 행복에는
외부와의 살벌한 싸움이 끝난 후 찾아든 내적 평
화도 깃들게 되지요.
(뮤즈는 자리를 뜨려고 한다. 수호천사들은 앞서 가서 이미
무대벽 안으로 들어갔으나, 뮤즈는 아직 무대 위에 있다. 이
때 에피메니데스가 등장한다. 뮤즈는 다음의 8행시를 읊고

---

4) 신들이 행운과 재앙의 통 두 개로부터 인간의 운명을 갈랐다는 호머의
  『일리아스*Ilias*』에 나오는 부분을 암시한다.

는 퇴장한다. 에피메니데스는 계단을 내려온다.)

뮤즈　나 대신 이 사람을 두고 갑니다.

이미 오래전부터 아무도 모르게 학식을 갖춘 사람이지요.

이 남자는 마르지 않는 샘과 같은 지혜와

그 직관력을 충실히 따르고,

이제 어느 것에도 얽매이지 않는 신적인 명석함으로

가장 멋진 장면들을 당신들에게 설명할 겁니다.

그러나 우선 가장 난폭한 형상들이

나름대로 고집을 피우며 파괴를 일삼는 행동을 두고 봅시다. (퇴장.)

제2장[5]

에피메니데스　태고의 숲 장엄한 자태를 이루는 수관(樹冠)들,[6]

반질반질 윤기 나는 가파른 암벽이

저녁놀에 반사되는 것을 보고 있노라면 —

정신과 마음이 자연의

고결한 저 정상으로, 아니 신에게까지 오르는구나.

인간의 손으로 만든 작품을 보는 것 역시 좋구나,[7]

---

5) 에피메니데스의 독백 장면은 이 축제극에서 언어적으로나 내용적으로 가장 중요한 부분들 중의 하나이다. 에피메니데스가 살고 있는 세계와, 그 세계에서 그에게 부과된 과제가 크게 뭉뚱그려 표현되어 있다.

6) 이하 5행에서는 신에게로 주의를 환기시키는 자연 묘사로 시작된다.

7) 이하 5행에서는 자연과 조화를 이루고 있는 인간의 문화가 의미심장하

그곳에는 위대한 예술가의 지고한 사상이 빛나고
있도다.
이 둥그런 기둥들 주위를 배회하며
그 화려함의 의미를 되새겨본다. 모든 것이 가지
런히 연결되어 있어,
서로서로를 떠받쳐주고 있는 형상이로다!
고귀한 민족이 군주와
그날, 아니 그 상태에서 수백 년 간,
일치를 이뤄 서로 협력하는 것을 보면
그렇게 기쁠 수가 없도다.
그리하여 떠오르는 아침 해를 반갑게 맞이하며,
즐거운 마음으로 지는 해를 보낸다.
이제 별들에게 시선을 돌리니
지상에서처럼 그곳의 움직임도 조화를 이루고 있
구나.
청춘의 밤 정열이 함께하고, [8]
거친 불길, 정열의 길 비춰준다.
나이 들었지만 명료한 의식 깨어 있어
마음 깊이 영원을 추구한다.

게 연결된 점이 묘사된다.
8) 이하 4행에서는 인간 세계와 우주에서의 질서와 조화를 깨달을 수 있는
사람은 격정에서 벗어난 노인이라는 점이 나타나 있다. 노인은 나이가
들어 의식이 맑아지게 되어 영원한 것으로 눈을 돌리기 때문이다.

제3장

수호천사들　(재빨리 등장하여 에피메니데스의 좌우에 선다.)
　　　　　　달이 뜨고 별이 나타나면,
　　　　　　젊은이나 노인, 모두 잠들고 싶어하지요.
　　　　　　자연의 섭리대로 해가 비추어도
　　　　　　젊은이나 노인, 모두 잘 자고 있지요.

에피메니데스　얘들아, 그것 참 깊은 의미가 담긴 명랑한 노래
　　　　　　구나.
　　　　　　너희들에 대해 잘 알고 있지. 너희들의 익살스러
　　　　　　운 행동에는 진지함이 담겨 있고, 진지한 이야기
　　　　　　속에는
　　　　　　익살스러움이 있구나. 잠, 잠을 자란 말이냐?
　　　　　　내 젊은 시절을 떠올리게 하는구나.
　　　　　　크레타 산정 위에서 아버지의 양떼가 풀을 뜯는
　　　　　　걸 지켜보곤 했었다.
　　　　　　내려다보이는 섬, 주위를 에워싼 바다,
　　　　　　낮에는 오로지 태양이,
　　　　　　밤에는 수천 개의 별이 하늘을 밝히고 있었다.
　　　　　　그 당시 내 영혼은 이 우주,
　　　　　　그 찬란한 우주 전체의 비밀을 캐려 했었다. 그
　　　　　　러나 헛된 생각이었지.
　　　　　　이미 내 머리엔 어린 시절의 굴레가 칭칭 감겨 있
　　　　　　었다.
　　　　　　신들은 사려 깊은 나를 돌보시어
　　　　　　동굴로 인도하셨고,

길고도 깊은 잠 속으로 빠져들게 하셨다.

깨어보니 신의 음성이 들렸단다.

「마음의 준비가 끝났으면, 이제 선택해라!

현재, 그러니까 지금 있는 그대로의 세계와

다가올 미래 중 어느 것을 알고 싶으냐?」라는 말

씀이었지.

곧 즐거운 마음으로 내 눈으로 보고 내 귀로 듣

는 것이

무엇인지 이해하고 싶었다.

그러자 이 세계는 투명한 모습으로 변해 버렸다.

속이 찬 수정항아리처럼.—[9]

숱한 세월 동안 세상을 속속들이 볼 수 있었으나,

미래는 가려져 있다.

말해 보렴, 미래 세계를 인식하려면

이제 자야 한단 말인가?

수호천사들 당신이 열병을 앓는다면,

잠의 고마움을 진정으로 알게 되겠지요.

다가오는 미래 역시 그렇게 열병을 앓게 될 터

이니

신들은 당신을 잠으로 초대합니다.

에피메니데스 잠이라고? 지금 말이냐? 매우 의미심장한 말이

로다.

너희와 닮은 두 놈이 있지. 너희 같지는 않지만,

쌍둥이 형제라 할 수 있지.[10] 한 놈은 잠이라 불

---

9) 2장에서의 독백에서 드러나듯이 첫번째 잠을 통해 에피메니데스는 이
러한 인식 능력을 갖추게 되었다.

리고,

다른 한 놈은 인간이 부르기 싫어하는 이름을 가
졌지.

그런데도 현명한 자는 일부러 양쪽 모두에게

악수를 청하지. ─자, 얘들아, 내 손을 잡아라!

(두 손을 내밀자, 수호천사들은 그의 손을 잡는다.)

자, 나 여기 있다. 신의 명령을 수행하거라!

나야 그 명령에 따르도록 살아 있을 뿐이다.

수호천사들 어떻게 받아들이고 사용하든지 간에

모든 일은 신들이 정한 대로 일어나는 법이지요!

해와 달, 저 가고 싶은 대로 내버려두시오.

때가 되면 돌아와 당신을 깨우리오.

(에피메니데스는 수호천사들과 함께 계단을 오른다. 커튼이
열리자, 화려한 침상이 보인다. 위로는 밝은 전등이 달려
있다. 그가 침상으로 올라가 드러누워 잠이 드는 모습이
보인다. 현자 에피메니데스가 움직이지 않자, 수호천사들
은 두 개의 청동문을 닫는다. 문 위에 잠과 죽음이 고대 양
식에 따라 표현되어 있는 것이 보인다. 멀리서 천둥소리가
들린다.)

---

10) 〈잠〉과 〈죽음〉은 고대 그리스 신화에서 종종 쌍둥이 형제로 표현되었
다. 이 모티프는 독일의 고전주의 조형 예술이나 문학에서 매우 빈번하
게 사용되었다.

제4장

출정군　(여러 민족의 옷을 입고 있는 이들은 로마인에 의해 정복된
　　　　후 다른 세계에 대항하는 동맹군으로서 복무한 적이 있는
　　　　자들이다.)
　　　　신의 부르심이,
　　　　군주의 음성이 울려퍼진다.
　　　　기꺼이 따르리라,
　　　　언제나 만반의 태세를 갖추고 있노라.
　　　　싸움을 위해서
　　　　태어난 우리들
　　　　소리처럼, 바람처럼
　　　　길 떠날 채비가 되어 있도다.

　　　　전진, 우리는 전진한다.
　　　　말은 하지 않으리.
　　　　어디로 가는지
　　　　묻지 않으리.
　　　　아무리 멀어도
　　　　칼과 창을 갖고 가리다.
　　　　궂은 일 마다않고
　　　　주저없이 감행하리다.

제5장

전쟁의 마신   (매우 급히 등장.)

너희들을 바라보니 놀랍고 기쁜 마음 감출 수 없
도다.
나 자신 이 군대를 창설했지만 오늘 너희들에게
찬사를 보낸다.
너희들은 나를 매료시키고 이끌어주었으니
우리는 혼연일체가 되어야 한다.
그러므로 내 노력의 성공여부는 언제나
너희들의 열정에 따라 결정되리라.
나는 가장 높은 뜻을 깨달아
가장 멋진 일에 기꺼이 헌신하리라.
위험과 죽음을 두려워하지 않는 자,
지상과 정령(精靈)들을 지배하기 때문이지.
대립과 위협이 있을지라도
그 자만이 최후의 지배자로 남으리라.
어떤 반대나 저항도 있을 수 없도다!
내 사전엔 불가능이란 없고,
주변 나라들이 공포에 떨면
비로소 나에게는 환희의 시간이 온 것이다.
한 나라씩 차례대로 무너질 것이며,
나 홀로 우뚝 서서 내 뜻대로 다스리리라.
빨리 매듭지어지는 곳 어디든지 달려가
더욱 빠르게 매듭을 둘로 끊어버리리라.
위대한 작품이 완성되는 순간 곧

내 머릿속에는 이미 새로운 작품이 그려져 있도다.
내가 궁지에 빠지는 순간이 온다 할지라도
그때 비로소 나의 담대함이 빛을 발하리라.
지상 전체에 전율이 휩쓸고 지나갈 때
지상에 새로운 생성을 촉구하리라.
(불타는 듯 빛이 무대 위로 퍼져간다.)
어둠이여 어서 오라! ― 불타는 바다
수평선마다 연기가 피어 오르고
깜빡이는 별무리
내 화염의 피 속으로 가라앉아야 되리.
바야흐로 절호의 기회가 닥치면,
우린 그때를 놓치지 않으리.
이런 징조가 보이면 즉시
여기 떼지어 몰려온 너희들, 마음껏 능력을 펼
쳐라,
산에서 들로, 강을 따라 내려가 바다로
멀리멀리 가거라, 불굴의 군대여!
정복된 대륙 전체가
숨도 들이키지 못하고,
자신의 새 주인을 공손히 맞이하면, ―
이제 단단한 청동으로 만든 억압의 활을 들고 바
닷가 내 주변으로 오라.[11]
이전에 바다가 너희들을 둘러싸고 있었듯이
너희가 이제 저 사나운 파도를 잠재워라.

---

11) 이하 5행에서는 대륙 봉쇄가 암시된다(1806년 나폴레옹이 주도한 영국
  에 대한 유럽대륙의 경제 봉쇄).

밤낮 가릴 것 없고,
말 한마디 필요없다, 끊임없이 공격하라!

출정군   (멀어져 가며.)
우리는 대담무쌍하게
진군하여,
가는 곳마다
우리 소유가 되리라.
어느 누가 원해도
허용하지 않으리.
어느 누구의 소유든
집어삼켜 버리리.

넉넉하면서도
더 많이 원하는 자 있으면
우리 거친 군대가
빈털터리로 만들어버리리.
사람들은 짐을 꾸리고
집을 불태울 것이요,
짐을 싣고
밖으로 뛰쳐나올 것이다.

처음 한 사람이
힘찬 발걸음으로
그곳을 떠나면
다음 사람도 같이 떠날 것이다.

가장 훌륭한 사람이
미몽을 깨고 길을 터주면,
최후의 사람마저
다가와 따르리라.

제6장

계략의 마신들　(출정군이 물러가는 방향에서 여러 형상으로 등장한다. 급
한 걸음으로 들어오다 방해받아 천천히 퇴각하는 군대 행렬
속으로 섞여든다.)
우리 노래가
감미롭게 유혹하면,
승리에 대한 충동
휘청이며 잠잠해지리.
우리 행렬
비틀어져 휘감기면,
무기가 이리저리 나는 일은
줄어들리라.

모두 다 함께
그리로 가라! 가라!
한 걸음씩
침착하고 대담하게.
일이 잘되든 못되든 간에
너희가 들어서게 되면

세상 천지 곧
너희 것이 되리라.

(출정군이 무대에서 떠나자 새로 등장한 이 무리들이 이제
무대를 완전히 차지했다. 전쟁의 마신이 부하들의 행렬을
따라가려 할 때, 계략의 마신들이 그의 길을 막아버린다.)

제7장

계략의 마신들

모두 다 함께　멈추시오! 당신은 파멸의 길로 뛰어들고 있소!

전쟁의 마신　그렇게 말하는 자는 죽음을 면치 못하리라.

수도사　내가 당신이 영원불멸하다고 인정하려면,
수도사의 계략 역시 영원불멸해야지요.

전쟁의 마신　그렇다면 계속 이야기해 보시오.

법률가　진정, 당신은 굽힐 줄 모르는 용기를 가졌지만
자비심이라곤 눈곱만큼도 없습니다.
당신은 온 세상을
피바다로 넘치게 할 것입니다.

외교관　그러나 내가 은밀하게 당신 앞에 나서주지 않고,
또 당신의 급한 행보를 따르지 않는다면,
당신은 아무 일도 이루지 못할 것이며,
스스로 화만 자초하게 될 것이오.

여인　슬며시 유혹하고 슬며시 고통을 주는 자가

결국에는 지배자라는 최고의 목표에 도달하지요.
물방울이 대리석에 구멍을 내듯이
나는 기어이 감정이란 놈을 죽이지요.

외교관 당신은 우리보다 앞서 서둘러 가고, 우리는 그
뒤를 조용히 따르지만
종국에는 우리를 귀히 여기게 될 것이오.
왜냐하면 계략에 능한 자만이
힘에 맞서나갈 수 있기 때문이오.

전쟁의 마신 그대들이 머물지라도 나는 서둘러 가리라!
폭력을 종식시키는 것은 내 몫이오.
그대는 여기에서, 그대는 저기에서 활동을 해도
내가 마무리를 짓지 못하면,
저마다 한마디씩 하게 되나,
나는 아무리 커다란 의혹이라도
눈깜짝할 사이에 해결해 버리지.
그래서 갈리아군 대장 브렌누스[12]는 저울접시에다
금덩어리 대신 칼을 올려놓은 것이오.
그대는 맡겨진 일만 하면 그만이고,
그 일을 하는 데 있어선 누구도 그대를 능가할
순 없지만,
나는 칼로서만, 피묻은 글자로만
내 글을 쓸 수 있을 뿐이오.

(성급히 퇴장한다.)

---

12) 기원전 387년 알리아 강가에서 로마군을 물리치고, 그들이 퇴각하기
위해 높은 몸값을 지불하지 않을 수 없도록 한 갈리아군 사령관.

제8장

계략의 마신들

수도사　전쟁의 마신이 지금은 거침없이 날뛰나,
　　　　결국은 그대들이 그를 감언이설로 유혹할 것이오.

외교관　그가 승리의 날개를 달고 파죽지세로
　　　　황금빛 들판을 짓밟고 간다 해도,
　　　　내가 곡식들을 마저 짓이겨버리지 않는다면,
　　　　그것들은 즉시 다시 소생할 것이오.

여인　　그는 영(靈)들을 노예로 만들지는 못하죠.
　　　　공공연한 앙갚음, 무거운 형벌은
　　　　영들을 더욱 자유롭게 해줄 뿐이지요.

궁정대신　우리가 언젠가 생각했던 모든 것,
　　　　우리가 언젠가 시작했던 모든 것이
　　　　착복 행위를 통해서만 이루어질 겁니다.

수도사　우리는 여러 민족에게 그들을
　　　　용감한 행동으로 이끌어주겠다고 약속하겠소.
　　　　우리 입에서 여러 말이 봇물처럼 새나오면,
　　　　사람들은 우리를 현명한 조언자라 부를 겁니다.

법률가　망설임으로써 우리는 거절하지요.
　　　　모두 우리를 신뢰할 겁니다.
　　　　영원히 파괴가 되든
　　　　영원히 재건이 이루어지든 말입니다.

익살꾼　그렇게 폐쇄적인 울타리를 치고 있지 마시오.
　　　　나를 당신네 패거리 안에 끼워주시오.

그러면 당신들이 속임수를 쓰는 데
내 속임수가 보탬이 될 것이오.
나야말로 누구보다도 위험한 인물이죠!
누구나 나를 하찮은 인물로 생각하면서
즐거워하고 있지요,
이럴 때 나는 세상 사람 모두를 기만할 수 있지요.

당신들 모두가 결정을 내리는 데 이것이 도움이
되지요.
내가 이중인간의 역할을 하는 셈이지요.
처음 내가 이런 옷차림을 하고 왔으니
이대로 떠나갑니다.
(사악한 유령의 모습을 하고 주저앉는다. 불꽃이 치솟는다.)

외교관　이제 시작이군. ─찬란한 건축물,
　　　　눈요깃거리, 정신의 환희.
　　　　그 모든 것이 나를 방해하고 있어요.
　　　　당신들의 모든 술책을 동원하여 그걸 무너뜨려
　　　　야 합니다.

궁정대신　그대들은 그것을 슬며시 처리해야 할 것이오.
　　　　온유한 것이 큰 힘을 발휘하는 법이라오.
　　　　아주 미세한 잔뿌리라 하더라도, 한데 모이면
　　　　바위를 부숴버릴 수 있는 법이라오.

합창단　그대들은 그것을 슬며시 처리해야 할 것이오.
　　　　은밀한 것이 큰 힘을 발휘하는 법이라오.

궁정대신　찬란한 궁전
　　　　이음새들을 가만히 떼어내시오.

이음새들이 떠받치고 있는 기둥들은
자신의 힘을 이기지 못해 무너지게 될 것이오.
성채 안으로 파고들어 가시오.
무력을 사용하지 않고 가만히.

합창단   그대들은 그것을 슬며시 처리해야 할 것이오.
은밀한 것이 큰 힘을 발휘하는 법이라오.

(이러한 마지막 노래를 부르는 동안 마신들은 무대의 양 측
면으로 흩어진다. 궁정대신만이 무대 중앙에 남아 있고, 나
머지 마신들은 노래가 끝나자 갑자기 사라져버렸다.)

제9장

궁전대신역의 마신   (혼자서. 엿들으면서.)
살금살금 걸으면서 맥박과 숨을 죽여볼까.—
맥박과 숨소리가 잘 느껴지지만, 들리진 않는군.
아래 바닥이 진동하는군.
이렇게 흔들리다가 무너질까 두렵군.
(그는 무대의 한쪽에서 멀어진다.)
우람한 마름돌,
저희들끼리 다투고 있는 것 같군.
(그는 무대의 다른 쪽에서 멀어진다.)
날씬한 기둥들이 요동치고,
사랑의 끈으로 사이 좋게
한데 합쳐져 수백 년 간
한 몸으로 존재했던 아름다운 부분들,—

그것들도 지진을 감지하고,

하나하나에게 다가오는

절박한 위험과 고난에 직면하여

서로에게 화를 내고 있는 것 같군.

(그는 무대 양쪽을 의심스런 눈초리로 바라보며, 무대 중앙
으로 나온다.)

붕괴돼 가고 있는 성채에서는

눈짓 하나로, 숨결만으로도 건물이 무너지지.

(그 순간 모든 것이 붕괴한다. 그는 말없이 신중한 태도로
바라보며 서 있다.)

제10장

압제의 마신 등장. 동방 전제군주의 복장을 입고 있다.

계략의 마신   (공손하게.)

영도자이신 우리 군주님! 어이해서 혼자 오셨나요?

압제의 마신   내가 있는 자리에 다른 누구도 있어서는 안 되지.

계략의 마신   전하의 신하도 마찬가지인가요?

압제의 마신   자네가 군주인 나를

항상 알현할 수 있도록 해주겠네.

그러나 자네가 나를 좋아하지 않는다는 것은 알고
있지.

자네가 아무리 노력한다 해도 별 수 있겠나?

자넨 나의 영원한 신하일 뿐이니 말일세.

계략의 마신   전하! 오해십니다.

전하를 받들 수 있어 황공할 뿐입니다.

전하만을 받드는 것보다

더 자유로운 삶이 어디 있겠습니까?

온 세계가 목격한 위대한 일들은

전하의 왕권을 위해 일어난 일이었죠.

하늘이 창조한 것, 지옥에서 발견된 것,

땅과 바다 위로 생겨난 모든 것

결국 전하 손아귀에 들어오게 되지요.

압제의 마신   그렇다! 내 수고를 덜어주는 것

그것이 자네가 해야 할 가장 고귀한 사명일세.

자유의 상태에서 서서히 생겨난 것이란

빨리 붕괴될 수 없기 때문이지.

전쟁의 나팔 소리론 어림도 없지.

그러나 영리한 자네가 물밑 작업을 벌이면

모든 것이 순식간에 무너지게 되지.

난 그저 축복받은 광야에

조용히 앉아 있게 될걸세.

자넨 내 생각대로 일을 처리해 왔으니

이제 자네가 해놓은 일을 둘러봐야겠네.

(폐허더미 속으로 사라진다.)

제11장

계략의 마신   (확신에 찬 어조로.)

그러셔야죠. 가서 둘러보십시오.
우리가 만들어놓은 세상에 살고 싶으실 겁니다.
온 세상이 조용하고 고요하며
전하의 왕좌가 안전하다고 생각하실 겁니다.
전하와 같은 신들은 부하 마왕들에게 과시하기
위해
화를 내기도 하고, 조용히 계시기도 하지요.
저는 신들에게서 이 두 모습을 엿보았습니다.
화를 잘 내는 쪽은 끊임없이 행동하기를 좋아하고
조용히 있길 좋아하는 쪽은 이제 다 됐다고 믿고
싶어하더군요.

저는 양쪽 모두 놀라도록
언제나 눈에 띄지 않게 활동하지요.
전쟁의 신 당신은 쉬게 하고
대신 노예들의 군주인 당신을 깨우겠소.

앞으로 나갈 땐 나가고 물러설 땐 물러서는 것.
그것이야말로 가장 위대한 예술이지.
그렇게 은밀히 처리하는 것.
그것은 행복이며 은총이지.
그들이 가는 길은
내 뜻에 따라 정해지니
나야말로 전능한 자라고
뽐낼 만하지. (퇴장.)

제12장[13]

압제의 마신   (폐허더미에서 나오면서.)
여전히 활기가 넘쳐흐르니, 다시 건설될 수도 있
겠어.
황폐한 시대, 새로운 공포를 자아내면서 ―
폐허, 먼지와 진흙탕.
이러한 시대에 모든 공간은 이끼와 밀림으로 덮
여 어두워진다.
자, 높이 솟아올라라, 고귀한 나무들이여!
놀라 쳐다보는 눈길에
모든 행복을 영원히 묻어버리고
이미 오래전 사라진 운명을 보여주어라!
(아리아를 부르는 동안 폐허더미는 점점 녹색으로 덮인다.)

장식이 아냐 뒤덮어버리는,
기쁨도 아냐 놀라게만 하는
이 마법의 골짜기를 넓혀라!
수백 년 된 것처럼 보이게
수풀과 덩굴손이
마치 퇴락한 사상처럼
슬금슬금 기어서 사방으로 뻗어 나가는구나.

---

13) 2장의 에피메니데스의 독백과는 반대로 여기서는 인간이 이룩한 업적
과 조화를 이루지 못하는, 인간 적대적이라 할 수 있는 파괴적인 자연이
묘사된다.

그렇게 세계는 적막해졌구나! 하지만 군주인
내가 혼자뿐이라는 사실은 어울리지 않지.
남자들과 어울리긴 싫은데,
환관들이 남자들을 막는다 해도,
거의 남자들에게 둘러싸여 있는 것과 같아.
이제 비둘기 같은 눈매를 가진
아름다운 여인들이 내 눈을 쳐다보고,
공작의 날개로 만든 부채를 유쾌하게 흔들어대며,
일정한 걸음걸이로 내 주위를 맴돌며,
모두들 사랑스런 눈길로 나를 동경하겠지.
그 여인들이 모두 나에게만 말이야.
낙원이여, 이제 다가왔구나!
풍부한 가운데 누워 쉬게 되었구나.
스스로 행복하다고 잘못 짚은 저 사람들은
감시당하며, 사슬에 묶여 있는 신세가 되었구나.

제13장[14]

사랑   (눈에 띄지 않는 먼 곳에서.)

그렇지요. 나는 이 광활한 숲속을
경쾌하게, 기쁜 마음으로 거닐고 있어요.
사랑은 시간을 초월하여

---

14) 이 장면에서 사랑은 순진하다 못해 어리석기까지 하다. 그녀는 시대의
변화를 깨닫지 못한다. 그녀에게는 에피메니데스에서 볼 수 있는 것과
같은, 나이듦에 따른 명석한 분별력이 부족하다.

항상 영원하기 때문이지요.

압제의 마신   뭐라고? 멀리서 들리는 저 소리는 무엇이지?

아직도 기쁜 영혼이 있단 말인가?

여러 시대에 걸쳐 파괴시켰는데도

아직도 여전히 존재하고 있다니!

(관악기로 위 노래의 멜로디가 연주된다. 그 사이에 압제의
신은 놀라움과 감동의 태도를 보인다.)

이런, 네 가슴에 불길이 솟으려 하는구나.

이 소리를 듣고도 마음의 안정을 찾을 수 있는가?

오, 이 꾀꼬리 같은 목소리에 흔들리지 않고

정신을 가다듬어야지.

사랑   (나타난다. 압제의 신은 뒤로 물러난다.)

그렇지요. 나는 이 광활한 거리를

경쾌하게, 기쁜 마음으로 떠돌아다니길 좋아하
지요.

사랑은 시간을 초월하여

항상 영원하기 때문이지요.

압제의 마신   오, 저기 멀리서 다가오는 여인은

어떻게 두려움도 없이 항상 즐거운 마음을 가질
수 있을까?

사랑   사랑은 시간에 구애받지 않고

항상 영원하기 때문이지요.

압제의 마신   (그녀에게 다가가며.)

도대체 누굴 찾고 있는 거요? 누군가를 찾고 있
겠지!

당신은 그 사람을 틀림없이 알고 있을 거요.

| 사랑 | 물론 찾고 있어요. 참 멋지죠! |

사랑　물론 찾고 있어요. 참 멋지죠!
　　　하지만 더 이상은 말씀드릴 것이 없어요.
압제의 마신　(공손하지만 졸라대는 듯이, 의젓하면서 농담조로.)
　　　그렇겠지요! 그렇게 서둘러 맞이하려는
　　　사랑에 대해 말해 보시오.
사랑　그러지요. 사랑이란
　　　가슴속에 고이 머물러 있는 바로 그것이에요!
　　　(압제의 신은 멀어져 간다.)

제14장[15)

　믿음은 노래를 듣고 동생을 알아보고 서둘러 다가와 그녀의 가슴에 안긴다. 믿음이 감정이 격해져 몸을 빼고 아래로 내려올 때까지 사랑은 잠시 더 명랑한 노래를 계속한다.

믿음　오, 사랑스런 나의 동생! 나를,
　　　그리고 나의 괴로움을 이렇게 맞아줄 것이냐?
　　　아무런 위로도 받지 못한 채 헤매다가, 너의 가슴에 안겨
　　　근심을 덜어보려고 찾아다닌 거란다.
　　　유감스럽게도 왔던 그대로 떠나게 되는구나.
　　　쫓겨나는 느낌을 지울 수 없구나.
　　　내 마음 깊은 데까지 헤집어놓은

15) 이 장면에서 믿음은 고통스러운 경험을 하여 혼란과 절망에 빠졌고, 눈이 멀게 되었다.

의혹과 걱정과 원한을 누가 나누겠는가!

사랑　(가까이 다가가며.)

　　　오, 언니! 나를 의심해?

　　　언제나 새롭고, 변함없는 영원불멸의 사랑은

　　　영원불멸한 것으로 만들며,

　　　모든 인간들을 선하고 풍요롭게 만드는 나를?

　　　이러한 행운은 하늘로부터 받은 것인데,

　　　언니는 이 고귀한 선물을 욕되게 하고 싶어?

　　　만약 이렇게 명랑한 감성을 지니지 못했다면,

　　　우리나 우리 자매들은 아무 쓸모도 없을 거야!

믿음　아니야, 이런 참담한 시기에는

　　　어떤 기쁨도 영향을 미칠 수 없어!

　　　고통을 수천 배로 느끼고,

　　　마음과 마음이 서로 부딪쳐 찢어지고,

　　　기도는 공허한 메아리가 되고, 헛되이 눈물만 흘

　　　렸을 뿐,

　　　우리의 바람은 사슬에 묶이고,

　　　우리의 영광은 비웃음의 대상이 되며,

　　　우리는 굴욕에 길들여지게 되었지!

　　　낮은 영원히 밤으로 뒤덮이게 되었지.

사랑　그렇다고 종말이 다가온 건 아니야.

　　　신의 심판을 기다려봐!

믿음　너는 한번도 진정한 행복을 누려보지 못했구나,

　　　이런 역경에도 흔들림이 없으니 말이야! (그들은

　　　서로 물러선다.)

압제의 마신　(혼자말로.) 그만! 이제 난 승리한 거야. ─

자매끼리 서로 의사소통이 잘되지 않는군!

(믿음에게.)

훌륭한 아가씨! 그대는 어떤 근심,

소망, 욕망을 가졌기에

그 아름다운 가슴이 설레이는가?

믿음   전하, 오 전하! 내 동생을

꺼안고 싶은 마음이 드는 것은 당연하지요.

동생에 대한 신의에는 변함없어요.

압제의 마신   (사랑에게.)

어찌된 일이오? 사랑스러운 그대여, 그대의 달콤

한 가슴에는

언니를 껴안고 싶은 마음이 생기지 않는 것 같

구료.

사랑   가장 훌륭한 저 언니를 영원히

껴안고 있고 싶어요.

오, 이리 와서 어서 내 품에 안겨봐!

믿음   오, 나의 고통과 근심을 용서해 다오!

나는 끊임없는 사랑과 기쁨을

요구할 만한 용기조차 없단다! (둘이서 포옹한다.)

압제의 마신   (혼자서.)

유혹해 보고 싶은 욕망이

끊임없이 생기는군. 그들을

움켜쥐고 싶군, 그것이 내가 지향하는 바이기도

하지.

(그들 사이에 끼여들며.)

그대 고귀한 자매를 만난 것은 신의 섭리라오.

그대와 나에게 축복의 날이 되기를!

영원히 기억되기를!

자, 이제 우리 모두 이 시간을 기억합시다!

(보석을 든 꼬마 신들 등장.)

친애하는 자매님들, 내가 주는

보잘것없는 선물을 거절하지 마시오.

(사랑을 애무하면서, 동시에 팔찌를 끼워주면서.)

손을 이리 내미시오, 내 눈이 황홀해지는구료.

오, 손을 잡아 키스해 보았으면.

가장 값나가는 이 장신구를 받아주오.

그것을 지니고 나를 절대로 잊지 마오!

(믿음을 애무하면서, 동시에 값비싼 벨트를, 아니 차라리 가
슴에 다는 액세서리에 가까운 것을 달아주면서.)

고상한 감각과 즐거운 삶이,

그대 안에 너무나 잘 조화되어 있기에

나는 가지각색의 보석으로

그대의 풍만한 가슴을 장식하려는 것이오.

(꼬마 신들은 눈에 띄지 않게 검고 무거운 사슬을 꺼낸다.)

믿음　　내 가슴은

보석으로 치장할 만하지요.

(꼬마 신이 벨트 뒤에다가 사슬을 건다. 그 순간 고통을 느
낀 그녀는 가슴을 쳐다보며 소리 지른다.)

아니 이럴 수가! 메두사[16]의 눈이

나를 쳐다보듯 소름끼친다.

---

16) 그리스 전설에 나오는 뱀머리가 달린 괴물.

사랑　오, 이렇게 눈부실 수가!

너무 기뻐서 손까지 떨려요!

(그녀는 팔을 내뻗어 팔찌를 내려본다. 꼬마 신은 밑에서
이중 사슬을 채운다.)

무슨 짓이에요? 찔려서 끊어질 것 같아요!

너무 괴로워요!

압제의 마신　(약간 비웃는 어조로 사랑에게.)

그대의 아름다운 마음씨에 대한 상을 그렇게 받
은 것이오!

이 물건들 중 어느 것도 그대를 구해 내는 데 도
움이 안 될 거요.

그러나 당신은 곧 그것들에 익숙해질 것이오.

언제나 사슬을 찬 채로 다니게 될 것이오.

(두려워하는 믿음에게 동정심을 보이는 척하면서.)

자, 이제 실컷 훌쩍거려 보시지.

울어보란 말이오!

(두 자매에게 거친 어조로.)

행복과 기쁨을 포기하시지.

결코 더 좋아지지 않을 테니까!

(자매는 그에게서 벗어나 옆으로 쓰러진다. 사랑은 몸을 비
틀며 누워 있고, 믿음은 가만히 누워 있다.)

압제의 마신　밝은 대낮에 그대들을 깜깜한 밤중으로
데리고 갔다.

함께 묶였지만 서로 다르군.

사랑은 어리석고, 믿음은 눈멀었으니.

아직 희망만은 자유롭게 떠돌아다니는군.

내 마법의 힘이여, 희망을 이리로 불러오너라!
종종 계략을 써가며 쫓아다녔지만,
무지개처럼 변화무쌍하게
때론 여기, 때론 저기, 이리저리 자리를 옮겨다
니니,
희망을 유혹해 내지 못한다면
다른 모든 일들이 무슨 소용인가!

제15장

희망은 관객의 왼편 폐허더미 위에 나타난다. 투구와 창과 방패로
무장하고 있다.

압제의 마신   저기 오는군! 그녀가 틀림없어! 꼬여내고야 말겠다.
여자인데 별 수 없겠지. 정신을 빼놔야겠군.
나를 쳐다보면서도 태연히 서 있다니,
이번에는 나에게서 벗어나지 못하리.
(부드러운 태도로 다가가며.)
이렇게 붐비는 복잡한 세계에서
누구나 마음 먹은 대로 할 수는 없지.
존재하지 않는 것은 앞으로 생겨날 수 있지.
몸조심이나 하고, 가만히 있어라.

(그녀는 그에게 창을 들이대고, 위협하는 태도로 꼼짝않고
서 있다.)

이게 웬 안개, 연기인가,
갑자기 그녀의 모습이 가려 보이지 않는군!
그녀를 어디서 찾을까? 어디로 떠도는지 알 수가
없군.
내 마술도 그녀한테는 먹혀들어가지 않는군.
안개 연기가 짙게 깔리고 더 심해지며
이리저리 흔들리기까지 하는군. 사물의 윤곽이
흐릿해지는구나.
보일 듯하면서도 점점 가물가물해지는 저 모습이
괴물로 보이는구나.
저건 유령이야, 구름이 아니야, 그냥 유령이 아
니라,
진짜 유령이야. 나에게 달려드는군.
아니 점점 실체를 드러내며 움직이다니,
어떻게 이럴 수 있단 말인가?
모습을 드러내지 않는 이 괴물들아,
부단한 속임수로 변신해 봐라!
내가 지금 있는 곳이 어디지? 제정신인가?
바로 그들이다! 아니야 그들이 아니군. 힘에 넘쳐
생동하는 저것을 쳐다봐야 하다니 몸이 오싹해지
는군.
진정 충만한 생명력과 투쟁심으로
가슴과 가슴을 맞대어 겨뤄보고 싶구나.
구름 사이로 왕관을 쓴 머리가 보이고,
발은 뱀 모양으로 길게 뻗쳐 있고,
서로서로 뒤엉켜

싸우고 있는 형상을 하고 있군.
하지만 저렇게 부시럭거리면서도 신경은 모두 내
쪽으로 쏠려 있군.
넓은 구름층이 가라앉아 한 조각
살아 움직이는 것 같은 구름이, 모든 민중
모든 귀족들로 인해 무거워져, 내려 앉아 내리누
른다,
날 아래로 쓰러뜨려 질식시킨다!

(그는 자신의 상상에 의해 생겨난 허깨비에 맞서 저항하
고, 피해 물러나고, 좁은 구석으로 몰리게 되었다고 착각하
고 완전히 무릎을 꿇다시피한다. 희망은 자신의 평화로운
위치로 다시 돌아간다. 그는 다시 기운을 찾는다.)

흥분해 날뛰는 지옥의 마귀들아,
너희들의 야수성을 점점 더 나타내 보여라!
그래봤자 내 눈 하나 깜짝하게 하지 못하리라!
너희들의 움직임은
다 나의 생각의 산물, 내 스스로 빠진 망상에
벌벌 떨 것 같으냐?
이 지긋지긋한 것들아, 너희들이
내리누르려고 노력해 봤자 진짜 생명체는 아니지.
너희들의 머리, 왕관은
그림자일 뿐, 희미한 공기일 뿐이지.
그러나 무덤 냄새가 느껴지는군.
저 밑이 내가 머무를 곳인 모양이군.

벌써 무덤에서 썩은 냄새가 나는군.

(그는 공포에 휩싸여 달아난다. 희망은 이제 보이지 않는
다. 막이 내린다.)

제2막

제1장

사랑　(잠시 후 몸을 일으킨다. 미치지는 않았지만 얼빠진 모습
　　　으로.)
　　　언니, 도대체 무슨 일이야?
　　　언니의 가슴을 옥죄는 것이 무엇이었어?
　　　내가 느낀 것은 고통이라 할 수 없고,
　　　내가 겪은 것 또한 아픔이라 할 수 없지.
　　　항상 불려졌던 내 이름
　　　사랑, 다시 들을 수 있을까?
　　　나라는 존재는 없었던 것 같아.
　　　사랑, 그건 공허한 단어야.

믿음　(그 사이에 일어났지만, 똑바로 서 있을 수가 없다.)
　　　이제까지 내 발을 받쳐주던
　　　견고한 바위가 흔들리는가?

아니야, 흔들리는 건 나야. 이곳에 주저앉을 것
같아.
몸을 가눌 힘조차 없구나.
무릎이 휘청이네.
아, 기도하기 위해
무릎을 꿇는 것이 아니지. 생각도
감정도 없이 바닥에 누워 있구나.
부르던 노래가 막혀 계속할 수도 없구나.
신들이여! 커다란 어려움에 빠져 있사옵니다!

사랑 (계속 걸어나오며.)
이 손이 묶여 있기는 하지만
발로 걸어다닐 순 있군.
아, 저리로 몸을 돌리면
이 무거운 멍에를 떨칠 수 있으련만.

믿음 (사랑처럼 걸어나온다. 하지만 다소 빠르고 활기있게.)
이 장소를 벗어날 수 있으면
묶인 가슴이 풀리겠지.
(사랑이 다가오는 것을 쳐다본다.)
오, 사랑아! 이 무슨 축복인고!
그래, 착한 저 애가 이리로 오는구나.
(그들이 서로 팔을 뻗쳐보았지만, 서로 바라보기만 할
뿐, 너무 멀리 떨어져 있어 닿을 수 없다.)

사랑 저런! 언니에게 갈 수가 없어,
아, 여기서 꼼짝할 수가 없어!
(이전에 있던 자리로 급히 되돌아간다.)

믿음 이런 비참함을 똑같이 겪다니!

(망설이며 이리저리 둘러보고는 역시 자기 쪽으로 몸을 돌린다.)

아니야! 세상 사람들은 알지 못해.

(둘 다 자신의 자리에 주저앉는다.)

제2장[17]

희망 (그 사이에 위쪽에서 나타나 아래로 내려와 있다.)

비탄과 탄식의 소리가 들리는구나.

저기 묶여 있는 자들이 내 자매들인가? 어떻게 저럴수가.

오 싸우는 것 같기도 하고 무서워 떨고 있는 것 같기도 하네!

내 말을 잘 들어라, 내 말은 결코 틀리지 않으리.

사슬에 묶인 너희들의 모습을 보게 되는구나.

나를 쳐다볼 힘마저 없구나.

그러나 내가 여기 있다. 너희들을 구해 줄 수 있을 것이다.

일어나라, 나를 믿고 이리 와라!

---

17) 희망은(여기서는 알레고리적 인물) 괴테의 기본 테마 중 하나이다. 희망은 모든 생명채의 본질에 속하기 때문이다.

제3장

수호천사들	(서둘러 다가오며.)

우리는 언제나 지상
여기저기를 빠른 걸음으로 다니고 있습니다.
(그들은 장신구를 지닌 채 사슬을 제거한다.)
이제 우리가 속박을 풀어주었으니,
그대여, 그들을 다시 일으키십시오!

우리 수호천사들은 분명
우리가 해야 할 몫을 다했으니,
이제 그대들이 구원됨은
그대들 자신의 노력에 달려 있습니다.
(떠나간다.)

희망   (서둘러 떠나는 수호천사들에게.)
사랑스런 형제들이여, 그대들에게 신의 보상이
내릴 것이오!
(그녀는 먼저 믿음을 일으켜 세워 중앙으로 데려간다.)
먼저 믿음이 굳건히 서 있으면,
사랑 또한 다시 일어날 것이다.

사랑   (스스로 벌떡 일어나 희망에게 달려간다.)
그래, 이렇게 일어났어, 새로 태어나는 마음으로
언니의 가슴에 안기겠어.

믿음   완전히 잃어버렸던 나를
다시 찾아 얼마나 기쁜지 모르겠어.

희망   그래, 나와 손잡는 사람은

행복이란 행복은 다 알게 되지.

지금의 나 그대로, 나는 언제나 존재하리.
나는 결코 좌절하지 않으리.
고통을 덜어주고, 최고의 행복을 이루어주리라.
여자로 태어났으나 남자처럼 용감하네.
어떤 삶이라도 나를 거쳐야만 활기차게 되고,
나 죽음의 무덤 저 너머로 삶을 이끌어올릴 수
있지.
심지어 재로 변한 나를 모으려 해도
나의 이름을 들먹거려야 하지.

자, 들어보아라! 옛날 동굴무덤[18] 속으로
어느 경건한 백성이 몰래 도주하여
숭고하고 순수한 영혼의 갈망을
충만한 믿음으로 하늘에 맡긴 채
천상의 보호에 의지하기를 포기하지 않고
견뎌내기로 굳게 약속하였듯이,
덕은 조용히 왕국을 건설하여
방어를 위해 비밀 결사를 맺었다.

저 밑, 텅 빈 곳, 쑥밭이 된 지상의 왕국.
거기에서는 저 끔찍한 폭력이
마침내 거친 본성을 드러내어

---

18) 로마의 카타콤베.

위엄을 가장한 추한 모습으로,
우아하며, 농익은 지상의 창조물들을
제멋대로 요리하고 있다.
그러나 지반이 곧 함께 무너져
오만한 그 제국의 생명을 단축시킬 것이다.
눈사태처럼 동쪽에서 굴러오는[19]
눈덩이와 얼음덩이가 점점 커지다가
녹아 내리고 점점 가까이 밀려와
모든 것을 범람시키는 하천이 된다.
서쪽으로, 다음 남쪽을 향해 휩쓸어 가며,
세상은 파괴된 자신을 보지만— 더 낫다고 느낀다.
광활한 바다로부터, 발트해로부터 구원의 손길이
우리에게 뻗친다.
삼라만상은 행복의 연속선상에 오르게 된다.

제4장

수호천사들 (세 자매에게 왕관을 바치면서.)

여왕들이여, 더욱 강인해지십시오!
지금 비록 고개 숙이고 있을지언정, 그대들이야
말로 여왕들입니다.

---

19) 이하 8행에서의 자연 묘사는 시대적 사건들과 관련을 맺고 있다. 동쪽
에서 몰려오는 눈사태는 발트해의 광활한 바다에서 밀려오는 밀물과 합
쳐진다. 즉 러시아부터 스웨덴, 영국까지 유럽 민족들은 힘을 합쳐 나폴
레옹의 지배에 맞서 싸웠다. 작가는 여기에서 해방이라는 사건을 우주로
옮겼다. 그러나 동시에 그 사건의 비극적인 모순성 역시 지적했다.

그대들은 모든 행복을 얻게 될 것입니다.
그대들은 하늘에 의해 점지되었으며,
하늘로 오를 것입니다.
유한한 존재 인간은 당신들의 승천에 열광할 것
이며,
영광 가득한 세상을 떠돌 것입니다.
그대들이 영원한 행복을 마련한 그 세상을.

비록 저 깊은 심연에서 대담하게 솟아올랐던 것,
그것은 뛰어난 재주를 바탕으로
세계의 절반을 수중에 넣을 수 있었지만
다시 심연으로 떨어질 것임에 틀림없지요.
이미 엄청난 위협이 목전에 존재하며,
저항할 것이지만 소용없게 될 것이오!
점령군에 가담했던 모두는
함께 파멸의 길로 떨어질 것이 틀림없지요.

희망   잠을 자기 위해서가 아니라, 침묵을 지키기 위해
밤에 모임을 갖는
용감한 이들을 이제 만날 것이오.
그러면 자유라는 아름다운 단어가
속삭임 속에서 새나올 것이오.
우리가 성전의 계단에서
뜻밖의 새로운 상황을 맞이하여
다시 환희를 맛보며 소리 지를 때까지 말이오.
(확신에 차 큰 목소리로.)
자유!

(목소리를 약간 낮춰서.)

자유!

(사방에서 메아리.)

자유!

사랑 우리의 경건하고 선량한 자매들이
감행한 일을 와서 보라!
우리들은 탄식하며,
잔혹한 야만의 시대를 대비해 왔다.

믿음 사랑이 도움과 청량제 역할을 하면
가장 아름다운 축복이 깃들고,
두려움을 느낀 자들은
믿음으로 두려움을 극복할 것이다.

수호천사 I 그대들의 힘을 증명하게 될 것이며,
차분하게 심판의 날을 준비할 것입니다.

수호천사 II 그때에 강철로 된 머리는
천둥으로 마침내 가루가 될 것입니다.

(음악이 흐르는 가운데 무대 위에 있는 다섯 명 모두 몸을
돌려 땅으로 간다. 관객 왼쪽 폐허더미 위로 희망이 올라서
고, 믿음과 사랑은 오른쪽 폐허더미 위로 오른다. 천둥들은
계단을 올라 문 입구에 자리잡는다. 그들은 여러 번 작별 인
사를 한다. 밤이 된다.)

제5장

보이지 않는 합창단 별은 지고 달은 피에 젖었네.

하지만 이제 날씨가 좋아지고 주위가 밝아오네.
태양은 하늘의 왕좌에 다가가고,
친애하는 그대여, 그들이 와 너를 깨우리라.
(수호천사들이 문을 열고, 몸을 그 뒤에 숨기며 귀기울인
다. 에피메니데스는 잠든 듯이 여전히 움직이지 않는다. 램
프의 불이 타고 있다. 그는 깨어나고 몸을 뒤척이며 일어
나, 문 쪽으로 다가간다. 그가 의아해하는 것을 알 수 있다.
비틀거리며 계단을 내려가는데 자신이 어디에 있는지를 잘
모르는 모습이다.)

제6장

에피메니데스 자, 어떻게 깨어났지! 아주 이상하군!
어두운 밤에 문들이 열려 있군.
수호천사들의 그렇게 충실한 보살핌 때문에 내가
깜박한 것인가?
왜 하늘엔 별이 하나도 없지?
(거대한 혜성[20]이 나타난다.)
얼마나 불길한 일이 벌어지려고
긴 꼬리가 달린 저 섬광마저 놀라는가!
도대체 내가 있는 곳이 어딘가? 바위와 나무에

---

20) 규칙적인 현상을 통해 우주의 질서와 조화를 나타내는 태양, 달 그리
고 여러 혹성들과는(제1막 제2장의 에피메니데스의 독백 참조) 대조적으
로 갑자기 출현하는 혜성은 옛부터 예측할 수 없는 것, 질서에서 벗어난
혼란스러운 것의 상징이었다.

갇힌 채,
황무지 속에 파묻혀 있었구나.

이전에는 어떠했는가! 동틀 무렵,
정령들의 손이 나에게 미닫이문들을
열어주었고, 사랑스런 천상의 한쌍이
나를 정겨운 세계로 인도하였지.
성전과 궁전이, 또한 가까이서 멀리서
찬란하게 빛나는 자연이 나를 환히 반겨주었지.
지금은 왜 이리 어두운가! 섬광에서 얻은
예감은 무시무시한 것이로다.
나를 이끌 자, 파멸에서 구할 자 누구인가?
그대 신들이여, 그대들의 친구인 내가 정녕 그렇
게 죽을 운명이었는가?

(수호천사들이 횃불을 앞으로 내밀면서 위쪽 문가로 들어
선다.)

그러나 그대들은 충실한 사제의 외침을 듣는구
나!
나는 희미하게 퍼져 있는 새로운 황금빛을 본다.
바로 사랑을 간직한 자들이다! 오, 그들이 빛을
밝혀 가는 곳엔
황폐함도 끔찍함도 없구나.

(그들은 아래로 내려와 그의 옆에 선다.)

오, 말해 다오, 사랑스런 그대들, 어떤 불길한
꿈을 내 주위로 가져왔는가?

(그들은 손가락을 입에 댄다.)

그래, 꿈을 꾸었지! 그렇지 않으면 어떤 신이
나를 이 깊은 황무지에 가두었지.
여기 — 옛 광휘의 흔적이 전혀 없는,
예술과 질서의 흔적마저 전혀 없는 이곳에 말이다!
여기서는 창조물이 어지러운 혼란에 싸여 있고,
끝없는 파괴의 마지막 전율이 존재한다.
(수호천사들은 이 방향 저 방향을 가리킨다.)
무슨 말을 하려는 것이오? 여기서는 나 자신을
알아야 한다고!
(수호천사들은 앞쪽에서 한쪽 면을 비춰준다.)
그대들을 따르라고? 좋다! 이쪽을 비춰주는구나.
여기 이게 뭐지! 아주 유명한 그림이구나!
지나간 시절의 광채, 대리석의 광채 속에서.
「아버지는 넓은 소파 위에서, 어머니는 안락의자
에서
휴식을 취하고 있으며, 둘레에는 나이가 각각 다
른 아이들이
서 있다. 하인들은 끼리끼리 수군거리고,
말은 문 가에서 울음소리를 내고 있다.
차려진 식탁에서 사람들은 먹고 마시며 휴식을
취하고 있다」[21]
멋지다! 즐거운 날의

---

21) 부조(浮彫)에 대한 이 묘사는 고대 그리스 무덤의 얕은 양각(陽刻)을
가리키는데, 괴테는 이탈리아 여행중 1786년 9월 16일 베로나에서 이것
을 발견했다. 또한 『이탈리아 기행』에서 그는 이것을 죽음을 뛰어넘는
환희에 찬 태도의 증거물로 묘사했다.

밝은 햇살이 나를 비추는 곳이 아직 있다니.
모든 것이 폐허더미 속으로 가라앉아 버렸는데 말
이다.
(그들은 손가락으로 가리키며 그를 다른 쪽으로 데리고
간다.)
아직 더 볼 것이 있는가? 됐다, 착한 천사들아,
이젠 됐다!
오래된 곳인가 보구나.
잠자는 동안 어떤 신이
이 지상을 뒤흔들어놓아 이곳에
폐허더미가 쌓였고, 나무들의 싹이
빨리 돋아나는 기적이 있었구나.
내가 세운 모든 것, 어린 시절부터
나와 함께 자란 것이 저렇게 없어져 버렸구나.
오, 다시 세울 수 있다면! 아니지, 아 아니지!

이 칠판으로 나를 데려와야 했다니!
부서져 더 이상 읽을 수가 없도다.
내게서 사라져라! 오, 나의 추억들!
너는 아직 그 노래를 기억하고 있으니, 불러보
아라!

보이지 않는 합창단 집을 세웠으면
그대가 저 먼 곳으로 가기 전까지
무너져 폐허가 되지 않도록,
오랜 세월 두고두고
자손 만대 이용하도록,

주위에 푸르른 숲이
항상 새롭게 단장되도록,
모든 신에게 간청하라.

에피메니데스   그대들은 수호천사가 아니다! 절망을
뿜어내는 지옥에서 올라온 악마들이다!
다가와 내 몸 속으로 스며들어 가슴을 멈추게
하고,
머리를 감싸돌아 모든 감각을 소진시켜 버리는
절망 말이다.
(무릎을 꿇었다가 곧 다시 일어난다.)
안 돼, 무릎을 꿇으면 안 돼! 그들은 네 말을 더
이상 귀담아 듣지 않는다.
수호천사들은 입을 다물고 있구나. 차라리 죽는
게 낫지.
인간이 절망한 곳에서는 어떤 신도 살 수 없고, 신
이 없는 곳에서는 더 이상 살고 싶지 않기 때문
이지.
(절망한 몸짓으로 몸을 돌린다.)

수호천사들   (서로 손을 흔들면서.)
이리 오시오! 저 깊은 고통의 구렁텅이에서
그대를 구원하겠다고 약속하렵니다.
지줏돌 기둥은 무너질 수 있지만
자유로운 마음은 그렇게 되지 않지요.
자유로운 마음이란 영원히 살아 있는 생명이며,
인간 전체를 의미하며,
그 마음 안에는 도저히 부숴질 수 없는

즐거움과 힘찬 움직임이 도사리고 있기 때문이
지요.

에피메니데스 (슬픔에 가득 차서.)
오 말하라! 오 제발 도와다오! 무릎을 더 이상
지탱할 수 없도다.
너희들은 심한 조롱을 받고 싶은가?

수호천사들 함께 가세요! 그것은 꿈처럼 들리고
눈으로 보는 것도 믿지 못할 거예요.

(갑자기 낮이 된다. 멀리서 군가가 들려온다. 에피메니데스
와 천동들은 문 앞에 서 있다.)

제7장

군가소리가 가까워진다. 희망은 옆에 있는 젊은 군주를 데리고 폐
허더미 위로 온다. 그녀가 지나온 곳으로 이 전쟁을 위해 결속한, 새
로 단장한 여러 민족들을 나타내는 사람들이 무리지어 등장한다.

합창단 형제들이여, 세계의 해방을 위해
혜성이 손짓하고 있으며, 때는 무르익었도다.
폭정의 온갖 그물을
찢고 어서 빠져나가라!
일어나라! 전진하라, 일어나라!
그 일이 이루어지도록!

이제 신의 음성이 울려퍼지니,

이는 민중의 음성이 울려퍼지고
신성한 분노로 불타오르며,
번개 같은 전능이 뒤따르기 때문이다.
일어나라! 전진하라, 일어나라!
그 위대한 일이 이루어진다.

우리 용감한 사람들이 세계의 절반을 따라
이렇게 나아가니,
황폐함도, 폐허더미도,
그 어떤 것도 너의 길을 막지 못하리.
일어나라! 전진하라, 일어나라!
위대한 그 일, 이루어지리니.

젊은 군주   그대들은 우리 뒤에서 들려오는
힘이 넘쳐흐르는 구호, 진실한 외침을 들을지니,
승리든 패배든
모든 민족들이 해낸 일이다.
일어나라! 전진하라, 일어나라!
그 일은 이루어질 것이다.

희망   해야 될 일이 아직도 많이 있어요.
간과해선 안 될 일이 아직도 많이 있어요.
허나 우리 모두, 의지를 모으니,
이미 속박에서 벗어나 있지요.

합창단   일어나라! 전진하라, 일어나라!
위대한 그 일, 이루어지리니.

젊은 군주   백발이 성성한 노인들도

원로원에서 쉬지만은 않을 것이다.
우주 전체의 문제를 해결하는
초석을 놓아야 할 때이기 때문이다.
일어나라!, 전진하라, 일어나라!
그 일은 오래전에 이미 이루어진 것이다.

합창단 누군가 〈전진하라!〉 외치면,
모두가 곧바로 뒤를 따르기 때문이다.
때에 따라 강하게도 약하게도,
큰 무리, 작은 무리로 나아간다.
일어나라! 전진하라, 일어나라!
위대한 그 일, 이루어지게 된다.

우리가 붙잡기만 하면
그들은 파멸하고 도주하게 되리라.
우리는 정말 거대한 무리를 지어
줄지어 돌진하고 있는 것이다.
일어나라! 전진하라, 일어나라!
그 모든 일이 이루어지게 된다.

제8장

믿음과 사랑은 여자들 및 지역민들과 함께 다른 쪽에 등장해 있다.

합창단 우리는 나아간다.
용감한 그들을 환영하고,

그들의 목에
화환을 걸어주려는
열망을 품은
경건한 우리들.
찬가도
부르고
저기 잠자고 있는,
더 높은 삶에
자신을 바친
저 용감한 자들을
찬양하기 위해.

지역민들   (연령과 계층에 관계없이 모두.)
그대들의 힘을 믿어
남아 있던 우리는
사랑스럽고 대담한 자들에게
집과 궁정과 들판을 만들어주었습니다.
그대들은 승리의 발걸음으로 걸어와서는
우리를 다정스레 껴안습니다.
당신들을 위해 준비한 이 모든 것을
오랫동안, 즐겁게 누려보십시오.

전체 합창   오늘 이 위대한 날
가장 중요한 일을 벌이자.
온 힘을 모두 합해
무너진 건축물을 다시 올려 세워라.
노력해 보아라——행운이 따르기를——노력해
보아라!

오로지 성공하기를! 이 행운이 활기차게 피어오
르고 있다.

갈라졌던 기둥
다시 연결되어 세워지고
줄지어 선 기둥에
가느다란 나무 줄기 장식과 꽃이 나타나 있다.
노력해 보아라! —— 행운이 따르기를 —— 노력해
보아라!
그런 상태라면 그 일은 다 이루어진 것이다.

(그 사이에 폐허더미는 복구되었다. 일부 식물이 그 자리에
장식된다.)

제9장

에피메니데스와 두 명의 사제

에피메니데스   (위를 향해.)
참담한 이 밤 내내 곰곰이 숙고한
당신들의 친구는 정말 복도 많군요.
그것을 저 폐허더미에서 읽어낼 수 있었지요.
신들이여, 그것을 깊이 느끼고 있습니다.
(주위에 서 있는 사람들에게.)
허나 저 휴식 시간이 부끄럽구료.
그대들과 함께 어려움을 겪는 것이 더 나았을

텐데.

그 고통으로 인해

그대들은 나보다 더 위대하기 때문이오.

사제들   당신이 많은 세월을 얻었다면,

신들의 뜻을 탓하지 마시오.

신들이 당신을 남몰래 보호하였기에

당신은 순수한 마음으로 느낄 수 있게 된 것이오.

그래서 당신은 미래의 나날들과 비교될 수 있을

지니,

역사에서 볼 수 있었던 우리들의 고통, 괴로움,

우리들의 노력, 모험이

마침내 저 미래로 전해질 것이며,

미래의 그날 늘상 그렇듯이 당신은

우리가 말한 것을 믿지 않을 것이오.

믿음   나는 엄청난 일에 불려 나왔지요.

파괴와 피, 죽음까지도 나에게 이용될 정도였지요.

그런데 내 왕관 구석구석에

자유라는 거대한 아침놀이 갑작스레 이글거리게

되었지요.

살을 에는 듯한 찬 바람이 불어오고

강물은 목 위로 차오르는

거대한 자연의 힘.

그 모든 것이 결속을 굳혀주었지.

마음속 깊은 곳에 믿음을 간직하고,

격정과 살인, 약탈 가운데서도

불행에 맞선
저 고귀한 분에게 축복이 내릴지어다.[22]

수많은 공포의 날들이 지난 후,
저 아름다운 빛을 즐거이 바라볼 수 있게 해준
그녀에게 감사하노라.

사랑　애정어린 마음으로 자기 민족에 머물러 있으면서
새로이 얻은 환희를 충직한 신하와 함께
넓고 아름다운 부모의 마음으로 나누는 분,[23]
그를 사랑이 가득 담긴 눈빛으로 맞이하라!
그 고귀한 분은 다른 고귀한 분들과 결속했으며,
그때 충직한 사람들은 용감하게 환호했도다.
사랑이 활동하고 기초를 다져놓은 곳에는
덕의 힘이 만천하에 드러나게 마련,
행복은 보장되고 완성된다.

희망　오, 자매들이여! 나의 이기심을 고백하노니,
희생에 대해서는 대가를,
끔찍했던 과거에 대해서는 행복한 현재를,
경멸을 견디는 것 대신 승리의 환희를 요구하노라.
그것을 저 높으신 그분들에게 주고자 했으니,[24]

---

22) 초판에서 8행으로 된 이 연은 러시아 황제 알렉산더를 암시한 것이다.
두번째 판에서 〈고귀한 분〉은 바이마르의 대공 칼 아우구스트의 부인인
루이제를 가리키는 것으로 추측된다.
23) 베를린 판본에서는 오스트리아 황제 프란츠 1세를 지칭했다. 바이마르
판본에서는 칼 아우구스트 대공을 의미하는 것으로 보인다.
24) 완성본에서 이 부분은 다시 한번 바이마르 대공 부부를 언급한 곳이
다. 이전의 베를린 판본에서는 프로이센 왕 프리드리히 빌헬름 3세에 헌
납하는 시행이 포함되어 있다.

이제 우리 모두 그분의 눈빛에서 힘을 얻어 살아
가고 있도다.

에피메니데스 이곳 광활한 지역에서
찬란한 모습으로 강력한 영향력을
수없이 내보였고,
가장 고귀한 목적을 단숨에 달성한 덕망을 쌓은
분들.
그분들의 도움으로 우린 이 위대한 날을 축하할
수 있었도다.
진실한 손으로 이 자매들을
굳세면서도 부드럽게 연결해 주고,
옆에 서서 겸손하게 자신을 감춘 채 서 있는 분
이 여기 계시니,
화합이라 불리우는 그분의 베일을 벗겨야 되겠소.
(이제까지 베일을 쓰고 숨어 있던 여자를 앞으로 데리고 나
와 베일을 젖혀준다.)

제10장

화합 전 세계를 창조한 정신은
자신의 소중한 사랑을 나를 통해 가르치지요:
「힘을 모두 합쳐야만
거대한 위험으로부터 구조될 수 있나니」[25]

---

25) 인용 부호는 괴테 시대의 구두법에서는 특별한 강조를 나타낼 때 쓰인
것이다.

나의 가르침은 아주 쉬워 보이나
실현되기는 거의 불가능하지요:
「위대한 뜻 앞에서는 양보하라」
이제 그 말 뜻대로 이루어졌고,
지고의 바람이 실현되는 것을 보게 되었도다.

젊은 군주 그렇소. 모든 왕관이 우리의 금과 노획물로
새로이 장식되는 것을 보게 되는구료.
그대들은 민중과, 그대들 자신을 기쁘게 해주었
도다.
그대들은 자신이 소유한 것을 오늘 비로소 소유
하게 된 것이오.
선조들이 쌓아놓은 가치 있는 업적들로
이미 황금고리들이 엮어지긴 하였소만,
이제 그것은 스스로 얻어낸 것이오.
그대들은 그 권리를 싸워 얻어낸 것이오.

에피메니데스 우리 모두 새로 태어났으며,
프리드리히 대제의 무덤에서 맹세했던[26]

---

26) 러시아 황제 알렉산더와 프로이센 왕 사이에 1805년 체결된 동맹을 암
시한다. 알렉산더는 이를 위해 1805년 10월 25일 이후 포츠담에 있었다.
그는 다소 과장된 엄숙함을 좋아하는 낭만적인 면을 지니고 있는 사람이
기 때문에 그곳을 떠나기에 앞서 11월 4일 저녁 늦게 프리드리히 빌헬름
3세와 왕비 루이제에게 프리드리히 대제의 관이 있는 곳에 가보기를 요
청했다. 그들은 교회의 납골실로 내려갔다. 알렉산더는 관에다 입을 맞
춘 다음 왕의 손을 잡고 우정을 다짐했다. 성당지기와 촛불을 들고 있던
사람들만이 이 장면을 목격했는데, 후에 이 사실이 알려져 동시대인들에
게 상징적인 사건으로 여겨졌다.

그 거대한 갈망은 충족되었고,
이제 영원히 실현된 것이다.

전사들의 합창   무엇이든 할 능력이 우리에게 있다고 믿기에,
자유로운 발걸음을 내딛고,
우리들 한가운데로 부인, 누이, 딸, 신부를
맞아들인다.
해냈도다! —— 행운이 있기를! —— 해냈도다!
하늘에 감사하도다!

여인들의 합창   그대들을 격려하기 위해
우린 서두르고 있어요.
우리의 선물을
나누고,
그대들의 상처를
치료하기 위한
행복한 시간이
우리 삶에 주어졌어요!
(커다란 무리를 지어.)

에피메니데스   기적이 일어나 나의 경건한 희망이
실현되는 것을 이제 보게 되었구나.
가장 높으신 분께 의탁하는 것은 좋은 일이지.
그분은 나에게 현재 상태를 인지하도록 가르치
셨다.
이제는 낯선 시간을 바라보는
내 눈빛이 불타올라야 한다.

사제들　이제 정신과 마음이 불타오르고,
　　　　지나간 것을 느끼고, 미래를 보아야 하지요.
　합창　우리를 에워쌌던
　　　　다른 나라의 구속으로부터 벗어났도다.
　　　　다시 독일인이 되었으며,
　　　　다시 위대해졌도다.
　　　　우리는 가장 고귀한 민족이었으며
　　　　지금도 그러하도다.
　　　　충직한 마음과 순수한 기품을 가진
　　　　정의로운 행동을 하는 민족.

　　　　군주와 민중, 민중과 군주
　　　　모두 활기 넘치고 새로워졌도다!
　　　　그대 스스로 느낄 수 있듯이
　　　　자신의 생각대로 자유로워졌도다.
　　　　내적인 것을 열망하는 사람은
　　　　위대하고 훌륭할지니,
　　　　그대들의 가치를 한데 끌어모으면
　　　　그대들에 비할 자 없을 것이로다.

　　　　끝없는 위험과
　　　　흘린 피를 기억하라!
　　　　해가 갈수록
　　　　불어나는 재산에 대해 기뻐하라!
　　　　위대한 날, 위대한 도시는
　　　　우리 것이 되어야 한다!

이중으로 엄청난 공격을 가했으니[27)

두번째로 입성하라![28)

커다란 소리로 연주하라! 왕[29)께선 여기 계시고
밤하늘은 별들로 빛나고 있도다.
우리의 안녕을 위해
왕께선 싸우셨고 지키셨도다.
그의 자손 모두를 위해,
우리를 위해 이루셨도다.
이 산 저 산 불꽃이 타오르듯이

---

27) 워털루 전투는 나폴레옹의 운명에 결정적인 타격을 입혔다. 웰링톤이
지휘하는 영국군과 블뤼허가 지휘하는 프로이센군은 처음에는 독자적인
작전을 펼쳤다가 마지막 순간에 가서야 비로소 하나로 합쳤다.

28) 1815년 7월 7일 두번째 파리 점령.

29) 〈왕 der Herr〉: 베를린 공연에서는 오랫동안 베를린에 없다가 이 연극을
계기로 베를린에서 환영을 받게 된 프리드리히 빌헬름 3세를 의미했다.
바이마르 공연에서는 1815년 원정을 끝내고 귀환하는 칼 아우구스트를
의미했다. 〈der Herr〉라는 표현은 이렇게 보편화된 표현이어서 어떤 다른
군주를 위한 상연에서라면 그 군주에게도 적용될 수 있을 것이다. 그러
므로 이 표현은 황제, 왕, 대공에 두루 적용된다.
이 표현을 〈신〉으로 번역하면 달라지는데, 해방 전쟁 당시 아른트, 쉔
켄도르프, 테오도르 쾨르너 같은 서정 시인들은 종교적인 어휘와 상상력
을 많이 이용했지만, 유일하게 괴테는 종교적인 영역과 정치적인 영역을
완전히 분리했다. 괴테에게는 동시대 시인들과는 달리 나폴레옹이나 프
랑스에 대한 증오 역시 나타나지 않는다. 계략, 전쟁, 억압의 마신들은
사랑이나 희망과 비슷하게 일반화한 말들일 뿐이다. 동시대인들은 아른
트, 쉔켄도르프, 테오도르 쾨르너의 서정시를 그 당시의 분위기를 좇아
열광적으로 받아들였다. 사람들이 괴테의 축제극으로부터도 이와 비슷한
것을 기대했기 때문에 공연될 때마다 낯선 분위기가 생겨났다. 그러나
괴테가 시사적인 것을 보편적인 것으로, 감정적인 것을 관찰할 대상으로
(여기서 그는 고대 그리스의 모티프를 이용한다) 바꾼 바로 이 점이 인
간적이고 예술적인 업적이 되는 것이다.

환희의 불꽃이 위로 타오르고 있도다.

(막이 내린다.)

작품 해설

1 괴테가 쓴 최초의 희곡 「여인의 변덕」

괴테의 라이프치히 수학시절 만들어진 처녀 희곡 「여인의 변덕 Die Laune des Verliebten」(1768)은 작가가 사랑했던 카타리나 쇤코프와의 관계에서 얻은 체험을 시대의 유형에 따라 목가적 분위기의 시극으로 그려낸 작품이다. 목인극은 당시 독일의 많은 작가들이 프랑스풍의 모범에 따라 사용한 형식으로 현실의 구속에서 벗어난 행복한 삶의 모습을 표현한다. 양치기를 주인공으로 하는 이 극형식은 한가롭고, 몽상적이며, 자연의 아름다움과 우아함이 넘쳐흐르는 분위기를 보여주며, 이러한 세계에서 일어나는 남녀간의 사랑과 갈등을 표현하고 있다. 괴테의 이 작품은 바로 이 극형식의 정점을 보여준다.

이 작품에서 두 쌍의 남녀는 각기 다른 사랑의 모습을 보여준다. 에글레와 라몬은 서로에 대한 애정과 관용으로 올바른 사랑의 태도를 보여주는 반면, 아미네와 에리돈은 집착과 질투로 상대방과 자신을 괴롭힌다. 아미네는 에리돈의 소유욕으로 자신이 부당하게 구속되어 있는 점을 잘 알고 있으면서도 그에 대한 맹목적 사랑으로 이를 극복하지 못하고 항상 그에게 종속되고 만다. 에리돈 역시 아미네를 소유하고 구속하려 할 뿐이며, 또한 자신의 감정적 집착에 대해 후회하게 된다. 서로 사

366

랑하면서도 괴로워해야 하는 두 남녀는 그러나 에글레의 기지
로 자신들의 잘못된 태도에서 벗어나 자유로운 사랑의 의미를
깨닫게 된다. 일견 사랑 문제를 두 남녀의 문제로 다루고 있는
듯한 이 작품은 그러나 사랑이 단지 두 사람의 개인적인 문제만
은 아니라는 점을 강조하고 있다. 다시 말해 이 작품은 남녀간
의 참된 사랑은 질투와 소유의 요구에서 자유로워야 한다는 것
뿐 아니라, 에글레의 말대로 사랑하는 사람의 아름다움과 장점
이 그 사회의 다른 모든 구성원 또한 함께 누릴 수 있는 것이어
야 함을 강조하고 있다. 이때 사랑이란 문제는 개인적 차원에서
사회적 차원으로 전이되게 된다. 한 개인의 문제는 자신뿐 아니
라 그가 소속한 공동체의 문제이다. 여기에서 작가의 후기 작품
에서 중요한 테마가 되는 개인과 사회와의 관계 문제가 그 출발
점을 보이고 있다. 인간 본성에 대한 올바른 이해, 나아가 그
사회적 의미를 인식하게 될 때 우리는 자신이 사회적 존재로 되
어감을 느낀다. 이 점을 작가 괴테가 독자에게 기대하는지도 모
른다. (최승수/경북대 독문과 교수)

2 시민 사회의 위기를 고발하는 익살극 「피장파장」

괴테의 희극 「피장파장」의 원제는 〈공범자들Die Mitschuldi-
gen〉[1]이다. 원래는 단막극으로 1768-1769년에 쓰어졌으나, 1769

---

1) 독일어의 mitschuldig라는 단어는 함께 잘못을 저지른다는 의미에서 〈공
범〉이나 〈공모〉의 뜻으로 해석되기도 하지만, 이 작품의 제목이 뜻하는
바는 너나할것없이 모두에게 잘못이 있다는 뜻에 가까우므로 우리말로
옮길 때는 〈피장파장〉이 더 적절한 표현이라고 생각된다.

년 3막극으로 개작되어 1776년 11월 30일 바이마르 궁정의 아마
추어 극장에서 초연되었다. 이때 괴테는 알체스트 역을 맡았다.
청년 시절 라이프치히에서 대학 생활을 마치고 프랑크푸르트로
돌아온 괴테는 그 이전에 쓴 작품들을 대부분 소각하거나 없애
버려, 「연인의 변덕 Die Laune des Verliebten」과 이 작품이 현재
남아 있는 가장 초기의 드라마이다. 「연인의 변덕」이 두 청춘남
녀의 사랑 놀음을 다룬 밝고 가벼운 목가적인 드라마라면, 「피
장파장」은 결혼한 부부를 중심으로 시민 사회의 위기를 고발하
는 내용의 익살극 혹은 광대극에 속한다. 괴테는 이 작품에 유
달리 애착을 가져 두 번이나 개작을 했다. 그러나 1780-1783년
에 이루어진 두번째 개작은 〈개악〉(볼프강 카이저)이라는 평을
받고 있다. 이 작품집에 실린 텍스트는 1769년에 한 첫번째 개
작본을 번역한 것으로 국내 초역이다.
   「연인의 변덕」과 마찬가지로 이 작품도 괴테가 자신의 경험을
거리를 두고 드라마화한 것이다. 시간, 장소, 줄거리의 통일이
라는 아리스토텔레스의 3일치의 법칙을 철저히 지킨 이 드라마
의 장소는 독일 어느 지방의 작은 여관이다. 손님도 없고 겉으
로 보기에는 아무 일 없이 평온한 듯하던 이 여관이 하룻밤 사
이에 온통 〈뿌리째 흔들리고〉 마는 양상을 그린 것이다. 등장인
물은 전쟁이 터져서라도 손님이 늘기만을 바라는 여관주인과, 건
달 남편 때문에 속을 썩는 그의 예쁜 딸 소피, 데릴사위로 처갓
집에 얹혀 살며 술과 놀음을 일삼는 사위 죌러, 그리고 딸의 옛
날 애인으로 몇 년 만에 찾아와 여관에 묵고 있는 젊은 귀족 알
체스트 등 4인이다. 1막의 장소는 여관의 식당, 때는 카니발로
가장무도회에 갈 채비를 마친 사위에게 장인은 듣기 싫은 잔소
.리를 늘어놓는다. 한편 소피와 단둘이 만날 기회만을 엿보던 알

체스트는 그런 기회를 포착하고는 밤에 몰래 자기 방에 올 것을
종용한다. 한편 알체스트에게 온 편지를 폴란드 귀족에게서 온
편지로 착각하고서, 그 안에 중요한 전쟁 소식이 들어 있으리라
고 생각하는 여관주인은 편지를 손에 넣지 못해 안달을 한다.
알체스트가 연회만찬을 핑계로 외출하자 쵤러는 카니발에 간 척
하며 알체스트의 방에 들어가 돈을 훔쳐 빚을 갚을 궁리를 한
다. 이 드라마의 정점은 밤에 등장인물들이 각자 다른 이유에서
몰래 알체스트의 방으로 가는 2막이다. 모두 다른 사람들이 외
출했거나 잠들어 있다고 생각하고 일을 벌이는 것이다. 장소는
알체스트의 여관방으로, 쵤러가 제일 먼저 침입해 돈을 훔치는
데 성공한다. 그러나 그가 채 나가기도 전에 여관주인이 와서
편지를 찾으려다 실패하고 소피의 발소리에 놀라 도망간다. 이
어 소피와 알체스트가 만나 회포를 풀며 밀회하는 장면. 그러나
이 둘의 대화는 알코브에 숨어 이 장면을 엿보며 분통을 터뜨리
는 쵤러의 대사와 교차되며 관객의 웃음을 자아낸다. 소피는 알
체스트를 사랑하지만 인간의 도리, 즉 정절을 지켜야 한다는 말
을 하며 그와 작별을 고한다. 소피에 대한 사랑에서 그녀를 돕
고자 귀중품 보관함을 연 알체스트는 돈이 없어진 것을 발견한
다. 3막의 장소는 다시 여관의 식당으로 알체스트의 돈을 훔친
도둑을 찾는 것이 관건이다. 알체스트의 방에서 아버지가 떨어
뜨리고 간 양초를 발견한 소피는 아버지가 도둑이라고 생각하
고, 아버지 또한 양초를 발견한 소피가 도둑이라고 생각한다.
도둑의 정체를 알고 싶은 알체스트 또한 교묘하게 여관주인을
속여, 편지를 넘겨주는 조건으로 소피가 도둑이라는 고백을 받
아낸다. 그리고 이 이야기를 전해 들은 소피가 아버지가 도둑이
라고 말함으로써 부녀간의 불화까지 초래하게 된다. 이렇게 이

야기는 인물들이 서로 얽히고 설키는 가운데 대단원으로 치닫는
다. 그러나 소피의 불행한 결혼 생활 때문에 쵤러를 증오하는
알체스트와, 역시 알체스트를 눈의 가시처럼 여기는 쵤러와의
말싸움 중에 쵤러가 도둑인 것이 밝혀진다. 하지만 남의 아내를
탐한 알체스트도, 또 여관주인으로서 호기심을 누르지 못해 손
님의 방을 뒤진 여관주인도, 또 유부녀로서 밤에 옛 애인을 찾
아간 소피도 떳떳하지 못하다. 결국 도덕적으로는 모두가 피장
파장인 셈이다.

한마디로 이 광대극은 시민사회의 위기를 보여주는 것으로, 여
기서 여관은 붕괴 직전의 시민 사회의 단면을 묘사한 것이다.
괴테는 사랑, 간통, 도둑질, 무고, 오해 등 평범한 소극적(笑劇
的) 주제를, 운문이지만 내용에 걸맞는 경박한 말투와 몸짓 등
에 담아 표현하고 있어, 형식의 내용과 일치를 이루고 있다.

그러나 겉보기에는 해피 엔드로 끝나는 대단원에서 갈등은 진
정으로 해소되지 않는다. 악덕을 행한 자가 벌을 받고, 정의가
실현되어 관객이 카타르시스를 느끼게 되지 않는 것이다. 질풍
노도기의 괴테는 고트셰트에서 레싱에 이르기까지의 계몽주의
희극과 달리, 이 작품에서 사랑, 연민, 사회 정의, 합리성 등
모든 기존의 규범이나 미덕을 있는 그대로 인정하지 않고, 당시
젊은 지성답게 이 모든 것에 회의적인 태도로 사회에 대한 불만
을 터뜨리고 있다. 그러나 불만을 터뜨리고 회의하는 차원에 머
물 뿐, 그 이상의 무엇을 관철하고 있지는 못하다.

그 한 예가 쵤러의 귀족 비판이다. 그는 알체스트에게 〈당신
네 같은 양반들은 대개 자기들을 위해 밭 뙈기째 몽땅 베어 수
확해 버리지, 그러고는 남편한테 이삭이나 줍게 하죠〉(3막 9장)
라고 말하며, 아내에 대한 자신의 권리를 주장하며 대항한다.

하지만 결국 그 자신도 악당으로 그려짐으로써 이런 귀족 비판
은 아무런 힘을 쓰지 못한다. 혁명의 구호가 되지 못한다는 말
이다. 또 사랑의 주제에서도 소피와 알체스트는 『젊은 베르테르
의 슬픔』에서처럼 자신들의 감정의 절대성을 주장하지 못한
채, 소시민적 가정 생활 유지라는 틀에 머무르고 만다. 또 알체
스트도 돈과 신분을 이용하여 시민 가정의 유부녀를 유혹하는
귀족이자, 사랑으로 고민하는 청년, 동시에 자신의 등장으로 곪
아터진 가정 문제를 마지막에 화해하고 중재하는 인물로 애매모
호하게 그려지고 있다. (해학과 관용을 통해 해피 엔드를 실현하
는 주역이 지배 계층이라는 점에서 이 드라마에서도 해학과 관용
이 신분 사회의 보수적 이데올로기로 기능하고 있음을 알 수 있다.)
　한마디로 이 드라마에 비친 사회상은 매우 어둡다. 더구나 마
지막 장면에서 도둑질을 용서받고 후회하는 듯하더니, 즉시 객
석을 향해 〈이번만은 무사한 것 같습니다〉라고 말하는 쵤러는
소피와 이 여관집의 미래를 불투명하게 보이게 한다. 그러나 다
른 한편으로는 마음이 흔들리지만 〈사랑〉보다는 〈의무〉를 택하
는 소피와, 소피를 농락하려다가 진실한 사랑을 느끼는 알체스
트 등 인간의 약점 또한 따뜻하게 감싸려는 괴테의 의도도 엿보
여——이런 점은 언뜻 보기에 이 작품의 모순으로 비친다——
괴테 작품의 복합성을 이미 그의 초기에서도 확인할 수 있다.
또 3막 3장에서 도둑을 캐내기 위한 여관주인과 알체스트의 대
화에서는 거울처럼 똑같은 질문과 답 형태의 대화를 반복시킴으
로써 희극성을 고조시킨 점도 이미 괴테의 대가다운 면모를 엿
보게 한다. 괴테가 이런 대화 사이에 문학에 대한 성찰을 짜넣
고 있는 점도 독특하다. 예를 들어 도둑질을 하러 알체스트의
방에 몰래 들어간 쵤러가 〈도둑도 시인처럼 타고나야 하는 것, /

선불리 달려들다간, 번개처럼 번쩍 하는 걸 느끼게 되죠, / 시인
은 비판의 채찍을, 도둑은 형리의 곤장을 말입니다〉(2막 1장)
하고 말하는 구절이 그것이다. 괴테는 이 기회에 재주도 없이
글을 쓰는 작가들을 은근히 비난하고 있는 것이다.

결론적으로 볼 때 이 작품은 〈궁정과 도시에 대항하여 가정과
전원 생활을 미화하던 계몽주의 시민 문학의 경향성〉을 거부하
기는 하지만, 새로운 이데올로기는 설정하지 못한 채 머무르고
만다. 바로 이러한 점에서 이 희극은 사회사적으로 볼 때 〈이성
과 윤리 질서의 회복을 묘사하던 계몽주의 희극 형식이 불가능
하게 되었다는 선언이자 사회 여건의 변화를 시사〉한 작품으로
자리매김된다. 괴테의 문학적 발전과정에서 볼 때는 목가적인
희극 「연인의 변덕」(1768)에서 인간의 비극적 운명을 다룬 「괴츠
폰 베를리힝겐」(1773), 혹은 『젊은 베르테르의 슬픔』(1774)으로
넘어가는 과도기적 성격을 지닌다 하겠다.

이 작품은 인물 구성과 장면 구성에서 17세기, 18세기의 다양
한 희극 전통을 따르고 있는데, 우리는 몰리에르와 이탈리아의
코메디아 델 아르테 등의 흔적을 확인하게 된다. 특히 여관주인
은 플라우투스(B.C. 250-285)의 「돈단지 희극 Auluaria」에서 몰
리에르(1622-1673)의 「수전노 L'Avare」로 이어지는 희극의 인색
한 노인 인물의 전형으로, 그가 분노하여 지팡이를 휘두르는 과
장된 장면도 이런 희극적 전통의 선상에 있다. 그 밖에도 작센
희극, 특히 크뤼거 J. Chr. Krüger의 「악마는 게으름뱅이 Der
Teufel ein Bärenhäuter」에서 오쟁이진 남편 모티프의 영향을 받
았다.

당시의 청중들에게는 잘 이해가 가지 않았을 법한 이 작품의
도덕적 중립성 내지는 도덕적 무관심에 대해 괴테는, 〈보다 높

은 관점〉이 희극의 필수적인 법칙으로서, 자신의 초기의 두 희극인 「연인의 변덕」과 「피장파장(공범자들)」은 도덕적인 판결에서 관대한 가운데, 〈죄가 없다고 느끼는 자가 먼저 돌로 치라〉는 기독교의 교훈을 거칠고 소박하게 보여주고 있다고 말한 바 있다. (최민숙 / 이화여대 독문과 교수)

3 사랑에 빠진 이들을 위한 「스텔라」

괴테는 1775년에 「스텔라 Stella」를 5막의 폐쇄 형식의 연극으로 썼으며, 이 연극은 1776년 1월 베를린에 있는 미리우스 출판사에서 〈연인들의 연극〉이라는 부제(副題)가 붙어서 출판되었다.

여러 해 전에 남자 주인공 페르난도는 체칠리에를 사귀어서 그녀와 결혼했다. 처음 몇 년 동안 행복한 결혼 생활을 맛본 후에 그는 그녀에게서 떠나간다. 왜냐하면 결혼 생활이 그에게 재미없고, 결혼이라는 인연이 속박으로 여겨졌기 때문이었다. 자유에 대한 열망과 새로운 행복을 추구하는 욕구에 이끌린 편력 과정에서 그는 스텔라를 만나 그녀를 유괴해서 한적한 시골의 영지에서 몇 년 동안 그녀와 행복하게 동거 생활을 한다. 그러나 이러한 동거 생활의 행복도 그에게는 다시 부담이 되고 체칠리에를 다시 만나보고 싶은 동경에 차서 그는 스텔라를 버리고 체칠리에를 찾아서 3년 동안 헤매었지만 그녀를 찾아내지 못했다. 자기 자신에 대한 실망과 삶에 대한 체념에서 그는 외인부대에 입대한다. 군복무를 마친 후에 그는 다시 영지에 살고 있는 스텔라에게 되돌아온다. 바로 여기에서 연극의 사건이 시작된다. 여기까지의 내용이 이 연극의 전사(前史)에 속한다.

　제1막은 주연 인물 세 명의 등장으로 그들이 처해 있는 상황을 대충 소개함으로써 앞으로 일어날 연극의 진행 과정의 기점(基點)을 예시해 주고 있다. 사건 진행의 내용은 별로 없으나, 많은 소장면의 처리 기법을 통해서 작가는 〈외적 삶의 풍부하고 생생한 상(像)〉을 전달해 주고 있다. 제2막은 대부분 두 여자 주인공의 대화로 구성되어 있으며, 이 대화에서 각자는 처음으로 대하는 상황임에도 불구하고 상대방에게 자신의 인생 체험, 사랑으로 인한 고통을 거리낌이 없이 털어놓는다. 이러한 인생의 고통에 대한 대화를 통해서 두 사람은 내적으로 밀접하게 결속해서 자매와 같은 애정을 느낀다. 이와 같은 우정 관계가 연극을 행복한 결말로 끝내는 종결 부분의 준비 단계라고 생각할 수 있다. 제2막의 끝부분에서 보여주는 주인공의 초상화는 제1막과 연결시켜 주는 역할을 가질 뿐만 아니라, 사건 진행을 촉진시키는 역할도 맡고 있다. 제3막에서 주인공은 두 여자 주인공과의 상봉으로 인하여 양자택일(兩者擇一)이라는 어려운 선택에 직면한다. 이에 주인공은 이제까지 좀머 부인이라는 이름으로 등장하고 있는 자기 아내인 체칠리에를 택하고 그녀와 딸과 함께 이곳을 떠나기로 결심한다. 제4막에서 주인공은 눈에 띄지 않게 정부(情婦) 스텔라한테서 벗어나기 위한 은밀한 의도를 품고 그녀를 만나지만 그의 마음은 곧 변한다. 삼인승 마차의 출발 준비가 완료되었다는 보고와 보충 설명을 듣고 스텔라는 방금 돌아온 페르난도가 자기를 버리고 바로 떠나가려고 한다는 사실과 체칠리에가 그의 부인이라는 사실을 다 알게 된다. 이렇게 해서 제4막은 완전히 혼란 속에서 끝난다. 제5막에서 스텔라는 도망하기로 결심을 하지만 인정이 많은 체칠리에가 이를 저지한다. 동시에 아무런 해결 방안을 찾지 못하는 주인공은 권총을 잡는다. 이러한 혼란스러운 상황에서 체칠리에가 스텔라에게 남편을 포기하고 그와는 다만 서신 교류만 하겠다고 제안함으로써 우선 해결책을 하나 제시하지만 페르난도는 이를 거절한다. 동시에 자기를 자신의 운명에 맡겨달라고 간청하면서 그는 권총으로 자살하려고 한다. 이에 체칠리에는 또다른 해결 방안으로 일부이처(一夫二妻)의 사랑에 관한 폰 글라이헨 백작의 전설을 설화체로 이야기한다. 이 전설에서와 마찬가지로 이 두 여인도 주인공과 함께 행복하게 살아가는 이상적인 해결로 이 연극은 끝난다.

이 작품에서 남자 주인공 페르난도는 아주 민감하며, 비난받아 마땅할 정도로 충실하지 못하고 정체를 알 수 없는 남자로서 묘사되고 있다. 이러한 행태는 그의 무상성(無常性)에서 비롯한다. 작가는 이러한 성질을 본래적인 죄과나 개인적인 특성으로 돌리지 않고, 페르난도의 태도를 남성 특유의 성격으로 해석하고 있다. 그래서 그는 자기의 행동에 대하여 양심의 가책을 느끼고 의무와 죄의식을 가지고 있다. 페르난도와 관련해서 두 여주인공 체칠리에와 스텔라는 완전한 개인으로 각자의 독특한 개성을 가지고 나타나고 있다. 이 두 사람은 페르난도와 만나 사랑을 통해서 완전한 개인으로 발전된다. 남편으로부터 버림받은 체칠리에는 삶의 모든 기쁨을 잃고 과거 속에서 살고 있으며, 옛날에 아주 즐거웠던 일을 이따금 이야기하는 일이 현시점에서 그녀에게 유일한 기쁨이다. 그녀는 처음의 절망 상태를 생업 활동과 딸의 양육을 통해서 극복한다. 삶의 자세가 아주 세속적인 체칠리에는 결혼 생활에서 〈사랑, 신뢰, 명예, 지위, 날로 불어나는 재산, 수많은 잘 기른 후손에 대한 희망〉도 기대하고 있다. 그러나 이와 같이 실제적인 삶과 밀접하게 연결되어 있다고 해서 우리는 그녀를 인습적인 유형의 부인이라고 생각해서는 안 된다. 그녀가 세속적인 욕망을 채우기 위한 목적에서 결혼했다는 혐의를 둘 수 없을 뿐 아니라, 그녀의 결혼에도 충심에서 우러나는 애정이 결정적으로 작용했기 때문이다. 사실 그녀는 어떠한 것으로도 마음의 공허함을 채울 수 없지만, 그녀는 이런 어려움을 극복하는 것이다. 그녀는 남편의 도주를 그의 개인적인 과오라고 생각하지 않고, 자유에 대한 남자들의 갈망이라고 여기고 있다. 그녀는 괴로움을 통해서 성숙되어 있기에 체념하기로 결심한다. 괴테는 「독일 연극에 관하여」(1815)라는 논문에서 체칠리에 역에 관해 아래와 같이 특징 짓고 있다. 〈체칠리에는 처음의 힘이 없고 의기소침해 보이는 모습을 곧 극복하고 자유롭고, 인정미가 있으며, 이지적인 여자 주인공으로서 대단한 광휘 속에서 우리 앞에 나타나게 될 것입니다.〉 이에 반해서 괴테는 스텔라 역에 다음과 같은 특성을 요구하고 있다. 〈그녀는 우리에게 사그러지지 않는 애착, 그녀의 뜨거운 사랑, 그녀의 불타는 듯한 열광만을 보이지 않고, 그녀의 감정도 전달하고 우리의 마음을 사로잡아야 합니다.〉 이 세상의 현실을 아직 알지 못하는 스텔라는 사랑 속에서 꽃피어 있다. 그래서 이 작품에 꽃과 관련된 상(像)이 자주 나타나고 있다. 그녀는 이 세상을 잘 모르고 있기 때문에 가사를 돌보는 일이나 마을 소녀들과 접촉하는 일들을 마음의 확신 없이 행한다. 그녀의 민감한 마음은 자연과의 조화 속에서, 그리고 그녀 아이의 무덤 가에서만 활기를 띠고 있다. 그러나 이러한 마음의 활동을 통해서 얻은 체험은 그녀의 외로움을 더욱더 고통스럽게 느끼게 해준다. 그녀가 감정으로 말미암아 말솜씨가 능란해지고, 마음의 언어 die Sprache des Herzens를 사용하고 있어서 우리는 그녀를 감상적인 감정 문화의 대표로 이해할 수 있다. 두 여주인공의 사랑이 서로 다르지만, 두 사람이 똑같이 서로 다른 매력적인 면을 나타내고 있다. 스텔라가 젊음에 넘치는 정열을 가지고 있는 반면에, 체칠리에는 침착한 태도와 선량한 마음을 가지고 있고, 스텔라가 청춘의 매력을 보여주고 있는 반면에, 체칠리에는 성숙에서 우러나는 너그러움을 나타내고 있다. 스텔라가 천국의 기분을 일으키는 행복 속에 떠 있는 반면에, 체칠리에는 현실 속에 확고하고 안전하게 서 있다. 남자 주인공 페르난도는 서로 상극적인 두 여성 사이에서 부표하고 있어서 두 여성 중의 한 여자가 일정 기간 그의 마음을 사로잡으면, 그의 마음이 다시 다른 여자 쪽으로 끌려가는 것이라고 이해할 수 있다. 괴테는 이 작품에서 페르난도라는 인물을 통해서 여성 관계에 있어서 대극성(對極性)에 대한 자신의 욕구를 구체화하고 있다.

이 연극의 이상적인 결말은 일부일처제(一夫一妻制)에 바탕을 두고 있는 시민 사회의 결혼 제도를 문제로 삼고 있기 때문에 당시 대부분의 비평가들은 이 연극을 스캔들로 간주했다. 그러나 중혼(重婚)에 관한 주제를 괴테가 처음으로 작품에서 다룬 것은 아니었다. 조나단 스위프트의 작품에서 반네사와 스텔라가 같이 행하는 성애적인 혼란이 당시에 잘 알려져 있었으며, 괴테가 연극의 제목을 「스텔라」로 붙인 것도 바로 중혼을 넌지시 암시해 주고 있다. 괴테는 삼각 관계의 문제를 다루고 있는 문학적인 모델로서 다음과 같은 작품들을 알고 있었다: 레싱 Gotthold Ephraim Lessing의 시민 비극 『사라 삼손 양 *Miß Sara Samson*』, 바이제 Christian Felix Weise의 『아말리아 *Amalia*』 (1766)와 감동적인 희극 『아량의 아량 *Großmut für Großmut*』

(1768). 특히 마지막에 제시된 희극은 「스텔라」와 많은 유사점
을 보여주고 있다.

　제5막에 삽입되어 있는 폰 글라이헨 백작의 전설은 이 연극
에서 기상신 Deus ex Machina의 역할을 맡고 있다. 해결책을 찾
아내지 못하는 파국 직전에 신이 기계를 타고 내려와서 모든 갈
등을 풀고 화를 복으로 바꾸어주는 것처럼, 주인공 페르난도는
하늘의 선물로서 힘을 요청하고 있다: 〈곤경에 처해 있는 우리
에게 천사를 보내어주신 하느님, 이 엄청난 상황을 이겨낼 수
있는 힘을 우리에게 선사해 주십시오!〉 이러한 힘을 이용하여
주인공은 삼각 관계 문제를 해결하여 행복한 결말로 이끌어낸
다. 그러나 전설 속에 나오는 십자군 종군 기사와 두 여인과의
관계가 단순히 외적인 상황을 제외하고 이 연극의 세 주인공, 즉
스텔라, 체칠리에와 페르난도의 삼각 관계와 어떠한 유사성을
가지고 있는가 하는 문제도 분명하지 않다. 1806년 무대에 올린
첫 바이마르의 공연에서 괴테는 이 연극의 종말 부분을 쉴러의
제안에 따라 비극적인 결말로 변경했다. 그럼에도 불구하고 폰
글라이헨 백작의 이야기는 빠지지 않고 그대로 남아 있다. 그러
나 이 백작의 이야기는 그 기능이 달라져서 파국으로 가는 사건
진행의 과정을 지연시키는 수단으로서 작용한다. 변경된 제2판
의 텍스트는 1816년에야 비로소 두번째로 나온 전집 제6권에
〈비극 Trauerspiel〉이라는 부제가 붙어서 출판되었다.

　이 희극의 제1판 결말에서 세 주연 인물들이 외형상으로 서
로 조화를 이루면서 행복하게 살아가는 상태로 복귀하는 것처
럼 보이지만, 작품 전체는 괴로운 비애와 비참으로 가득하며, 특
히 제1막과 제2막은 전적으로 애수에 찬 분위기 속에서 진행되
고, 여기에서 두 여주인공들은 행복했던 옛날을 아쉬워하며 회

고하고 있다. 이러한 관점에서 보면 비극적인 결말이 이 작품에 더 잘 어울릴지도 모른다. 제2판의 결말에서 스텔라는 독약을 마시고, 페르난도는 자기 행위에 대한 죄의식에서 권총으로 자살한다. 이렇게 연극의 종결 부분을 변경함으로써 작가는 현실 감각과 전통적인 도덕을 따르고 있으나, 이로 인해서 이 연극은 예감하지 못하는 무한한 가능성을 지닌 세계를 추구하는 문학적인 매력의 일부를 잃어버렸다고 말할 수도 있겠다.

(송윤엽 / 한국외대 독어과 교수)

4 고전주의 비극의 백미 「타우리스의 이피게니에」

「타우리스의 이피게니에」는 독일 고전주의 문학의 대표작으로 손꼽힌다. 쉴러의 『그리스의 제신』과 함께 그리스 문학을 다룬 독일 고전주의의 두 걸작 중 하나로 간주되기도 하고, 레싱의 『현자 나탄』, 쉴러의 『돈 카를로스』와 함께 독일 고전의 소위 3대 비극에 오르기도 한다. 고전주의, 특히 독일 고전주의가 무엇인가에 대해서는 쉽게 요약할 수 없는 일이지만, 이 평가들은 아마도 〈고전〉이, 전자는 그리스의 정신과 문화를 전범으로 삼는다는 측면, 후자는 영원한 가치, 보편적 인간성, 절제와 조화, 고귀한 정신의 아름다움을 그려낸다는 측면과 관계 있을 것이다. 또한 고전주의 드라마는 시간과 공간의 일치, 등장인물의 제한, 줄거리의 엄격한 구성, 운율 등 까다로운 형식을 요구하는데, 말하자면 「타우리스의 이피게니에」는 그런저런 조건을 모두 아주 훌륭하게 갖춘 작품이라는 것이다.

독일 문학에 정통한 학자라면 이러한 평가에 맞장구를 칠 수

도 있겠지만, 일반 독자는 아무래도 선뜻 고개가 끄덕여지지 않
을 것이다. 우리는 그리스 정신이 왜 그렇게 이상적이고 모범적
인 것으로 숭앙되는지 모르겠다, 한 장소에서 서너 명이 왔다갔
다하면서 과장과 허세로 떠들기만 하니 지루하기 짝이 없다, 운
율이 훌륭하다지만 한국어 번역으로는 알 수가 없는 노릇 아닌
가, 1779년에 씌어졌으니 지금으로부터 220년이나 이전에 독일
에서 나온, 수천 년 전 그리스에서 일어났던 이 일이 지금 우리
에게 어떤 의미가 있다는 것일까. 아마도 이런 의구심을 품을지
도 모를 일이다.

　왜 안 그렇겠는가. 독일의 김나지움에서 대를 이어 읽히며 바
이마르 고전주의의 정신을 전달해 주었던 이 작품은, 이제 독일
에서도 김나지움 학생들이 읽기를 거부하는 책 중 첫번째 그룹
에 속해 있을 정도이다. 『젊은 베르테르의 슬픔』처럼 가슴 아픈
연애 이야기도 아니고, 『파우스트』처럼 대중적 신화가 된 것도
아닌 어정쩡한 위치에 있는 「타우리스의 이피게니에」는 과거 예
술의 박물관 진열대 안으로나, 혹은 일부 독문학자들의 공론 안
으로나 얌전히 물러나 있어야 하는 처지가 된 것일까.

　그러나 그렇지 않다. 문학 작품은 그 작품을 읽고 받아들이는
독자의 해석과 그 해석을 통한 재창조에 의해 언제나 새로이 살
아난다는 주장을 펴는 수용미학의 이론에서 가장 활발하게 조명
되는 작품 중의 하나가 바로 「타우리스의 이피게니에」라는 사실
은, 이피게니에가 오늘날의 우리들과 뜻깊게 만날 수 있는 가능
성을 얼마든지 지니고 있다는 것을 말해 준다.

　트로이를 정복하러 나선 아버지 아가멤논에 의해 순풍을 비는
희생 제물로 다이아나 여신의 제단에 바쳐지는 끔찍한 순간을
겪어야 했던 이피게니에의 이야기는 그리스의 유리피데스에서부

터 프랑스의 라신느에 이르기까지, 수많은 작가들이 작품의 소
재로 다루어왔다. 그러나 다른 작품들이 대부분 이피게니에를
남자들의 욕망과 책략이 만들어낸 운명에 휘말려 수동적으로 반
응하는 비극의 여인으로 그렸던 데 비해, 괴테는 그녀를 자신의
자유로운 의지와 인식의 힘에 의해 운명을 바꾸고, 자신과 다른
사람들 모두에게 새로운 삶의 지평을 가져다주는 구원자적인 존
재로 그려낸다. 〈그 고귀하고 아름다운 여성적 특성〉이 〈이 희
곡의 인상으로서는 유일한 것이면서 모든 것〉이라는 인상을 줄
정도로 이피게니에라는 인물은 이 드라마의 모든 인물을 압도
하며 다스린다.

그러나 이피게니에가 처음부터 그렇게 여신 같은 존재로서 등
장하는 것이 아니라는 점이, 그녀가 수천 년 전 그리스 신화에
나오는 인물들 가운데 희미하게 묻혀 있는 것이 아니라 우리 안
에서 생생하게 살아날 수 있게 만들어준다. 〈여인들의 처지란
가련한 것/(……)/ 고귀한 왕 토아스가 나를 붙잡아/ 근엄하고
성스러운 노예의 끈으로 묶었구나!〉라며 자신의 신세를 한탄하
던 1막 1장에서, 〈남자의/ 거친 언어, 비정한 말에 순종하는 것
은/ 거기서도 여기서도 배운 바 없습니다〉라며 토아스의 요구를
단호히 거절함으로써 동생을 구원하고, 〈오, 신들이 당신의 행
동과 그 자비심에 합당한 보상을 베푸시기를!〉이라고 축복하며
떠나는 5막 6장에 이르기까지, 그녀가 보여주는 변화와 완성의
과정은 그야말로 드라마틱하다. 괴테의 생애나, 이피게니에가
씌어지던 당시 독일의 역사적 상황이나, 독일어의 운율에 대해
서 잘 모른다고 하더라도 우리는 이피게니에를 직접 만나 그녀
의 번민과 고뇌, 절망과 혼란, 희망과 기쁨을 함께 겪으면서, 그
가운데서 차츰 변화하는 그녀의 모습을 지켜보고 그녀와 함께

높아지는 놀라운 경험을 할 수 있다. 「타우리스의 이피게니에」의 가장 큰 흡인력은 이피게니에라는 인물이 보여주는 변화의 과정을 통해 인간이 도달할 수 있는 순수성과 고귀함의 정도를 확인하는 데 있을 것이다.

파우스트에서 〈영원히 여성적인 것이 우리를 구원한다〉고 했던 괴테는 여기서도 〈여인의 연약함을 즐기는 폭력성〉을 가지고 〈폭력에는 폭력으로〉 대하는 남자는 〈아무리 훌륭한 사람이라도 그 영혼이/ 잔인함에 익숙해져서 결국에는/ 혐오하던 것이 법률이라도/ 습관이 되어버려 스스로 완고하고 종잡을 수 없게〉 된다고 경고하는 데 비해, 〈여자만이 자기를 사로잡는 한 생각을/ 굳게 지킨다〉면서 〈이 고결한 영혼의 진실 앞에서는〉 〈남자들의 최대의 영예인 권력이나 책략도〉 수치스러워진다고 말한다. 이피게니에를 통해 조상 대대로 내려오던 근친살해의 복수의 고리는 끊어지고, 야만성은 고결함으로, 책략은 정직함으로, 폭압적인 힘은 진심어린 감사와 존경의 말로 극복되는 구원과 승리의 드라마가 펼쳐지는데, 그로써 이 이야기는 다른 이피게니에 소재의 작품에서는 볼 수 없었던 새로운 차원을 획득하고 있다는 평가를 받는다.

〈인간을 지나치게 치켜세우고, 최소한 그리스도에로의 귀의, 그 계시와 그의 구원의 죽음을 통해서야 비로소 열매를 맺을 수 있는 그러한 구원과 교정의 효험을 인간에게 허락하고 있다〉는 신학적 측면에서의 비난이 〈이피게니에〉에게 던져지고 있기도 하다. 그러나 괴테의 시대에도 우리의 시대에도 여전히 심각한 과제인 인간성 상실의 문제는, 신과 인간 사이의 깊은 대화와 조화에 의해 극복될 수 있다는 명제는 언제나 유효할 것이다. 자신과 동생의 생명을 걸고 신에게 모든 것을 맡긴 채 진실

을 말하는 이피게니에(「저를 통하여 진실을 밝히소서!」)에게서
그리스도의 그림자를 볼 수 있다면 지나친 것일까? 헤브라이즘
과 헬레니즘의 은근한 왕래의 흔적이 여기에서도 엿보이는 것
같다. (김주연 / 숙명여대 독문과 교수)

5 에피메니데스의 각성

1) 배경

이 작품은, 독일의 프로샤Preußen 연합군이 1814년 프랑스군
을 격파하고 베를린으로 개선했을 때, 괴테가 장차 일어날 수
있는 독일의 〈민족주의〉를 염려하여, 교훈적으로 작성한 작품이
라고 할 수 있다. 그 당시, 독일은 여러 나라로 분할되어 있었
는데, 승전(勝戰)의 기쁨으로, 범독일적 민족의식(民族意識)이
고취되었던 것이다. 괴테가 염려한 것은 〈감정적〉이고 〈배타적〉
인 민족주의로서, 그것이 후일 혹시나 민족 간의 갈등과 분쟁으
로까지 발전하지 않을까 하는 염려였다.

민족의식과 민족감정은 〈민족〉을 오히려 불행하게 할 수도 있
을 것이라는 괴테의 예감은, 불행하게도 적중하였다.

그것은, 그때로부터 꼭 100년이 지난, 1914년 7월 28일, 괴테
가 염려했던 제1차 세계대전이 세르비아에서 발단됨으로써 현실
화하였다. 민족 간의 사소한 사건이 걷잡을 수 없는 사태를 몰
고 왔던 것이다. ──그로부터 불과 4일 뒤인, 8월 1일, 독일이
러시아에 선전 포고를 하기에 이르렀고──8월 3일에는 프랑스
에 선전 포고를 했고, 곧이어 독일군이 중립국 벨기에를 거쳐서

군사이동을 했다는 이유로, 영국마저 참전하게 되어버렸다. ——
그리하여 순식간에 유럽 전체가 처참한 세계대전의 도가니 속
으로 빠져들고 말았다.

독일의 패전은 비참하였다. 전쟁 범죄에 대한 책임으로, 가뜩
이나 어려운 경제사정에도 불구하고 배상금을 지불해야 하는 부
담이 가중되었다. 경제가 어려워짐에 따라 통화가 급팽창하고
물가가 오를 수밖에 없었다. 급기야 1939년 9월, 독일의 풍운아
히틀러 Hitler는 전격적으로 폴란드를 공격함으로써 제2차 세계
대전을 터뜨리고 말았다.

2차 대전이 또다시 연합군의 승리로 끝났을 때, 승전국(勝戰
國)인 영국, 미국, 프랑스 등이 베를린 교외 포츠담에 모여 전
후 처리를 숙의하게 되었는데, 이때 독일을 16개로 분할하여 체
코, 세르비아 등 여러 민족에게 흡수 합병시키자는 안이 나왔다
고 한다. 그것은 독일민족을 아주 없애버리자는 말이었다. 두
번씩이나 전쟁을 일으켜서 인류에게 재앙을 가져오는 독일민족
을 산산이 분할 흡수시킴으로써 앞으로의 불행을 막아보자는 취
지였다고 한다.

그때 누군가가, 〈독일은 괴테를 탄생시킨 민족이 아닌가! 그
리고 이 전쟁이 독일에게만 책임이 있다고 할 수 있겠는가?〉 하
고 반론을 제기하였기 때문에 다행히 〈민족말살〉의 그 제안은
채택되지 않았고, 독일을 동서독 및 베를린 Berlin으로 나누
고, 또 베를린을 4개의 구역으로 분할하여 연합군이 공동으로
통치하기로 최종 합의하였다고 전한다.

2) 작품의 내적(內的) 동기

프로샤의 왕 프리드리히 빌헬름 3세가 프랑스로부터 개선하게 됐을 때, 범국민적 축하의 축제극으로 상연하기 위해, 베를린 궁정극장의 지배인 이플란트가 괴테에게 작품을 만들어줄 것을 부탁한 것은 1814년 5월 17일이었다고 한다. 그 축제극의 상연 예정일은 6월 17일이어서 시간이 촉박했음에도 불구하고, 괴테는 대단한 열성으로 작품을 완성하였는데, 막상 예정됐던 날짜에는 작품 상연이 안 되어서 크게 실망했다고 전한다.

우여곡절 끝에 그 작품이 초연된 것은 그 다음해 3월 30일, 괴테는 그 소식을 듣고 〈에피메니데스가 드디어 베를린에서 각성(覺醒)되었습니다. 마침 이 적절한 시기에 말입니다. 독일 민족이 다년 간 막연한 표현으로 예언하였던 바로 그것을 여기서 상징적으로 다시 한번 나타내게 된 것입니다〉라고 말했다.

여기서 괴테가 말하는 〈각성〉, 즉 독일어 Erwachen은 두 가지 뜻을 내포한다. 하나는 주인공 에피메니데스가 작품 속에서 잠을 깨는 것이고, 또 하나는 이 작품 자체가 오랜 기다림 끝에 베를린에서 상연된다는 뜻일 것이다. (혹시 제3의 뜻이 또 있지 않나 하고 필자는 생각할 때가 있다.)

이 작품에 대한 그의 애착이 얼마나 강하였던가는 또한 1814년 7월 7일 리이플리히 K. Lieblich에 부치는 편지에 더욱 명백히 나타나고 있다.

3) 예언자 에피메니데스의 신화(神話)

고대(古代) 그리스의 전설적인 철학자 에피메니데스는, 여기

서 괴테의 분신이라고 보아야 할 것이다. 왜냐하면 괴테는 자기
자신의 소신을 그의 입과 행동을 통해서 전달하고자 한 것이라
고 볼 수 있기 때문이다.

　전설에 의하면 고대(古代) 그리스의 크레타 섬 출신인 현인
(賢人) 에피메니데스는, 오랫동안(약 57년 간) 깊은 석굴 속에서
잠들어 있다가, 신탁(信託)에 의하여 〈잠〉이 깨어, 국민을 현명
하게 인도할 수 있는 지혜를 부여받았다고 한다.

　괴테는 그의 지혜를 〈시(時)〉와 〈공(空)〉의 두 차원으로 나누
어서 2차의 각성을 통해 획득한 것으로 하고 있다.

> 　〈그대는 현재(現在)의 상(相)을 투시하기 원하는가, 미래(未來)의
> 상(相)을 예시(豫視)하기 원하는가〉 하고 신이 질문하였을 때, 현
> 재의 상을 기원하였더니, 마치 수정(水晶)의 항아리 속을 들여다보
> 듯 이 세계의 실정이 환히 보이게 되도다.
>
> Bist vorbereitet, sprach er, Wähle nun!
>
> Willst du die Gegenwart und das, was ist,
>
> (……)
>
> Und gleich erschien durchsichtig diese Welt,
>
> Wie ein Kristallgefäß mit seinem Inhalt, —

　이것이 바로 에피메니데스의 제1차의 각성(覺醒)으로서, 그는
마치 수정 항아리 속을 들여다보듯, 국내외의 정세를 환히 투시
할 수 있게 되었고, 국민이 나아가야 할 길을 적절하게 제시할
수 있는 능력을 지니게 된 것이다.

　전설(傳說)상의 에피메니데스는 신(神)의 은총을 받아 동굴
속에서 57년 동안 깊은 잠에 빠져 있다가 다시 깨어났을 때 시

간과 공간을 초월하는 초인(超人)적 능력을 지니게 되었는데, 이 것은 마치 괴테가 예술과 문학의 세계에 오랜 세월을 바쳐왔으 며 더구나 전쟁중에도 국민과 더불어 그 고통을 함께하지 못했 다는 사실과 대비(對比)되며 또한 그 긴 세월의 정진으로 말미 암아 괴테는 어느 정도 높은 차원의 에피메니데스적 지혜에 도 달하였다고 볼 수 있는 것이다.

괴테는 어리석은 대중(大衆), 즉 우중을 상대로 하여 자신의 고차원적(高次元的)인 식견을 직설적(直說的)으로 피력할 수 없 는 처지였다. 그는 문학과 예술의 깊은 온축(蘊蓄)을 통해서 널 리 유럽의 지성인이 되어 있었으나 당시의 일반 대중은 물론, 상 당한 지식인들까지도 편협한 애국주의(愛國主義)에 사로잡혀 있 는 실정으로서, 그들의 그 좁은 안목은 큰 세계의 움직임을 파 악할 수 있는 수준에 훨씬 미달되어 있었던 것이 사실이다.

그 당시 넓은 식견과, 시대를 꿰뚫어보는 형안을 지녔던 괴테 에게, 당시의 비판자들이 얼마나 답답하고 야속했으리라는 것을 우리는 용이하게 짐작할 수 있다.[2] 더구나 차원 높은 괴테의 세 계시민성(世界市民性)을 〈애국심의 결여〉라고 비판하는, 소위 애국자들에게, 그가 무슨 말을 할 수 있었겠는가!

4) 예술가의 지혜(智慧)와 사명(使命)

에피메니데스는 두번째의 〈각성(覺醒)〉을 통해서 과거와 현 재, 그리고 미래까지 투시할 수 있는 지혜를 얻었다. 다시 말하 면 〈시간(時間)〉을 지배하는 능력을 가지게 된 것이다. 그러나

---

2) Thomas Mann: *Deutschland und die Deutschen*, 1945. S. 85.

이러한 지혜는 적절한 시기에 적절한 형식을 통해서만 국민에
게 전달될 수 있는 것이다. 여기서 표현의 예술, 즉 작가의 능
력이 요청된다.

괴테는 이 작품의 모두에서 그 점을 암시하였다.

시인은 그 불행한 숙명을 승화시키고자 하는도다.

Der Dichter sucht das zu entbinden,

소용돌이치는 운명, 절도 Maß도 목적 Ziel도 모르고 파도치며
마구 부딪치는 그 거친 운명을 사랑스러운 예술의 손길로, 노
래와 이야기와 또 깊은 감동의 정서를 통하여 어루만지고 현명
하게 이끌어주는 것이 예술의 사명이라는 것이다.

이 작품의 첫머리에 예술의 신 Muse과 함께 동방(東方)의 예
언자 에피메니데스가 등장하는 것도 그 점을 가리키는 것이라
고 생각된다.

인간 괴테의 깊은 마음속에 자리잡은 이원적(二元的)인 요
소, 그리고 이 작품의 근본이 지향하는 취지는 다음의 도표(圖
表)로 표시될 수 있다.

괴테 ┌ 예술가(뮤즈) → 미(美)의 규범 = 조화(調和)의 세계(世界)
　　　└ 예언가(에피메니데스) → 역사(歷史)의 의식(意識)

　　　　＝지혜(智慧)의 세계(世界)

괴테는 작품을 통해서 위의 두 세계를 고차적으로 연결시키
고 또한 그것을 현실의 공시성 Synchronique으로부터 영원(永
遠)의 통시성 Diachronique으로 확대시키려 한 것이다.

예컨대 작중의 〈전쟁의 마신〉이나 〈계략의 마신〉이 반드시 적국(敵國)에 의해서만 횡행하게 되는 것은 아닐 것이다. 오히려 조국의 장래를 위태롭게 하는 요소들은 국내의 과격한 국수주의자들 속에서 찾아볼 수 있는 〈전쟁의 귀신〉들이며 〈계략의 요물〉들인 것이다.

괴테적 관점에서, 나라를 위해 정말로 간절히 요구되는 것은 〈조화의 경지〉이며 〈지혜의 세계〉인 것이다. 독일의 군국주의가 그후 결코 나라를 반석 위에 올려놓지 못했다는 역사적 사실은 괴테의 관점이 결국 옳았음을 의미하며 그의 사후 거듭된 독일 민족의 비극들은 그 점을 너무나 명백하게 뒷받침하고 있다.

반면 독일이 양차대전에 패하고 전 민족이 멸망 직전에 처하게 되었을 때마다 국가를 정신적으로 지탱해 준 힘은 언제나 괴테적 사상이었음을 우리는 기억한다. 내부적(內部的)인 그 힘뿐 아니라, 외부적(外部的)으로도, 독일 민족을 문화 민족으로 대접받게 만들고 군사외교적인 보복을 모면하게 해준 데도 괴테의 드높은 휴머니즘 정신이 결정적으로 작용하였던 사실을 부인할 수 없는 것이다.

그러나 하나의 작가로서 그 존재 의의(存在意義)를 단순히 현실적이고 민족적인 차원에서 찾을 수는 없는 것이다. 다만 괴테의 경우에는 조국관과 범인류적 이상 사이의 대립되는 관점에서 논란이 제기되는 특수한 사정이기 때문에 과연 그가 애국적이었느냐, 그리고 또 애국이란 궁극적으로 무엇을 의미하느냐 하는 것이 새삼 문제시된 것이다. 이와 관련하여 그는 에커만에게 다음과 같이 소신을 밝힌 바 있는데, 그것이 바로 「에피메니데스」의 근본 취지와 연결되는 것으로 믿어진다.

한 사람의 작가로서, 일생 동안, 편협한 선입견을 타파하고 민족의 어리석음을 깨우치고, 국민 정신을 고상화(高尙化)하고, 품위를 높이는 데 헌신하였다면 그것이 바로 애국 Patriotisch이 아니고 무엇이겠습니까? (Eckermann, 1832)

괴테가 그의 작품 「파우스트」를 비롯하여, 「서동시집」, 「친화력」 등 많은 작품에서 그와 같은 뜻으로 민족을 깨우치고 국민의 품위를 높이는 데 공헌한 사실을 의심할 사람은 아무도 없다. 그리고 여기 「에피메니데스」에서 그 점이 직접적으로 두드러지게 나타나 있는 것 또한 부인할 수 없다.

그러나 이 작품이 지니는 폭넓은 의의를 단순히 일의적(一義的)으로 국한하여 구명하려는 것은 아니다. 괴테 자신의 말대로 이 작품은 〈독일의 도처에서 계속 상연되어야 하고 당대에서뿐 아니라 먼 후일까지도 계속 되어야〉 하므로 그 속에 감추어진 진실한 말마디들의 심오한 뜻은 앞으로도 무한히 되풀이해서 새롭게 음미되어야 할 것이고 시대의 변천과 더불어 더욱 많은 사람들에게 빛이 되어주리라고 확신하는 바이다.

(박찬기 / 고려대학교 명예교수)

작가 연보

1749년   8월 28일 프랑크푸르트 암 마인에서 태어났다. 아
               버지 요한 카스파르 괴테(1710-1782)는 명목상의
               황실 고문관으로 법학을 공부한 부유한 인사였으
               며, 어머니 카타리나 엘리자베트(1731-1808)는
               프랑크푸르트 시장의 딸로서 천성적으로 활발하
               고 명랑하였다.

1750년(1세)   누이동생 코르넬리아가 태어났다(그 이후 출생한
               남동생 둘, 여동생 둘은 모두 출생 후 얼마 안 되어
               사망하였다).

1753년(4세)   크리스마스날 할머니로부터 인형극 상자를 선물
               받았다(지금도 프랑크푸르트의 괴테하우스에 보존
               되어 전시중이다).

1757년(8세)   조부모에게 신년시를 써서 보냈다(보존되어 있는
               괴테의 시 작품 중 가장 오래된 것이다).

1759년(10세)   프랑스군이 프랑크푸르트를 점령하였다. 군정관
               토랑Thoranc 백작이 2년쯤 괴테의 집에 머물렀는
               데, 그를 통해 소년 괴테는 미술과 프랑스 연극
               에 대해 깊은 관심을 갖게 되었다.

1765년(16세)   10월에 라이프치히로 가서 대학에 입학하였다.
               베리쉬 Behrisch, 슈토크 Stock, 외저 Oeser 등의

예술가들과 사귀며 문학과 미술 공부를 하였고, 그리스 연구가 빙켈만Winckelmann의 글을 읽고 계몽주의 극작가 레싱 Lessing의 연극을 관람하였다.

1766년(17세) 식당 주인 쇤코프의 딸 케트헨을 사랑하여 교제하였다. 그녀에게 바친 시집「아네테 Annette」는 베리쉬에 의해 보존되었다.

1767년(18세) 첫 희곡「연인의 변덕 Die Laune des Verliebten」을 썼다(이듬해 4월에 완성).

1768년(19세) 케트헨과의 애정 관계를 끝냈다. 6월에 빙켈만의 살해 소식을 듣고 큰 충격을 받았다. 7월 말 각혈을 동반한 폐결핵에 걸려 학업을 중단하고 고향으로 돌아왔다.

1769년(20세) 이전 해 11월에 시작한 희곡「공범자들Die Mitschuldigen」을 완성했다.

1770년(21세) 슈트라스부르크 대학에 입학하여 법학 공부를 계속하였다. 눈병 치료차 슈트라스부르크에 온 헤르더 Herder와 교우하며 문학과 언어에 관해 많은 영향을 받았다. 10월에 근교의 마을 제젠하임에서 그곳의 목사 딸 프리데리케 브리온Friederike Brion을 만나 사랑에 빠졌다.

1771년(22세) 프리데리케와 자주 만나며 그녀를 위한 서정시를 많이 썼다. 교회사 문제를 다룬 학위 논문은 민감한 내용 때문에 불합격되었으나 대신 그에 준하는 시험에 통과하여 공부를 마쳤다. 8월 프리데리케와 작별하고 고향으로 떠났다. 프랑크푸르트에서 변호사를 개업하였으나 문학에 더 몰입하였다. 슈투름 운트 드랑의 성향이 짙은 희곡 「괴츠 폰 베를리힝엔 Götz von Berlichingen」의 초고를 썼다.

1772년(23세) 아버지의 제안에 따라 베츨라의 고등법원에서 견습 생활을 했다. 그곳에서 만난 샤로테 부프 Charlotte Buff를 연모하게 되었으나 약혼자가 있는 여자였으므로 단념하였다. 이 못 이룬 사랑의 체험이 소설 「젊은 베르테르의 슬픔 Die Leiden des jungen Werther」의 소재가 되었다.

1773년(24세) 「괴츠」를 출간하고, 슈트라스부르크 시절부터 구상했던 「파우스트 Faust」의 집필을 처음 시작하였다. 시 「마호메트 Mahomet」, 「프로메테우스 Prometheus」를 쓰고, 오페레타 「에르빈과 엘미레 Erwin und Elmire」의 집필을 시작하였다.

1774년(25세) 소설 「젊은 베르테르의 슬픔」을 시작하여 4월에 완성하였다. 「괴츠」가 베를린에서 초연되었고, 희곡 「클라비고 Clavigo」를 썼다. 당대의 대시인 클롭슈톡과 편지를 교환하였다.

1775년(26세) 프랑크푸르트 은행가의 딸 릴리 쇠네만을 사랑하여 약혼하였으나 반년쯤 후에 파혼하였다. 희곡 「스텔라 Stella」를 썼다. 칼 아우구스트 Karl August 공의 초청을 받고 바이마르를 방문하였다.

1776년(27세) 바이마르(당시 인구 6,000명 정도의 도시)에 머물기로 결심하고, 7월 추밀원 고문관에 임명된 후 정식으로 바이마르 공국의 정사에 관여하였다. 궁정 여관(女官) 샤로테 폰 슈타인 Schalotte von Stein

부인과 깊은 우정 관계를 맺고 그녀로부터 많은 격려와 도움을 받았다.

1777년(28세) 「공범자들」, 「에르빈과 엘미레」가 공연되었다.

1778년(29세) 희곡 「에그몬트 Egmont」에 전념하여 몇 장(場)을 집필하였다.

1779년(30세) 「이피게니에 Iphigenie」(산문)를 완성하여 초연하였다. 슈투트가르트에 들러 실러가 생도로 있는 칼 Karl 학교를 방문하였다.

1780년(31세) 희곡 「타소 Tasso」를 구상하였다. 「파우스트」의 원고를 아우구스트 공 앞에서 낭독하였다. 그 원고를 궁정여관 루이제 폰 괴흐하우젠이 필사해 두었는데, 그것이 훗날 「초고 파우스트 Urfaust」의 출간을 가능하게 했다.

1782년(33세) 황제 요제프 2세로부터 귀족의 칭호를 받았다. 아버지가 별세하였다. 「빌헬름 마이스터의 수업시대 Wilhelm Meisters Lehrjahre」의 집필을 시작하였다.

1786년(37세) 식물학과 광물학의 연구에 관심을 기울였다. 칼 아우구스트 공, 슈타인 부인, 헤르더 등과 휴양차 칼스바트에 체재하다가 몰래 이탈리아 여행길에 올랐다. 로마에서 화가 티슈바인, 앙겔리카 카우프만, 고고학자 라이펜슈타인 등과 교우하며 고대 유적의 관찰에 몰두하였다. 「이피게니에」를 운문 형식으로 개작하였다.

1787년(38세) 이탈리아 체류를 연장하고 나폴리와 시칠리아 섬까지 돌아보았다. 「에그몬트」를 완성하여 원고를 바이마르로 보냈다.

1788년(39세) 6월에 스위스를 거쳐 바이마르로 돌아왔다. 귀환 후 슈타인 부인과의 관계가 소원해졌다. 평민 출신의 크리스티아네 불피우스와 만나 동거 생활을 시작하였다(후에 괴테의 정식 부인이 되었다). 실러와 처음 만났으나 절친한 관계에 이르지는 못했다. 실러는 괴테의 주선으로 예나 대학의 역사학 교수 자리를 얻었다.

1789년(40세) 크리스티아네와의 사이에 아들 아우구스트가 태어났다. 당대의 학자 빌헬름 폰 훔볼트와 친교를 맺었다.

1790년(41세) 괴셴 판 괴테전집에 「파우스트 단편 Faust, ein Fragment」을 수록하였다. 색채론과 비교 해부학 연구에 몰두하였다.

1791년(42세) 바이마르에서 「에그몬트」가 초연되었다.

1792년(43세) 프랑스 혁명군에 대항하는 프러시아 군에 소속되어 베르텡 공방전에 종군하였다.

1793년(44세) 연합군의 일원으로 프랑스군 점령지인 마인츠 포위전에 참가하였다가 8월에 귀환하였다. 그 체험을 살려 희곡 「흥분된 사람들 Die Aufgeregten」을 썼다.

1794년(45세) 새로 건립된 예나의 식물원을 맡아 관리하였다. 「빌헬름 마이스터의 수업시대」의 개작을 시작하였다. 실러와 《호렌 Horen》지 제작에 함께 협조하면서 가까워졌다. 시인 프리드리히 휠덜린과 처음으로 만났다.

1795년(46세) 「독일 피난민의 대화 Unterhaltungen deutscher Ausgewanderten」를 출간하였다. 훔볼트 형제와 해부학 이론에 관심을 쏟았고, 실러와 공동으로 경구집(警句集) 「크세니엔 Xenien」의 출간을 구상하였다.

1797년(48세) 서사시 「헤르만과 도로테아 Hermann und Dorothea」를 집필하였다. 실러의 격려와 독촉으로 「파우스트」에 다시 매달려 〈헌사〉, 〈천상의 서곡〉, 〈발푸르기스의 밤〉을 집필하였다.

1799년(50세) 티크, 슐레겔 등과 친교를 맺었다. 희곡 「사생아 Die natürliche Tochter」의 집필을 시작하였다.

1803년(54세) 「사생아」를 완성하여 첫 공연을 가졌다. 절친했던 친구 헤르더가 사망하였다.

1805년(56세) 5월에 실러가 죽었다. 괴테는 그의 죽음을 애도하며, 〈내 존재의 절반을 잃은 것 같다〉고 술회하였다.

1806년(57세) 나폴레옹 군대에 의해 바이마르가 점령되었다. 크리스티아네와 정식으로 결혼식을 올렸다.

1807년(58세) 아우구스트 공의 모친 안나 아말리아가 사망하여 추도문을 작성하였다. 소설 「빌헬름 마이스터의 편력시대 Wilhelm Meisters Wanderjahre」의 집필을 시작하였다.

1808년(59세) 「파우스트」 1부가 출간되었다. 소설 「친화력 Wahl-verwandtschaften」을 구상하고 집필을 시작하였다. 9월에 어머니가 별세하였고, 나폴레옹과 두 차례 회견하였다.

1810년(61세) 칼스바트와 드레스덴으로 여행하였다. 「색채론 Zur Farbenlehre」을 완성하였다.

1811년(62세) 자전적 기록인 「시와 진실 Dichtung und Wahrheit」에 전념하여 9월에 1부를 완성하였다. 「에그몬트」에 대한 베토벤의 편지를 받고 2부를 집필하였다.

1812년(63세) 베토벤의 음악을 곁들인 「에그몬트」가 초연되었고, 칼스바트에서 몇 차례 베토벤을 만났다. 「시와 진실」 2부를 집필하였다.

1813년(64세) 「시와 진실」 3부를 완성하고, 「이탈리아 기행 Italienische Reise」의 집필을 시작하였다.

1814년(65세) 페르시아의 시인 하피스의 시집 「디반 Divan」을 읽고 자극을 받아 「서동시집 West-östlicher Divan」에 착수하였다. 라인과 마인 지방을 방문하였다.

1815년(66세) 재상으로 임명되었다. 희곡 「에피메니네스의 각성」이 공연되었고, 「서동시집」에 수록할 140편 정도의 시가 씌어졌다.

1816년(67세) 아내 크리스티아네가 중병으로 사망하였다. 「이탈리아 기행」 1부를 완결하고 곧 2부의 집필에 착수했다. 잡지 《예술과 고대 Über Kunst und Altertum》의 발간을 시작하였다.

1817년(68세) 영국 시인 바이런의 시를 탐독하였다.

1819년(70세) 「서동시집」을 마무리짓고 출판하였다.

1821년(72세) 「빌헬름 마이스터의 편력시대」를 완성하여 출간하였다.

1823년(74세) 괴테 숭배자 에커만 J. P. Eckermann이 찾아와 조수가 되었다. 그는 「만년의 괴테와의 대화-Gespräche mit Goethe in den letzten Jahren seines Lebens」의 필자로 유명하다.

1828년(79세) 칼 아우구스트 공이 사망하였다.

1829년(80세) 「파우스트」 1부가 다섯 개 도시에서 공연되었다. 「이탈리아 기행」 전편이 완결되었다.

1830년(81세) 아들 아우구스트가 로마에서 사망하였다. 폐결핵에 걸려 각혈까지 하게 되었다.

1831년(82세) 「시와 진실」과 「파우스트」 2부를 완성하였다. 82회 생일을 일메나우에서 보냈다.

1832년(83세) 3월 22일 운명하였다.

세계문학전집 **26**

이피게니에·스텔라

1판 1쇄 펴냄 1999년 3월 25일
1판 38쇄 펴냄 2024년 3월 20일

지은이 요한 볼프강 폰 괴테
옮긴이 박찬기 외
발행인 박근섭, 박상준
펴낸곳 (주)민음사

출판등록 1966. 5. 19. (제 16-490호)
서울특별시 강남구 도산대로1길 62(신사동) 강남출판문화센터 5층 (우편번호 06027)
대표전화 02-515-2000 팩시밀리 02-515-2007
www.minumsa.com

© 박찬기 외, 1999. Printed in Seoul, Korea

ISBN 978-89-374-6026-5 04800
ISBN 978-89-374-6000-5 (세트)

세계문학전집 목록

1·2 변신 이야기 오비디우스·이윤기 옮김 서울대 권장도서 100선

3 햄릿 셰익스피어·최종철 옮김 서울대 권장도서 100선 | 미국대학위원회 선정 SAT 추천도서

4 변신·시골의사 카프카·전영애 옮김 서울대 권장도서 100선

5 동물농장 오웰·도정일 옮김 미국대학위원회 선정 SAT 추천도서 | 《타임》 선정 현대 100대 영문소설

6 허클베리 핀의 모험 트웨인·김욱동 옮김 《뉴스위크》 선정 100대 명저

7 암흑의 핵심 콘래드·이상옥 옮김 미국대학위원회 선정 SAT 추천도서 | 《뉴스위크》 선정 10대 명저

8 토니오 크뢰거·트리스탄·베네치아에서의 죽음 토마스 만·안삼환 외 옮김 노벨 문학상 수상 작가

9 문학이란 무엇인가 사르트르·정명환 옮김

10 한국단편문학선 1 김동인 외·이남호 엮음 국립중앙도서관 선정 청소년 권장도서

11·12 인간의 굴레에서 서머싯 몸·송무 옮김

13 이반 데니소비치, 수용소의 하루 솔제니친·이영의 옮김 노벨 문학상 수상 작가

14 너새니얼 호손 단편선 호손·천승걸 옮김

15 나의 미카엘 오즈·최창모 옮김

16·17 중국신화전설 위앤커·전인초, 김선자 옮김

18 고리오 영감 발자크·박영근 옮김

19 파리대왕 골딩·유종호 옮김 노벨 문학상 수상 작가 | 《타임》 선정 현대 100대 영문소설

20 한국단편문학선 2 김동리 외·이남호 엮음

21·22 파우스트 괴테·정서웅 옮김 서울대 권장도서 100선 | 미국대학위원회 선정 SAT 추천도서

23·24 빌헬름 마이스터의 수업시대 괴테·안삼환 옮김

25 젊은 베르테르의 슬픔 괴테·박찬기 옮김 논술 및 수능에 출제된 책(1998~2005)

26 이피게니에·스텔라 괴테·박찬기 외 옮김

27 다섯째 아이 레싱·정덕애 옮김 노벨 문학상 수상 작가

28 삶의 한가운데 린저·박찬일 옮김

29 농담 쿤데라·방미경 옮김

30 야성의 부름 런던·권택영 옮김

31 아메리칸 제임스·최경도 옮김

32·33 양철북 그라스·장희창 옮김 노벨 문학상 수상 작가 | 서울대 권장도서 100선

34·35 백년의 고독 마르케스·조구호 옮김 노벨 문학상 수상 작가 | 서울대 권장도서 100선

36 마담 보바리 플로베르·김화영 옮김 서울대 권장도서 100선

37 거미여인의 키스 푸익·송병선 옮김

38 달과 6펜스 서머싯 몸·송무 옮김

39 폴란드의 풍차 지오노·박인철 옮김

40·41 독일어 시간 렌츠·정서웅 옮김

42 말테의 수기 릴케·문현미 옮김

43 고도를 기다리며 베케트·오증자 옮김 노벨 문학상 수상 작가 | 서울대 권장도서 100선

44 데미안 헤세·전영애 옮김 노벨 문학상 수상 작가

45 젊은 예술가의 초상 조이스·이상옥 옮김 서울대 권장도서 100선

46 카탈로니아 찬가 오웰·정영목 옮김

47 호밀밭의 파수꾼 샐린저·정영목 옮김 《타임》 선정 현대 100대 영문소설 | 미국대학위원회 선정 SAT 추천도서 | 《뉴스위크》 선정 100대 명저 | BBC 선정 꼭 읽어야 할 책

48·49 파르마의 수도원 스탕달·원윤수, 임미경 옮김

50 수레바퀴 아래서 헤세·김이섭 옮김 노벨 문학상 수상 작가 | 국립중앙도서관 선정 청소년 권장도서

51·52 내 이름은 빨강 파묵 · 이난아 옮김 노벨 문학상 수상 작가

53 오셀로 셰익스피어 · 최종철 옮김 서울대 권장도서 100선

54 조서 르 클레지오 · 김윤진 옮김 노벨 문학상 수상 작가

55 모래의 여자 아베 코보 · 김난주 옮김

56·57 부덴브로크 가의 사람들 토마스 만 · 홍성광 옮김 노벨 문학상 수상 작가

58 싯다르타 헤세 · 박병덕 옮김 노벨 문학상 수상 작가

59·60 아들과 연인 로렌스 · 정상준 옮김 《뉴스위크》 선정 100대 명저

61 설국 가와바타 야스나리 · 유숙자 옮김 노벨 문학상 수상 작가 | 서울대 권장도서 100선

62 벨킨 이야기 · 스페이드 여왕 푸슈킨 · 최선 옮김

63·64 넙치 그라스 · 김재혁 옮김 노벨 문학상 수상 작가

65 소망 없는 불행 한트케 · 윤용호 옮김 노벨 문학상 수상 작가

66 나르치스와 골드문트 헤세 · 임홍배 옮김 노벨 문학상 수상 작가

67 황야의 이리 헤세 · 김누리 옮김 노벨 문학상 수상 작가

68 페테르부르크 이야기 고골 · 조주관 옮김

69 밤으로의 긴 여로 오닐 · 민승남 옮김 노벨 문학상 수상 작가 | 미국대학위원회 선정 SAT 추천도서

70 체호프 단편선 체호프 · 박현섭 옮김

71 버스 정류장 가오싱젠 · 오수경 옮김 노벨 문학상 수상 작가

72 구운몽 김만중 · 송성욱 옮김 서울대 권장도서 100선 | 국립중앙도서관 선정 청소년 권장도서

73 대머리 여가수 이오네스코 · 오세곤 옮김

74 이솝 우화집 이솝 · 유종호 옮김 논술 및 수능에 출제된 책(1998~2005)

75 위대한 개츠비 피츠제럴드 · 김욱동 옮김 《타임》 선정 현대 100대 영문소설

76 푸른 꽃 노발리스 · 김재혁 옮김

77 1984 오웰 · 정회성 옮김 《타임》 선정 현대 100대 영문소설 | 《뉴스위크》 선정 100대 명저

78·79 영혼의 집 아옌데 · 권미선 옮김

80 첫사랑 투르게네프 · 이항재 옮김

81 내가 죽어 누워 있을 때 포크너 · 김명주 옮김 노벨 문학상 수상 작가

82 런던 스케치 레싱 · 서숙 옮김 노벨 문학상 수상 작가

83 팡세 파스칼 · 이환 옮김

84 질투 로브그리예 · 박이문, 박희원 옮김

85·86 채털리 부인의 연인 로렌스 · 이인규 옮김

87 그 후 나쓰메 소세키 · 윤상인 옮김

88 오만과 편견 오스틴 · 윤지관, 전승희 옮김 미국대학위원회 선정 SAT 추천도서

89·90 부활 톨스토이 · 연진희 옮김 논술 및 수능에 출제된 책(1998~2005)

91 방드르디, 태평양의 끝 투르니에 · 김화영 옮김

92 미겔 스트리트 나이폴 · 이상옥 옮김 노벨 문학상 수상 작가

93 페드로 파라모 룰포 · 정창 옮김

94 차라투스트라는 이렇게 말했다 니체 · 장희창 옮김 국립중앙도서관 선정 청소년 권장도서

95·96 적과 흑 스탕달 · 이동렬 옮김 국립중앙도서관 선정 청소년 권장도서

97·98 콜레라 시대의 사랑 마르케스 · 송병선 옮김 노벨 문학상 수상 작가 | BBC 선정 꼭 읽어야 할 책

99 맥베스 셰익스피어 · 최종철 옮김 서울대 권장도서 100선 | 미국대학위원회 선정 SAT 추천도서

100 춘향전 작자 미상 · 송성욱 풀어 옮김 서울대 권장도서 100선

101 페르디두르케 곰브로비치 · 윤진 옮김

102 포르노그라피아 곰브로비치 · 임미경 옮김

103 인간 실격 다자이 오사무 · 김춘미 옮김

104 네루다의 우편배달부 스카르메타 · 우석균 옮김

105·106 이탈리아 기행 괴테·박찬기 외 옮김

107 나무 위의 남작 칼비노·이현경 옮김

108 달콤 쌉싸름한 초콜릿 에스키벨·권미선 옮김

109·110 제인 에어 C. 브론테·유종호 옮김 BBC 선정 꼭 읽어야 할 책

111 크눌프 헤세·이노은 옮김 노벨 문학상 수상 작가

112 시계태엽 오렌지 버지스·박시영 옮김 《타임》 선정 현대 100대 영문소설 | 《뉴스위크》 선정 100대 명저

113·114 파리의 노트르담 위고·정기수 옮김 미국대학위원회 선정 SAT 추천도서

115 새로운 인생 단테·박우수 옮김

116·117 로드 짐 콘래드·이상옥 옮김 《뉴스위크》 선정 100대 명저

118 폭풍의 언덕 E. 브론테·김종길 옮김 미국대학위원회 선정 SAT 추천도서

119 텔크테에서의 만남 그라스·안삼환 옮김 노벨 문학상 수상 작가

120 검찰관 고골·조주관 옮김

121 안개 우나무노·조민현 옮김

122 나사의 회전 제임스·최경도 옮김 미국대학위원회 선정 SAT 추천도서

123 피츠제럴드 단편선 1 피츠제럴드·김욱동 옮김

124 목화밭의 고독 속에서 콜테스·임수현 옮김

125 돼지꿈 황석영

126 라셀라스 존슨·이인규 옮김

127 리어 왕 셰익스피어·최종철 옮김 서울대 권장도서 100선 | 《뉴스위크》 선정 100대 명저

128·129 쿠오 바디스 시엔키에비츠·최성은 옮김 노벨 문학상 수상 작가

130 자기만의 방·3기니 울프·이미애 옮김

131 시르트의 바닷가 그라크·송진석 옮김

132 이성과 감성 오스틴·윤지관 옮김

133 바덴바덴에서의 여름 치프킨·이장욱 옮김

134 새로운 인생 파묵·이난아 옮김 노벨 문학상 수상 작가

135·136 무지개 로렌스·김정매 옮김

137 인생의 베일 서머싯 몸·황소연 옮김

138 보이지 않는 도시들 칼비노·이현경 옮김

139·140·141 연초 도매상 바스·이운경 옮김 《타임》 선정 현대 100대 영문소설

142·143 플로스 강의 물방앗간 엘리엇·한애경, 이봉지 옮김 미국대학위원회 선정 SAT 추천도서

144 연인 뒤라스·김인환 옮김

145·146 이름 없는 주드 하디·정종화 옮김

147 제49호 품목의 경매 핀천·김성곤 옮김 《타임》 선정 현대 100대 영문소설

148 성역 포크너·이진준 옮김 노벨 문학상 수상 작가 | 퓰리처상 수상 작가

149 무진기행 김승옥

150·151·152 신곡(지옥편·연옥편·천국편) 단테·박상진 옮김 《뉴스위크》 선정 100대 명저

153 구덩이 플라토노프·정보라 옮김

154·155·156 카라마조프가의 형제들 도스토옙스키·김연경 옮김

157 지상의 양식 지드·김화영 옮김 노벨 문학상 수상 작가

158 밤의 군대들 메일러·권택영 옮김 퓰리처상 수상 작가

159 주홍 글자 호손·김욱동 옮김 서울대 권장도서 100선 | 미국대학위원회 선정 SAT 추천도서

160 깊은 강 엔도 슈사쿠·유숙자 옮김

161 욕망이라는 이름의 전차 윌리엄스·김소임 옮김

162 마사 퀘스트 레싱·나영균 옮김 노벨 문학상 수상 작가

163·164 운명의 딸 아옌데·권미선 옮김

165　모렐의 발명 비오이 카사레스 · 송병선 옮김

166　삼국유사 일연 · 김원중 옮김 서울대 권장도서 100선

167　풀잎은 노래한다 레싱 · 이태동 옮김 노벨 문학상 수상 작가

168　파리의 우울 보들레르 · 윤영애 옮김

169　포스트맨은 벨을 두 번 울린다 케인 · 이만식 옮김

170　썩은 잎 마르케스 · 송병선 옮김 노벨 문학상 수상 작가

171　모든 것이 산산이 부서지다 아체베 · 조규형 옮김 《타임》 선정 현대 100대 영문소설

172　한여름 밤의 꿈 셰익스피어 · 최종철 옮김 미국대학위원회 선정 SAT 추천도서

173　로미오와 줄리엣 셰익스피어 · 최종철 옮김 미국대학위원회 선정 SAT 추천도서

174·175　분노의 포도 스타인벡 · 김승욱 옮김 노벨 문학상 수상 작가 | 《타임》 선정 현대 100대 영문소설

176·177　괴테와의 대화 에커만 · 장희창 옮김

178　그물을 헤치고 머독 · 유종호 옮김 《타임》 선정 현대 100대 영문소설

179　브람스를 좋아하세요... 사강 · 김남주 옮김

180　카타리나 블룸의 잃어버린 명예 하인리히 뵐 · 김연수 옮김 노벨 문학상 수상 작가

181·182　에덴의 동쪽 스타인벡 · 정회성 옮김 노벨 문학상 수상 작가

183　순수의 시대 워튼 · 송은주 옮김 《뉴스위크》 선정 100대 명저 | 퓰리처상 수상작

184　도둑 일기 주네 · 박형섭 옮김

185　나자 브르통 · 오생근 옮김

186·187　캐치-22 헬러 · 안정효 옮김 《타임》 선정 현대 100대 영문소설

188　솔로호프 단편선 솔로호프 · 이항재 옮김 노벨 문학상 수상 작가

189　말 사르트르 · 정명환 옮김

190·191　보이지 않는 인간 엘리슨 · 조영환 옮김 《타임》 선정 현대 100대 영문소설

192　왑샷 가문 연대기 치버 · 김승욱 옮김 퓰리처상 수상 작가

193　왑샷 가문 몰락기 치버 · 김승욱 옮김 퓰리처상 수상 작가

194　필립과 다른 사람들 노터봄 · 지명숙 옮김

195·196　하드리아누스 황제의 회상록 유르스나르 · 곽광수 옮김

197·198　소피의 선택 스타이런 · 한정아 옮김 퓰리처상 수상 작가

199　피츠제럴드 단편선 2 피츠제럴드 · 한은경 옮김

200　홍길동전 허균 · 김탁환 옮김

201　요술 부지깽이 쿠버 · 양윤희 옮김

202　북호텔 다비 · 원윤수 옮김

203　톰 소여의 모험 트웨인 · 김욱동 옮김

204　금오신화 김시습 · 이지하 옮김

205·206　테스 하디 · 정종화 옮김 미국대학위원회 선정 SAT 추천도서 | BBC 선정 꼭 읽어야 할 책

207　브루스터플레이스의 여자들 네일러 · 이소영 옮김

208　더 이상 평안은 없다 아체베 · 이소영 옮김

209　그레인지 코플랜드의 세 번째 인생 워커 · 김시현 옮김 퓰리처상 수상 작가

210　어느 시골 신부의 일기 베르나노스 · 정영란 옮김

211　타라스 불바 고골 · 조주관 옮김

212·213　위대한 유산 디킨스 · 이인규 옮김 서울대 권장도서 100선 | BBC 선정 꼭 읽어야 할 책

214　면도날 서머싯 몸 · 안진환 옮김

215·216　성채 크로닌 · 이은정 옮김

217　오이디푸스 왕 소포클레스 · 강대진 옮김 서울대 권장도서 100선

218　세일즈맨의 죽음 밀러 · 강유나 옮김

219·220·221　안나 카레니나 톨스토이 · 연진희 옮김 서울대 권장도서 100선

222 오스카 와일드 작품선 와일드 · 정영목 옮김

223 벨아미 모파상 · 송덕호 옮김

224 파스쿠알 두아르테 가족 호세 셀라 · 정동섭 옮김 노벨 문학상 수상 작가

225 시칠리아에서의 대화 비토리니 · 김운찬 옮김

226·227 길 위에서 케루악 · 이만식 옮김 《타임》 선정 현대 100대 영문소설 | 《뉴스위크》 선정 100대 명저

228 우리 시대의 영웅 레르몬토프 · 오정미 옮김

229 아우라 푸엔테스 · 송상기 옮김

230 클링조어의 마지막 여름 헤세 · 황승환 옮김 노벨 문학상 수상 작가

231 리스본의 겨울 무뇨스 몰리나 · 나송주 옮김

232 뻐꾸기 둥지 위로 날아간 새 키지 · 정회성 옮김 《타임》 선정 현대 100대 영문소설

233 페널티킥 앞에 선 골키퍼의 불안 한트케 · 윤용호 옮김 노벨 문학상 수상 작가

234 참을 수 없는 존재의 가벼움 쿤데라 · 이재룡 옮김

235·236 바다여, 바다여 머독 · 최옥영 옮김

237 한 줌의 먼지 에벌린 워 · 안진환 옮김 《타임》 선정 현대 100대 영문소설

238 뜨거운 양철 지붕 위의 고양이 · 유리 동물원 윌리엄스 · 김소임 옮김 퓰리처상 수상작

239 지하로부터의 수기 도스토옙스키 · 김연경 옮김

240 키메라 바스 · 이운경 옮김

241 반쪼가리 자작 칼비노 · 이현경 옮김

242 벌집 호세 셀라 · 남진희 옮김 노벨 문학상 수상 작가

243 불멸 쿤데라 · 김병욱 옮김

244·245 파우스트 박사 토마스 만 · 임홍배, 박병덕 옮김 노벨 문학상 수상 작가

246 사랑할 때와 죽을 때 레마르크 · 장희창 옮김

247 누가 버지니아 울프를 두려워하랴? 올비 · 강유나 옮김

248 인형의 집 입센 · 안미란 옮김

249 위폐범들 지드 · 원윤수 옮김 노벨 문학상 수상 작가

250 무정 이광수 · 정영훈 책임 편집 서울대 권장도서 100선

251·252 의지와 운명 푸엔테스 · 김현철 옮김

253 폭력적인 삶 파솔리니 · 이승수 옮김

254 거장과 마르가리타 불가코프 · 정보라 옮김

255·256 경이로운 도시 멘도사 · 김현철 옮김

257 야콥을 둘러싼 추측들 욘존 · 손대영 옮김

258 왕자와 거지 트웨인 · 김욱동 옮김

259 존재하지 않는 기사 칼비노 · 이현경 옮김

260·261 눈먼 암살자 애트우드 · 차은정 옮김 《타임》 선정 현대 100대 영문소설

262 베니스의 상인 셰익스피어 · 최종철 옮김

263 말리나 바흐만 · 남정애 옮김

264 사볼타 사건의 진실 멘도사 · 권미선 옮김

265 뒤렌마트 희곡선 뒤렌마트 · 김혜숙 옮김

266 이방인 카뮈 · 김화영 옮김 노벨 문학상 수상 작가 | 미국대학위원회 선정 SAT 추천도서

267 페스트 카뮈 · 김화영 옮김 노벨 문학상 수상 작가 | 국립중앙도서관 선정 청소년 권장도서

268 검은 튤립 뒤마 · 송진석 옮김

269·270 베를린 알렉산더 광장 되블린 · 김재혁 옮김

271 하얀 성 파묵 · 이난아 옮김 노벨 문학상 수상 작가

272 푸슈킨 선집 푸슈킨 · 최선 옮김

273·274 유리알 유희 헤세 · 이영임 옮김 노벨 문학상 수상 작가

275 픽션들 보르헤스·송병선 옮김 서울대 권장도서 100선

276 신의 화살 아체베·이소영 옮김

277 빌헬름 텔·간계와 사랑 실러·홍성광 옮김

278 노인과 바다 헤밍웨이·김욱동 옮김 노벨 문학상 수상 작가 | 퓰리처상 수상작

279 무기여 잘 있어라 헤밍웨이·김욱동 옮김 미국대학위원회 선정 SAT 추천도서

280 태양은 다시 떠오른다 헤밍웨이·김욱동 옮김 《타임》 선정 현대 100대 영문 소설

281 알레프 보르헤스·송병선 옮김

282 일곱 박공의 집 호손·정소영 옮김

283 에마 오스틴·윤지관, 김영희 옮김

284·285 죄와 벌 도스토옙스키·김연경 옮김 미국대학위원회 선정 SAT 추천도서

286 시련 밀러·최영 옮김

287 모두가 나의 아들 밀러·최영 옮김

288·289 누구를 위하여 종은 울리나 헤밍웨이·김욱동 옮김 노벨 문학상 수상 작가

290 구르브 연락 없다 멘도사·정창 옮김

291·292·293 데카메론 보카치오·박상진 옮김

294 나누어진 하늘 볼프·전영애 옮김

295·296 제브데트 씨와 아들들 파묵·이난아 옮김 노벨 문학상 수상 작가

297·298 여인의 초상 제임스·최경도 옮김 미국대학위원회 선정 SAT 추천도서

299 압살롬, 압살롬! 포크너·이태동 옮김 노벨 문학상 수상 작가

300 이상 소설 전집 이상·권영민 책임 편집

301·302·303·304·305 레 미제라블 위고·정기수 옮김

306 관객모독 한트케·윤용호 옮김 노벨 문학상 수상 작가

307 더블린 사람들 조이스·이종일 옮김

308 에드거 앨런 포 단편선 앨런 포·전승희 옮김 미국대학위원회 선정 SAT 추천도서

309 보이체크·당통의 죽음 뷔히너·홍성광 옮김

310 노르웨이의 숲 무라카미 하루키·양억관 옮김

311 운명론자 자크와 그의 주인 디드로·김희영 옮김

312·313 헤밍웨이 단편선 헤밍웨이·김욱동 옮김 노벨 문학상 수상 작가

314 피라미드 골딩·안지현 옮김 노벨 문학상 수상 작가

315 닫힌 방·악마와 선한 신 사르트르·지영래 옮김

316 등대로 울프·이미애 옮김 《타임》 선정 현대 100대 영문소설 | 《뉴스위크》 선정 100대 명저

317·318 한국 희곡선 송영 외·양승국 엮음

319 여자의 일생 모파상·이동렬 옮김

320 의식 노터봄·김영중 옮김

321 육체의 악마 라디게·원윤수 옮김

322·323 감정 교육 플로베르·지영화 옮김

324 불타는 평원 룰포·정창 옮김

325 위대한 몬느 알랭푸르니에·박영근 옮김

326 라쇼몬 아쿠타가와 류노스케·서은혜 옮김

327 반바지 당나귀 보스코·정영란 옮김

328 정복자들 말로·최윤주 옮김

329·330 우리 동네 아이들 마흐푸즈·배혜경 옮김 노벨 문학상 수상 작가

331·332 개선문 레마르크·장희창 옮김

333 사바나의 개미 언덕 아체베·이소영 옮김

334 게걸음으로 그라스·장희창 옮김 노벨 문학상 수상 작가

335 코스모스 곰브로비치·최성은 옮김

336 좁은 문·전원교향곡·배덕자 지드·동성식 옮김 노벨 문학상 수상 작가

337·338 암 병동 솔제니친·이영의 옮김 노벨 문학상 수상 작가

339 피의 꽃잎들 응구기 와 시옹오·왕은철 옮김

340 운명 케르테스·유진일 옮김 노벨 문학상 수상 작가

341·342 벌거벗은 자와 죽은 자 메일러·이운경 옮김 퓰리처상 수상 작가

343 시지프 신화 카뮈·김화영 옮김 노벨 문학상 수상 작가

344 뇌우 차오위·오수경 옮김

345 모옌 중단편선 모옌·심규호, 유소영 옮김 노벨 문학상 수상 작가

346 일야서 한사오궁·심규호, 유소영 옮김

347 상속자들 골딩·안지현 옮김 노벨 문학상 수상 작가

348 설득 오스틴·전승희 옮김

349 히로시마 내 사랑 뒤라스·방미경 옮김

350 오 헨리 단편선 오 헨리·김희용 옮김

351·352 올리버 트위스트 디킨스·이인규 옮김

353·354·355·356 전쟁과 평화 톨스토이·연진희 옮김

357 다시 찾은 브라이즈헤드 에벌린 워·백지민 옮김

358 아무도 대령에게 편지하지 않다 마르케스·송병선 옮김

359 사양 다자이 오사무·유숙자 옮김

360 좌절 케르테스·한경민 옮김 노벨 문학상 수상 작가

361·362 닥터 지바고 파스테르나크·김연경 옮김 노벨 문학상 수상 작가

363 노생거 사원 오스틴·윤지관 옮김

364 개구리 모옌·심규호, 유소영 옮김 노벨 문학상 수상 작가

365 마왕 투르니에·이원복 옮김 공쿠르상 수상 작가

366 맨스필드 파크 오스틴·김영희 옮김

367 이선 프롬 이디스 워튼·김욱동 옮김 퓰리처상 수상 작가

368 여름 이디스 워튼·김욱동 옮김 퓰리처상 수상 작가

369·370·371 나는 고백한다 자우메 카브레·권가람 옮김

372·373·374 태엽 감는 새 연대기 무라카미 하루키·김난주 옮김

375·376 대사들 제임스·정소영 옮김

377 족장의 가을 마르케스·송병선 옮김 노벨 문학상 수상 작가

378 핏빛 자오선 매카시·김시현 옮김

379 모두 다 예쁜 말들 매카시·김시현 옮김

380 국경을 넘어 매카시·김시현 옮김

381 평원의 도시들 매카시·김시현 옮김

382 만년 다자이 오사무·유숙자 옮김

383 반항하는 인간 카뮈·김화영 옮김 노벨 문학상 수상 작가

384·385·386 악령 도스토옙스키·김연경 옮김

387 태평양을 막는 제방 뒤라스·윤진 옮김

388 남아 있는 나날 가즈오 이시구로·송은경 옮김

389 앙리 브륄라르의 생애 스탕달·원윤수 옮김

390 찻집 라오서·오수경 옮김

391 태어나지 않은 아이를 위한 기도 케르테스·이상동 옮김 노벨 문학상 수상 작가

392·393 서머싯 몸 단편선 서머싯 몸·황소연 옮김

394 케이크와 맥주 서머싯 몸·황소연 옮김

395 월든 소로·정회성 옮김

396 모래 사나이 E. T. A. 호프만·신동화 옮김

397·398 검은 책 오르한 파묵·이난아 옮김 노벨 문학상 수상 작가

399 방랑자들 올가 토카르추크·최성은 옮김 노벨 문학상 수상 작가

400 시여, 침을 뱉어라 김수영·이영준 엮음

401·402 환락의 집 이디스 워튼·전승희 옮김

403 달려라 메로스 다자이 오사무·유숙자 옮김

404 아버지와 자식 투르게네프·연진희 옮김

405 청부 살인자의 성모 바예호·송병선 옮김

406 세피아빛 초상 아옌데·조영실 옮김

407·408·409·410 사기 열전 사마천·김원중 옮김 서울대 권장도서 100선

411 이상 시 전집 이상·권영민 책임 편집

412 어둠 속의 사건 발자크·이동렬 옮김

413 태평천하 채만식·권영민 책임 편집

414·415 노스트로모 콘래드·이미애 옮김

416·417 제르미날 졸라·강충권 옮김

418 명인 가와바타 야스나리·유숙자 옮김 노벨 문학상 수상 작가

419 핀처 마틴 골딩·백지민 옮김 노벨 문학상 수상 작가

420 사라진·샤베르 대령 발자크·선영아 옮김

421 빅 서 케루악·김재성 옮김

422 코뿔소 이오네스코·박형섭 옮김

423 블랙박스 오즈·윤성덕, 김영화 옮김

424·425 고양이 눈 애트우드·차은정 옮김

426·427 도둑 신부 애트우드·이은선 옮김

428 슈니츨러 작품선 슈니츨러·신동화 옮김

429·430 세계의 끝과 하드보일드 원더랜드 무라카미 하루키·김난주 옮김

431 멜랑콜리아 I—II 욘 포세·손화수 옮김 노벨 문학상 수상 작가

432 도적들 실러·홍성광 옮김

433 예브게니 오네긴·대위의 딸 푸시킨·최선 옮김

434·435 초대받은 여자 보부아르·강초롱 옮김

436·437 미들마치 엘리엇·이미애 옮김

438 이반 일리치의 죽음 톨스토이·김연경 옮김

439·440 캔터베리 이야기 제프리 초서·이동일, 이동춘 옮김

세계문학전집은 계속 간행됩니다.